四川师范大学大西南文学研究中心
四川民间文化艺术保护与传承协同创新中心　　主办

大西南文学論壇

第 七 辑

流沙河题

刘　敏　谭光辉·主编

巴蜀书社

学术委员会

民间、民俗与地方文学的当代价值：第三届大西南文学论坛合影

2023.11.18 四川成都

第三届大西南文学论坛合影

贺 信

第三届大西南文学论坛组委会、各位专家学者：

欣闻第三届大西南文学论坛学术研讨会11月18日在成都顺利召开，与会100余位专家对大西南文学与文化诸问题，民间文化与大西南文学、民俗与大西南文学、大西南文学研究新进展、文学研究中的地域问题等相关问题展开广泛学术讨论，共商大西南文学，民间民俗文化之研究，我们感到无比高兴，中国当代文学研究会对大会的成功召开表示热烈的祝贺！

大西南文学是中国文学的重要组成部分，在某些历史时期甚至引领了中国文学的潮流。对这美丽而神奇的土地及其文化展开研究，具有重要的现实价值，是繁荣中国文学和文化研究的重要举措，是助推文化强国建设的实际行动。大西南地区活跃着一大群从事文学、文化研究的重量级专家学者，通过这次大会，必定能使大西南各省区学界加强学术联系，增进了解，建立优势互补、合作互助的机制，为本地区学术研究的繁荣创造新的契机。

中国当代文学研究会相信，以本次会议为契机，大西南文学研究必然能取得更多的研究成果，在文学、民间民俗文化研究领域取得新的进展，为新一轮西部大开发做出文艺研究界的独特贡献。衷心祝愿第三届大西南文学论坛取得圆满成功，祝大西南文学研究及民间民俗文化研究更上一层楼！

中国当代文学研究会

2023年11月18日

目　录

特稿

杜甫研究

罗伟章《声音史》研究

新作锐评

学术评议

会议综述

Contents

A Feature

Culture and Literature of the Great Southwest Region

Studies on Du Fu

Studies on Luo Weizhang's *History of Sound*

Sharp Reviews on New Works

New Experiences on Urban

An Academic Review

Discipline Construction and Ideological Dialogue

Summaries of Meetings

The Theoretical Deepening and Path Expansion of the Great Southwest Literature Research

特稿

大西南文学的文化阐释

——在第三届《大西南文学论坛》上的讲话

□朱寿桐

"大西南文学论坛"已经成功举行三届，每次举行都得到大西南地区内外的研究者热切关注并踊跃参与。《大西南文学研究》也已经出版到第六辑，每一辑都能收到非常多非常好的论文，这说明这个学术课题已经得到了学术界的响应，这一研究领域已经得到了各地学者的承认。

不过作为一个新起的学术概念，"大西南文学"还是累积着许多问题需要探讨，需要澄清，这样有利于我们明确这个概念的学理内涵，有利于我们带着更加明确的学术目标进行相关研究。我认为，辩证地看待我们大西南文学文化研究这个论题，既需要"另眼看待"，也需要"等量齐观"。"另眼看待"就是要充分估计大西南文学风格以及其文化性格，应该从其与其他地区文学文化的差别性分析中，看取大西南文学文化的特性。而所谓"等量齐观"，便是不要强调大西南文学文化作为特别地块文学文化的独特性、特殊性，应该将它纳入中国文学、汉语文学的总体框架中进行地域范畴的研究，将大西南文学文化研究视为中国文学研究或者更广泛的汉语文学研究的一部分进行历史与理论审察。这就是说，大西南文学文化研究的地域特性并不能被表述为中国现当代文学研究乃至汉语新文学研究的特别课题，它实际上应该成为中国现当代文学学术的当然内容。

上篇："大西南文学文化"需要"另眼看待"

　　这是说大西南文学的概念特性，是中国当代人文学术应该特别进行学术把握的对象。当初，提出"大西南文学"这一概念时，我们确实考虑过，是否先做相关课题的研究，不要忙着挂招牌？因为鲁迅先生就曾在《文艺与革命》中这样告诫我们：革命文学"当先求内容的充实和技巧的上达，不必忙于挂招牌"①。不过，我们尚不是提出一个学科的概念，而是定位于一个学术课题的概念，以后有条件了再将它充实为一个研究领域的概念，然后再寻求将其擢升为一个学科，那时候就可以名正言顺地挂招牌了。这个不断充实再将招牌高挂的做法也可以说是一种"摸着石头过河"② 的做法。在第一届"大西南文学论坛"上，我就引用过"摸着石头过河"的名言，现在我们仍然要发扬这种务实求是的精神，有理论准备地进行学术实践，有系统、有步骤地推动学术研究。"招牌"意味着一种学术取向，意味着一种学术自觉，意味着一种价值目标，意味着一种努力方向。明确了方向和目标，辅之以踏实的研究和理论的辩证，我们就可能在这样一个课题上建立学术自信和文化自信。这与加强中华民族的文化自信这样的价值理念相通。

　　有关大西南文学的学术文化自信，需要从文学文化的意义追寻到大西南文学的历史优势、现实活力以及未来的生长力度。

　　有理由呼吁"另眼看待"大西南文学文化。对大西南文学文化和大

---

　　① 鲁迅：《鲁迅全集》（第四卷），人民文学出版社，2005 年，第 84—85 页。

　　② 有研究者曾指出，"'摸着石头过河'，原是一句民间谚语，把大胆尝试、同时注意保持稳妥的做法，用形象生动的语言表达出来。长期以来，人们把'摸着石头过河'与邓小平联系起来，认为邓小平最先使用这句话来鼓励人们在改革开放中大胆探索。但查遍目前出版的权威文献，并没有找到邓小平说过'摸着石头过河'这句话的直接记载，倒是陈云、李先念等中央领导同志在多个不同场合引用过这句谚语。但是，邓小平推动改革开放的做法，确实与'摸着石头过河'在精神实质上存在契合之处。"李源正：《邓小平与"摸着石头过河"》，《党史博览》2023 年第 11 期。

西南人文学术而言，"大西南"这个地理文化内涵是非常重要的优质资源。完全可以从历史、民俗的角度追寻到大西南文化的深处，在文化的纵深处发掘"大西南"的优势。远可以追溯到无可替代的、神秘幽微之处，即令世界学术界都难以深解的三星堆文化；近则可以从郭沫若、艾芜、鄢国培、李劼人、阿来的文学创作中，从张大千、罗中立的绘画中，从以陪都重庆及其战争年代的神奇叙事为代表的影视作品中，从《康定情歌》所代表的西部音乐中，从各民族多姿多彩的生活文化中，都不难体验到"大西南"文化、艺术的"神秘幽深"的特性。

即便是在其他地区文学家的心目中，大西南也常常体现着神秘幽深的文化性格。鲁迅从蹇先艾的《水葬》中领略到"老远的贵州"非同一般的习俗和文化特性。金庸的小说以及其他武侠作家的书写，都将蜀山以及云贵远地当作神秘的门派或武林秘籍的诞生地或藏匿地。李寿民卷帙浩繁的《蜀山剑侠传》被公认为现代武侠小说的代表作，他对蜀山的神秘幽深的书写深深影响了金庸等武侠小说家的创作。云南大理和丽江的历史风云也常常成为文学家笔下的神异题材。至于可可西里以及其他被白浩等称为文学藏区的地方，更是以神秘幽深的文化性格吸引着诗人文人的关注。还有与东南亚神秘文化相连接的种种传说，各地少数民族风情更是文学艺术家争相表现的特别题材。这些内容无不构成各个历史时期中国文学最神奇的表现对象。更不用说东方史诗《格萨尔王传》，其所承载的文化内涵和所带来的文化效应，皆可以用神秘幽深加以概括。

悠久而相对独立的历史背景，多民族杂居的多姿多彩的斑斓文明，充满惨烈且相对漫长的战争环境，相对独立的人文与社会结构，"大西南"所形成的文化性格和文学风格可以用"神秘幽深"进行概括。这是大西南六省市自治区构成的共同的文学文化现象，是"大西南"独特的文化基地产生的文学艺术性格的综合概括。鲁迅曾以"神秘幽深"

评价俄国作家安德烈耶夫的作品①，我们可以借助鲁迅的概括来形容和状貌大西南文学风格与文化性格。一个大地区无论从饮食、民俗，语言、声腔，还是从民歌、戏曲，抑或是从文学、文化，都有它自己的风格与性格，也能够对这种风格和性格作出学术的概括。从音乐角度，人们能够直观地感受到各个大地区文艺风格与文化性格的特性，但从文学上把握和进行学术概括尚有待深入。大西南文化展示了中华民族文化神秘幽深的风格和性格，它可以与辽阔高寒的大西北的苍凉遒劲，与白山黑水的大东北的庄严浩瀚，以及燕赵之地的大华北的浩然悲壮，湖山壮美的大中南的恣肆汪洋，山明水秀的大江南的明媚灵秀，还有山长水远的大湾区的清澄富丽，形成鲜明的对应。

从文学风格而言，中国文学在各大板块上也确实体现着类似的特征性和区别性。其中，大西北文学提供的是苍凉遒劲的文学风格，大东北文学提供的是庄严浩瀚的文学风格，大华北文学提供的是浩然悲壮的文学风格，大中南文学提供的是恣肆汪洋的文学风格，大江南文学提供的是明媚灵秀的文学风格，大湾区文学提供的是清澄富丽的文学风格，这些正好与大西南文学提供的"神秘幽深"的文学风格构成对比，形成对照。

从更加深幽一点的文化分析中，可以进一步领悟大西南文学、文化的"神秘幽深"风格、品格和性格的原因。不难总结出这样的现象：文学作品叙写到大西南地界上的故事时，总会显得格外神秘。同样是"反特"作品，展演的故事如果放在大西南，就会多一些神秘的成分，而故事发生在其他地区，线索则会明朗许多。如《一双绣花鞋》与《国庆十点钟》这样的同类作品相比较，前者的神秘感会更深更强。《三国演义》中同样展现诸葛亮的用兵如神、用计如仙，表面上都有些神秘，但发生在其他地区的故事总是可以解释的。也就是说，他们本质上并不能算神

---

① 在《域外小说集》中，鲁迅评价俄国作家安德烈耶夫（鲁迅译作"安特来夫"，1871 年—1919 年）的作品："其文神秘幽深，自成一家。"《鲁迅全集》（第十卷），第 172 页。

秘，但发生在大西南的故事则是无法解释的现象，故而应该算是真正的神秘。书中所写的神秘事件，可以将泸水河遭阻和祭天借东风这两个著名的情节相互比较，从中不难看出，泸水河事件展示的是真神秘。诸葛亮收服了孟获，回师途中遭遇到最神秘的"兵渡泸水"①的事件，泸水河便是现在的金沙江，位于四川省境内。泸水河怪兴风作浪，使得诸葛亮的兵马无法渡过。诸葛亮设祭泸水河，方才让风浪平息，鬼怪退隐。泸水河作怪事件便显得非常神秘，没有逻辑性的推理可以解释，作者说是跟随诸葛亮南征的阵亡者亡灵作祟，当然不属于逻辑推证的理性范畴。但同样神秘的事件如"借东风火烧曹营"②，虽是奇异的情节，可在逻辑上大抵经得起推敲，没有"兵渡泸水"那样神秘，可以归结为诸葛亮懂得更多的气象知识，算定数天后会有大雾天气，或有东风骀荡，遂用"作法"炫张其事，让包括周瑜在内的其他人信之如神。比较起来，发生在大西南的事情往往是真神秘的事件。

在文学家、星象学家的"学理"认知中，大西南的天文、地理特征都十分奇特，往往同样会显示出神秘幽深的文化特性。西南者，由西方和南方构造交汇而成，天文属象与地理特性全不吻合，故而形成种种神秘结构。南方是朱雀，属火；西方是白虎，属金。但与之颇不相应，地理上的南方却对应水，地理上的西方对应的却不是金。地理的自然属性与天文的学理属象并不吻合，从而构成了诸多玄机和神秘的现象。而东北就不同了：北方是玄武，属水；东方是青龙，属木。北方与东方的天文属象与地理特征对应得十分贴切，因而并不神秘。大西南的天文属象与地理特征之间的相互乖错，充满了神秘的天机。在这里生发出的大西南特有的文学文化思维也就会显得神秘幽深。

大西南特有的文化思维不仅孕育了大西南文学，也铸成了喜马拉雅

---

① 罗贯中：《第八十八回：渡泸水再缚番王 识诈降三擒孟获》，《三国演义》，人民文学出版社，2006 年。

② 罗贯中：《第四十九回：七星坛诸葛祭风 三江口周瑜纵火》，《三国演义》，人民文学出版社，2006 年。

文明的东方智慧，并通向中华传统智慧的神秘幽深的环节。从近一点来说，王阳明的心学在大西南文化环境中表现出这样的文化思维：通过行动的锤炼来证心，通过行为的调整来修心。郭沫若曾经钻研过王阳明的心学，并且描绘过王阳明式的打坐图式。中国传统的气功以及各种功夫的理论，都有这种东方神秘意象思维的共同特征，就是通过某种"形体"的锻炼达到"行气"的效果，通过某种"身形"的训练达到"生性"的佳境。

三星堆文明以及相关的文化符码、历史遗迹所展示的"东方玛雅文化"品格，毫无疑问可以阐释为大西南文化"神秘幽深"的历史渊源。三星堆出土的"纵目"青铜面具等所代表的文化内涵已经具有较为幽深的神秘意义，而一号祭器坑出土的金杖，以及二号祭祀坑出土的大立人像，还有青铜神树等，都体现出古蜀国时代巫文化的发达和炽盛。在大西南，巫术文化拥有的历史之悠久以及覆盖面之普遍，是其他区域所无法比拟的。

在地理上与西南关系极为密切的喜马拉雅文明，体现着东方思维的冥想文化特征和东方思维深刻的灵性。在人类的进化里面很重要的一个基础，那就是灵性。东方人在进化的过程中是很感性的，多用感性来牵制理性；相反，西方人进化的过程中更多理性，是用理性来牵制感性，而喜马拉雅文明则属于灵性。灵性思维或者说灵性文明，是东方思维的重要特性。西方也有万物皆有灵的思想，所谓泛神论（pantheism）便是。有一种说法认为"泛神论"的起源在东方，是强调自然界与神统一起来的哲学学说。这当然需要经过严密的世界思想史研究和推证。不过我倒是觉得，起源于原始文明的万有神教或者自然泛神论之类的学说，东西方文明可能都会有，因此不能认定曾流行于 16 世纪到 18 世纪西欧的泛神论，如布鲁诺、斯宾诺莎等倡导的，便一定来自东方智慧。但体现东方智慧的万物有灵观点是基于东方思维特色的原始意象想象，而西方泛神论则是一种本体论哲学，基于逻辑推证。在长期的文明推进过程中，形成了以意象判断为主的东方思维，以及以逻辑推证为主的西方思维。中华文化较为典型地体现了东方意象思维，其最典型的文化形态便是象形文字。这是一种将意象和意义推向极致的文明成果，这种象形文字都基于人们的一项判断，读音常常是不确定的，文字的意义基于意象的理解与阐释。东方意象思维从万物形态中产生万物有灵的意象性理解与阐释，产生意象性联想，而不是像西方逻辑思维那样基于哲学本体的逻辑推证。从这个意义上说，喜马拉雅文明中的灵性文化，与中华文化的万物有灵传统相联系、相连接，同样体现了东方思维的特性。中华文明、东方文明和喜马拉雅文明中体现的这种灵性特征，正是以大西南文化为承载与中介。

我国的大西南地区与南传佛教的关系之密切，与贝叶经的流传有关。这种经书所承载的贝叶，来自大西南所特有的贝叶棕，那是一种格外神奇的植物。贝叶棕高可达 30 多米，居然属于自然界十分罕见的一次性花果植物，约 60 年一开花，所开花朵小如米粒，数量繁多，一个花序上之花朵数量竟可达 2400 万之多，实为世界之最。更为神奇的是，此树 60 年开花之后，便结果枯萎。在 1959 年建立的勐仑植物园（中国科学院西双版纳热带植物园）培育的贝叶棕，适逢一甲子之后的 2020 年春天大批量开花，这成为西双版纳热带植物园的一件盛事。传说贝叶棕的按时枯萎是为了便于人们制作贝叶经书，这样的说法更增添了关于此树的神秘性。

从民间的角度加以考察，可供分析、可供佐证的材料很多，大西南的历史背景、民族背景、文化背景、气候背景、山川背景的复杂性，共同构成了大西南的神秘气息与大西南文学的丰富性。例如，郭沫若在诗集《女神》中写道"凤凰涅槃"①，其中体现出来的"凤凰浴火重生"的思想与鲁迅思考民俗文化的思维不同。鲁迅很少以"涅槃重生"的角

---

① 《凤凰涅槃》为郭沫若诗集《女神》收录篇目之一。参见郭沫若：《女神》，人民文学出版社，2003 年，第 31—49 页。

度去思考问题，他的《无常》①《女吊》② 等，追寻的是民间传说很久的人间与地狱的单向思考，没有彻底毁灭之后的涅槃再生。郭沫若则与之不同，他出生在四川乐山，属于大西南地区，大西南与南传佛教的联系可能更为紧密，与它的涅槃性、再生现象、转世文明等都有密切关系。这是大西南地区的一种传统文化。从这个角度而言，神秘幽深的文明便是大西南的文化思维，它在大西南地区的文学文化创造中起到了重要作用。许多神秘的故事都以大西南为背景，武侠小说家金庸写过的种种神秘故事都与大西南有关系。在大西南的历史、文化、文学中，学者可以找到许多糅杂神秘因素的题材。例如，长篇史诗《格萨尔王传》中，主人公雄狮国王格萨尔经历了不断地转世。转世文化是大西南文化神秘特征的一大根源。这神秘特征又形成了文艺作品中缙云山的迷雾、重庆的谍影、三星堆的迷幻、康巴的风情、丽江的靓影、大理的史迹、蜀山的奇侠、巴山的夜雨、喜马拉雅的远古文明与"剑门天下险，青城天下幽，峨眉天下秀，九寨天下奇"，还有文学藏区的奇观，等等，以上都构成了大西南文学丰富多样的景观。其中也隐含着大西南的文化思维，这种文化思维是大西南文学的一大优势与一大传统。大西南的文学文化需要学者们用文化人类学、社会分析学与马克思主义文艺观念进行深入研究，其中有可供大展身手的学问。

下篇：中国文学文化学术需对大西南"等量齐观"

对大西南文学文化"另眼相看"，目的是应该充分认知大西南文学文化的特殊性和"神秘幽深"的独特性，但并不是将其视为另类。大西南文学文化是中国文学文化、汉语文学文化的重要组成部分，应该在"等量齐观"的意义上确认大西南文学文化在中国文学文化和汉语文学

---

① 《鲁迅全集》（第二卷），第 276—286 页。
② 《鲁迅全集》（第六卷），第 637—644 页。

文化中的价值构成。

此次开幕式大会上，展示并宣读了中国当代文学研究会发来的贺词，就上述意义而言，中国当代文学研究会给本届论坛所发送的贺词把握得非常准确：大西南文化和文学学术研究的主要是大西南的文学文化，但并不仅仅限于大西南文学文化，大西南文学文化研究应该是中国现当代文学文化研究的重要组成部分；大西南文学文化的研究者主要来自大西南地区，但当然不限于这一区域，大西南文学文化研究应是中国当代文学文化学术界的共同任务。此次参会的学者，来自全国各地，除大西南地区外，还包括来自上海、北京、浙江、江苏、广东、河南、河北、湖南、湖北、陕西、甘肃、山东、黑龙江、福建、澳门等地的重要学者。大家的参与，一方面是对大西南文学研究中心和《大西南文学论坛》出版的支持、关注和关心；另一方面也说明，大西南文学文化研究并非仅仅是属于大西南地区学术界的课题，而是学术界都有兴趣面对的重要研究对象。大西南文学文化研究实际上并非中国文学文化的地区性的学问。从此届论坛各位与会学者提交的论文也可以看出，大家并没有将大西南文学仅仅视为大"西南"的文学现象，而是更愿意从中国文学、中国文化的总体框架这一宏观角度审视、定位大西南文学。

汉语文学史和中国文化史是一个整体结构，构成它的方式多种多样。可以从自然结构、必然结构和或然结构这三方面进行分析，大西南文学文化在这三种结构方式上都与汉语文学史和中国文化史构成了链接关系。

所谓自然结构，即一定的文化单位之间在空间、时间等自然属性方面所具有的意义结构性。汉语文学史和中国文化史从自然空间意义上当然是由各地域的文学、文化组构而成，各民族文化也自然从空间意义上是中国文化的组成部分。各民族文学的精神内涵与汉语文学之间的价值联系，各民族文学中的汉语写作和汉语文化呈现，等等，都可以视为汉语文学史的自然结构成分。大西南文学与大西北文学、大华北文学、大东北文学、大中南文学、大江南文学、大湾区文学等，也都"等量齐观"地成为汉语文学乃至中国文化的自然组成部分。同时，汉语文学和中国文化的历史又是由各个自然时段的文学现象和文化史构成的，不同时段、不同朝代、不同年代的文学文化历史现象都是汉语文学和中国文化的自然组成单位。

在自然结构外，还有一种必然结构。必然结构是指在一定的文学史、文化史的审视中必然会进入审视视野的结构要素。以一定的精神现象、思想文化及其历史意义呈现某一阶段文学文化史不可或缺的价值形态，这样的文学现象或文化结构便是文学文化史的必然结构。在汉语文学和中国文化历史的认知中，人们共同拥有的、能够体现一定历史的精神价值和思想要素的地域、时间概念，如现代文学时期的抗战文学、"左翼"文学、新文化运动等，都是必然的文学文化结构。大西南文学文化由于具有上述须"另眼看待"的精神特质和文化性格，体现着中国文化在特定时期的神秘幽深的品格与风采，它就成为汉语文学和中国文化无法割舍也无法忽略的必然结构。一个重大的地域板块，自然有条件以自然结构的方式进入文学文化的历史，但却不一定有条件成为文学文化史的必然建构。大西南文学和大西南文化，在整个民族现代文学文化的框架内，则属于必然结构这一版块，因为它拥有神秘幽深的文化性格，以及在各个历史阶段中体现出来的可贵的精神价值。大西南文学文化还以必然结构进入汉语新文学史。艰苦卓绝、可歌可泣的抗战文艺是大西南的历史奉献，也是中华民族现代历史的必然结构。来自大西南六省区市深厚的文化和悲壮的现当代文明建设的成就及文学展现，它们都是中华民族在不同时代的不可或缺的经验和巨大收获。

由此可知，大西南文学文化是汉语文学和中国文化历史结构中不应被忽略的板块，更是汉语文学和中国文化的必然结构。如果欠缺大西南文学这一板块，或者欠缺大西南文学文化所反映的这一系列精神现象和文化品格，汉语文学史和中国文化史的书写就难以健全。大西南文学作为概念出现在学术研究视域中，之所以没有丝毫违和感，就是因为它是汉语文学和中国文化学术构架中既具有自然结构意义又具有必然结构意义的板块文学、地域文学。

文学文化历史审视中还有一种或然结构成分,这种成分可以而且应该进入文学文化史的学术视野,但必须在相应的学术论证的基础上,且在必要的学术处理的前提下,有条件地进入文学文化的学术结构。大西南文学是需要进行"另眼看待"的学术研究,但这样的研究并不是其进入汉语文学史或中国文化史的必备条件。有些文学板块要进入文学文化历史的学术范畴,则需要相应的学术论证。例如,在大西南文学中,西南联大文学研究就是很重要的一块,这样的研究之所以已经成为汉语新文学史乃至中国现代文化史的重要组成部分,是因为李光荣教授等做出了非常深入且有建设性的学术贡献,使得西南联大文学作为一个或然结构进入了文学史和文化史研究的学术视野。

在大西南文学领域,属于这种文学文化史研究或然结构的文学板块和命题还包括,袍哥文学、保路文学、东坡文化、阳明文化、大理文化、桂林山水文化、文学藏区、巴蜀文化,等等。各民族文学文化是中华文学文化的必然结构甚至是自然结构内容,故而不应在需要加以论证才能进入学术视野的或然结构范畴。

属于文学文化必然结构的内容,有时候在相对的空间意义上并不宏大,却拥有比相对宏大的或然结构空间更为充足的学术意义。在文学历史研究中存在着这样一种"属地制限"现象,即一个文化板块本来属于文学文化历史研究的当然内容,可如果给这个板块冠之以属地范畴,而且那属地范畴的空间内涵实际上比原文化板块还要宽阔,但因为有此"属地"的限制,形成所谓"属地制限"现象,其进入文学文化历史阐述的可能性、合理性反而会被降低。如五四新文化运动中起关键作用的文学文化团体新潮社,出版有影响甚大的《新潮》杂志等,但它是以北京大学学生为主体的文学社团。如果一个课题设计是"新潮社研究",其学术可能性、合理性不会受到任何质疑,但如果设计为"五四时期北京大学学生文学文化研究",则很可能令人觉得这是一个将研究对象框定在北京大学这一具体单位或具体属地的课题,其选题的可能性、合理性就会被低估。其实，新潮社这一重要的文学团体和文化社团的运作便是属于当时北京大学学生社团活动的一个部分，后一论题论述的范围显然比"新潮社研究"所应该指涉的范围大得多。这样的学术"错觉"是如何形成的？盖由于"新潮社"是新文学新文化研究的必然结构，而"北京大学学生文学文化"是新文学新文化研究的或然结构，或然结构的成分必须在经过相应的学术论证以后才能成为文学文化历史研究的当然对象，而作为必然结构的成分则无须经过相应的学术论证，它必然获得相应课题学术研究的分量感和价值感。

"属地"（或所属单位）愈具体，其职能身份愈强，那么它对相应选题构成的限制便愈大，因为其"属地"或所属单位将原本研究对象的必然结构意义处理成了或然结构的意义。同样的道理，论题"三十年代上海的电影运作"与论题"'左翼'电影运动"相比较，尽管前者的空间范围和内涵可能性更大更宽，但后一论题所具有的学术可能性和合理性明显高于前者。原因正在于，前者的"属地制限"现象将左翼电影这样一个必然结构的文化学术论题，处理成以"上海"为中心的或然结构的论题。

虽然加上了地域性的"属地"，但大西南文学的概念并无这种制限效应，其原因在于大西南文学自然板块的意义获得了文学文化研究的自然结构价值，同时以鲜明的文化品格、深刻的文化精神获得了文学文化研究的必然结构价值。

"大西南"这一属地命名之所以能够突破"属地制限"的现象，是因为它以许多重要的文学文化因素，以强烈而深刻的文化品格与文化精神获得了汉语文学史和中国文化史研究的必然结构意义。

大西南拥有辉煌、厚重的文明历史。从元谋文化到三星堆文明，从喜马拉雅文明到南传佛教文化，从《格萨尔王传》到西南各民族的神话传说，其"神秘幽深"的文化品格贯穿于这一地域悠久而浩繁的历史中。这些都是中华民族文化起源性的资源。

在整个民族历史文明乃至现代文明的发展过程中，大西南创建了具有不可替代意义的历史符号、政治符号、时代符号和文化符号，有些非常惨烈，如张献忠的杀戮；有些非常悲壮，如重庆大轰炸；有些非常神异，如转世灵童；有些非常浪漫，如各民族的婚俗礼仪；更不用说可歌可泣的英雄传说，如长征故事的西南板块，抗日战争、解放战争中的英雄故事，等等。这些文化元素都是中国文学创作的重要源泉，在中国文学史上具有超地域的文化意义。

大西南六省区市所呈现的文学、文化、审美的积累和样态，以及历朝历代所展现的文化艺术的辉煌，一直是整个民族文学文化的聚焦之点，代表着中华民族文化艺术创造的重大贡献。这些贡献属于大西南的文化艺术和人文学术，更属于全中国的文学艺术和学术文化成果。在这样的意义上，应该将具有代表性的大西南文化艺术包括文学，在汉语文学和中国文化的学术平台上作"等量齐观"的学术对待，而不是仅仅将它们理解为地域性的文化贡献。

有了这种"等量齐观"的价值理念，研究大西南文学就能够从超越于文学文化地域性的意义上展开。曾有学者这样研究云南大理对汉语文学和文化书写的影响力：金庸、郭沫若等进行有关大理文化的文学创作时尚未到过大理，但他们却把极有力的政治历史、民族历史、文化历史的文化运作置于大理的苍山洱海中，构筑了各种神神秘秘、奇异怪诞、绚丽多姿的艺术画面，构成了神秘幽深的大西南文化景观。大理文化事实上成了汉语文学创作的重要资源。大西南其他地方几乎都具有这种神秘幽深的文化素质，更不用说文学藏区的奇异风光。当人们想到大西南、唤起对大西南这一概念的联想时，这些神秘幽深的文化素质都会促使联想者进入大西南的地域意象、文化意象和审美意象中。很多不了解甚至未曾到过大西南的学者，也会有这样一种文化感性认识：大西南是一片神奇的土地，在这片神奇的土地上，有非常值得关注、值得追踪、值得深入阐释的中华民族的文学文化内涵和资源。正因如此，大西南这一地域性的概念，不会对大西南文学形成属地制限。

就第三届大西南文学论坛的现场情况而言，这次会议可以引发诸多的学术感想，从而也激发起诸多的学理思考。显然，大西南文学的概念不仅可以成立，而且作为汉语文学和中国文化研究的必然结构成分，大西南文学研究已成为中国文学研究的重要学术领域。大西南文学经过一段时间的学术积累，通过这一特定的学术领域和学术课题给予中国文学文化研究所可能作出的贡献，能够成为中国文学文化研究乃至汉语学术文化建设中的新的生长点。大西南文学研究在中国文学文化研究中必将拥有与其价值相吻合的地位和意义。

本届大西南文学论坛的理论效应十分显著。参与研讨的学者讨论大西南文学的话题，并且广泛联系到诸如大西北文学、大东北文学、大华北文学、大江南文学和大湾区文学等地域文学的讨论。虽然这些研究并不真正属于大西南文学领域，但仍可以从大西南文学的视角和学术建构的理路，审视并阐发区域文学文化研究的诸多问题，从而获得一种新的思考与感悟。本次论坛关于大西南文学概念的讨论也十分热烈，这一学术概念给中国文学研究、中国文化研究提供了新的思路。白浩的研究成果《区域文学研究的大地块视角》① 应该说非常有价值，他将大西南文学等大地块文学从地域文学的考量中擢拔出来，使之成为一种理论考察的对象，亦成为新的学术增长点。学者们从地域的视角进行文学研究时，总会想到斯太尔夫人的《论德国》②，想到她在德国北方文学与南方文学的区别性方面作出的理论开拓。相较于幅员辽阔的中国而言，德国南方和北方存在的自然差异与文化差异小之又小。斯太尔夫人的学术开创之功因而也会受到这种格局的限制。结合中国文学经验，中国的大地块文学经验，或者中国南方文学与北方文学经验来思考区域文学的差异问题，像斯太尔夫人这样从风格论角度概括的理论努力则显得有些局限。大西南文学的研究者，同大西北文学、大东北文学、大江南文学、

---

① 白浩：《区域文学研究的大地块视角》，载《民间、民俗与地方文学的当代价值：第三届大西南文学论坛会议集》，2023 年，第 738—744 页。

② 《论德国》全称为《论德国与德国人的风俗》，共分为四个部分，中译本《德国的文学与艺术》是其第二部分，该书细致分析了德国文学艺术的特点。〔法〕德·斯太尔夫人：《德国的文学与艺术》，丁世中译，人民文学出版社，2016 年。

大湾区文学的研究者一起，可以更加深入地探讨大地块文学的文学风格和文化性格。这样的理论建构可能通向对人类文学、人类文明的理论贡献，而不会仅仅限于文学风格学的格局。

大西南文学这一学术话题拥有很强的开放性、包容性与可能性。有兴趣的学者所乐于运用的各种研究方法，都可以在大西南文学的领域内找到自己合适的考察对象。大西南文学拥有诗歌、小说、戏剧、美术、民歌、舞蹈等诸多样式的文艺体式；任何研究方法都能被包含在这一概念之中，审美分析、本体批评、社会剖析等诸多研究方法都能找到适宜的实践对象。对于在场的所有学者而言，大西南文学是可供大家讨论的话题，是可供大家研究的学术课题。同时，大西南文学是中国文学、中国文化、中国现代文学、中国当代文学中的必然结构意义上的学术课题，是一个无论在理论上还是在文学史研究中都值得深入探讨的话题。

（作者单位：澳门大学中文系）

大西南区域文化与文学

看与被看：主流文学叙事中的西南①"他者"形象

□农为平

中国文化语义中的"西南"一词，既是方位所指，更是典型的主流文化中心观的产物。在漫长的历史进程中，具体从司马迁的《西南夷列传》开始，西南始终是作为与中原相对应的文化"他者"而在场的。受根深蒂固的"华夏—夷狄"传统认知影响，从古代到现代，主流文学作为意识形态的一种有意或无意的阐释方式，其中关涉到西南的书写，亦是有意无意地充斥着对西南充满隔膜的误读、想象甚而臆造，以文学形式深深刻印下主体社会观念中的西南"他者"形象。

在具体叙事路径上，主要表现为对西南的妖魔化叙事、对西南的"乌托邦"与"异托邦"想象两种截然相反的取向。前者集中于中国古代文学阶段，其实质是正统中原中心观思维作用下的文学呈现；而后者则是进入近代以后，在现代文明的烛照下，长期保有自然与人文原生形态的西南边地，或被人为地赋予类似于"桃花源"般的理想化色彩，或被视为有别于主流社会的异托邦，不同程度地寄寓着"失乐园"者们对原始淳朴生活方式及生命状态的追怀、向往。二者之间看似矛盾、悖

① 本文所言及的西南，主要指因历史、文化、地理生态等原因而形成的具有同质特性的特定西南空间，而非当代行政架构上的西南。主要依据来源，一是司马迁《史记·西南夷列传》，二是宋蜀华、方国瑜等学者对西南范围的识别。范围大体上包括云南、贵州及四川西部的大小凉山地区。

离，实质上却是一致的：都充满着对西南的误读与偏见。在这一文学景观背后，是以主体身份自居的"我者"对具有异质性的西南"他者"的充满优越感的凝视的必然结果，其实质，是一种"看"与"被看"政治文化关系的文学呈现。

一、"我者""他者"视域下的看与被看

主流文学中对西南看与被看关系的建构，是由长期居于主导地位的中原中心观所决定的。中国传统社会的政治文化，是一种单一而绝对的二元模式，即"中心—边缘""华夏—夷狄"结构，以此构筑了独具特色的"天下"观念。早在先秦时期，这一观念便已成形。在中国最古老的诗歌总集《诗经》中，对这种理想家国模式进行了形象地描绘："邦畿千里，维民所止。肇域彼四海，四海来假，来假祁祁。"（《诗经·商颂·玄鸟》）意思是说居于核心的王城地域范围方圆千里，君王的子民在此安居乐业。重要的是，王朝的势力影响辐射到四面八方，威慑四方夷狄小国，这些国家纷纷臣服，前来纳贡朝拜。这就是后来经过儒家进一步发展固化的"王道乐土"的核心要义，也是中国历代封建君主所倾力追求的治国理想。当代历史学家许倬云以"同心圆"来进一步形象诠释这一"天下"观："'天下'是一个无远弗届的同心圆，一层一层地开化，推向未开化"①，并且将这个"同心圆"的中心、边缘（包括外围）分别指称以"我者""他者"，十分精当地把握住了中国传统社会的布局与特色。

在中国古代的这种"天下"格局中，西南地区毫无疑义地成为了"他者"。从地理位置上来看，西南远离京畿，且山险水阻，交通闭塞；在族裔类别上，西南自古是众多少数民族聚居之地，对汉民族而言比较陌生；文化形态方面，这里众"声"杂糅，以形态多样的异质少数民族

---

① 许倬云：《我者与他者：中国历史上的内外分际》，生活·读书·新知三联书店，2015年，第20页。

文化为主，汉文化的影响极为有限。故而在漫长的历史进程中，西南与中原长期保持着一种若即若离的微妙关系，如秦开五尺道经略西南以前，或当中原政权陷入混乱危机而无暇顾及之时，以独立政权形态存在于"同心圆"外围的南诏、大理国时期。即使是在被正式纳入国家版图的历史时期，西南也是处于"同心圆"的末梢，依然被视为"他者"，这从明清时期便可看出，这两个帝国时代，都前所未有地明确了对西南的控制权并对其加强管控，但主要采取的不过是"以夷制夷"的"土司制""土官制"等手段，依然显示为内外有别的差异。

这种主次分明的"我者""他者"政治格局，必然建构了二者之间"看"与"被看"的不对等关系。"看"意味着主体意识的在场，代表了优越的、高高在上的审视姿态，而"被看"则是消极被动的，是沉默且丧失了话语权的。这样的关系，在西南第一次正式进入"我者"的视域之时便已形成：

> 西南夷君长以什数，夜郎最大；其西靡莫之属以什数，滇最大；自滇以北君长以什数，邛都最大：此皆魋结，耕田，有邑聚。其外西自同师以东，北至楪榆，名为嶲、昆明，皆编发，随畜迁徙，毋常处，毋君长，地方可数千里。自嶲以东北，君长以什数，徙、筰都最大；自筰以东北，君长以什数，冉駹最大。其俗或土箸，或移徙，在蜀之西。自冉駹以东北，君长以什数，白马最大，皆氐类也。此皆巴蜀西南外蛮夷也。①

这段文字出自司马迁《史记·西南夷列传》，是主流官方正史中第一次正式出现西南的身影，亦是后来各类史书述及西南的重要文献来源。司马迁曾到过西南②，所以他对西南的地理方位、族群部落分布、

---

① 司马迁撰：《史记》，中华书局，1959年，第2991页。
② 《史记·太史公自序》载："于是迁仕为郎中，奉使西征巴、蜀以南，南略邛、笮、昆明，还报命。"

社会形态甚至于服饰发型等，都有详实描述，体现出其谨严的史官笔触。然而，司马迁终究是体制中人，他始终自觉秉持着主流中心观思想，从"我者"立场来评述西南诸民族。这种态度和立场，在该段文字的最后一句话已表露无遗，所谓"蛮夷"，正是以中心自居的"我者"对"他者"的充满歧视性的蔑称。

此后，此种"看"与"被看"的权力话语讲述方式便成为古代主流文学的基本态度和立场。这里仅以唐代文学为例。自秦建立大一统帝国模式，汉武帝"罢黜百家，独尊儒术"以来，唐代是中国整个思想文化控防严厉的古代社会中少有的风气相对开放自在的典型时期。唐代通过繁华的西域丝绸之路与世界建立密切联系，当时的长安城使节朝拜频繁，商贾云集，俨然国际大都市的兴盛景象。"五陵年少金市东，银鞍白马度春风。落花踏尽游何处，笑入胡姬酒肆中"，李白此首《少年行》中提到的"金市"位于长安西，为胡人聚居之地，胡姬酒肆自然指胡人女子开的酒肆，由此可见当时汉民族与西北少数民族之间融洽的关系。然而，即便是在这样相对宽松的时代氛围中，对西南少数民族的歧视依然突出存在。

"初唐四杰"之一的骆宾王，曾奉命随军赴西南平叛当地少数民族的叛乱。《旧唐书·高宗纪》载："（咸亨）三年春正月辛丑，发梁、益等一十八州兵，募五千三百人，遣右卫副率梁积寿往姚州击叛蛮。"[1] 骆宾王参与的便是此次军事活动。

> 君不见封狐雄虺自成群，凭深负固结妖氛。玉玺分兵征恶少，金坛授律动将军。将军拥旄宣庙略，战士横戈静夷落。长驱一息背铜梁，直指三巴逾剑阁。……去去指哀牢，行行入不毛。绝壁千重险，连山四望高。中外分区宇，夷夏殊风土。交趾枕南荒，昆弥临北户。川源饶毒雾，溪谷多淫雨。行潦四时流，崩槎千岁古。漂梗飞蓬不暂安，扪藤引蔓度危峦。昔时闻

---

① 刘昫等撰：《旧唐书》，中华书局，1975 年，第 96 页。

道从军乐，今日方知行路难。沧江绿水东流驶，炎洲丹徼南中
地。南中南斗映星河，秦川秦塞阻烟波。三春边地风光少，五
月泸中瘴疬多。……①

作为唐代边塞诗的开创者，骆宾王的边塞诗以激昂奋进、清新刚健
著称，而这首叙写西南的《军中行路难》却流露出一种悲壮气息。诗歌
内容叙述的是诗人随军从蜀地深入姚州（云南境内）的行军历程，一路
关山险阻，艰难异常。路途中虽多奇山异水，但在"我者"的视域
中，诗人所看到的只是"不毛""毒雾""淫雨""瘴疬"，并感叹"中
外分区宇，夷夏殊风土"。诗人很明显是站在维护唐王朝大一统的立场
来进行书写，强化战争的正义性，充满对边地、对少数民族的歧视。

爆发于唐中期的"天宝战争"，是西南地方政权南诏与唐王朝之间
的大规模军事冲突，经过天宝十载（751 年）、十三载（754 年）两次战
争，唐朝军事力量受到重创，以至于无力应对接下来爆发的"安史之
乱"，这是帝国势力由盛而衰的重要原因。"君不闻汉家山东二百州，千
村万落生荆杞"（杜甫《兵车行》），由于这两次天宝战争是当时最重
要的国家大事，并且直接影响到国计民生，因而当时诗文中与西南相关
的叙写陡然增多，西南这样的"蛮荒之地"频繁进入人们视野，这在历
史上是罕有的。陈子昂、李白、杜甫、白居易、高适、储光羲、李绅、
韩愈、元稹、杜牧、李商隐等唐代著名诗人都曾写过与西南有关的诗
歌。他们中绝大多数人并没去过西南，因而笔下呈现的是一种经过正统
思想"形塑"的西南，大多将西南视为与大唐王朝敌对的蛮夷之邦，言
辞间常常流露出鄙夷之态。"云南五月中，频丧渡泸师。毒草杀汉
兵，张兵夺云旗"（李白《书怀赠南陵常赞府》），"圣人赫斯怒，诏伐
西南戎"（高适《李云南征蛮诗》），"昆明滨滇池，蠢尔敢逆常"（储
光羲《同诸公送李云南伐蛮》），"百蛮乱南方，群盗如猬起。骚然疲中
原，征战从此始"（刘湾《云南曲》），"闻道云南有泸水，椒花落时瘴

---

① 骆祥发：《骆宾王诗评注》，北京出版社，1989 年，第 244-245 页。

烟起。大军徒涉水如汤，未过十人二三死"（白居易《新丰折臂翁》）……这些诗句，虽然内容各有不同，但诗人们的态度、立场却是明确而一致的，都是从主流意识形态视角来"看"西南及战争，充斥着对西南的排斥、歧视甚至是污蔑。其实质，不过是以正统自居的"我者"对蛮夷"他者"的对立性审视。① 天宝年间这场具有集体性质的对西南的文学书写，在某种意义上是具有历史象征意义的，清晰无比地映照出主流文学中几千年西南作为"被看"者的他者身份及形象。

中原"我者"与西南"他者"的关系实质，除了可从中国二元政治格局中去找寻其思想渊薮之外，西方后现代思想尤其是后殖民主义的某些理论，也为深入解读这种关系的内涵提供了新的路径："后殖民主义认为，一个民族的建构，本身就已包含了'他者'在内，也就是包含了那些被排斥的异己者在内。对于异己者的想象，也就是这些民族'自我'的自恋投射。"②

二、对西南的妖魔化叙事

"东方主义"是爱德华·萨义德提出的一个重要概念，意在揭示西方殖民者对东方"他者"的自我意识投射。他说："东方主义是西方对东方的一种想象下的产物，是西方一部分人希望东方所呈现的样貌，而不是东方真实的面目，其中充满了一厢情愿的自我臆想的夸张和偏颇，更多是对于东方妖魔化的描述。"③ 在中国古代主流文学的"西南"

---

① 值得一提的是，战后，南诏国王阁罗凤下令收敛阵亡的唐军遗骸，修建"大唐天宝战士冢"，民间习称"万人冢"，存在至今。战败身死的唐军最高统帅李宓，后来成为大理民间"本主神"（大理白族信奉的各种神祇）之一，尊为"利济将军"。这一特别的现象，既反映了大理地域文化的多元、包容，也潜在地反映出边缘"他者"对"我者"的本能敬崇心理。

② 翟晶：《边缘世界——霍米·巴巴后殖民理论研究》，文化艺术出版社，2013年，第69页。

③ 〔美〕爱德华·萨义德：《东方学》，王宇根译，生活·读书·新知三联书店，1999年，第1页。

叙事中，这种"自我臆想的夸张和偏颇"，尤其是妖魔化的描述，正是主流模式，在小说中表现得尤为突出。这固然与中国古代小说偏于神魔、志怪的书写传统有关，而内在的原因，则是小说显然更适合将主流文化视野中的西南形象进行具体化、艺术化呈现。

《通俗小说总目提要》与《中国古代小说百科全书》是两部关于中国古代小说的权威工具书，其中的统计，内容上涉及到西南地区的有80部（篇）左右，数量不算多，可看出西南在传统小说叙事中的边缘地位。这些作品呈现出两个共性：一是写作者"多非西南籍贯，亦无此地为官、游学经历，其作品素材来源亦不靠直接体验，故作品多捏合传闻材料以传奇，使之达到娱目、醒心、拍案惊奇的艺术效果，或假拟此地人名地理或历史人物以抒写作家功业、婚姻理想，均不能真实地反映此区域的生活"①。屠绅是其中极少的有过在西南为官经历的写作者，写有以西南为题材背景的小说《蟫史》。然而这部长达20卷的作品，以神魔小说形式，对西南大肆丑化和妖魔化，站在统治阶级立场去诋毁、污蔑清乾隆及嘉庆年间因不堪忍受官府暴政而反抗的西南少数民族起义，其中充斥着种种荒诞不经的情节内容，严重脱离西南的现实社会生活。这一点，屠绅自己在书中也承认，直言作品主要是"辄就见闻传闻之异辞，汇为一编"②。至于那些没有到过西南的写作者，他们笔下的西南，更是基于正统视域中的西南形象，基本上脱离了现实土壤，以一种中心视角，不无优越感地对遥远、异质的边地进行想象性艺术建构。

第二个特点，即是对西南形象进行不同程度的妖魔化处理。这里的"妖魔化"，并非只是一种超现实的讲述故事手法，在深层意义上还体现着隐蔽的主流文化心理的投射，"我者"通过对文化他者的异化处理，以此来厘清、强化二者之间的分界与区别，从而确认和巩固"我者"的正统与优越。正如《蟫史》所述，"作者自述的写作素材'见闻'和'传闻'以清朝平定苗乱为主，他丑化少数民族的先祖为'草木

① 梁冬丽：《明清小说的西南时空书写》，《广西社会科学》2016年第4期。
② 磊砢山人（屠绅）：《蟫史》，人民文学出版社，2006年，第1页。

蛇兽'"①。这样的叙事立场,自然达成了宣扬清朝官府镇压少数民族反抗合法性的现实意图。

"妖魔化"的西南叙事在明清西南题材小说中十分普遍。明代冯梦龙撰辑的"三言"中,辑录了与西南有关的一些故事。《喻世明言》中《杨谦之客舫遇侠僧》一篇,写中原人士杨益授贵州安庄县令,"安庄县……蛮獠错杂,人好蛊毒战斗,不知礼仪文字,事鬼信神,俗尚妖法"②,杨益尚未出发,便已先入为主地接受了对履职地的想象性认知。他临行前到御前辞别,奏诗一首,其中有"蛮烟寥落在东风,万里天涯迢递中。人语殊方相识少,鸟声睍睆听来同"之句,高宗皇帝听了恻然心动,说:"卿处殊方,诚为可悯。暂去摄理,不久取卿回用也。"杨益挥泪辞别君王后,路遇镇府使郭仲威,郭道:"闻君荣任安庄,如何是好?"杨益道:"蛮烟瘴疫,九死一生,欲待不去,奈日暮途穷,去时必陷死地,烦乞赐教!"郭推荐他向熟悉西南情况的周望请教,周望告诫他:"安庄蛮獠出没之处,家户都有妖法,蛊毒魅人。若能降服得他,财宝尽你得了;若不能处置得他,须要仔细。尊夫人亦不可带去,恐土官无理。"杨益听得双泪交流,道言:"怎生是好?"③ 小说开篇这段描写,将原本是喜事的为官上任一事写得伤感悲壮,如赴死地,形象地表现了中原民众对西南既歧视又惧怕的心理,很具有代表性。小说接下来写杨益在途中得遇高僧,高僧感于杨益的真率,于是让自己会法术的侄女李氏陪同杨益到安庄,在李氏保护下,杨益得以逃过蛮地的诸多离奇磨难,三年后平安返回。小说原本意在描写奇人奇事,却也无意中带出中原视角下的西南边地印象,可谓是充满了奇幻、荒诞的想象。

---

① 《古本小说集成》编委会:《古本小说集成·前言》,上海古籍出版社,1991年。

② 冯梦龙著,陈熙中校注:《三言·喻世明言》,中华书局,2014年,第279页。

③ 《三言·喻世明言》,第279—280页。

　　吴趼人是清代最重要的小说大家之一，在他高产的大量作品中，有一部少为人知的历史小说《云南野乘》，叙写的即是西南的历史故事。此部小说严格说起来是未竟稿，只写了三回，但基本可见小说的故事架构与主旨取向。其中所述史事，基本上是脱胎并忠实于司马迁的《西南夷列传》，"庄蹻王滇""剿灭猡猡国""营建苴兰城"等大事件均出于该书的最初记载，体现了吴趼人"要旨取于正史""大要不失其真"的历史观。不过作为小说，必须凭依大量的故事细节来充实，但作者缺乏对西南实践认知，只能通过想象与虚构来建构，而这些想象与虚构，秉持的是中原中心观，体现出鲜明的"夏夷有别"思想观念。

　　　　国中无有礼教，最信巫鬼，国中公卿大夫，也尽是巫觋之流，无所谓政事，惟有祈禳镇压，便是政事。亦无刑法，有犯罪之人，由官咒之，镇压之，即是刑法。……人民懒惰，不知畜牧，亦无蚕桑，……男女皆为裸体，不知衣服为何物。①

　　这是小说中对古代西南方国夜郎的描述。夜郎国是当时西南地区最大的方国，史料中的相关记载相当少，仅在《史记》中有极少的记载，后世史书多受此影响。对这样一个未在史书上留下具体细节的神秘国度，吴趼人对它的想象性描述完全基于儒家的正统观念。"无有礼教""信巫鬼""不知畜牧""亦无蚕桑""裸体"等叙述，明显是从儒家礼教及中原农耕文明的视角作出的否定性判语，完全无视夜郎因地处亚热带湿润山地丛林而自有的一套生存法则，偏见、歧视意味不言而喻。

　　有"天下第一奇书"之称的清代长篇小说《野叟曝言》，作者夏敬渠的创作旨意十分明确，就是欲借小说寄托生平志愿，大力宣扬儒学道义，排斥异端。故而鲁迅称："以小说为庋学问文章之具，与寓惩劝同意而异用者，在清盖莫先于《野叟曝言》。"② 在这样的意图下，小说中

――――――――――

① 吴趼人：《云南野乘》，《吴趼人全集》第八卷，北方文艺出版社，1998年，232页。

② 鲁迅：《中国小说史略》，上海古籍出版社，1998年，第173页。

涉及西南边地的内容很明显是全书中情节最为魔幻且荒诞的部分。主人公文素臣奉命到广西平定壮苗诸峒之乱，一路见闻十分怪诞，作者更借人物之口大肆评价并污蔑当地的生活、婚恋、宗教信仰、文化习俗等，编排了大量充满魔幻色彩的荒谬情节，诸如千年母猴与樵夫、人与虎配偶生子之类的故事，将西南形容成为一个人兽杂处的蛮荒之境，充满赤裸裸的歧视与偏见，直接表现出作者对处于儒家道统之外的西南充满批判、蔑视的心态。

以上几部小说在古代主流文学的西南书写中极具代表性，不同程度反映了在儒家思想主导下边地题材作品的整体创作倾向。所谓的"妖魔化"，既是政治文化中心观主导下的一种自觉或不自觉的叙事策略，亦是对"我者""他者"之间看与被看关系的最直观诠释，正如有学者深刻指出："明清小说讲述西南边地形象的生动，却是异域之眼的观照，从地理空间看，是中原为中心的；从地位来看，是儒家正统为中心的；从族类来看，是汉族为中心的；从文明的程度来看，是自诩文明为中心的。"①

三、从乌托邦到异托邦

相较于中国古代近乎众口一词的对西南的妖魔化、丑化文学地书写，近代来，主流文学叙事中的西南形象开始趋向于多元化。有延续传统视之为原始不开化的荒蛮之地的；有带着浪漫想象将之作为理想中的"桃花源"去描摹的；有以现实之眼去观照的……种种不同的取向实质上进一步反映出主流世界与西南边地真实生活的隔阂，虽然写作者的出发点、观点不尽相同，但他们笔下的西南世界都呈现出不同程度的乌托邦或异托邦色彩。

"乌托邦"一词出自空想社会主义，意指一种虚幻的理想社会，米

---

① 梁冬丽：《明清小说的西南时空书写》，《广西社会科学》2016 年第 4 期。

歇尔·福柯在此基础上提出其重要的"异托邦"理论，并对二者进行识别。在他看来，乌托邦和异托邦都是异质的边缘空间，相较于主流空间，它们与其他空间的关系是颠倒、抵消和中断的。其中，乌托邦是作为残缺现实的对立面而出现的一个虚构的理想化空间，而异托邦是实际存在的，只不过对它的理解要借助于想象力。从近现代到当下，主流文学中的西南叙事明显存在着乌托邦和异托邦两种建构模式，实质上都是"我者"对西南"他者"进一步凝视的反射。

对西南的认知改变最初是从西方文学开始的。清末，封建势力式微，西方势力乘虚而入。远在帝国版图一隅的西南边地，因相邻的东南亚诸国多沦为西方殖民地而成为西方觊觎之所，传教士、探险家、科学家、旅游者等纷纷涌入。在这些"文明者"的眼中，一直保持着原始自然生态和文化生态的西南无异于是一座令人兴奋的现实人间版"伊甸园"，是人类学者、动植物学家梦寐以求的乐园。于是乎，通过众多的游记、调查报告等的渲染传播，在西方兴起了一股"中国西南"热潮。

这股热潮的巅峰，以英国小说家詹姆斯·希尔顿（James Hilton）的《消失的地平线》为标志。这是一部典型的乌托邦小说。作者希尔顿本人从未到过遥远的西南，但他本人是中国西南的热烈向往者，他阅读了很多关于西南的游记等文本，如法国女探险家大卫·妮尔关于藏地——特别是藏文化传说的世界中心香巴拉的相关描述，法国王室的亨利·奥尔良王子在澜沧江流域旅行的记叙，尤其是美国探险家、植物学家（后来成为著名的东巴文化学者）约瑟夫·洛克对他影响最大。洛克在中国西南前后生活了三十余年，行迹遍及川滇藏甘交界的诸多区域，并多次进入当时尚与外界隔绝的木里王国、泸沽湖摩梭人部落，他撰写的大量游记及图片主要登载在著名的美国《国家地理》杂志上。这些来自遥远、神秘的中国西南的信息，给予希尔顿强烈的创作冲动和灵感，于是，就有了《消失的地平线》这部特殊的作品。

小说以中国西南汉藏交界地带为背景，描写了一个名为"香格里拉"的世外净土，那里有着最纯净优美的自然环境：天空明净如镜，三条大河在这里交汇，四周雪山高耸入云，山顶白雪皑皑，山脚下绿草如茵、牛羊成群。生活在山谷里的居民虽然信仰和习俗各不相同，但彼此和谐相处，其乐融融。神奇的是生活在那里的人们可以永葆青春，容颜不老，而一旦离开山谷，这种魔力便会消失。因飞机故障而误入香格里拉的四名西方人，在生活了一段时间之后，均认为那里是他们所见过的最幸福的社会。希尔顿创作这部小说，除了表达他对遥远神秘的中国西南的向往之外，还间接反映出西方知识界对一战之后社会现状的焦虑和不满，小说中那个未受现代工业文明浸染的世界，一定程度上代表了人们对纯朴宁静的生活的渴求。小说于1933年发表后，在西方引起了经久不衰的阅读热，根据小说改编的电影连续三年打破当时的票房纪录，《不列颠文学家辞典》称此书的功绩之一是为英语词汇创造了"香格里拉"一词。事实上，小说的影响已远远超越文学范畴，正如陶渊明给中国古代社会建构了一个理想社会——桃花源，希尔顿为全世界奉献了一个纯净无比的理想境界，香格里拉成为了"世外桃源"的代名词，并且成为一个尽人皆知的文化符号，当代甚至出现了云南、四川、西藏、甘肃多地争夺香格里拉归宿地的事件，由此可见这部作品的深远影响。

相较于《消失的地平线》这样纯粹的人类美好愿景的乌托邦寄托，近代以来其他关涉西南的作品更多倾向于视西南为一种异托邦存在——梦想与现实、美好与危险并存的异质边缘空间。

云南（云之南）的名字与亚洲高原狂风怒号的风貌是分不开的。它地处中国边远的西部，在高耸入云光彩夺目的西藏雪山山脉之下。在这一片狂暴而凶悍的原野上，居住着狂暴而凶悍的人，他们饱经风霜，穿着家庭自制的粗布衣服，骑着健壮的小马，或者赶着鬃毛蓬松的牦牛，攀越风雪怒号的崇山峻岭，跨过黑沉沉的激流。

这个名字有着呼风唤雨的魔力。凭借它的魔力，这个名字在我眼前召唤出一幅幅幻象，还伴随着从塔尔干（Tarkand）和乌尔加（Urga）、从喀什（Kashgar）和喀布尔（Kabul）、从拉萨和撒马干（Samarkand）以及从全世界遥远而迷人的不毛之地传来的令人兴奋的乐曲。①

以上文字出自美国记者、作家埃德加·斯诺（Adgar Snow）的西南游记，他因《西行漫记》（Red Star over China）一书而在中国几乎家喻户晓。而甚少人知的是，年轻时斯诺曾有过一段惊险难忘的西南探险之旅，他于20世纪30年代初期从越南乘坐火车沿法国人建设的滇越铁路进入中国西南，开启了一段他梦寐以求的西南探险之旅。斯诺跟随马帮从昆明出发，一路风餐露宿、翻山越岭，到达今云南境内大理、保山、瑞丽地区，最后出境至缅甸。说起这次猎奇之旅的动因，斯诺归之为受到了马可·波罗游记及近代一些到过中国西南的西方探险家的影响，对西南充满了奇幻而刺激的想象，前面所引文字即是他通过别人的游记加上自己的想象所形成的"云南边地形象"，基本上能代表那个时代西方以及中国主流社会对西南的想象，充满强烈的异托邦色彩。

直至当代，西方文学中的中国西南"异托邦"形象依然十分鲜明。谭恩美是在中西方文坛都较受欢迎的美籍华裔作家，其小说流露出一种"居间"特质，即她喜欢以中国家庭、中国文化为素材，但自幼在美国的成长经历，使她的态度立场与题材内容之间不可避免地存在一些隔阂，而西方读者又喜欢从她的作品中去了解中国文化。在2005年出版的长篇小说《沉没之鱼》中，谭恩美将故事背景置放在遥远的中国西南丽江地区与东南亚古老的兰那王国，——那里显然最能满足西方对古老、神秘东方的想象。小说通过一个美国旅行团的种种奇异遭遇，深入映射出西方现代文明与亚洲边缘地带古老的土著文明之间的差异与冲突。小说中，普遍存在的西方—东方、文明—野蛮的对立无所不在，充

---

① 〔美〕埃德加·斯诺：《马帮旅行》，李希文等译，云南人民出版社，2002年，第122页。

满了对东方的想象性描写。当旅行团出发前往丽江时，"由于丽江被描述为'历史的'、'悠久的'、'靠近青藏高原的'，所以马塞太太曾以为他们会住进游牧民族的帐篷里，地面是压实的土地，铺着牦牛皮，墙上装饰着挂毯，备好鞍喘着粗气的骆驼在门外等候……"① 由于不同文化之间的隔膜，旅行团成员屡屡触犯禁忌，如柏哈利误将子宫洞中的神龛当成小便池往里面撒尿，怀亚特、温蒂在寺庙里偷欢被发现……他们的种种"不敬行为"激起当地民众的愤怒，于是白族村长不仅禁止他们进入丽江的其他景区，还诅咒他们将因亵渎子宫洞而遭受报应："没有小孩，没有后代，永远不能结婚。"并说"诅咒将永远相随，今生来世，天涯海角，永不终止"②。

总之，在作者"异域"之眼的观照下，种种原始奇特的风俗和禁忌给小说笼罩上一层神秘、诡谲的色彩，这些正符合大多数西方人士心目中对西南的想象定位。《沉没之鱼》一出版便荣登《纽约时报》畅销书排行榜前十，小说的中文版译者蔡骏，也是当代中国知名的悬疑小说作家，指出了其成功的重要密码："从中国云南的丽江，到东南亚某古国，再到丛林中的部落，几乎包含了所有异域探险小说的元素。"（《沉没之鱼·序言》）

这种对西南的异托邦处理，同样存在于中国现当代文学之中。出现于 20 世纪 80 年代的一批曾在西南插队的知青作家，他们的创作中就不同程度地赋予了西南边地以异托邦色彩。一方面，由于实践生活经历，这些作家对边地贫困、落后的状况有切身感受，而另一方面，出于某些现实感触，他们笔下的西南往往糅杂了作家个体的情怀理想，十分典型地反映出那个时代主流社会的西南认知。

王小波最富盛誉的小说《黄金时代》，故事发生地正是他当年曾插过队的云南德宏一带。虽然故事的重心不在叙写地域风土人情，但郁郁葱葱的热带风光，还有"山高皇帝远"的少数民族地区相对宽松自在的生存氛

---

① 〔美〕谭恩美：《沉没之鱼》，蔡骏译，北京出版社，2005 年，第 26 页。
② 《沉没之鱼》，第 54 页。

围，与主人公王二叛逆不羁的个性、萌动的青春激情相得益彰。特别是王二与陈清扬为了坐实"破鞋"之名而遁到深山过了一段逍遥自在神仙日子的情节，在那个特定时代，呈现出罕见的诗意浪漫。"动物小说大王"沈石溪，其小说的故事背景大多为他曾当知青的西双版纳热带雨林，而其中那些充满智慧并具有善良、美好品性的动物，很多是来自那片独特的土地所给予他的灵感与感动。沈石溪通过一个个精彩曲折的故事，惩恶扬善，颂扬爱、忠诚、坚毅、勇敢等美好品性，以此来观照、审视人类社会，表达自己的希望与理想。很显然，这个依托动物童话所建构的善恶对立的异托邦世界，正是以充满异质特性的西南边地作为想象资源的。

因《中国知青梦》等纪实性报告文学而走红的邓贤，曾在作品中揭示他们这些知青作家对西南产生异托邦情结的原因。他写到一个当时负责动员知青下乡的工作人员的回忆："我们的任务主要以兵团干部的身份到处给学生作动员报告。我根本没有去过云南，更没有到过边疆，上级把宣传材料印发下来，我们就照那些材料去讲。至今我还记得'头顶香蕉，脚踩菠萝，一跤跌在花生里'之类的话。"[①] 此外，他还以诗意笔触具体描绘一群跑到西双版纳串连的红卫兵是如何震惊于那里的自然和人文景致："大自然在这片未曾开垦的土地上昭示给人类一幅无比生机勃勃的绿色长卷：太阳辉煌照耀，万物热烈歌唱，河流像瀑布，森林像翡翠。古木参天，浓荫覆地，千奇百怪的植物群落淹没了人类祖先从远古走来的足迹，无数野生动物珍禽异兽在亚热带热带雨林中栖息繁衍欣欣向荣。皮肤黝黑的少数民族敲响铓锣和象脚鼓，载歌载舞欢迎来自毛主席身边的红卫兵。"[②] 这样的场景令少年们热血沸腾，纷纷决定要到这里插队落户，而等他们真正开始劳动生活之后，才领略到那片土地所潜藏的危机以及无法逃遁的时代苦难。这种想象与现实之间的巨大悖离，正是异托邦文学的一大特性。

在当下的文学中，对西南的异托邦书写依然在延续，只不过在情感

①　邓贤：《中国知青梦》，人民文学出版社，1993年，第63页。

②　《中国知青梦》，第47页。

倾向及表现形式上有所变化。20世纪80年代以来民族学、人类学的勃兴，因改革开放经济发展而带来的旅游热，导致西南边地神奇秀丽的自然风光与多元绚烂的少数民族人文景致真正意义上的"被发现"，西南逐渐成为异质而充满诱惑力的场域。尤其是随着现代生活节奏的加快和都市生存压力的加大，经由消费者的想象寄托和商家的商业化打造的合力，西南又进一步衍生成为"诗和远方"的代名词。这从时下更受欢迎的影视形式便可见一斑，《心花路放》《从你的全世界路过》《去有风的地方》等一批或取材或取景于西南的作品，在受到观众追捧的背后，其实都隐藏着现代都市人对回归自然、回归内心的简单纯净生活地向往。而大理、丽江、稻城、泸沽湖等西南地域在其中无疑成为具有某种虚幻性的异托邦象征符号，依然是一种"看"与"被看"关系的呈现。

结语

由于心理意识上的优越感，文化上的隔膜以及对西南生活境况的陌生，不论是古代还是现代，不论是西方视角还是东方视角，主流文化中的西南叙事大多充满了主观臆断的想象，"隔"的痕迹十分明显。书写者更多是站在观赏者的视角，自觉或不自觉地以一种新奇、猎奇的心理来进行书写。这样的姿态和立场，必然造成对西南苦难历史、社会现状的回避和漠视，使这类作品多停留于表现奇风异俗的浅表层面，而往往缺乏深刻的人性及人道主义观照，正如有学者所指，"在主流话语对'西部文学'的想象中，一方面是对真正苦难和原生态生活现状与文化现状的漠视，另一方面是对苦难与原生态生活关注时充满文化优越感的猎奇性、观赏性、消费性"[1]，这种价值取向是需要引起警惕的。

（作者单位：大理大学文学院）

---

[1]　白浩：《西部文学想象中的理论后殖民与主体重铸》，《长江学术》2007年第3期。

五四白话文与区域的相遇①

——以沈从文、艾芜的早年经历为中心

□邓伟

中国现代文学有关区域的研究成果，一度由"地域文化"之类的视野来引领，且主要是进行自然地理环境与区域历史文化资源的关联性探讨，在相当程度上缺乏对现代语境的实质性关注与应有的理论建设，很容易形成一种文化决定论的思维模式。同时不难发现，关于区域的话题，早已成为人类学、社会学乃至中国近现代史研究的热点，这些学科理应成为我们研究更为宽广的学术背景与理论资源。于是，在中国社会现代转型的结构性重组之中，我们试图建构一种开放而又内在的中国现代文学的区域理论眼光，进而切实走入现代中国作家作品中，剖析其强烈的现代追求，加深对于中国现代文学特质的理解。

本文选取了动态性区域内发生的事件，并谓之"相遇"，具体聚焦于五四白话文与区域的相遇所能给予边缘知识分子的一种人生道路选择与追求。在主体内容方面，主要以中国内陆腹地中西部省份的湖南沈从文与四川艾芜的早年生活为论述基础。在一种区域的理论眼光之下，分析五四白话文理念对于他们价值世界的塑造。作为从中国社会底层成长起来的"五四之子"类型，五四白话文之于他们的人生道路，显示出了重大的意义，也充分表明了"自我建构作为一种反思性的'项目'，是

---

① 本文系 2021 年度国家社科基金一般项目"百年中国文学语言'声音'维度研究"（21BZW0401）阶段性成果。

现代性的反思性的一个基本部分；个人必须在抽象体系所提供的策略和选择中找到她或他的身份认同"①。正是由于这些乡村与下层的青年知识分子的早年经历，五四白话文不断内化并成为了信念与行动。在这些离开故乡而义无反顾上下求索的身影背后，五四白话文带来了一个全新世界的激励与铸造，同时也造就了一个让我们不断回望的蕴涵丰富的区域的时代性现实构成。

一、沈从文早年的五四白话文区域相遇

1917 年沈从文 15 岁，加入了湘西的地方军阀部队，离开湘西故乡的 1922 年之时，他已经 20 岁。我们看到了极为"神奇"的一幕——在这一期间，沈从文作为当地军阀土著军队的一名小兵，却为五四精神所捕获。

沈从文回忆道："过了不久，五四余波冲击到了我那个边疆僻地。先是学习国语注音字母的活动，在部队中流行，引起了个学文化浪潮。随后不久地方十三县联立中学和师范办起来了，并办了个报馆，从长沙聘了许多思想前进的年青教员，国内新出版的文学和其他书刊，如《改造》《向导》《新青年》《创造》《小说月报》《东方杂志》，和南北大都市几种著名报纸，都一起到了当地中小学教师和印刷工人手中，因此也辗转到了我的手中。正在发酵一般的青春生命，为这些刊物提出的'如何做人'和'怎么爱国'等等抽象问题燃烧起来了。让我有机会用一些新的尺寸来衡量客观环境的是非，也得到一种新的方法、新的认识，来重新考虑自己在环境中的位置。"② 在此，五四时期的新文化新文学观念，在一个叫"湘西"的具体区域空间之中得以出乎意料地展示。沈从

---

① 〔英〕吉登斯：《现代性的后果》，田禾译，译林出版社，2000 年，第 108 页。

② 沈从文：《我怎么就写起小说来》，《沈从文全集》（第 12 卷），北岳文艺出版社，2009 年，第 413—414 页。

文在与五四白话文的联系之中，升腾起一种反思能力，获得的是一种超越区域的抽象价值观念，而这一价值观念使其对自己出生与生长的区域，产生了全新的视角。

沈从文还记述了与他同住一屋的一个印刷工头，对他的叙述有着诙谐的意味：

> 我问那本封面上有一个打赤膊人像的书是什么，他告了我是《改造》以后，我又问他那《超人》是什么东西。我还记得他那时的样子，脸庞同眼睛皆圆圆的，简直同一匹猫儿一样，"唉，伢俐，怎么个末朽？一个天下闻名的女诗人……也不知道么？""我只知道唐朝女诗人鱼玄机是个道士。""新的呢？""我知道随园女弟子。""再新一点？"我把头摇摇，不说话了。我看到他那神气我倒觉得有点害羞，我实在什么也不知道。一会儿我可就知道了，因为我顺从他的指点，看了这本书中的一篇小说。看完后我说，"这个我知道了。你那报纸是什么报纸？是老《申报》吗？"于是他一句话不说，又把刚清理好的一卷《创造周报》推到我面前来，意思好像只要我一看就会明白似的，若不看，他纵说也说不明白。看了一会儿，我记着了几个人的名字。又知道白话文与文言文不同的地方，其一落脚用"也"字同"焉"字，其一落脚却用"呀"字同"啊"字，其一写一件事情越说得少越好，其一写一件事情越说得多越好。我自己明白了这点区别以后，又去问那印刷工人，他告我的大体也差不多。①

由于一个偶然性契机，在一种较为特殊的区域情境之中，留下了沈从文对五四新文学最初的记忆，留下了他对五四白话文最初的感性直观，即便显然还是十分的懵懂。印刷工人在沈从文的成长之中，扮演了

---

① 《从文自传》，《沈从文全集》（第13卷），第360—361页。

一个类似先知的传道者角色，使用的道具是新文化运动的一系列期刊与书籍，最终沈从文完成了蜕变，并带来了无尽的问题与热切的希望："我想我得进一个学校，去学些我不明白的问题，得向些新地方，去看些听些使我耳目一新的世界。"①

当 1922 年沈从文只身来到北京之时，完全处于社会边缘，连基本生活也难以维持，开始了艰苦的写作生涯，高标的只有"理想"。沈从文说道："刚到北京，我连标点符号都还不知道。我当时追求的理想，就是五四运动提出来的文学革命的理想。我深信这种文学理想对国家的贡献。一方面或多或少是受到十九世纪俄国小说的影响。"② 沈从文还说道："我是从乡下来的，就紧紧地抓着胡适提的文学革命这几个字。我很相信胡适之先生提的：新的文体能代替旧的桐城派、鸳鸯蝴蝶派的文体。"③ 沈从文谈到对文学革命的理解时说："我于是依照当时《新青年》《新潮》《改造》等刊物所提出的文学运动、社会运动原则意见，引用了些使我发迷的美丽词令，以为社会必须重造，这工作得由文学重造起始。文学革命后，就可以用它燃起这个民族被权势萎缩了的情感，和财富压瘪扭曲了的理性。两者必须解放，新文学应负责任极多。我还相信人类热忱和正义终必抬头，爱能重新黏合人的关系，这一点明天的新文学也必须勇敢担当。我要那么从外面给社会的影响，或从内里本身的学习进步，证实生命的意义和生命的可能。"④ 这样，沈从文就接受了五四的一整套理念，内化为自己的思维定势与奋斗目标，完成了"化蛹为蝶"的升华。自此，五四白话文奏响了它的凯歌，也可从中看到受其鼓舞的一位来自边地区域的边缘知识分子在社会变动之中的上升之路。

---

① 《从文自传》，《沈从文全集》（第 13 卷），第 364 页。

② 《从新文学转到历史文物——一九八〇年十一月二十四日在美国圣若望大学的讲演》，《沈从文全集》（第 12 卷），第 384 页。

③ 《从新文学转到历史文物——一九八〇年十一月二十四日在美国圣若望大学的讲演》，《沈从文全集》（第 12 卷），第 385 页。

④ 《从现实学习》，《沈从文全集》（第 13 卷），第 374 页。

二、艾芜早年的五四白话文区域相遇

我们还想对现代四川作家艾芜的早年生活做一些分析。在 1919 年，时年 15 岁的农家子弟艾芜考上了新繁县城的高等小学，在这里他与五四思潮有了最初的接触。他记得当时的校长吴六庄："据说他是'只手打倒孔家店的老英雄'吴虞的侄子。对'五四'的新文化运动，极为热忱地拥护，曾替学校订有许多鼓吹新文化的期刊杂志。北京出的《每周评论》，上海出的《星期评论》，成都出的《星期日》，就常常挂在礼堂的壁上，让学生自由地去阅读。图书室内则放着《新青年》《新潮》《少年中国》《少年世界》……"① 很快，五四思潮全面塑造了少年时代的艾芜，使得"新质"的艾芜，试图按照新文化的理念安排自己的生活：

> 我们对文言文，非常的憎恶，把反对白话的教员，骂为老腐败。我们把提倡新文化作白话文的人，放在至神至圣的地位去尊敬。自己也如醉如痴地做起白话文章，一天至少要用几句白话，凑成一首似诗非诗的东西。我们赞成男女平等、婚姻自主，回家去同父亲、母亲找麻烦，要他们解除旧式的婚姻。我们欢迎蔡元培说得"劳工神圣"，寒暑假回家的时候，就不要人挑衣箱书籍，愿意自己拿肩膀去承担起，辛苦一二十里，流一身汗，觉得是一桩高尚的事情。眼见社会上应改革的事情太多，便一心想做新青年，甚至决定远避恋爱那类纠缠，不到三十岁不结婚。总之，五四的新潮已把我们从头到脚，都淹在里面了。②

---

① 艾芜：《我的幼年时代》，《艾芜全集》（第 11 卷），四川文艺出版社，2014 年，第 102 页。
② 《我的幼年时代》，《艾芜全集》（第 11 卷），第 103 页。

在这样的精神历程之中，少年的艾芜建立了新的世界观，并尝试以此"改造"自己周边的世界。五四白话文无疑成了最为重要的部分，与"反孔"、婚姻自由、"劳工神圣"等构成了同质的存在，并力图将抽象的概念身体力行，虽不乏幼稚，但十分的真诚。"一天至少要用几句白话，凑成一首似诗非诗的东西"的表述，更多表明了一种强烈的态度倾向。这时，五四白话文捕获了个体，甚至构成了一种信仰般的东西，深刻奠基了他的价值观念。

少年的艾芜在积极地实践着自己的白话文写作，他很细腻地回忆起一次白话文"创作"的情形："用自己所喜欢的白话，来写文章，当较文言文写得清楚有条理些。有一次，这大约已是一九二〇年的夏天了，教师要我们自由作文，题目由自己来出。我便把一向做好的一首白话诗，写在作文卷上交去。内容是写我在一株荫凉的槐树底下，看见一条小小的青虫，把口里吐出的丝，挂在树枝上头，身子则轻轻地吊在半空中，并不坠落下来，微风一吹过的时候，它便随风抖动起来，仿佛在打秋千一样。我描写青虫在绿荫里飘动的样儿，并揣摩它在游戏中的快乐心境，约莫凑了十多个短的句子。"① 艾芜谈到此时对于白话新诗的情感认同说："我当时写诗，是受了康白情和黄仲苏他们的影响。康在《新潮》上发表的新诗如像'草儿在前，鞭儿在后'，以及黄在《少年中国》上一些描画自然美的诗，都是做得很自由，没有押韵的。文句又浅显明白，读起来极容易懂，使我非常喜欢。"② 有时，也会有其对白话新诗全身心的理解："沈尹默的《三弦》，有人评他写得很好，我却看不出来，星期六晚上和同学在操场上玩耍，也拿出来对着月光再三再四地念，想找出它所以好的秘密，虽然始终一点也没有找出，但那股傻劲，却是强烈得很。"③ 究其原因，正是因为："那个远远来自北京的浪潮，即使多年以后，已变成小小的涟漪了，也还在四川的小角落里，使

---

① 《我的幼年时代》，《艾芜全集》（第 11 卷），第 104 页。
② 《我的幼年时代》，《艾芜全集》（第 11 卷），第 105 页。
③ 《我的幼年时代》，《艾芜全集》（第 11 卷），第 105 页。

人受着强烈的激动，感到莫大的鼓舞。"①

对于五四白话文所带来的一切，艾芜深情地写道："我那时，只是感觉到，来自家庭、社会以及小学校的知识，和杂志、刊物掀起的宏大思潮一比，确是太贫乏、太狭窄了。一个人应该勇敢地到世界上去，寻找更新的思想，扩大认识面，增广见闻。这就为以后我一个人离开了家、离开了故乡，到他乡异国去追求、探索，打下了一个不小的基础。"② 另还需重视艾芜在南行之时和昆明友人的谈话："他们问到我为什么要离家远走，来过这种苦难的生活。我便说，人是不应该安于他的环境的，应该征服他的环境。因为人是生来活动的东西，便当不顾一切地去活动。一个人，能够吃苦，能够耐劳，能够过最低度的生活，外界无论什么东西都不能吓退他的。这是我当时谈话的最主要的意思。同时，我也全靠这些念头，敢于抛掉我一切的所有，赤裸裸地走到世界上来，和世界作殊死的搏斗。"③ 于是，艾芜超越了区域的生存与经验，将自我的成长融入一个更为广阔、观念意志性的、同时也是想象性的世界，并在与严酷社会的对抗之中，不断汲取成长的勇气与力量。

---

① 《我的幼年时代》，《艾芜全集》（第 11 卷），第 109 页。
② 《我的幼年时代·校后记》，《艾芜全集》（第 11 卷），第 113 页。
③ 《我的青年时代》，《艾芜全集》（第 11 卷），第 281 页。

三、五四白话文与"脱域"

通过对沈从文、艾芜的分析，我们想说的是，在中国不同的地区，诸如中国内陆腹地的湖南、四川，甚至在一些小城镇与乡村之中，由五四白话文社会弥散带来了巨大思想冲击与社会动员能力。并且，这里还有一个现在大家都普遍重视的背景："举业是乡村士子人生的重要内容，科举制为数以千万的寒门士子提供了通过读书改变命运的方式与机会。因此，改科举与停科举都对他们的命运产生了不可低估的影响。"① 众多的中国乡村与下层的青年——无数的沈从文们、艾芜们为系列的新文化、新文学刊物所激励，而五四白话文在新的价值观念之下，聚集起宏大的社会意义。

这就是说，在一种"印刷语言"之中，沈从文与艾芜完成了最初"印刷思想"的五四"启蒙"。他们满身心地怀揣着抽象的理念与朦胧的梦想，面对憧憬了一个观念构成的崭新世界，为之激动且不断奋斗，汇入了一个"想象的共同体"，汇入了现代中国的历史之中，进而改变了中国文学与文化的社会基础及其结构。诸如沈从文 1922 年离开湘西来到北京，艾芜 1925 年离开成都的四川省立第一师范学校而一路南行至东南亚，其表面的偶然性选择后面自有其社会价值认同的必然性，其行动本身就呈现出一种典型的思想文化姿态，洋溢着一种新的道德情怀。还可以在宏大的社会视野中说，这就是一种新政治的行为，而五四白话文在这一特定范围之中完成了其社会动员的功能，历史定格他们为一个时代的身影。

这让人想到吉登斯谈到现代性最为重要特点的"脱域"："现代性的动力机制派生于时间和空间的分离和它们在形式上的重新组合，正是这种重新组合使得社会出现了精确的时间—空间的'分区制'，导致了社

① 关晓红：《科举停废与近代中国社会》，社会科学文献出版社，2013 年，第187 页。

会体系（一种与包含在时—空分离中的要素密切的现象）的脱域（disembedding）；并且通过影响个体和团体行为的知识是不断输入，来对社会关系进行反思性定序与再定序。"① 它清晰表现为"通过冲破地方习俗与实践的限制，开启了变迁的多种可能性"②，这些无疑反映在沈从文、艾芜等人的经历之上，中国社会的现代进程已经开启，社会关系发生巨变。人的流动在新的社会条件之下也在发生巨变，而此时的"区域性社区不再仅仅是一个浸透着为人熟悉的毋庸置疑的意义的环境，而在很大程度上已经是对远距关系（distanciated relations）的地域性情境的表现"③。

李长之在评论鲁迅时认为："人得要生存，这是他的基本观念。"④ 竹内好深表赞同："李长之之说是一个卓见。我赞成李长之的意见，那就是作为思想家的鲁迅的根底放在'人得要生存'这个质朴的信条之上。"⑤ 这些见解无疑也适合于沈从文、艾芜等人。例如，艾芜在1980年时，为1940年代创作的旧文《我的幼年时代》写出的《校后记》，就细数了如果不离开故乡，可能会走上的人生道路，但自己很快又做出否定：第一条路是如先辈一样务农，但因家庭衰败，土地都卖完了，"我们这个靠土地为生的家族，已经没有依靠了"；第二条路，"我的祖父，还是主张读圣贤的书——'四书''五经'。但这条路已经断了，没有举人状元可考"；第三条路，像其父亲当一个小学教师，"工资少，儿女如果多了，就养不活"，而且"为了取得下年的聘书，到处奔走，向有关部门说情，极为艰苦，大有'生死存亡，再此一举'之势。故称为'六腊之战'"，因此"家里人也不希望我走父亲一样的道路"；第四条

---

① 《现代性的后果》，第14页。

② 《现代性的后果》，第17页。

③ 《现代性的后果》，第95页。

④ 李长之：《鲁迅批判》，《李长之批评文集》，珠海出版社，1998年，第7页。

⑤ 〔日〕竹内好：《鲁迅》，《近代的超克》，李冬木、赵京华等译，生活·读书·新知三联书店，2005年，第7页。

路，像某个成功的亲戚一样，全家信基督教，进教会学校，但为有民族主义思想的父亲反对；最后一条路为，"当时四川军阀大量招兵买马，各据一方，有时战争，攻城夺地，大发横财"，由于有些亲戚在走这条路，"我的父亲就主张我进军阀办的步兵学校"①。

但是，沈从文、艾芜都主动选择离开了故乡，故乡区域性生活的种种可能性，在他们的心目之中已然关闭，于是他们不得不赤手空拳地进入那似乎充满了光晕的另一社会空间与生活，成为一种实质性的"走异路，逃异地，去寻求别样的人们"②。他们在文学领域，获得的所谓"成功"，实际上经历了太多生活的艰辛与磨难，以至于今天的我们会感到其中的高度危险性。当初登文坛之时，他们亦如鲁迅眼中的叶紫——"作者还是一个青年，但他的经历，却抵得太平天下的顺民的一世纪的经历。"③ 这些艰难困苦，最终磨砺与淬火了他们的心智，使得他们的现代追求富于现实基础。于是沈从文、艾芜在 20 世纪大起大落的社会环境之中，较之同时代的作家与文化人，就多了几分淡定与从容，因为那些在特定区域之中的早年经历与挣扎奋斗，已成为他们人格的底色，使其一生都保有赤子之心。

四、区域作为"人"的存在维度

如将沈从文、艾芜早年经历所面对与体验的区域，视为一个"单位"——一个中国现代文学研究的区域"单位"，不难发现其中充满了各种思潮激荡与各种事件性构成，也包括当时在全国范围兴起的诸如五四白话文这样的新生事物。从这一角度来说，从来就没有停滞而凝固的区域，特别是身处于社会大变革的时代。诸如五四白话文这样的存

---

① 《我的幼年时代·校后记》，《艾芜全集》（第 11 卷），第 111—112 页。
② 鲁迅：《〈呐喊〉自序》，《鲁迅全集》（第 1 卷），人民文学出版社，2005 年，第 437 页。
③ 《叶紫作〈丰收〉序》，《鲁迅全集》（第 6 卷），第 228 页。

在，在不同的区域之中，被真实地呈现，并具有了具体区域的具体实现方式。这就说明了区域内部变动不居的流动性，在不断的相遇事件之中，展现出区域的开放性。

我们并不想以既定的"中心"与"边缘"之类的二元对立框架来阐释这一切。因为区域的含蕴已经包含了国家，区域并不是国家之外的超然存在，区域只能是国家的区域，"中心"与"边缘"的二元刻意划分反倒是将问题简单化了，或言是由这一话语方式而将对立夸大了。这就是说，"中心"与"边缘"是同时交融显现于"区域经验"的，"区域经验"并不仅仅是区域文化传统的遗留，仅仅是乡土民间的习俗，仅仅是区域传统精英的学术源流，乃至于似乎也用不着以"乡邦文献"，刻意地去打造某种区域的独特性神话叙事。

换言之，由于某些时代的区域要素的不断改变，区域结构已经发生了根本性改变，并不能以"亘古不变"的那些所谓区域特征来切入研究，而区域之中新的内在结构及其形成的过程，尤应为研究者所重视。我们的目光不能老是往后看——当然我们并不否认其确有意义与必要性，但需要对此意义保持高度的清醒与自觉——总是期待由区域性的物质因素与人文源流的历史连续性来解释区域社会，就很有可能会将研究发展为一种自我封闭性的循环阐释，显现出某种结构性的缺陷。或许，我们更应该往前看，看到区域的"改造"与发展，看到时代非连续性之中区域的传统分裂与新质创生，甚至由它们又重构了区域传统。所谓"传统"，从来就不是固定的铁板一块，而是在具体的历史时空之中，被建构出来的，自有其权力关系支配下的形成过程。能够确认的是，沈从文、艾芜通过特定的区域面对了整个世界，进而也超越了这一区域，日后产生了沈从文的"湘西"文学世界，日后产生了艾芜的"南行"文学世界以及对岷沱故里不断回视的文学空间。

再大而言之，中国现代文学的区域研究目的何在？我们认为纵然有着不同的思路与实现的路径，甚至是较大的观念分歧，但就根本意义而言，共同之处应都是指向作家的，指向作家体验的，即灵动地激发我们对"人"的理解。由此出发,文学的区域研究,可再去阐释不同的文学经验与实践,而不是指向什么区域文化,乃至于还有着某种"文化主体"的说法,使得"人"附着于"文化",似乎"人"就是所谓"文化"的完全产物。这就颠倒了本末,我们确信只有"人"方才有主体,"文化"无所谓主体,"文化主体"说法本身就可能是一个伪命题。可参考这样的一个观点:"'文化'本身不是'行动者'(agent),它没有人格,也没有意志;没有信念也没有欲望,无法行动更无法为行动的后果负责,当然也更不可能成为一个反思性的主体。所以,把'文化'和'主体性'联系在一起就是无意义的胡话。用'主体性'去形容'文化'是错误的'拟人化'的原始思维方式。"① 就"人"与区域的关系而言,"人"与区域是直接相连的,"人"是区域的主体与承载者,区域是实现"人"的一种社会空间构成,进而在文学史建构之中,需要"由人的能动性去解释历史活动和历史过程"②。如同沈从文、艾芜的生命如此奇异而绚烂地绽放于区域的故土,现代白话文创作的"文学"成为他们的终生信奉与追求的"志业",五四白话文与区域相遇相应具有了一种社会意义层面上的"脱域"功能,具有了制度层面的意义。并且,沈从文、艾芜的早年经历,还会是不少 1930 年代登上文坛的中国现代作家的共同经历,他们的名字成了集体性的名词,也表明了此时中国社会某种共通性的结构。在五四之后,现代白话文与更为宽广的中国社会生活相结合,在文学领域之中,对中国社会进行了空前的把握与开掘,最明显的表现就是文学创作题材的边界不断扩增——沈从文、艾芜以及有相同经历的那一类流浪型"文学青年""文学新人"与1930 年代中国现代文学的兴盛与定型关系甚大。

当然,本文以上所论述的一切,都是切切实实在区域以及不同区域

---

① 周濂:《文化主体性:一个虚构的焦虑?》,徐纪霖、刘擎主编《中国启蒙的自觉与焦虑——新文化运动百年省思》,上海人民出版社,2016 年,第 97—98 页。

② 刘志伟、孙歌:《在历史中寻找中国——关于区域史研究认识论的对话》,东方出版社,2016 年,第 21 页。

的转换与碰撞之中完成的。这样，对区域视角或视野的分析，在中国现代文学研究之中乃是不可忽视也不能忽视的。就此意义而言，区域的研究可以无限延伸开来，生发出有意义的话题。如此说来，开放的区域就不仅仅是一种视角或视野了，完全能够成为中国现代文学研究视域之下"人"的重要存在维度。

（作者单位：西南交通大学人文学院）

经验写作与时代写作的互渗与龃龉①

——论《南行记》的生成与评价

□ 蔡益彦

一、文学观念的转变：个人经验与时代的交合

1930 年代的文学语境相比于 1920 年代发生了很大的变化，由于特殊的政治文化环境，时代性写作成为很多作家的共识，特别是有"左联"背景的作家，更是把"文学如何表现时代"这样的命题推向了极致，以至于出现公式化、概念化等诸多的创作弊端，引起了多次争论。有学者认为"三十年代政治文化对当时作家和文学创作活动起了重要的制约作用，三十年代作家政治意识普遍增强，这些政治意识左右了作家的文学选择。政治诉求、政治意识、政治价值观或明显或潜隐的趋导，在较大程度上决定了作家从事创作的使命感和源于政治思考的创作预设，而且多少也决定了作家们观照问题的角度、选取文学题材的眼光和处理题材的方法，并由此形成了三十年代文学创作的许多重要现象和重要特征。"② 作家的文学选择呈现出一种政治化转变倾向，不得不说与时代的急剧变化直接相关，同时也与作家个人生活体验有重要关系。

《文学》杂志创刊一周年之际，该刊发起了题为"我与文学"的征

---

① 本文系国家社会科学基金青年项目"书评与新文学的阅读传播研究（1917—1937）"（23CZW043）阶段性成果。

② 朱晓进：《政治文化与中国二十世纪三十年代文学》，人民出版社，2006年，第 266 页。

文活动，收到了茅盾、巴金、沈从文、萧乾、艾芜等 59 位作家的文章，谈论自己对于文学的态度和见解，为广大文学爱好者提供了很好的参考经验。后来这些征文辑录成单行本《我与文学》，由生活书店初版于 1934 年 7 月。编者在书的引言里说，"这数十位作家在文学活动上各有各的不同经验，他们对于文学的态度和见解当然不能完全一致，但有两个值得重视的共同点：其一，各人所发表的意见都是自己对于文学亲切体验的结果；又其一，各人之与文学发生因缘或中途转变态度，无不由于某种外在的戟因所促成。我们由这重视体验和自觉戟因两个共同倾向上，就可以看出我们的文坛已于冥冥之中差不多一致进入新文学发展的另一阶段了"①。这里所言的"某种外在的戟因"更多指向的是由时代的发展潮流带来的不可抗拒的因素，而"新文学发展阶段"即文学更为注重时代书写，表现复杂的社会历史大手笔，文艺大众化。这些都是区别于五四启蒙文学的新阶段。这样的历史新阶段，文坛几乎是"差不多一致进入的"，从这个层面上讲，要完全摆脱时代的诉求，只注重个人"内在"表现的文学，无疑显得不合时宜。

1930 年代作家的文学选择与时代潮流密不可分，叶紫在《我怎样与文学发生关系》一文中，讲述了时代的洪流如何粉碎了他原本美好的家庭，使他过上流浪漂泊的生活。写作成了他发泄内心郁积的方式，"没有技巧，没有修辞，没有合拍的艺术的手法。只不过是一些客观的，现实社会中不平的事实的堆积而已"。② 痴迷于法国象征诗歌的穆木天在目睹了东北农村的破产，又经历了"九一八"的亡国痛恨后，终于感到诗人的社会使命。③ 而胡风在经历了"五卅"浪潮之后，社会观与艺术观之间不可调和的矛盾也被搅成浑然的一片，"整个社会都动在我底前

① 郑振铎、傅东华编：《我与文学》，上海生活书店，1934 年。
② 叶紫：《我怎样与文学发生关系》，郑振铎、傅东华编：《我与文学》，生活·读书·新知三联书店，2012 年，第 48 页。
③ 参见穆木天：《我主张多学习》，郑振铎、傅东华编：《我与文学》，生活·读书·新知三联书店，2012 年，第 371 页。

面，我沉进了人群底海里，忘掉了一切……"① 丁玲更是在时代环境的驱使下，调整了自己的写作方向，反思自己早期的作品陷入了"恋爱与革命的冲突的光赤式的阱里去了"②。

这样的例子还有很多，无需赘述。艾芜的文学道路，就是在这种时代浪潮的冲击下慢慢铺展开的。《我与文学》收录了艾芜的一篇创作经验谈，题为《墨水瓶挂在颈子上写作》，回忆了他如何与文学发生关联，遭遇了哪些人生经验使得文学观念得以转变并决心走文艺这条道路。应该说，沿着作者的回忆轨迹，我们可以清晰地看到，其文学观念发生转变似乎存在某种有序的内在逻辑。由此确定了艾芜对于写作意义的理解——为时代助力和贡献。笔者感兴趣的是这种文学自觉是怎样发生的，内在机制怎样，文学观念与实际的创作是否完全吻合，进而讨论《南行记》的生成与评价问题。

二、艾芜与鲁迅：缺席的见面与精神的在场

关于艾芜文学观念的转变，与鲁迅有重要的内在关联性，如关于小说题材的通信、监狱事件的财力救助、鲁迅之死的纪念等。这几件事都是发生在上海的场域，而在缅甸观看影片所受到的精神影响，更是与鲁迅"幻灯片"事件有着相似的功能性意义。

电影院观影一事让艾芜改变了对文艺的看法，《南行记》序言详细地回忆了观影这件事。影片名为 *Telling The World*，是美国导演山姆·伍德拍摄的一部喜剧，1928 年上映。艾芜是在仰光观看到这部电影的③。观看完这部电影，艾芜认识到文艺并不是茶余饭后的消遣品，而是用感动的形式传递意识形态的宣传品。"这一来，全戏院的观众，欧洲

---

① 胡风：《理想主义时代者的回忆》，郑振铎、傅东华编：《我与文学》，生活·读书·新知三联书店，2012 年，第 307 页。
② 丁玲：《我的创作生活》，《创作的经验》，天马书店，1935 年，第 24 页。
③ 参见艾芜：《序》，《南行记》，文化生活出版社，1935 年。

人，缅甸人，印度人，以至中国人，竟连素来切齿帝国主义的我，也一致辟辟拍拍大拍起手来。而大美帝国主义要把支那民族的卑劣和野蛮 *Telling The World*（这影片的剧名）的勋业，也于此大告成功了。"①

　　艾芜观看电影的震撼，与鲁迅观看"幻灯片"，在精神上的冲击似乎有某种同构的关系，但两者所做出的反应和对事件本身理解的程度却并不一致，因此也导致了二者对文艺功能的认识有所不同。正如鲁迅所言，"我在这一个讲堂中，便须常常随喜我那同学们的拍手和喝彩"，鲁迅在众人的鼓掌和喝彩声中，保持着清醒的理智，"但在我，这一声却特别听得刺耳"。鲁迅的情绪没有被盲目连带进去，而是开始转向自我的审视，是一次自我启蒙，由此便展开了"国民性改造"问题的思考，认为需要通过文艺的力量，重新改变国民的精神。艾芜在观看了影片之后，尽管素来对帝国主义切齿，却无法摆脱影片中情感力量和周围环境的影响，忘情地鼓掌，这一事件让其意识到文艺强烈的感染力，具有政治意识形态宣传的巨大效果，但他却没有达到鲁迅自省的深度，认为文艺仅仅是一种用情感来增强宣传效果的工具。

　　值得注意的是，"观看"影像这一行为，是在什么样的语境下才具有如此重大的影响力，甚至能改变鲁、艾二人的思想观念和人生走向呢？其中一个很重要的原因是当事人远离国家，置身于其他民族国家之中，周围都是不同种族的人，增加了自我身份的敏感意识。这种异乡的孤寂感更容易触动自尊的神经，而影像内容又是侮辱中国人的情节，这时候的个体，就不单单局限于个人，而是代表着"祖国"整体，民族情绪自然无意识中被放大了，而道德压力也随之产生。影片中对于中国人的羞辱，自然就落到"我"身上，不安、紧张、羞辱感无处可逃。此种震颤的效果，难以磨灭。其二是电影院和狭小的教室属于集体公共空间，但非常密闭，容易使人产生眩晕感，且精神亢奋，易于造成狂欢化的效果。其三是幻灯片或电影这种形式本身的效果，照片和影片在视觉上给人构成的冲击是瞬间且可以深入其意识内部，造成颤栗的效果。影

---

　　① 《序》，《南行记》，第 6 页。

片情感渗透甚于观念宣传，文艺的功用被放大了，成了意识形态宣传的最佳方式。从艾芜观看影片的反应中，我们可以看到，在情感与观念的冲突当中，观念是可以被压制的，这为艾芜后来的写作埋下了伏笔，下文会分析艾芜写作中经验与观念之间的相互抵触，造成文本的内在张力。

影片对艾芜的影响是深远的，但还不足以让其真正走上文学的道路，更大的推动力，还在于回国期间的所见所闻以及好友沙汀的鼓励与帮助。当然，多次投稿碰壁，以及对于写作意义的不确定都让艾芜动摇过，直到和鲁迅的通信，才确定了为时代助力的文学写作方向。1932年，艾芜加入"左联"，原本以为可以借此同文坛的前辈讨教文艺，获得长足的教育，但左联的日常活动大部分是政治性任务，平时只谈"国内外的政治情形，从不谈到文艺思想和创作趋势"①。这与艾芜的文学写作理想存在着某种冲突，左联"每次开小组会，都是谈政治问题"，"左联的小组，很少谈文艺，因此也不谈写了什么作品，发表了什么文章。"② 但是艾芜的兴趣在写作，空闲时候依然坚持写作并向左联刊物投稿。艾芜给左联的刊物写稿，实际上有点像义务写作，如《杠夫的歌》《示威进行曲》两首新诗，书写的对象是"码头工人""失业工人"，并不是艾芜自己最擅长的异国经验写作，所以艺术性不高，几乎是标语口号诗。但是也正因为加入了左联，艾芜才得以有发表文章的渠道，也借此扩大了自己的知名度，如《文学月报》的主编周扬就把艾芜此前写过的小说《人生哲学的一课》发表在左联办的刊物。北平左联创办的《文学杂志》也向其约稿，《南行记》中收录的小说《在茅草地》就是发表在1933年的《文学杂志》上的。

艾芜的写作，与其亲身体验总是息息相关，应该说上海的生活境遇在很大程度上形塑了艾芜的写作认知，而师友朋辈的关怀和认可也构成

---

① 艾芜：《三十年代的一幅剪影》，中国社会科学院文学研究所左联回忆录编辑组编：《左联回忆录》，知识产权出版社，2010年，第181页。

② 《三十年代的一幅剪影》，《左联回忆录》，第182页。

了其写作的巨大动力。初到上海，虽然投稿多次被拒，但艾芜并没有放弃，当写作与其自身体验关联起来时，就产生非写不可的热情，"这使我感到了挫折，但还是要写下去，因为题材一涉及到了过去的流浪生活，文思象潮水似地涌来，不能制止。再加我回到离开四年的祖国，耳闻目睹，总觉得比帝国主义直接统治的殖民地还不如"。① 在上海被英国巡官带着印度巡捕、中国巡捕搜身的经历，增加了艾芜对写作的一些刺激因素，"我不能忍受下去，对于反帝这一重大战斗，一定要出把力，即使只在文字上表示一下，也是好的"。② 他目睹了纱厂女工被坏人拐骗卖到厦门妓院为娼的事实而难过良久，无法忘记，"我曾想过，不能解救属于此类人民的苦难，至少也得用笔描绘出来，引起全国人民的注意，并有所激动"③，作者由于对上海的情形不够了解，一直没动笔，但这一事件却催促其去写"那比较熟悉的滇缅边界人民的惨痛生活"④。上海生活的境遇，使得"反帝""描绘人民的苦难"这些题材渐渐成为艾芜的关注点，如何才能使写作成为时代的助力，怎样的写作才是有意义的。带着这些疑惑，艾芜和沙汀在 1931 年底一起写信向鲁迅请教短篇小说创作题材的问题，即《关于小说题材的通信》，并寄上作品《在太原船上》求教正。

　　"写什么"在 1930 年代初期是一个很有争议的问题，艾芜和沙汀的困惑就不单是两位年轻作家个人的困惑，而成了一个时代的共性问题。1931 年 11 月左联执委会的决议《中国无产阶级革命文学的新任务》对无产阶级革命文学的创作问题有了新的规定，从创作的题材、方法和形式三个方面给出了最根本的原则。第一，作家必须注意中国现实社会中

---

① 艾芜：《三十年代的一幅剪影——我参加左联前前后后的情形》，毛文、黄莉如编：《艾芜研究专集》，四川文艺出版社，1986 年，第 40 页。

② 《三十年代的一幅剪影——我参加左联前前后后的情形》，《艾芜研究专集》，第 41 页。

③ 《三十年代的一幅剪影——我参加左联前前后后的情形》，《艾芜研究专集》，第 42 页。

④ 《三十年代的一幅剪影——我参加左联前前后后的情形》，《艾芜研究专集》，第 42 页。

广大的题材，尤其是那些能完成目前新任务的题材。第二，在方法上，作家必须从无产阶级的观点，无产阶级的世界观，来观察来描写。作家必须成为一个唯物的辩证法论者。第三，在形式方面，作品的文字组织必须简明易解；必须用工人农民所听得懂以及他们接近的语言文字；在必要时可以容许使用方言①。这份决议从根本上就把作家的创作自由限制在一定的范围之内，凡不合纲领文件精神的创作，都是不被认可的甚至会遭受批判。从创作题材看，什么内容可以称得上"现实社会中广大的题材"，凡是能帮助完成当前新任务的题材，譬如反帝题材，反对军阀地主资本家政权以及军阀混战的题材等，这些题材都具有鲜明的时代性，是属于大众的，因而可取，需要抛却的是那些"身边琐事"，小资产知识分子式的"革命的兴奋与幻灭""恋爱和革命的冲突"之类定型的观念的虚伪题材②。以1931年为例，钱杏邨认为这一年作家应当抓取的主要题材，应该是洪水灾难，其次是反帝的题材，这才是符合时代且具有重大社会历史意义的事件型题材③。

　　艾芜和沙汀在通信中所涉及的题材究竟算不算"现实社会中广大的题材"，能不能称得上对时代有意义？事实上，艾芜对于普罗文学公式化的倾向是有所避讳的，他认为凡是不熟悉的题材，没有经过自己的体验，在写作实践中往往会导致失败。在《记我的一段文艺生活》中，艾芜回忆了他早期创作存在的问题，"我当时想，文章匆忙写的，难于写好，且不用说。题材更对我十分生疏，我只从当时的报上看来，没有把电车工人的生活加以体验，也没有在脑筋里将题材锻炼一番，结果就如同一个笨拙的媳妇似的……只能煮出一顿不能吃的生饭。"所以他"不愿把一些虚构的人物使其翻一个身就革命起来，却喜欢捉几个熟悉的模

---

① 参见《中国无产阶级革命文学的新任务》，《文学导报》1931年第1卷第8期。

② 参见《中国无产阶级革命文学的新任务》，《文学导报》1931年第1卷第8期。

③ 参见《一九三一年中国文坛的回顾》，《北斗》1932年第2卷第1期。

特儿，真真实实地刻画出来"①。艾芜当时熟悉的题材，正如通信中所述，其一是暴露小资产阶级的弱点，其二是为求生而反抗的下层人物②。而这两种题材在当时却有诸多写作限制与困难，艾芜陷入无从措手的矛盾中。艾芜曾把小说《伙伴》投交《北斗》杂志，结果未能被刊登，后来听丁玲说《伙伴》是小资产阶级的东西，故而不在《北斗》发表③。因此他才与沙汀一起写信向鲁迅求教。

针对艾芜和沙汀的疑问，鲁迅给出了自己的见解，指出两位作者之所以存在这样的困惑，主要是因为所站的立场是"小资产阶级的立场"。却也肯定了这两种题材在目前的中国依然有存在的价值和意义。④鲁迅的回信，消除了艾芜和沙汀关于写作题材的困惑，从某种意义上讲，也拓宽了写作的自由度，摆脱左翼写作命题性写作的局限，同时也对这两位青年写作者提出自己的要求，"选题要严，开掘要深……现在能写什么，就写什么，不必趋时，自然更不必硬造一个突变式的革命英雄，自称'革命文学'，也不可以苟安于这一点，没有改革，以致沉没了自己——也就是消减了对于时代的助力和贡献"。⑤希望他们能保持严肃的文学态度，才能真正对时代有所贡献。

1936年10月19日鲁迅逝世，10月22日艾芜写了纪念鲁迅先生的文章《我们应该向鲁迅先生效法的》。从这篇文章中，我们可以看到艾芜对于鲁迅精神的理解和他自己文学方向的厘定。艾芜认为鲁迅是不可忘却的，除了悲悼、纪念外，更应该向他有所取法，"首先应该向他效法的不是学他的短篇小说，不是学他的随笔散文，而是取法他对人类的爱，尤其是对被压迫者的爱，被损害者的爱"。"其次应该向他效法

---

① 鲁迅:《关于小说题材的通信》,《艾芜研究专集》, 第215页。
② 参见《关于小说题材的通信》,《艾芜研究专集》, 第215—216页。
③ 参见《关于小说题材的通信》,《艾芜研究专集》, 第216—217页。
④ 参见《关于小说题材的通信》,《艾芜研究专集》, 第377页。
⑤《关于小说题材的通信》,《艾芜研究专集》, 第217—218页。

的，便是他那份战斗的精神。"① 贯穿鲁迅整个一生的人道主义关怀以及反抗精神深深地影响了艾芜。《光明》1936 年第 1 卷第 10 期刊出哀悼鲁迅先生特辑，收录了艾芜的另一篇纪念文章《悼鲁迅先生》，艾芜回忆了自己接受鲁迅先生的教益与帮助（关于小说题材的通信，入狱后鲁迅资助 50 元两件事），而尤其难过的是却未曾在先生生前与其见过一面。虽然艾芜与鲁迅未曾谋面，但鲁迅的精神一直深刻地影响着初入文坛的年轻写作者。鲁迅成为像艾芜这样的"思考着和反抗着"年轻人的精神偶像和行动航标。

三、1930 年代关于《南行记》的评价

经历缅甸的观影事件，初到上海的耳闻目睹，以及和鲁迅关于小说题材的通信等一系列的人生经验，艾芜的文学观念得以完全确立下来。讨论艾芜 1930 年代的小说，首先不能绕过的是这一时期艾芜对于文学的理解，艾芜作品所形成的风格与其创作理念密切相关，同时又来源于其丰富的人生体验，善感的性格。下文以《南行记》为例，考察其写作与当时的书评，进而论述经验写作与时代写作如何相互渗透与龃龉。

1933 年冬，艾芜的第一部短篇小说集《南行记》写成，收录了 8 篇小说：《人生哲学的一课》《山峡中》《松岭上》《在茅草地》《我诅咒你那么一笑》《我们的友人》《我的爱人》《洋官与鸡》。这本小说集于 1935 年 12 月由上海文化生活出版社编入"文学丛刊"第 1 辑出版，并加入序言一篇。小说集序言原题为《我是怎样写起小说来的——第一创作序》，1933 年 11 月 1 日写于上海，发表于 1934 年的《千秋》第 2 卷第 1 期。

小说集《南行记》中的小说，除了《洋官与鸡》未曾发表，其他小说都在报刊上发表过。这些小说的写作时间集中在 1931 年到 1933 年

---

① 艾芜：《我们应该向鲁迅先生效法的》，《申报·文艺专刊》1936 年 10 月 30 日。

间，题材都是以艾芜的流浪经历为原型，讲述其在西南边境和缅甸的所见所闻。小说《人生哲学的一课》开篇，叙述的是1925年秋艾芜正式开启西南流浪之旅，以《我的爱人》结尾则正好是1931年春艾芜被英帝国殖民政府驱逐回国，离开印度和缅甸的时期。《序》中提到"这本处女作，就艺术上讲，也许是说不上的。但我的决心和努力，总算在开始萌芽了。""这本处女作"指的就是《南行记》，但实际最先出版的小说集是1935年3月由上海良友图书公司出版的《南国之夜》。与《南国之夜》这个小说集相比较，《南行记》风格完全不同，不太带有"左翼"小说的模式。尽管《南行记》序言中提到该处女作艺术上相对欠缺，但是出版后深受读者喜爱，后来的影响显然证明这本小说集是艾芜作品中的最佳之作。而他写作道路的开启，也基本是由《南行记》而奠定的。序言中对该书的评价虽然有自谦的成分，但也从另一侧面说明了此时艾芜已经不自觉带上左翼批评的自我审视视角去评价自己的小说，从而得出艺术上欠佳的结论。有评论者认为艾芜序言中自谦的评价只是客气的说法，在他看来，《山峡中》和《人生哲学的一课》在艺术上都是很好的作品，称赞艾芜文字美丽、细致，尤其善于写景①。

1935年是艾芜创作成就的丰收年，3月，《南国之夜》由上海良友图书公司出版；4月，《漂泊杂记》由上海生活书店出版。加上《南行记》，一年内共出版三个单行本，自然为文坛瞩目。关于《南行记》和《南国之夜》的评论文章也不少，胡风、常风、郭沫若、茅盾、周立波、伍蠹甫、黄照、李健吾等人均有所评论。《南国之夜》为良友文库一种，我们可以从当年一则广告，看出此书的出版情况：

> 本书为艾芜先生的最近结晶集，计收最近创作短篇小说：《南国之夜》《咆哮的许家屯》等五篇。每篇均有动人的故事和簇新的技巧。其中《咆哮的许家屯》一篇，计两万余字，尤为全书生色不少。内容纯系描写苟生在铁蹄下的同胞，给蹂躏糜

---

① 参见华复：《读〈南行记〉》，《民报》1936年9月22日。

烂的情形。①

广告简要概述了《咆哮的许家屯》的内容，附带提到《南国之夜》，而其他的四篇（《伙伴》《欧洲的风》《强与弱》《左手行礼的士兵》）不谈，主要是这两篇更具有时代性，反帝的题材更容易吸引读者的眼球，也跟左翼文学作品在 1930 年代的流行程度有关，是一种营销策略。《咆哮的许家屯》早已发表在 1933 年创刊的《文学》第 1 卷第 1 期，《南国之夜》发表于《现代》1934 年第 4 卷第 3 期，这两篇作品早已为部分读者所熟悉，因而此次《南国之夜》集结了其他几篇小说，势必也会引起读者的注意。

《南国之夜》这个小说因为其反帝题材，更符合左翼小说的创作要求，批评的声音较为统一，但是《南行记》这个小说集却不太好归类，与当时流行的左翼小说相比呈现出一定的异质性。郭沫若称《南行记》是"一部满有将来的书"②，这恰好说明该书的艺术价值不受时代的局限。华复认为《南行记》中的小说"差不多大多数是作者的自传"③。自叙传题材的小说在五四时期十分流行，主人公大多采用第一人称叙述，情感更为真实。《南行记》中的小说基本采用第一人称，注重个人化写作，这与五四时期的写作伦理是契合的，但是又不完全局限于自我情感的剖析，而是用第一人称视角去体验与自己相关联的小人物的生存境遇。相对于五四的浪漫化倾向，又多了一些现实性和社会意义。《南行记》既带有奇幻色彩而又无比真实，其原因主要来源于作者经历的真实，读者不会觉得小说是虚构，"作品的真实，再加上作者那诗一样的笔调来渲染，就更能动人了"。④

1930 年代关于《南行记》的评论，出现了多种视角，评价口吻不一，这固然与评论者所在的立场有关，但从另一个层面也说明了这个文

---

① 《人间世》，1935 年第 28 期封底。
② 郭沫若：《痛》，《光明》1936 年第 1 卷 2 期。
③ 华复：《读〈南行记〉》，《民报》1936 年 9 月 22 日。
④ 华复：《读〈南行记〉》，《民报》1936 年 9 月 22 日。

学作品本身的丰富性。我们先来看作者是如何看待这本处女作的。《南行记》初版序言写道： "那时也发下决心，打算把我身经的，看见的，听过的，——一切弱小者被压迫而挣扎起来的悲剧，切切实实地绘了出来，也要像大美帝国主义那些艺术家们一样 Telling The World 的。"① 作者把写作动机和描写对象都清晰地呈现出来，但作者的创作意图顺利完成了么？批评家一致认为《南行记》的价值在于成功地宣扬了被压迫人民的苦难，引起斗争的意识么？问题显然不是这么简单，《南行记》里的文章并非完全遵照清晰的写作观念和意图而写，是作者南行之后才写成的，重在自身的体验。尽管作者漂泊时经历了很多痛苦，看到过很多悲惨的人生苦难，但此段漂泊却成为艾芜一生难以挥去的记忆，令他心神向往。这种复杂的心情，化成文字，就不是简单的控诉与暴露，而是掺杂着无法言尽的人生哲学。

周立波对《南行记》评价很高，他注意到了小说中自然景物的和谐与人事的不和谐之间冲突，并解读出这种不和谐的目的是为了唤起反抗的意识。作品中景物的描写不全是起到净化人心的作用，自然也有令人颤栗害怕，甚至影响生存的威胁作用。"灰色和暗淡"的人生凄苦，具有了 "寻求光明的力量：除了穷苦人自己，谁也不能给与世界的光明"②，并揭示出一切痛苦的根源在于帝国主义侵略者的蹂躏，只有 "中华民族全体人民伸起腰杆，抬起头，赶走了一切侵略我们的洋官及其黄狗" 才能没有 "自然的美丽和人间的丑恶的矛盾了"③，那时候，真正的忧愁才能被消解。周立波的评论关注的是作品的内容和意图，即写什么和为什么。写人生的忧愁和悲苦，目的是为了点染国民的情绪，揭示问题存在的症结，以及如何才能实现真正的解放。这样，作品的艺术性就成为辅助宣传的一种手段，重要的不在于审美，而是调动读者的情感。读者在掩卷之际便会生发出这样的疑问，这一切又是如何

---

① 《序》，《南行记》，第 7 页。
② 周立波：《读〈南行记〉》，《读书生活》1936 年第 3 卷 10 期。
③ 周立波：《读〈南行记〉》，《读书生活》1936 年第 3 卷 10 期。

造成的呢？在情感共鸣的同时认识到自身的困境所在并寻求解脱之道。周立波评论带着如此鲜明的倾向，显然把《南行记》简化成一个宣传的文本。但艾芜的写作，并不完全服从于观念，也没有给出具体的解决方案，他只是对人间抱着丝丝的温情，对光明抱着一线的希望，更多的是一种人道主义的关怀，从经验出发的写作，而不是用观念写作。

常风却认为《南行记》这个集子不太成功。在他的评价标准里，更为注重的是如何表现的问题，题材倒在其次，有了创作的材料并不够，关键是"这原料的处理，如何能将它安排的适当，合乎美的理想，获得完美的表现与最大的效果，较之寻求'原料'并不是次要的事"①。尽管他也承认《南行记》中有几篇很好的故事和散文，但故事并不等于小说，"将一段有趣的或新奇的经验忠实地移植在文字中，可以成为一篇优美的散文，或一篇动人的故事。但是要作为一篇小说——不论是长篇或短篇——则似乎需要更多的手续"②。这"更多的手续"指的是作品的结构，语言的组织等艺术性技法，所以在他看来，只有《山峡中》这篇可称为小说，而人物野猫子写得最成功。常风并不是一概地否定艾芜的创作，首先肯定了他对于文学的严肃态度，这也是京派批评家一贯的主张。常风认为艾芜有丰富的人生经验，但由于"太亲切"和"热情"，反而妨碍了艺术③。由此可见，经验在某些时候是会干扰到作者艺术的呈现，常风注重审美距离，写作的克制，恰当的安排，合乎美的理想，这是典型的京派批评风格。

同常风的评论有所差别的是，黄照充分肯定了经验在艾芜写作中的重要性。他认为写作技巧并不是主要的，关键在于艾芜的性情与经验之间充分的叠合，其敏锐的感受性使得复杂的人事和绮丽的边塞风光在笔下得以生动真切地呈现，而第一人称的写法，更是拉近了读者的亲切感。事实上，黄照是把《南行记》当成散文来读的，所以更加注重的是

---

① 常风：《南行记》，《大公报·文艺》1936 年 3 月 6 日。
② 常风：《南行记》，《大公报·文艺》1936 年 3 月 6 日。
③ 参见常风：《南行记》，《大公报·文艺》1936 年 3 月 6 日。

作者的情感体验，作品虽然是在讲故事，但叙述并非"虚构"，作者的情绪记忆贯穿其中，对于底层人物的描写强烈地渗透了自己的悲悯和同情。读者能充分感受到作者人格的可爱、情绪的饱满，从而也领略了异域风景独特的美与原始的力。

就艺术完成度而言，黄照与常风的审美认同比较一致，《山峡中》都得到一致好评。黄照认为艾芜的写作最有价值的部分在于其浓厚的地方色彩，这是以往的文学所忽略的，为文坛注入了新的活力，给局限在都市的文学很大的刺激和影响①。在进入艾芜作品分析之前，黄照不厌其烦地列举了其他作家以都市为背景的写作，并表示诸多不满，从而凸显了艾芜作品的独特性，如五光十色、妍媸杂陈的西南环境背景和异域情调，充满原始的力的抒写。黄照对于《南行记》的评价之所以可观，是因为艾芜为文坛开辟了一种新的写作可能性，而不仅仅是政治图解性质的写作。

结语

1930 年代作家的文学选择与当时的政治文化和文学语境密不可分，大部分作家的写作动机都增强了社会历史的使命感，不再仅仅是单纯的私人化写作，时代写作成为文坛的趋势。无论从题材的选择、语言的组织、写作的对象，都呈现出一种集体化的转向。当然，更多的作家是在生活的境遇中逐渐形成自己的文学认知或转变自己的文学观念，如本文所论的艾芜，在正式成为作家之前，已经积累了丰富的社会经验，在时代浪潮的冲击下，转变了自己的文学观念，认识到文艺的重要价值。尽管艾芜写作时不免受制于文学观的影响，但其独特的经验和善感的性情，使得写作的个性化不至于完全被泯灭，这也是《南行记》这样的作品之所以能突破时代的局限，至今仍然受到欢迎的一个重要原因。

（作者单位：海南师范大学文学院）

---

① 参见黄照：《〈南行记〉·〈夜景〉》，《大公报·文艺》1937 年 6 月 20 日。

论《西南采风录》的文学意味

□李光荣

1938 年 2 月，国立长沙临时大学西迁昆明，更名为国立西南联合大学，设文、法商学院于蒙自。迁徙时，教育心理学系学生刘兆吉参加的是湘黔滇旅行团，大致从长沙步行到云南蒙自，他在闻一多先生的指导下一路采集民歌，并整理编辑成《西南采风录》面世，这就把口头的作品用文字的形式固定了下来，把可能丢失的民间歌谣保存于书本，并使之流传下去——这是他的独特功绩。又由于他采用忠实的原则记录、整理和编辑，使集子中的歌谣保持了良好的民间风味，于是可以把集子当作 1938 年大西南民间文学的活标本来阅读。人们从不同的观念出发，以不同的视角切入，可以读出不同的蕴涵，得到不同的收获。若以文学的眼光去审视，可以看到哪些艺术景观呢？本文试图回答这个问题。

由于集子中情歌占了全部歌谣的 90%，本文的研究以情歌为主要对象。

一

首先让我们用文学的想象、形象化和作品的情调理论来衡量一下《西南采风录》里的歌谣。

想象和形象化是文学家必须具备的思维基本功，民间文学家也不例外。可以说，没有想象就没有文学，没有形象化也很难有好的作品。因此，想象和形象化是检验文学作品好坏的标准。好的歌谣也必须是想象的且形象化的。湘、黔、滇一带的歌谣是否也用了想象和形象化的思维创作呢?

请看第 78 首:

> 那山没有这山高,
> 两下拉来构新桥;
> 你修桥来我修洞,
> 修起相思路一条。

这首歌里有想象，而且这种想象是大胆而新奇的，大河挡路不得与情人亲近，于是把两座高山拉在一起构成新桥;建桥需要付出劳动，于是有了"你""我"的辛劳;在劳动中，情人的感情得到了加深，桥建成后则增加相思;好在有桥连通道路，相思时就可以亲近了。"相思路"就是解决相思之苦的路。这首歌大气磅礴，想象奇特，由实的桥转化为虚的桥——相思路，用修桥的劳动来暗喻感情的培育，思路有跳跃，有省略，实在是难得的想象。再请看第 100 首:

> 好股凉水出岩脚,
> 太阳出来照不着;
> 郎变犀牛来吃水,
> 妹变鲤鱼来会合。

"郎变犀牛""妹变鲤鱼"，是多么奇特的想象! 歌谣的前两句描绘了一个幽静的环境，制造了一种静谧的气氛，与后两句幽会的情调十分协调。假若没有想象的出奇，绝不会有如此美好的歌谣产生。

关于形象化，请看第 532 首:

> 姐家门前一棵椿,

> 砍倒椿树做大门；
>
> 早晨开门金鸡叫，
>
> 晚上开门凤凰声。

在这首歌谣里，姐、椿树、大门、金鸡、凤凰，都是人或物，读（听）者看得到；砍倒、开门是具体的动作，读（听）者也能看到；门前是地点，早上、晚上是时间，读（听）者感受得到。这些具体可感的形象组织在一起，构成了一组可见、可感，可以触摸的事物，一首可以听到响声的歌谣。从歌里，我们仿佛看到一位年轻女子正在打开椿树做的大门，那神鸟般的声音都传到你耳朵里了。谁说这首歌不是形象化的呢？再请看第557首：

> 嘴吃胡桃手剥壳，
>
> 妹要丢哥丢不脱；
>
> 妹是一匹小黄马，
>
> 郎是链子马头索。

这是一首表达不愿分手的歌谣。但作者不直说：首先以胡桃壳作比，胡桃壳丢得脱，可哥丢不脱，因为哥不是胡桃壳；再把妹比做马，把郎比做索，链子套在马头上，小妹怎能走得了？表达出牢牢抓住，永不松手的决心，从而加深了"丢不脱"的意味。歌谣不直接表达，而是用形象说话。

可见，《西南采风录》里的歌谣多是形象思维的结晶，其想象和形象化达到了很高的程度，因此，许多歌谣都是相当好的文学作品。

中国传统诗歌讲究意境，有人认为歌谣也有意境。其实，意境只是一部分诗歌的追求，许多诗没有意境，照样是好诗。歌谣更不能用意境去要求，大量的歌谣没有意境。对于歌谣，与其说意境，毋宁说情调。情调又叫格调或风格，是每一首好的歌谣都具有的。正如可以用意境去衡量一部分诗的高下一样，可以用情调去区别一首歌谣的优劣好坏。一首好的歌谣，首先要有情调，然后情调要高尚。有的歌谣，情调明显，但趣味低下，不是好歌谣，这类歌谣未能入选《西南采风录》；有的歌谣语言混乱，不构成完整的内容，也就没有情调，更不是好歌谣，这类歌谣更没能入选《西南采风录》了。我们今天在《西南采风录》里看到的歌谣，都是有情调，而且情调突出的。请看以下几首：

清早起来闷炎炎，

开开窗户看青天；

好个青天不下雨，

好个情妹不得连。（第385首）

月亮出来月亮黄，

跟着月亮来寻郎；

背时月亮不等伴，

脚脚踏着水泥塘。（第303首）

郎在高山使黑牛，

妹在屋里做鞋头；

妹只望哥忘做鞋，

哥为望妹忘使牛。（第430首）

哥在高坡打石头，

妹在平地看黑牛；

石头打在黑牛背，

问妹抬头不抬头。（第89首）

姐家门口有棵梨，

整整齐齐生得密；

昨夜偷梨被姐骂，

今日偷姐不偷梨。（第200首）

细心的读者可以发现，这几首歌谣的情调不一样，第一首哀怨，第二首深情，第三首缠绵，第四首狂放，第五首刚健。这就是歌谣的文学价值，它不仅表达了意思，而且创造了情调。由于情调不同，读者可以得到不同的思想认知和文学享受。例如，闻一多很欣赏某些歌谣的原始、野蛮情调，他从原始、野蛮的歌谣中看到了中国人性中那一点最神圣最可贵的性质，并由此建立起中国人民抗日必胜的信心。可以认为，情调是《西南采风录》提供给我们的一个重要认识。

二

分类本是民间文学整理和编辑学上的一个重要内容。无论何种分类都必须根据已有的材料确定。刘兆吉正是这么做的。他把删削后的七百七十一首歌谣分为六类，其中情歌六百四十首，几占90%。刘兆吉解释说："由此可见两性问题在人类生活中的重要性。"① 确实是这样，书里所选的民歌中情歌占比最多。那么，情歌真的仅仅是表达爱情，即只用来谈情说爱吗？

在很大程度上，唱情歌是一种解除疲劳的方法。关于这一点，黄钰生教授在为《西南采风录》写的序言中谈了他的经验和认识："有一次，我和几个挑棉纱的人同行。他们的担子，都在百斤以上。我跟他们走了一天，他们整整唱了一天——从镇远一直唱到施秉。他们所唱的，是'郎'呀'妾'呀一类的情歌。又记得，在将近盘江的荒山中，遇到一群从平彝驮铁锅到镇宁的人。山路难行，一步一喘，但是喘嘘之中，还断断续续地唱些'妹'呀'郎'呀一类的情歌。这些人是在调情么？是在讴歌恋爱么？是在宣泄男女之情么？肩上的担子太重了，唱一唱，似乎可以减轻筋骨的痛苦。再听人一唱，也觉得绵绵长途上，还有同伴，还有一样辛苦的人。他们所唱的歌，与其说是情歌，毋

---

① 刘兆吉：《西南采风录·总结》，商务印书馆，2000年8月影印版，第191页。

宁说是劳苦的呼声。"① 这一理解本人完全赞同,唱歌——高声吼叫有转移劳苦、松弛筋肉的作用,这就是痛苦者要喊叫的原因。体力劳动者越是劳苦越要借助唱歌来舒缓疲劳,这是常有的现象。

第二,大家知道,谈情说爱要有具体对象。几个人在山上唱一天歌,没有一个异性应一声,这"情爱"向谁谈呢?因此,唱情歌不一定是谈情说爱。再说,唱歌者大多都是有妻子儿女的人,他们"妹"呀,"妾"呀地吼叫一天,难道是另有花心?也不是。要知道,他们这样喊了一天回家,老婆对他们还格外地心疼,他们对老婆也倍加亲热呢。甚至有这种现象:两口子一同上山,男的"妹"呀"情"呀地吼,女的"郎"呀"爱"呀地唱,难道他们真的肆无忌惮到敢于当着爱人移情别恋的程度?没有。他们无非把唱歌当作一种游戏罢了。舞台上成夫妻,怎能当得真?第431首歌谣道出了这种心情:

> 不唱山歌不好玩,
> 唱起山歌怕妹盘;
> 只要情妹不盘我,
> 同伙唱歌同伙玩。

他们擅长山歌,又可以在歌唱中得到轻松快乐,不唱山歌叫他们唱什么?所以,虽然山歌的种类是情歌,但他们决不是谈情说爱,而是唱歌作乐。

第三,把男女之情作为比喻或象征来使用,即表面谈的是情,实际上另有他指。借情言他,这是我国文学创作的一种传统艺术手法,源于民间并为文人采用。《诗经》中的《蒹葭》便是一首通过对意中人的追求来表达对某一目标的追求的歌谣。歌中的"伊人",有人认为指隐居的贤人,有人认为指情人,有人认为指理想。其实,"伊人"比喻世间各种可望而不可及的人生境遇,此歌不过是以爱情的形式加以表达罢

---

① 黄钰生:《西南采风录·序》,商务印书馆,2000年8月影印版,第2页。

了。借鉴民歌的《楚辞》，其中有大量以男女爱情关系比喻君臣关系的诗篇。唐人有一首名为《闺意上张水部》的诗："洞房昨夜停红烛，待晓堂前拜舅姑。妆罢低声问夫婿，画眉深浅入时无？"如果不了解写作背景，只会认为是一首新妇诗。其实，它是士子朱庆馀写给水部郎中张籍的"行卷"，即入仕前拜访名家所呈的诗。诗中以新妇自比，以新郎比张籍，以公婆比主考官，意在探询自己的文章是否符合科考要求。张籍回赠的诗写道："越女新妆出镜心，自知明艳更沉吟。齐纨未足时人贵，一曲菱歌值万金。"诗歌又把朱庆馀比作越女来加以赞美了。现代诗人戴望舒的《雨巷》也是以"丁香姑娘"象征美好事物而闻名的。其实，《西南采风录》中的许多情歌都是用这种方法写成的，只不过我们不了解写作背景，也就不知道作者的寄托罢了。例如第176首：

> 高坡点荞荞杆空，
> 望妹一眼过一冬；
> 望妹一眼算一夏，
> 好似明月照凉风。

如果把"妹"看作理想的象征，那么这首民歌表达的便是失望、怅惘的情绪，而不是爱情。所以，对于歌谣中的情歌，应当作宽泛的理解，如果把它当作一种表现手法去看待，便可以获得更准确的理解和更多的审美愉悦。这是《西南采风录》给我们的启示。

三

任何文学作品都有它一定的形式。中国幅员辽阔，人口众多，不同地区的歌谣有不同的形式。刘兆吉把湘、黔、滇一线的歌谣收集在一起，首次把这一带地区民间歌谣的形式展现了出来，这是一大历史贡献。

收入《西南采风录》里的歌谣，句数有四、五、六、七、八、十、十一句以及多句，以四句为主。字数三至十一言不等，又以七言为多。基本上都有韵，大多数是第一句起韵，少数为第二句起韵，一般是双句押韵，有的中间换韵，但绝大多数一韵到底，如上面所举数首。这种形式在全国各地可能都有，所以就不多分析了。有几种特殊的形式，或许是某地区特有的，这里作些介绍：

一种是一、四句同韵且同字。如第44首：

> 千里迢迢问路行，
> 靡为金来靡为银；
> 靡为金银八宝贝，
> 为朵鲜花哥才行。

一种是每句都用同一个词亦即同韵开头，一、二、四句押韵。如第39首：

> 黑了天，黑了天，
> 黑了阳鹊在树尖；
> 黑了阳鹊在树上，
> 黑了小郎在路边。

一种是用同一个字押韵。如第17首：

> 远望娘子笑笑的，
> 两个乳乳吊吊的；
> 要想伸手摸一把，
> 心中有些跳跳的。

一种是七句歌，第四句上下部分共用，末一字有转韵作用，其实是八句歌。如第2首：

> 日头落土又落西，

　　黄瓜棚上落竹鸡；

　　黄瓜好吃蒂子苦，

　　豆角好吃一包渣。

　　娇莲爱我我爱她，

　　娇莲爱我年纪小，

　　我爱娇莲一枝花。

　　湘、黔、滇的歌手还创造了一些特殊的歌谣格式。在长期的歌谣创作实践中，它们的格式被固定了下来，歌唱者触景生情，可以就地取材，随意填写，成为很好的歌。这些格式大约有三类，分述如下：

　　一类是重合式，即第二、三句重合。但重合往往是不完全重合，即重中有变。这一格式似乎为南方歌谣所特有，在《西南采风录》里比较多而突出。又有两种：

　　1. 第一、四句末字相同。如第 248 首：

　　一棚鲜花红又红，

　　三十六朵共一棚；

　　三十六朵共一处，

　　那朵当阳那朵红。

　　2. 第一、四句末字不同。如第 310 首：

　　太阳落坡天发黄，

　　水牛望日妹望郎；

　　水牛望日转大海，

　　妹望小郎转绣房。

　　一类是承转式。这类歌谣的艺术性很高，一般比较婉转曲折而又层层推进，最后抖出中心意思。手法往往是兴、兴、比、陈，即第一句起兴，第二句再起兴，第三句比喻，第四句陈述。第三句和第四句在意思上有承转作用，所以我们把它叫做承转式。这一格式是最具有创新精神和艺术价值的，值得我们认真总结和学习。例如：

月亮出来挂弯弓，

弯弓脚下挂灯笼；

风吹灯笼团团转，

我心落在你怀中。（第 246 首）

对门杉树十八棵，

一对花雀在理窝；

花雀理的十样草，

小妹唱的百样歌。（第 382 首）

一出大门三转弯，

抬头看见火烧山；

火烧芭茅心不死，

不得恋妹心不甘。（第 588 首）

再一类是同头式，即每一首歌谣都用同一句歌词开头。这类歌谣通常头一句相同，后面三句则变化多端，完全是歌者自由的创造。有的则头一句通常略有变化，但大致相同。同头式歌谣地方色彩浓厚，是南方各地人民的创造。这类歌头有很多，现举十余种：

1、清早起来去看秧，……

2、天上只有紫微星，……

3、打开庙门去燃灯，……

4、送妹送到十里坡，……

5、想你想你真想你，……

6、骑马要骑元宝黑，……

7、远远望妹身穿绿，……

8、月亮出来月亮白，……

9、可怜可怜真可怜，……

10、好久没有这方来，……

11、大田栽秧行对行，……

12、隔河望见妹爬坡，……

13、大河涨水涨半崖，……

同头歌的"头"有多种变化，这里略举"隔河望见……"的变种于下，这些歌谣除第一首采自贵州安南外，全是云南沾益和曲靖采集的，可以看出民间歌手的巨大创造力：

隔河看见妹家门，

妹家狗儿闹成群；

手巾包饭来喂狗，

狗儿不咬贪花人。（第 219 首）

隔河望见妹穿白，

摇摇摆摆那家歇；

怪你小郎瞎落（了）眼，

自家妻子认不得。（第 387 首）

隔河望见花一苗，

有心采花又无桥；

郎搬石头妹运土，

二人搭下采花桥。（第 391 首）

隔河望见小妇人，

风吹头发十二层；

风吹头发十二缕，

缕缕刮得爱死人。（第 405 首）

隔河望见妹爬坡，

红毛带子顺地拖；

三升粗米背不动，

十个小郎不嫌多。（第 423 首）

隔河望见妹穿绿，

手中提着半斤肉；

有心留郎吃顿饭，

可惜人生面不熟。（第 428 首）

隔河望见花一苗，

有心采花又断桥；

郎挑石头妹挑土，

二人搭起采花桥。（第 443 首）

隔河望见李子红，

李子树下现乌龙；

乌龙作怪要下雨，

小妹作怪要恋我。（第 465 首）

隔河望见妹的脚，

哥们吃饭当菜肴；

有朝一日得到妹，

一顿要吃饭三瓢。（第 470 首）

隔河望见花一林，

花多叶少爱死人；

花多只怕风来摆，

叶少只怕雨来淋。（第 470 首）

还有的歌谣用"（几）层房"、月份或"（几）更里来月"的形式作为开头。这些形式是当地人的创造。当然，我国别的地方也可能有。对于这种情况的存在，也许是由于文化的传播和影响，但更应该看作文化的共同性或互文现象，不一定是借鉴形成的。它们是：

送妹送到一层房……；
送妹送到二层房……。
送妹送到三层房……；
送妹送到七层房……。

正月采茶正月正……；
二月采茶是春分……。
采茶三月三……；
腊月采茶又一年……。

一更里来月照窗……；
二更里来月明亮……。
三更里来月照厢……；
四更里来月照江……。

四

文学作品的艺术性的高低往往取决于运用表现手法的高下。因此，研究文学作品必须研究表现手法。我国歌谣的表现手法，从《诗经》以来，一直保持着赋、比、兴的传统。许多理论书也认为，比、兴是歌谣的基本手法。收集在《西南采风录》里的歌谣，其思维方式和表现手法似乎没有超出传统的范围，但它们在运用传统手法上却有着自己的特色，有的手法还运用得相当精彩。在赋、比、兴以外，《西南采风录》里的歌谣还用了象征、借代、夸张，尤其是创造了叠句等修辞手法，并且形成了自己的特色，下面将分别加以叙述。

一、赋。

赋在《西南采风录》中是一种基本的表现手法。如第 440 首：

> 好股凉风出岩脚，
>
> 风刮来雨下不多；
>
> 郎是水牛来吃水，
>
> 妹是鲤鱼来会合。

这首歌前两句是赋，描绘出了山雨初来的景象，制造了环境气氛，为下两句"郎""妹"的会合作了铺垫。第 406 首：

> 小妹走路不要忙，
>
> 歇过（个）气来躲躲凉；
>
> 哥是一支单单筷，
>
> 那（哪）日和你配成双？

这首歌前两句完全是直陈心迹，请对方过来乘凉。后两句虽然用了比，但比的语气较弱，实际也表露了胸怀。与上一首相比，这首歌赋的分量增加了。第 430 首则全用赋的方法写成：

> 郎在高山使黑牛，
>
> 妹在屋里做鞋头；
>
> 妹只望哥忘做鞋，
>
> 哥为望妹忘使牛。

这首歌的前两句作一般叙述，后两句则把人物的神态和心理描绘得惟妙惟肖。

二、比。

比是《西南采风录》中最为生动精彩也是最为普遍的修辞手法。其喻体往往就地取材，富有强烈的生活气息和浓厚的地方色彩，不在那个环境中生活的人难以想到，因而别致独特。比在书中有多种用法，现择几种作以下分述：

1、前比后叙。如第 449 首：

包谷出穗头戴花，

你是那（哪）家海棠花；

你是那（哪）家花大姐，

愿意嫁郎来我家。

2、后比前叙。如第 111 首：

送妹送到大桥头，

手把栏杆望水流；

我郎好像河中水，

离妹一去不回头。

3、中间比前后叙。如第 93 首：

老远望妹白漂漂，

好比广州白云苗；

恰似苏杭白纸扇，

何时得在手中摇。

4、多重比喻。如第 438 首：

天要下雨刮大风，

马要吃水倒立鬃，

公鸡要叫先拍翅，

妹要吊郎先拍胸。

5、递进比喻。如第 260 首：

云南下来一条河，

金盆打水喂雁鹅；

雁鹅不吃金盆水，

郎不贪花莫奈何。

三、兴。

兴在《西南采风录》中的运用也很普遍，作歌者随口唱出，比比皆是。有时有兴无比，有时兴、比通用，得到了很好的表达效果。第346首：

太阳落坡坡背阴，

对门大姐要招亲；

你要招亲来找我，

人又高来才又深。

这里"太阳落坡"与大姐"招亲"没有任何联系，其作用仅为起兴。第63首：

隔河看见五洞桥，

黄花姑娘难远飘；

几时飘到黄花紫，

龙换骨头马换毛。

这里的桥和姑娘远飘没有直接关系，但桥与"飘"——独自远行有关，第一句除起兴外还有路难行的意思。第166首：

姐家门前一枝槐，

槐枝槐芽掉下来；

风不吹槐槐不动，

妹不招手哥不来。

槐树与哥来本无关系，但风吹槐树就与妹招手叫哥有相似之处了，因此槐树在歌中既是兴，又是比。

四、夸张。

夸张也是歌谣常用的表现手法。虽然歌谣绝大多数属于写实作品，但歌谣又往往是夸大言说的，夸大又与浪漫主义结缘了，唯其夸大，作品才有强烈的艺术力量。第 73 首表达焦急难过的心情就用了夸张：

> 想起这事好心焦，
>
> 走起路来脚打飘；
>
> 心头好比钻子钻，
>
> 脸上就如放火烧。

"钻子钻""放火烧"的比喻都是极言其程度的。第 263 首写新妇的倒霉与困窘生活也是夸张的：

> 隔河捡得一块墨，
>
> 丢在河中满河黑；
>
> 年纪轻轻守活寡，
>
> 好比六月下大雪。

一块墨怎能染黑一条河水？但唯其这样说才使内容具有吸引力。第 289 首表达渴望的情怀更为夸张：

> 多久不走这方来，
>
> 这方大路捣成埃；
>
> 拿把锄头带把斧，
>
> 修平大路等妹来。

这首歌实在具有气魄，它让我们想起杜甫的《客至》中的名句："花径不曾缘客扫，蓬门今始为君开。"同样是为了等人，也就同样通过路来表达情怀。不过，两首诗歌作者的心情不同，所写的内容不同，诗句也就不同，但通过改造环境以候客的行为和心境却是一样的。我们看到，在表达上，这首歌谣使用了夸张手法。

五、象征。

象征在《西南采风录》中较为多见，说明它也是南方歌谣常用的表达方式之一。第180首：

> 一条大路通云南，
> 去时容易转时难；
> 去时阳鹊才下蛋，
> 转时阳鹊叫满山。

刘兆吉认为："这首歌描写得很好，和《诗经》中'昔我往矣，杨柳依依；今我来斯，雨雪霏霏'同样的凄婉动人。"① 是的，歌中有很深的寄托，因而感人。正是因为歌中用了象征手法，才有这样好的表达效果。"阳鹊"象征时光的流逝。歌者从贵州安顺去一趟昆明，来回花了一两个月的时间，路过那座熟悉的山，见到阳鹊，触景生情，唱出了如此深情的歌。书中使用得最多的象征物是鱼，例如以下四首：

> 山歌好唱口难开，
> 樱桃好吃树难栽；
> 白米好吃田难种，
> 鲜鱼好吃纲难抬。（第175首）

> 金竹林内砍竹竿，
> 闲着无事钓鱼玩；
> 河中鱼儿翻白肚，
> 不上金钩也枉然。（第173首）

> 郎在郎乡在唱歌，

① 刘兆吉：《西南采风录》，商务印书馆，2000年8月影印版，第53页。

> 来在姐乡才现学；
>
> 来在姐乡不会唱，
>
> 山中打鱼是为何？（第 147 首）

> 清清凉水落檐脚，
>
> 转转攸攸流到河；
>
> 哥是水牛来吃水，
>
> 妹是金鱼来会合。（第 560 首）

第一首和第二首没提到男女与爱的内容，编者怎么把它们收在《情歌》之中？第三首怎么突然冒出"打鱼"的内容，与上文毫无关联；第四首中"妹"怎么变成金鱼了？原来，在中国传统文化中，鱼是男女爱情的象征。据闻一多考证："在中国语言中，尤其在民歌中，隐语的例子很多，以鱼来代替'匹偶'或'情侣'的隐语，不过是其间之一。"①闻一多所说的隐语即有象征意味。

六、借代。

借代也是民间文学中常见的表现手法，而最为普遍的是以花代女人。《西南采风录》里也有好些首以花代人的歌，如第 86 首：

> 隔河看见花一林，
>
> 花多叶少好爱人；
>
> 心想过河采朵戴，
>
> 船家不渡采花人。

这里的花指代美女。这种方法大家早已熟而生厌了。所以，这里要介绍《西南采风录》里的其他借代方式。第 3 首以扇代人：

> 一把扇子两面红，

---

① 闻一多：《说鱼》，《闻一多全集》第 3 卷，湖北人民出版社，1994 年，第 233 页。

想送姐姐扇蚊虫；

姐姐莫嫌礼物少，

全部思想在扇中。

自己不便向心爱的姐姐表白心迹，就把思想寄托在扇中送给姐姐，让她去体会，既符合实情，又让人感到新鲜。第 85 首：

白布袜子青布鞋，

望哥穿去又穿来；

野草闲花休要采，

家中芙蓉正在开。

这首歌呈现出多种借代："野草""闲花"代指外面的女人，"芙蓉"为妻子自代，"袜子"和"鞋"亦为妻子的自代。一首短歌用了这么多的借代，实不多见。其中"袜子"和"鞋"代人，既深刻又新鲜。"袜子"和"鞋"是妻子亲手做成，代表着妻子对丈夫的无限关怀，因此，希望丈夫穿去又穿来。

《西南采风录》里的表现手法还有双关、问答、复沓等。双关如第 418 首：

芋（玉）麦杆来节节甜，

寨中姑娘在种田；

寨中姑娘在种地，

肥水不流外人田。

这里的"肥水"既指田里的肥水，又指美丽的"寨中姑娘"。

问答如第 578 首：

凉风吹来凉风凉，

凉风出在那（哪）一方？

凉风出在凉风洞，

小妹出在花绣房。

歌中第二句问，第三句答。

复沓如第 10 首：

送郎送到窗户边，

打开窗户望青天，

郎走莫变天；

一呀呀多喂喂，

郎走莫变天……

全歌四节，每节末尾都用了复沓。

然而，从表现的角度看，《西南采风录》中最有创造意味的是"桂花生在贵石崖（岩），桂花要等贵人来；桂花要等贵人到，贵人不到花不开"这一类歌谣。上文说过，这一类格式在书中较多。无以名之，我们把它叫做"重合"。重合是我国西南地区歌谣的特殊形式，是这一带民间歌手对我国文学手法的特殊贡献。一首歌仅四句，中间两句还重合，看似浪费，实际有它独特的表达意义。有的起到复沓的作用，如第122 首：

教（叫）我唱歌并不难，

恐怕唱来情姐嫌；

恐怕唱来情姐笑，

进也难来退也难。

有的起到过渡的作用，如第 45 首：

来了娘，来了娘，

江边来了龙一双；

江边来了龙一对，

后园来了美貌娘。

有的起到强调的作用，如第 44 首：

千里迢迢问路来，
靡为金来靡为银；
靡为金银八宝贝，
为朵鲜花哥才来。

有的起到转折的作用，如第 27 首：

半夜三更在外游，
人人骂哥强盗头；
人人骂哥为那样，
只为情妹在外游。

总之，《西南采风录》里的歌谣，自有其文学性，值得我们认真总结。

（作者单位：云南师范大学）

《沱江文艺》与新时期地方文学期刊的当代价值

□刘云生

《沱江文艺》创刊于 1974 年，由四川内江地区文教局创作室主办。初期为主要刊载本地区作者的诗歌、川剧剧本和群众艺术的不定期期刊，1977 年改季刊，1979 年第 1 至第 3 期因发表业余作者周克芹《许茂和他的女儿们》（后文简称《许茂》）而获得巨大成功。在日益扩大的"《许茂》热"中，《沱江文艺》成为新时期文学中少有的地市级综合性文学"名刊"。本文以 1977 年至 1987 年的《沱江文艺》为考察对象，扫描其发展历程，探究新时期地方文学期刊的当代价值。

一、由内部宣传"小册子"到文学"名刊"

内江地区在原四川的政经版图上地位突出，辖八县一市，人口 800 多万，是省内主要农业大市。沱江自西北至东南逶迤而下，哺育沃野千里，流经全境。内江，自古人文荟萃，有"大千故里"的美誉。《沱江文艺》就是新时期内江地方文学期刊。

初创时的《沱江文艺》带有"文化大革命"后期文艺宣传的特点。以 1975 年第 5 期为例，首页为"毛主席语录"三段，"农业学大寨"等。内容为"大办农业专辑"，编者希望刊物"为普及大寨县，巩固无产阶级专政服务"。①该期刊有作品9篇,其中诗歌1首、小歌剧剧本2篇、小话剧1篇、新编川剧剧本3篇、群众艺术群口词1篇、小说1篇。这本32开的小期刊和当时流行的宣传队小册子近似,但又略有不同。小说《春风谱》近2万字,是本期篇幅最长的作品,但文末意犹未尽,作"待续"。作者是简阳中国医学科学院分院干部吴远人(吴承蔚)。

1976年10月,新的历史徐徐启幕,文学成为新时代的"报春花",绽放在思想"解冻"之前。《沱江文艺》的负责人唐安林,深感亟需干才负责《沱江文艺》,于是"三到"简阳(当时内江地区下辖县,今成都简阳市)求贤。当时已经接到峨眉电影制片厂调函,可以去当电影编剧的吴远人被唐安林的诚恳感染,念及《沱江文艺》的旧情,答应任《沱江文艺》专职编辑。吴远人后来成为刊物的"灵魂"。在歌舞团拉小提琴,但更喜欢写诗的张用生又调入编辑部。曾经在简阳文化馆工作,发表过文学作品的傅恒,大学期间就在编辑部干"业余"编辑,从内江师专(现内江师范学院)毕业后就正式加入编辑部。

《沱江文艺》在这个思想活跃、雄心勃勃的编辑团队手中焕然一新。1977年《沱江文艺》改为16开,脱去32开"小册子"的外衣,刊物以发表文学作品为主,办刊特色逐渐形成。1978年8月,吴远人得到文友、简阳红塔区绛溪公社生产队会计周克芹的长篇小说《许茂》手稿。稿子还只是初成,吴远人看了前几章后就希望发表。周克芹感到新时期春天来临,发表后可以"征求农村读者的意见"②。于是《沱江文艺》1979年第1期以"建国三十周年征文""中篇小说连载"的形式,刊发了小说第一章《雾茫茫》。未料读者反响热烈,吴远人说,当时只能用"震惊"来形容,又在第2期、第3期发表后续章节。在吴远人的鼓动下,周克芹终于在1979年8月26号改定《许茂》,便以完整长篇收入

① "编者的话",《沱江文艺》1975年第5期。

② 周克芹:《〈许茂和他的女儿们〉创作之初》,四川省作家协会编选:《周克芹纪念研究文集》,四川文艺出版社,2016年,第25页。

内江马上结集的《沱江文艺》特刊《内江三十周年文学作品（1949—1979）》。

《沱江文艺》逐渐迎来历史高光时刻，1979 年 7 月，重庆著名文艺评论家殷白（张惊秋）偶然间翻到《沱江文艺》1979 年第 2 期《许茂》，击节赞赏。8 月他来到内江，旋即又到简阳乡下周克芹家中，看到了周克芹后面尚未发表的章节，这位延安"鲁艺"老战士读罢心潮澎湃，在屋外院中回来踱步①。1980 年 1 月殷白向《文艺报》、周扬和沙汀写信推荐，并寄出《许茂》和自己的评论《题材选择作家》。当时的《文艺报》编辑刘锡诚回忆到，收到殷白信后，"我们考虑到小说是在内部刊物上发表，还没有公开发表，便将评论稿退还给作者。作者收到退稿信后，即将这份退稿寄给陈荒煤同志，请将他评论转给《文学评论》，周扬同志接到殷白的稿子后，便于 2 月 3 日修书沙汀予以推荐，并把殷白的文章和载有《许茂和他的女儿们》的《内江三十年文学作品选》（图 1）一并寄给他。沙汀收到信后于 2 月 18 日给周扬回了封长信（实际上是一篇书信体长文）"②。周扬、沙汀也收到《红岩》1979 年底发表的《许茂》，但是排版字号偏小，周扬、沙汀读的是《内江三十年文学作品选》中的《许茂》全文③。1980 年第 4 期，《文艺报》刊登周扬、沙汀关于《许茂和他的女儿们》的通信和殷白的评论《题材选择作家》。周扬不愧为修养有素的老革命评论家，一眼就看到《许茂》的价值。今天我们重温他的评价，依然给人以启示。《许茂》"的确是一部引人入胜的书""作者对农村环境和人物个性的描绘是栩栩如生的。……谁能说这些普通的每天从事平凡劳动的农村男女，特别是青年男女不是足以震撼大地的伟大力量？"④ 沙汀说："它不只是三年来反映

---

① 邓仪中：《周克芹传》，重庆出版社，1996 年，第 142 页。

② 刘锡诚：《周扬、沙汀推荐许茂和他的女儿们》，《在文坛的边缘上》（增订本），河南大学出版社，2016 年，第 408 页。

③ 《周克芹传》，第 157 页。

④ 《文艺报》1980 年第 4 期，又见《周扬文集》，人民文学出版社，1994 年，第 198—199 页。

四川农村生活的佳作，就从三十年来反映农村生活的长篇来看小说，也相当难得。"① 在同期发表的殷白评论文末，《文艺报》特别注明："原载四川省《沱江文艺》1980 年第 1 期，本刊转载时做了删节。"② 这是《沱江文艺》首次被中国文艺界高度关注。

早期《沱江文艺》的成果集中体现在《内江三十年文学作品选》（图1）一书中。这本书虽然是收录建国三十年内江的文学作品，其实主要以 1977 年—1979 年三年的作品为主。周克芹享有殊遇，真正体现了三十年作品选的意图，入选有 1960 年代发在《四川文艺》的短篇小说《井台上》和 1970 年代的《李秀满》，《许茂》为全书唯一一部长篇小说，占大部分篇幅。周克芹的创作集中体现了选集的最高思想和艺术水平。周克芹扎根农村，敏锐思考所体现的反思特质，走在了时代的前面，成为新时期四川第一个在全国有重要影响力的小说家，让新时期四川文学和《沱江文艺》有了很高的起点。

进入 1980 年代，《沱江文艺》鲜花锦簇，大事喜事连连。1981 年获省内公开发行权，成为地市级文艺公开出版平台。1981 年八一电影制片厂和北京电影制片厂同时改编和拍摄《许茂》，并很快在全国上映，这在我国电影发展史上是罕见的，进一步推动了《许茂》的传播。1982 年《许茂》获得首届茅盾文学奖，在六部获奖作品中排在第一位，周克芹代表六位获奖者作了题为《深情地领受人民的鞭策》的发言。吴远人作为作品"发现者"受到关注。庆祝宴会上，冯牧向吴远人表达敬意，《沱江文艺》得到充分肯定。一个地市级文学刊物的作品能够获共和国文学最高奖，可谓空前。

---

① 《文艺报》1980 年第 4 期。

② 《周扬、沙汀推荐许茂和他的女儿们》，《在文坛的边缘上》（增订本），第 410 页。

图 1

二、新时期文学中的沱江风采

　　《沱江文艺》成为有影响的地市级文学名刊，首先是周克芹的《许茂》带来的炫目光环。文艺界领导认可嘉许，《文艺报》破例提及，以及茅盾文学奖持续巨大影响力都是成因。所谓"名刊"，是声誉卓著，是权威认定；声誉为强，权威为本。《沱江文艺》的权威性不是来自刊物的坚固的体制级别，而是获得了文艺界同行的肯定与赞誉。因此，编辑团队是否有能力持续借东风，发挥影响力，办好名刊，就成为编辑部的首要任务。吴远人、傅恒、张用生、苏政勋等核心编辑，殚精竭虑塑造刊物，在历史难以复制的机遇中，让《沱江文艺》具备强大的外部资源。四川文学界的领导人艾芜、马识途、李致、李友欣等大力支持并协助刊物发展。周克芹继续支持《沱江文艺》，1980 年 5 月他在给吴远人的信中借戚继光的词表达当时工作状态："一年三百六十日，都是横戈马上行。"他继续给《沱江文艺》稿件，参加组织的笔会，直接指导刊物编辑工作，关心创作队伍建设。① 殷白、胡德培、刘轶柯、晏明等一批著名的批评家、重要杂志编辑多次为杂志撰写评论、赐稿，向全国重要刊物推荐作品，给予刊物厚爱②。整个 1980 年代，犹如"梧桐引凤"，国内大批优秀作家、评论家、学者作品活跃在《沱江文艺》。他们有的卓有建树，历经浩劫，如今是"归来者"，以大作为刊物栏目添彩，如流沙河、公木、穆仁、吕进、木斧、牛汉、邵燕祥、顾工、傅仇等。③ 有的是正处于创作力旺盛、迅速成长的中青年作者，以佳作或"少作"为《沱江文艺》增辉。这些作家的稿件，有的是编辑团队长期繁复经营，主动参与作家成长的，大部分是自然来稿。

1981 年第 1 期（春季刊）的"新年祝辞"中，吴远人提出"向现实主义的深度和广度探求"，希望"更多更真实反映广大农村天地的富有生活气息的新的优秀作品"。坚持"面向基层，面向农村，面向青年"④ 一直是《沱江文艺》的办刊方针。周克芹继《许茂》之后，在《沱江文艺》发表了一系列作品。1980 年的《采采》，"花朵儿"般的采采因受不公待遇离家出走，丈夫走入歧途而日渐"憔悴"，只得回娘家生孩子。当她知道丈夫"犯事"被"遣返"归家时，不顾阻挠毅然再回到他身旁，给丈夫继续生活的勇气。1981 年发表《风为媒》，小说讲述了被买进村里的女人得到娘家理解，小两口想过安稳生活，但被烦琐的

---

① 除小说外，周克芹发有理论文章《必须重新学习〈讲话〉》（1982 年 2 月）《学习与思考》（1982 年 3 月），和吴远人书信中谈创作，谈刊物。

② 殷白：《题材选择作家》（1980 年 1 月）《解放思想 发现生活——序王群生小说集〈彩色的夜〉》（1981 年 3 月）《悲壮的力量（评〈天长地久〉》（1982 年 2 月）《动乱岁月的青春之歌——赞贾万超的〈玫瑰梦〉》（1982 年 4 月）。胡德培：《用笔为他们呐喊》（1981 年 2 月）《许四姑娘形象的典型意义》（1981 年 3 月）《生活之泉 深沉之爱》（1983 年 4 月）。刘轶柯：散文《古话风沙访塞家》（1981 年 1 月）《又是黄昏后》（1982 年 2 月）。晏明：诗歌《九寨沟幽谷》（1987 年 4 月）。

③ 流沙河：《就是那一只蟋蟀》（1983 年 2 月），公木：《致一位不相识的青年诗人》（1985 年 4 月），穆仁、吕进等：《新诗的创作与鉴赏》（1986 年 2 月），木斧、牛汉、邵燕祥：《关于诗的通信》（1986 年 3 月），顾工：《难识庐山真面目》（1986 年 3 月）。

④ 编辑部：《新的愿望》1984 年第 1 期。

手续困住，批评了僵化的官僚主义。周克芹写于同时期、后来全国获奖的短篇小说《山月不知心里事》，写巧巧等几位农村女孩在初夏的月夜憧憬着未来的幸福，"溶溶的月光下，巧巧依然在笑，明眸皓齿，形影清秀"。除继续关注沱江河畔农村"女儿"们的命运，周克芹还开始注意到兴办乡村企业、基层干部选举、知青回城等农村出现的新问题，在倾诉农民心声中透出对生活的复杂审视，如《果园主人》《秋之惑》等。可惜他英年早逝，未能续写华章。

周克芹从 1959 年写下第一篇作品《秀云和支书》开始，绝大部分作品主要以沱江流域为主，以川中丘陵、村落乡镇为核心，写出了中国农民在几十年疾风暴雨中的命运史、心灵史。他是"扎根生活、扎根人民的时代书记员"①。《沱江文艺》作品中的农村书写和周克芹创作有血缘上的承续。曾经与周克芹在简阳文化馆就熟悉的著名作家傅恒，回忆周克芹说："他自觉地把书写农村改革当做自己义不容辞的文学使命，既为改革鼓与呼，亦为改革忧和思。"② 周克芹给农村青年作家一种信念感和现实感，一种创作方向和形态。以"问题"意识审视农村新旧生活的细微变化，挖掘农民性格的双重性和复杂性，着墨沱江流域浓郁的村镇生活风情，塑造美丽坚韧、给生活以希望的青年女性，这些思想和审美倾向大致接近的作品，一起构成"沱江流域小说"思想艺术的主要特质。

除了周克芹是《沱江文艺》主要作者外，一些新的作者也开始活跃于刊物。

茌天（傅恒）《鲁幺爸想争这口气》在尺幅之间活化了一个农村"老"先进鲁幺爸在新时代、新问题上的精神困惑。《憨胆大》刻画了沱江边老船公的后代，天不怕、地不怕的"憨胆大"王洪兴感悟到，在改

---

① 李敬泽、仲呈祥、邹瑾等：《纪念周克芹诞辰八十周年座谈会发言摘编》，《当代文坛》2017 年第 1 期，第 45 页。

② 傅恒：《重温克芹》，（2020-08-18）http：//www.chinawriter.com.cn/n1/2020/0817/c405057-31825019.html。

革的急流中要成为弄潮儿，不学点"本事"（知识），"单凭胆大不得行了……"还有罗德成的《隔阂》、张汝宜的《旧债》、莫非的《船在河中打漩漩》等作品，也都感受敏锐，沱江味十足。吴远人长篇小说《女神外传》书写一位历尽磨难的女科学家形象。山西的哲夫提供了工业题材的作品。贾万超、吴若萍、王群生等成渝两地作家在《沱江文艺》上推出了中长篇小说，贡献了更为多元复杂的题材。杨继仁的张大千系列小说，再现了"大千故里"的文化传奇。

　　1980 年代中期，文学由写什么，转向"怎么写"，作家们开始重视形式的独特性，在《沱江文艺》有艺术形式上大胆探索的作品，如杨晓愿《等待闪光点》用"元小说"凸显小说的"虚构"的本质。从"伤痕文学""反思文学""改革文学"再到形式探索的"新小说"，《沱江文艺》既有参与，也有新的拓展，尤其是对 1980 年代诗歌发展做出了贡献。刊物集中展示黎威为代表的本地"太阳文学社"诗歌创作。"果园诗人"傅天琳在《沱江文艺》发表诗歌《我和我的家乡》（1982 年第 1 期）、《告别》（1986 年第 2 期）。刊物还推出诗歌新人，很多以后蜚声诗坛的诗人都在《沱江文艺》留下"少作"。"涛吼如雷""雨注云飞"的峡江畔，张新泉还在徘徊孕育以后震动诗坛的呐喊"纤声"（《三峡写生》1982 年第 1 期）。翟永明温婉地希冀"让每一次相望/都是一次幸福的猜想"（《给你》1984 年第 3 期），没有后来女性主义者对爱情的超然和决绝。《沱江文艺》页页故纸上的诗行，成为他们诗歌艺术走向成熟的印记。①

新时期文学一直是评论引领文学创作，《沱江文艺》有很多高质量的评论，其底气在于强大的理论资源。除殷白、胡德培之外，评论家刘中桥、池中（温舒文）几乎成为刊物固定专栏评论家②。1981 年第 1 期首设"中青年作家作品"以专访、评析作品的形式，每期推出一位重点作家，对小说家克非、揭祥麟、王群生、贾万超，诗人傅仇、傅天琳等一批有影响的作家创作历程、特色进行评介，重在推"人"。1982 年第 2 期增加的评论"在文学的田野上"，注重思想上、艺术上的高屋建瓴，重在引导。作为地方性文学刊物，《沱江文艺》在散文、特写等专栏中突出地域民俗，注重对巴蜀文化、沱江流域文化底蕴的挖掘与展示，地方特色浓郁。

在《沱江文艺》发展过程中，除周克芹影响巨大之外，还有傅恒、刘中桥等成长为新时期川渝文学的领军人物。相当多业余作者，因文学改变人生，甚至成为一方文学界的组织者的也不在少数，如杨继仁、张用生、黎威、陈位平等。《沱江文艺》的老编辑们还记得，当初发表陈位平的作品时，希望和她交流下，当他们按地址找到作者时大吃一惊，原以为陈位平是男性，结果是一位十五六岁的小姑娘。陈位平从来

---

① 其他诗人的作品还有：李加建：《山河漫步》《解剖教室抒情》（1980 年 2 月）《菊展》《黄昏的小河边》《猕猴标本》（1980 年 4 月）《青城山复仇谷》（1981 年 1 月），张新泉：《呵！甜蜜的季节（组诗）》（1980 年 2 月）《哀国魂》（1980 年 3 月）《山乡温泉》（1981 年 3 月）《越过岁月的栅栏》（1982 年 4 月），骆耕野：《我是仙人掌》（1981 年 2 月），华万里：《农村素描》（1981 年 4 月）《田园牧歌》（1982 年 4 月），李老乡：《新诗的回声》（1982 年 1 月），梁平：《悠悠寸草心》（1982 年 4 月），王尔碑：《在花园里》（1983 年 1 月），陈犀：原野（散文诗三章）（1984 年 4 月）易树辉、海子：《风之歌》（1984 年 4 月），鄢家发：《雨意》（1984 年 3 月）李发模：随笔《诗的沉思》（1985 年 1 月）《给》《岩滴水》（1985 年 4 月），顾城：（1986 年 3 月）《南国之秋》。

② 刘中桥：有散文《古塔祭》（1981 年 4 月）等，评论包括《走在春夜的山路上》（1983 年 2 月）《关键在于塑造人物形象》（1983 年 4 月）《构思艺术就是构思生活》（1987 年 4 月）等，截至 1987 年各类文章共计 12 篇。池中（温舒文）：有报告文学《谢家山的变化》（1979 年 2 月）等，评论《有志者事竟成——介绍作家周克芹》（1980 年 4 月）等，各类文章共计 9 篇。统计均截止 1987 年。

没有想到编辑部同志会出现在她面前，简直是幸运之神眷顾，激动得大哭起来。今天，张用生、黎威、陈位平创作成绩斐然，都先后成为内江市作协的领导者。

《沱江文艺》的编辑形式，栏目众多，灵活多样，力求让"本地人看了亲切，外地人看了新鲜"①。有重大主题专栏，关联时事、凸显纪念，如"纪念中国共产党建党六十周年"等，有突出题材的栏目，"内江名人录""来自沱江流域"等。更多是以体裁分类设置，有"中国诗人""散文诗"；小说以短篇为主，兼顾"长、中篇连载"和"翻译小说"；散文另有"特写""报告文学"以及文学评论研究等二十余个栏目。封面设计由天津著名设计家刘丰杰担纲，风格对应时序，春华秋实、葱绿柳黄，清雅可观。封页美术作品有张大千墨宝，彰显"大千故里"，还有内江著名画家邱笑秋的水墨作品，用色有诗意和现代情趣。读者一卷在手如入文学广场、享受精神盛宴。

以 1980 至 1987 年计，《沱江文艺》发表了八百多位作者的近千篇（部）文学作品和评论文章，其中大部分作者作品，集中在 1980 年至 1984 年之间②。1980 年代中期以后，文学"失去了轰动效应"，文学环境发生显著变化，《沱江文艺》的纯文学办刊路线愈发艰难，尽管做出过"严肃文学的思考，通俗文学之可读"③办刊路线的调整，地市文学刊物还是显示出发展的局限性。一方面各类文学和流行刊物供给增加，人们有更多元的文化选择和文化消费，文学期刊影响日益削弱。另一方面，在中央、省、地区三级文学刊物的体制中，文学期刊获得国家

① 编辑部：《新的愿望》1984 年第 1 期。

② 以 1980 至 1987 年文学作品计，《沱江文艺》发表了 272 位作者的小说 313 篇（部），其中短篇小说 275 篇，中篇小说 33 篇，长篇小说 5 部。发表 122 位作者的散文、特写、报告文学共 134 篇。发表 366 位作者诗歌 555 首。发表 4 位作者电影电视文学剧本 3 部，其中大部分作者作品集中在 1980 年至 1984 年之间。以诗歌为例，1980 年至 1984 年之间的作者占 1980 至 1987 年间的 79.5%，作品数占 82.8%。

③ 1984 年第 4 期"编者赘语"中说："本期发的中篇武侠小说《醉拳》，相信读者会被它曲折宕荡惊险离奇的情节所吸引"，开始通俗文学的探索。1985 年第 1 期封面开始有"严肃文学的思考，通俗文学之可读"宣传推广语。

的政策支持有限。1980 年代后期，在几次文学期刊整顿中，《沱江文艺》经历了政策调整，经济"断奶"，以往依靠的基层文化组织难以维持，群众性文学创作和阅读都不如以往。《沱江文艺》发展日艰，"名刊"亦成历史回忆。

前排从左到右：胡其云、唐安林、周克芹、吴远人、傅恒。
后排从左到右：王国祥、殷白、李北星、支延明、吴本华。

三、《沱江文艺》及地方文学期刊的当代价值

一个地市级文学期刊，在新时期初期能够走出周克芹这样全国著名作家，受到文学界领导的关注；能够吸引全国大批优秀作者，培养了一批本土作家，形成群落流派，有文化辐射；能够延续影响，大力推动本地文化建设，我们可以称之为"《沱江文艺》现象"。这个现象看似偶然，如周克芹突然被发现，但是文学本身就是历史具体性和超越性的融合。正如布迪厄所言，即使纯文学个人写作中"最隐晦的结构"也会带上"文学场"的特征①。和布迪厄所描述的个体化写作不同，社会主义文学创作有更强烈的历史具体性。新时期文学诞生自 1970 年代末至

———————

① 〔法〕皮埃尔·布迪厄：《艺术的法则》，刘晖译，中央编译出版社，2001年，第 40 页。

1980 年代初的政治文化的母体，周克芹发出了中国农村变革的先声，契合时代精神，这正是周扬激赏的原因。新时期初期，历经政治劫难，几代作家精神压抑，多少人生命运尽遣笔端！读者们在对文学如饥似渴的阅读中得到情绪和愿望的出口，一部优秀的文学作品，往往洛阳纸贵。《沱江文艺》也正是于历史的机遇中，在西南小城，傲立潮头。

同时，1980 年代初，宣传文教主管部门思想上、组织上对创作（刊物）组织领导显性而深入，自上而下高度重视文学作为意识形态部分的引导作用。地委宣传部要对《沱江文艺》的发表稿件复审，给出意见。比如，主编吴远人 1983 年 2 月 25 日在给文教局党组的信中，汇报对这些意见的落实情况，"编辑部已分别跟一部分作者传达了宣传部的修改意见"，"我们的意见由编辑部直接通知作者到内江修改，直到宣传部觉得可以发稿再发稿"。各类读书班、讲习所、改稿会、笔会，首先是学习中央文件精神，学习邓小平等中央领导同志对文艺工作的指示，省委、地委思想文化座谈会精神，分管领导要看望创作起步阶段的作者，作面对面的思想交流。地方党委对刊物指导与服务到位，地委宣传部文艺处领导吴本华，一度就在编辑部和编辑们一起工作，领导和服务融为一体，大部分问题情况可以随时解决，不必公文层层请示，经费保障有力，刊物能够及时办成有影响力的大事。

地方领导将文学视为本地区文化建设的重要组成部分，上级部门要求《沱江文艺》 "面向基层，以弥补偏僻农村和山区缺少文化的不足"，"要雪中送炭，不要锦上添花"①，期刊有通过文学创作，带动全地区群众文化水平提高的责任，这也是《沱江文艺》这类地市级期刊不同于很多省刊、重要刊物之处。《沱江文艺通讯》所载，1982 年 2 月 1 日到 10 日，地区文化局在安岳举办文学创作普及读书班，地区文化局局长主持。参加的学员共计 56 人，最大的 50 岁，最小的 16 岁，类似活动极多。作为"经验交流"，当时文学创作大县简阳县每年举办创作读

---

① 《沱江文艺通讯》（内部刊物）1982 年 1 期，第 51 页。

书班 10 至 20 天，专门辅导创作，全县有 300 多业余作者，重点作者 50 余名。县文化馆发现苗子，出了作品发奖金，"三年共发创作奖金二千五百多元"①。当时简阳县的文学创作，之所以领先全地区，成都近在咫尺，受文化中心滋养多，近水楼台是一因素，同时期刊工作和文化馆工作组织得力，群众基础好，人才多，作品多，更加重要。

在期刊的运行过程中，本地区的两个重要的群体发挥过核心作用，一是以周克芹为代表，在简阳文化馆工作或关系密切的创作者，包括吴远人、刘中桥、蒋文中、傅恒、胡其云、支延明等。后吴远人到内江主持《沱江文艺》，傅恒 1978 年考入内江师专。傅恒和刊物编辑部密切，发《许茂》和《红岩》时，由傅恒组织内江师专的同学誊清稿件，由殷白带回重庆②。二是内江师专作者群，77 级学生黄济人已开始创作《将军决战岂止在战场》，教师李北星、孙自筠、陈涛等为《沱江文艺》写评论。作者群相互交流，锐意创作，吴远人、傅恒、刘中桥、胡其云等人在文学创作上，相互切磋，最终都有收获，他们的作品都获得过省级奖励，刘中桥后调入省作协创作研究室任主任。傅恒到成都后，1993 年主持《青年作家》，后又任成都市作协主席，省作协副主席，领导巴金文学院。他创作的中篇小说《幺姑镇》获首届"当代文学奖""四川文学奖"。周克芹评价《幺姑镇》"具有不同于此类作品显著的艺术特色和思想深度，而不至于湮没在近年来大量发表的那种小镇风情模式的作品海洋中，这是傅恒同志的一个贡献。"③ 傅恒一直忠诚于四川的土地和沱江流域的乡村，作为乡村叙事的行家里手，他在《当代》《中国作家》发表《村官也是官》《也是生命》等影响很大的佳作。如果说 1980 年代初期，他的作品多体现为改革的"鼓与呼"，而现在这几部作品则有更多的"忧与思"。1980 年代以《内江文艺》为中心的内江

① 《沱江文艺通讯》（内部刊物）1982 年 1 期，第 10 页。
② 参见《周克芹传》，第 143 页。
③ 周克芹：读《〈幺姑镇〉记略》，《周克芹散文随笔》，四川文艺出版社，2013 年，第 241 页。

文学共同体人才济济。黄济人的《将军决战岂止在战场》，获得巨大成功，他后来任重庆作协主席。杨继仁后任深圳南山区作协主席。孙自筠转向创作，他创作的小说《太平公主》改编的电视连续剧《大明宫词》，名震一时。当下，沱江流域资阳、内江，依然有唐俊高、庹政等一批优秀作家活跃在国内文坛。

《沱江文艺》是新时期社会主义文艺繁荣基层的缩影，具有社会主义文学生产的特征。地区党委把握大方向，上下齐心组织文学活动，提供服务，保障作家的创作。在《沱江文艺》发展的"黄金时代"，宽严相济的政治环境，尊重艺术规律，作家编辑充分发挥自己的专业创造力，安心办好杂志，出好作品。作家忘我地投身创作和编辑，将自己的事业和新时期的党对文化工作的要求结合起来，将个人文学的事业汇入社会主义文学繁荣中，这些在《沱江文艺》中都得到集中体现。同时，地区级刊物的定位，"雪中送炭"地要求刊物工作同基层文化工作更深入地结合，在普及与提高的结合中，普及的基础作用与"名刊"的效应相结合，群众性的文学阅读和创作支持了刊物的生存，让刊物发展和存在置于群众的真正文化需求和自身的创造中，如此有了不竭源泉和活力，这在今天依然具有启发性，具有足可镜鉴的重要价值。

（作者单位：内江师范学院）

（本文部分资料由吴远人之子吴易刚同志提供，特别致谢。）

通俗文学期刊《说古唱今》的地方特色及其当代价值①

□刘小平　刘海军

继延安文艺座谈会"工农兵方向"②之后，第一届中华全国文学艺术工作者代表大会（简称文代会）明确提出要为"建设中华人民民主共和国和新民主主义的人民文学艺术而奋斗"③，人民文学再次被提上文艺工作的日程且成为今后文艺工作的重点。文学因此被要求做到内容的通俗化、形式的民族化、展现中国作风与中国气派。如何创作人民的文学，如何有效改造旧的通俗文学从而推动文艺大众化，成为摆在文艺工作者面前的难题。为探索解决上述问题的方法，1949 年在赵树理等人的倡导下，"大众文艺创作研究会"在北京成立，该会的宗旨在于团结当时的新旧文艺工作者，研究通俗文艺创作，并推动新文艺在城市中普及。在此背景下，1950 年 1 月通俗文学《说说唱唱》创刊。随之，各大行政区、省、市多以《说说唱唱》为"刊物样板"，创办了众多契合当地特色的通俗文学刊物，如中南区的《长江文艺》、河北省的《河北文艺》、郑州市的《郑州文艺》、重庆市的《说古唱今》等。这些刊物采

---

① 本文系重庆市社会科学规划项目"重庆直辖以来本土小说的城镇化叙事研究"（2021NDYB142）阶段性成果。

② 毛泽东：《在延安文艺座谈会上的讲话》，《毛泽东选集》（第 3 卷），人民出版社，1991 年，第 855 页。

③ 中华全国文学艺术工作者代表大会宣传处编辑：《中华全国文学艺术工作者代表大会纪念文集》，新华书店，1950 年，第 572 页。

取人民群众喜闻乐见的文艺形式，不仅反映了新中国两年来生产建设上的伟大成绩，表现在各种运动中涌现的新的、英雄的人物，更及时配合全国性及地方性的政治运动，指导与推动了群众文艺运动的开展。随着时代的发展，上述刊物中的绝大部分尽管都淡出了人们的视野，但它们紧跟时代、书写时代、努力打造自身特色的品格却值得当下地方文学刊物借鉴与学习。本文以重庆市的《说古唱今》为主要研究对象，将之还原到当时的社会文化语境下加以重审，以期对探明地方通俗刊物如何服务时代以及如何发展自身问题提供一种可能性的阐释。

一、"我们所要努力达到的"：对标《说说唱唱》

随着大众文艺创作研究会的成立和《说说唱唱》的创办，书写人民喜闻乐见的通俗文学，创办通俗文学刊物成为 20 世纪 50 年代初文艺工作的新热点。1951 年 6 月由重庆市文联编辑委员会创刊、西南人民出版社出版的通俗刊物《说古唱今》开始发行。根据《说古唱今》编辑部的统计，到 1951 年 12 月底，所发行的七期《说古唱今》共销售了十一万六千份，从第 5 期开始每期的销售量大约是两万份。《说古唱今》取得如此好的发行量，与刊物对《说说唱唱》的学习与借鉴直接相关。首先是《说古唱今》刊物的命名。任白戈在创刊号《我们所要努力达到的》中写道："既然叫做《说古唱今》，顾名思义，内容一定是古今都有，形式主要是说说唱唱，而且一定要能说能唱。古是讲的我们伟大祖国的优良传统，今是讲的我们全国人民当前的实际生活和斗争，古今虽然不拘，但内容必须适合工人农民的需要，对当时当地的工农群众所必须解决的问题和正在进行的斗争有所帮助。所以一定要能说能唱，就是使工农群众喜闻乐见，容易接受，真正能为工人农民所享受。"① 任白戈对《说古唱今》刊名的解释在很大程度上深受《说说唱唱》的影响。相对

① 任白戈：《我们所要努力达到的》，《说古唱今》1951 年 6 月创刊号。

于赵树理的"说说唱唱",任白戈的"能说能唱"似乎在努力追求贯通古今,而目标也非常明确,就是希望通过对通俗形式的改造来适应文艺工作宣传的需要。

其次是内容与形式方面。《说说唱唱》的创刊号订阅单中明确写道:"内容有评话、小说、快板唱词,都是咱们人民大众喜闻乐见的各种文艺形式。"① 作为《说古唱今》的"先行者",《说说唱唱》无疑是一个很好的模板。从创刊号开始,《说古唱今》刊登的作品就囊括了《说说唱唱》当中提出的所有通俗样式,比如唱词《喝水莫忘挖井人》《水底寻宝》,数来宝《提防美国强盗的鬼花样》,快板《生产捷报》等。同时,在创刊号最后一页的约稿中,《说古唱今》编辑部对来稿的内容与形式也提出明确的要求:"以民间形式的说唱文艺为主。"② 而其约稿要求的第三条:"来稿力求能说能唱,说唱出去要大众听得懂并且愿意听。不能说唱者也要,只要有内容,可经本社改为能说能唱者,然后发表。"③ 这显然是参考了《说说唱唱》的约稿要求。不仅如此,除却在创刊追求上对标《说说唱唱》,在情感归属上,《说古唱今》似乎也一直在寻求《说说唱唱》编辑部的认可。比如,1952 年第 3 期的《说说唱唱》刊发了一篇题为《八个月来的〈说古唱今〉》,该篇文章由《说古唱今》的编辑部所写,文章开篇就交代了《说古唱今》的创刊时间、出版商、发行商以及八个月来的刊物销售情况。随后又详细说明了刊物的读者对象,并根据相关的读者来信对刊物的总体情况以及人民对于刊物的态度进行了详细说明。在文章的最后还出现了编辑部的一段类似保证的话语:"编辑部应经常下厂、下乡,改进出版工作,通过各种组织宣传、推销,把刊物送到群众手中。"④ 这些都使这篇由《说古唱今》编辑部所写的文章犹如一篇向上级进行刊物发行情况汇报的报告,《说古

---

① 《说说唱唱》编辑部:《刊物订阅单》,《说说唱唱》1950 年 1 月创刊号。
② 《说古唱今》编辑部:《本刊约稿》,《说古唱今》1951 年 6 月创刊号。
③ 《说古唱今》编辑部:《本刊约稿》,《说古唱今》1951 年 6 月创刊号。
④ 《说古唱今》编辑部:《八个月来的〈说古唱今〉》,《说说唱唱》1952 年第 3 期。

唱今》对《说说唱唱》的"靠拢"也就不言而喻了。

二、"自我"如何可能：坚守西南传统与艺术创新

《说古唱今》虽然是对《说说唱唱》的学习与借鉴，是《说说唱唱》的"继承者"，但《说古唱今》也在努力挖掘和开拓文艺的地方化，艺术的"自我"如何可能。《说古唱今》发掘并光大了西南地区金钱板和荷叶两种民间艺术形式。金钱板发源于300多年前的成都和重庆两地，因其旋律简单，唱词生动、易懂且口语化强而得名。后来逐渐流传于云南、贵州，并成为西南地区传统的说唱艺术，其表演形式和快板有一点类似。在总共31期的《说古唱今》中，所刊登的金钱板作品就有30余篇，可以说几乎每期都有一篇金钱板的作品。同样具有地方特色的通俗样式还有四川荷叶，四川荷叶是根据地区所起的名称，在我国主要有四川荷叶和青海荷叶，四川荷叶是川剧派生出来的一个曲种，大约形成于清朝末年。在《说古唱今》中刊登的有《中苏友好，天下无敌》《奸商胆敢暗害志愿军》等作品。

《说古唱今》之所以会刊登数量可观的金钱板和四川荷叶，不仅在于这两个体裁独具西南特色，还与这两种形式讲究押韵有关。内容浅显易懂，音韵和谐，朗朗上口，很受读者大众的欢迎。比如金钱板《血里火里三十年》的开篇：

> 太阳出来金光灿烂，
>
> 太阳出来红满天，
>
> 光芒四射乌云散，
>
> 照亮了新中国的平原新中国的山，
>
> 照得荒地花开遍，
>
> 照得死水变温泉，
>
> 稻谷照得金闪闪，

彩霞照上金边边，

照得瞎子开了眼，

照得哑巴开腔把话谈。

再比如四川荷叶《奸商胆敢暗害志愿军》：

经理名叫李寅廷，

去年子中南人民向他把货订，

叫他支援前线的急救包和三角巾。

谁知他贼胆包天发了豺狼性，

领到棉花就用坏花调好花整整一千斤。

在《血里火里三十年》中，所有的尾字押的都是"an"的韵，而在《奸商胆敢暗害志愿军》中，尾字又押了"in"的韵。这种押韵的方式有利于群众之间的传唱，因此也就达成了一定的文化宣传与普及。

《说古唱今》并不是简单地借用金钱板和四川荷叶这两种民间艺术形式，它还对这两种形式予以创新，将二者进行有机融合。从 1952 年开始，陆续出现了金钱板和四川荷叶相结合的作品，比如 1952 年第 3 期的《猖狂进攻》、第 7 期的《光荣的中国人》、第 8 期的《任开仕破除迷信找水源》等。以下是《光荣的中国人》片段：

志愿军英雄威名天下晓，美国兵闻名丧胆望风而逃，

全世界和平人民拍手笑，谁不夸中华儿女志气高。

中国人朝鲜人情感顶好，保和平反侵略心同一条，

我战士在朝鲜敬老扶少，朝鲜人也省衣缩食支前慰劳，

两国人如一家互相照顾，同生死共患难犹如同胞。

相较传统的金钱板和四川荷叶，这类创新作品降低了在字词层面的押韵要求，却更注重内容的叙事性，并且越来越向诗歌靠近，是一种有效的艺术创新。

除了注重地方艺术形式的使用，《说古唱今》的地方特色还体现在对方言的运用。在创刊号以及 1952 年的第 16 期，就分别刊登了四川方言的对口相声《害人的一贯道》和独幕话剧《好的日子在前头》。《害人的一贯道》将四川方言的口头语展现得淋漓尽致。

> 甲：几个月不见，你哥子近况好嘛？
>
> 乙：哎呀，一言难尽。
>
> 甲：啷个的喃？
>
> 乙：只因你大嫂害了一场大病，吃错了付药，差点害得我家破人亡，无容身之地。
>
> ……
>
> 甲：啊？我请问我大嫂好大岁数了？
>
> 乙：今年二十四。
>
> 甲：怪不得，弄个年青，你哥子又是四十好几的人咯，是有点精神苦闷。
>
> 乙：你再加一翻嘛。
>
> 甲：啥子喃？四十八了！四十八岁的人还要害相思病？

在话剧《好日子在前头》当中，同样含有大量四川方言的语气词，比如：嘛、哟，而最具特色的是"啷个得行嘛""是啷个的""心头鬼火冒"等句子，这些句子不论是在语气上还是在词的使用上都充分显示了四川地区的本地特色。

又如由贵州省文联曲艺训练班艺人集体改编创作的金钱板作品《村仇》中的贵州方言：

> 后边来了人一个，却原是他的儿子新郎官。
>
> 刘开明上前把话谈："老爹爹，有什么心事不安？"
>
> 刘和和眉头一皱："为父又喜又心酸，皆因我儿喜期近，添人进口我心喜欢。哎！恨只恨赵田两村结仇怨，你两个

姐夫是冤愆。"

……

　　开明闻言把话谈："有请爹爹心放宽，我到田村请铁柱，假说不请赵栓栓，回头又把栓栓骗，假说不请铁柱来赴宴，我把狂言对他们谈，二人必定到西山。那时候我们再用苦口劝，但愿得这冤仇化成青烟。"

　　每次在对话开始时，都会使用"谈"这个字，"谈"在贵州方言中就是"说"的意思，直到现在很多贵州本地人在说话时也还会说："我有话要给你谈。"可见，在西南地区通俗形式的使用与改造中，西南地区的方言已经深深地进入到了创作与改编当中，而这种方言与富有地区特色的创作进一步凸显了《说古唱今》中作品的地方感。

　　对《说古唱今》来说，采用各种通俗形式的主要目的是对人民群众进行文化宣传与教育。但我们也发现，在对通俗形式进行利用的同时，《说古唱今》不仅重视整个西南地区的通俗文学，形成了独具的西南特色，还自觉地承担起了对西南地区传统文艺的宣传与继承。而这种继承也不再是原地踏步地继承，而是一种带有改造意识和创新意识的继承，这可能也是《说古唱今》自发行起就引起人民群众关心并成为西南地区通俗文学核心刊物的原因。

三、响应时代号召：增设"时事说唱"与主题专刊

　　"文学制度就是在文学与社会、作家与读者、文学与生产、评价与接受之间形成的一套体制，在这套体制下，诸如作家职业化、报刊出版、论争批评以及文学审查与奖励等，都会受到制度的支配和导引。"[①]文学与国家和社会发生关联，与其所处的环境不无关系。文学与时代休

---

　　① 张均：《中国当代文学制度研究（1949—1976 年）》，北京大学出版社，2011 年，第 1 页。

戚与共又相互影响，当代"新文学已形成的多样性种态、多元共生的文学态势被'新的人民的文艺'的硬性提倡、革命文艺的一统天下的局面所取代"①。在此背景下，文学的生产、管理、传播与接受都将被纳入国家体制，文学刊物就充当了宣传当时思想文化的重要渠道与载体。

西南地区文教部部长楚图南、重庆市市长曹荻秋以及书记张霖之分别对《说古唱今》的创刊号进行了题词，三人的题词为："贯彻为工农兵服务的文艺方针，创造人民喜见乐闻的作品"②、"用通俗的文艺形式深入群众，加强对于人民的爱国主义的宣传"③、"开展工农兵文化工作，普及深入抗美援朝教育，人人都来抗美援朝"④。三句题词分别点明了《说古唱今》的办刊方针、内容形式与服务对象，而抗美援朝也首次进入了《说古唱今》读者的视野。为响应三位领导的题词，编辑部在文章《开场白》中写道："我们这个刊物的出版，是想在继续深入和扩大的抗美援朝运动中，增加一点打击敌人的力量，通过各种民间形式来加强抗美援朝的时事政治教育。"⑤ 配合抗美援朝的宣传与教育成了《说古唱今》的中心任务。在《说古唱今》的第 1 期，为表现这一中心任务，刊登了 3 篇抗美援朝的作品，第一篇是唱词《抗美援朝事三样》，以从前线传来的一张又一张的抗美援朝捷报为背景，歌颂了中国军人，鼓舞民众要对抗美援朝充满自信，坚信中国人民会取得这场战争的胜利；第二篇作品《绿依江边冤仇深》是一个绿依江边农民的集体创作，主题是控诉美军在绿依江边的暴行；第三篇是唱词《王芝兰妈妈写信寄朝鲜》，是一封母亲给女儿的回信，母亲在信中回复女儿让她不要担心家里，安心地待在部队，为抗美援朝的战斗贡献自己的力量，并嘱

---

① 毕光明：《社会主义伦理与"十七年"文学生态》，《南方文坛》2007 年第 5 期。

② 楚图南的题词，《说古唱今》1951 年 6 月创刊号首页。

③ 曹荻秋的题词，《说古唱今》1951 年 6 月创刊号首页。

④ 张霖之的题词，《说古唱今》1951 年 6 月创刊号首页。

⑤ 《说古唱今》编辑部：《开场白》，《说古唱今》1951 年 6 月创刊号。

咐"部队里帮助同志最重要，革命同志与自己的兄弟姐妹一般"①。这些作品同魏巍的《谁是最可爱的人》、杨朔的《三千里江山》、路翎的《洼地上的战役》等主流抗美援朝叙事相比，在文学性和传播度上，它们或许并没有多大优势，但就其以唱词写作声援时事的努力却值得肯定。

1951 年 7 月《说古唱今》第 3 期刊登《关于改版和投稿——写给读者和投稿者的信》。在这篇文章中，编辑部说到在 1951 年 7 月 17 日，编辑部召集读者和来稿者开座谈会，在座谈会上主要讨论了《说古唱今》中所存在的问题，并认为所刊登的内容对政治运动的反映还不够强烈，于是编辑部经过商讨决定自第三期就进行刊物改版。改版后的《说古唱今》由月刊变为了半月刊、刊物目录增加了"时事说唱"，还设置主题专刊。这些改革使刊物更好地配合各项政治运动的宣传、更新时事热点。在第三期进行改版后，《说古唱今》对抗美援朝运动的描写与报道转移到了"时事说唱"栏目，比如第六期该栏目就刊登了《话说朝鲜停战谈判恢复了》《美国的原子弹吓诈政策破了产》两篇作品，对当时抗美援朝的战场情况、相关谈判等进行了报道。直到 1953 年停刊，《说古唱今》都在积极努力完成创刊时所定下的中心任务：积极配合抗美援朝运动，加强抗美援朝时事政治教育。此外，1951 到 1953 年间刊物不仅用通俗的形式向西南地区人民及时宣传了抗美援朝运动，更重要的是通过这些人民喜闻乐见的通俗文学形式使得国家、民族的观念深入到了普通民众当中，并不断增强人民的国族认同感。

除了对抗美援朝的宣传教育之外，《说古唱今》还设置了主题专刊。1952 年第 7 期编辑部"以纪念毛主席《在延安文艺座谈会上的讲话》十周年"为主题发行了一期专刊，该期首页为《文艺工作者面向工农兵——纪念毛主席〈在延安文艺座谈会上的讲话〉发表十周年》的绘画，画中特地放大了在人民群众中的毛主席，毛主席一手抱着《在延安

---

① 杨富荣：《王芝兰妈妈写信寄朝鲜》，《说古唱今》1951 年 6 月创刊号。

文艺座谈会上的讲话》，一手指着旁边抱着水稻、拿着工具的农民和工人，在毛主席身后还站着一群抱着小提琴，拿着报纸、书本的文艺工作者。绘画的作者用这种最简单、最直接的方式向读者展示了《在延安文艺座谈会上的讲话》中的核心精神：文艺要为工农兵服务，文艺工作者要深入到群众当中去。本期专刊上还刊登了社论《改造思想，加强领导，做好普及工作！——庆祝毛主席〈在延安文艺座谈会上的讲话〉》以及四篇来稿者的自我检讨信和文章。在这些文章中作者立足于自身，对自己的创作进行检讨，认为在创作中存在单纯使用技巧、对工农兵的反映不够、粗俗乱造等问题，因此要积极学习毛主席的讲话，要努力和群众打成一片。在刊物的最后，编辑部还特地发表了一个主题征稿通知，征集关于此次主题的纪念稿。1952 年之后的几期刊物的确也刊登了与本期主题相同的作品。同样主题形式的专刊在 1952 年的第 15 期、1953 年第 3 期、第 4 期都有出现，其主题分别是"中苏友好月""春节文娱资料宣传"和"婚姻法资料宣传"，采取的方式和内容的设置和1952 年第 7 期"纪念毛主席《在延安文艺座谈会上的讲话》十周年"相似。

作为西南地区的核心通俗刊物、文艺大众化实践的重要力量，《说古唱今》的政治色彩是显而易见的。《说古唱今》不仅没有因为"自己是通俗文学刊物"的定位而远离政治，反而是积极地与社会主义时代相呼应，将政治的宣传作为刊物的主要任务之一，并将这种宣传融入人民群众易接受的各种通俗文化样式当中，这不仅更新了人民群众对通俗文学的认知，在一定程度上也改造了一些旧的通俗样式，加强了建国初期文艺工作者与人民群众的融合，在"通"的过程中不断召唤、培育人民的主体性。

四、转换"阵地"：从《说古唱今》到《群众文艺》

1953 年，《说古唱今》在第 7 期上刊发了《重庆市文学艺术界联合

会决定〈说古唱今〉停刊，准备出版〈工人文艺〉启事》（以下简称
《启事》）。在文中，编辑部说明了这一年多以来《说古唱今》的各方
情况，充分肯定了《说古唱今》此前所取得的成绩。"但是，由于刊物
服务的对象较广，在编辑工作上就不能更好地适应本市广大工人群众的
要求。因此，为了使刊物与西南其他各省市的通俗文艺刊物分工，集中
力量为工人服务，兹决定《说古唱今》出至一九五三年第七号（总三十
一期）止，即行改出《工人文艺》。"① 不能适应工人群众的要求并不是
1953 年才出现的问题，在 1951 年《说古唱今》刚发行没多久，《西南
文艺》就发表过一篇题为《从〈说古唱今〉所看到的几个通俗文艺创作
的问题》的文章，作者刘继祖就创刊号刊登的作品《水底寻宝》评价
道："究竟对工人的思想品质认识不足""一点没有表现出工人的'意
志'"。② 对于这样的批评，《说古唱今》编辑部当时虽然没有做出正面
回应，但查阅其之后的刊物可以发现，编辑部还是"默默地"增录了诸
多工业题材的作品，如刘成湘的《我爱机器》③、甘犁的《劳动人民文
化宫》④、邱士容、况励超的《纤子是我的好伙伴》⑤、蔡明义的《机器
机器我爱你》⑥ 等。实际上，在第一次"文代会"上，周扬就在《新的
人民的文艺》报告中指出："过去因为我们工作重心在农村，我们的作
品反映农村斗争、生产的，就占了最大的比重；反映工业生产和工人阶
级的作品非常之少。"⑦ 按照当时的文艺政策要求，工农兵群众是解放战
争与国家建设的主体，文艺工作的重心必须放在工农兵身上。在创刊之

---

① 《说古唱今》编辑部：《重庆市文学艺术界联合会决定〈说古唱今〉停
刊，准备出版〈工人文艺〉启事》，《说古唱今》1953 年第 7 期。

② 刘继祖：《从〈说古唱今〉所看到的几个通俗文艺创作的问题》，《西南文
艺》1951 年第 3 期。

③ 刘成湘：《我爱机器》，《说古唱今》1952 年第 11 期。

④ 甘犁：《劳动人民文化宫》，《说古唱今》1952 年第 12 期。

⑤ 邱士容、况励超：《纤子是我的好伙伴》，《说古唱今》1953 年第 16 期。

⑥ 蔡明义：《机器机器我爱你》，《说古唱今》1953 年第 16 期。

⑦ 中华全国文学艺术工作者代表大会宣传处：《中华全国文学艺术工作者代表
大会纪念文集》，新华书店，1950 年，第 89 页。

初,《说古唱今》编辑部就通过《我们所要努力达到的》一文明确"内容适合工人农民、为工人农民享受"的办刊目标,但由于《说古唱今》在整个办刊过程中一直都更倾向于对农民进行政治教育,原本以工农为发行对象的方针也越来越以农民为重点。在总共 31 期的刊物中,刊登的作品内容以农民为主,稿件要求也再三强调要能适合农民的阅读与传唱。而到了 1953 年,三大改造相继完成,同年 1 月,《人民日报》社论《迎接一九五三年的伟大任务》指出"一九三五年将是我国进入大规模建设的第一年"①。为推动国家工业化建设,响应"一五"计划的号召,西南大行政区的代表刊物《西南文艺》刊登了《迎接伟大的、战斗的、胜利的一九五三年》一文,鼓励"以文艺为武器参加开创历史新纪元的劳作",表现工人"不懈劳动""崇高、美好的愿望"等。② 在《把西南文艺在现有基础上提高一步》中,编辑部甚至直接提出"以后应该多组织描写工人生活的作品,适应工厂、农村紧迫的需要"③。与之对应,作为重庆市的核心刊物,《说古唱今》也在 1953 年的第 1 期发表了一篇《在伟大的年代里我们应该做什么?》的社论:"工厂的变化,工人的变化,三年来是异常丰富的,但是,反映在刊物上太少了,把真实的生活变成了一般的标语口号。"④ 其实,这句自我检讨很大程度上就是对1951 年刘继祖在《西南文艺》上所提出问题的回应。至此,《说古唱今》也开始清楚地认识到了自身的问题,"我们的刊物应当面对工人,更好地为工人服务。重庆是工业城市,西南出版的刊物工人文艺读物也太少,我们应当担负起这个责任"⑤。"为工人服务"再次出现在了

---

① 中共中央文献研究室编:《建国以来重要文献选编(第四册)》,中央文献出版社,1993 年,第 2 页。

② 蹇先艾:《迎接一九五三年的伟大任务》,《西南文艺》1953 年第 1 期。

③ 《西南文艺》编辑部:《西南文艺》1953 年第 2 期。

④ 《说古唱今》编辑部:《在伟大的年代里我们应该做什么?》,《说古唱今》1953 年第 1 期。

⑤ 《说古唱今》编辑部:《在伟大的年代里我们应该做什么?》,《说古唱今》1953 年第 1 期。

《说古唱今》中，编辑部对刊物进行了重新定位，展示工人的生产生活成为 1953 年《说古唱今》的一个重点。遗憾的是，这种及时的转变并没有将《说古唱今》从时代的发展当中挽救出来。

1953 年 7 月 1 日，重庆市文联创办了另一个月刊《群众文艺》。在《群众文艺》创刊号中，编辑部发表了文章《〈群众文艺〉的方针任务和其他》，第一条方针任务中写道："《群众文艺》是在《说古唱今》的基础上出版的。根据毛主席的文艺方针，结合重庆市的具体情况，它应当是一个为工人服务的、群众性的、图文并重的综合文艺刊物。其任务总的来说是：真实的反映工厂、矿山及其他方面丰富多姿的生活及其先进人物，对工人群众进行共产主义教育，提高其生产热情，为巩固祖国、繁荣祖国、完成国家工业化的光荣伟大任务而奋斗。"① 可见，《群众文艺》就是以《说古唱今》为基础创刊的，并且根据《说古唱今》的停刊启事，重庆市文联原本是要发行《工人文艺》的，《工人文艺》为何变为《群众文艺》，其中的具体原因难以得知。但根据《说古唱今》1953 年的社论以及停刊启事可以明确知道，无论是《工人文艺》还是《群众文艺》为的都是更好地展现工人的生产生活。1953 年，三大改造的顺利完成使得人民对于生产和生活都充满了信心与期待，第一个五年计划的提出更让原本定位就是工业城市的重庆对于工业建设更加关注，而这种工业的建设和发展需要深入到人民的生活中，《群众文艺》的出现也就理所当然了。虽然《群众文艺》是以《说古唱今》为基础的，但我们也应清楚地看到，相较于《说古唱今》，《群众文艺》有了大的调整：在目录上，其取消了《说古唱今》中的"时事说唱"栏目，关于时事政治的内容都采用了在篇头直接刊登的方式，为了醒目还特地加黑了标题，作品的排列顺序和对应的页码都十分严谨；在栏目设置方面，主要分为"小品""小生活故事""诗歌"等板块，为了进一步凸显工人群众，还特地标注了"工人的诗""工人的画"等字样；《群众

---

① 《群众文艺》编辑部：《〈群众文艺〉的方针任务和其他》，《群众文艺》1953 年 7 月创刊号。

文艺》还刊出彩色画报和连环画，刊登工人与工厂的实时照片。所有的这些都在说明，从《说古唱今》到《群众文艺》不仅是刊物自身发展的所需，同时也是顺应时代发展的需要。

结语

从 1951 年 6 月创刊到 1953 年停刊，《说古唱今》以通俗文学的方式积极主动地参与到建国初期的政治宣传与文化教育当中，与时代形成紧密的联系。作为地方性的刊物，《说古唱今》一方面积极地响应了中央的相关号召，对标全国领衔通俗刊物《说说唱唱》的办刊特色，另一方面又在一定程度上保持了自身的独特性。在内容与形式上，《说古唱今》编辑部以通俗形式为刊物基础，同时大量增录了金钱板、四川荷叶、方言等艺术形式。使《说古唱今》在第一时间引起了人民的关注并深入西南地区人民群众的生活，对当时的文化普及、政治宣传起到了巨大作用。此外，《说古唱今》自创刊起就自觉承担起了对西南地区通俗文学的继承与创新，在《说古唱今》的带领下，西南地区的文艺写作者充分发挥西南传统表现艺术的优势，创造性地生成了一大批优秀的通俗性作品。但随着城市建设、社会与时代的发展，《说古唱今》还是不可避免地走出了人们的视野，这是一种遗憾，但更多的也是一种刊物自身发展的必然趋势。

（作者单位：重庆大学中文系）

还珠楼主的六篇佚文

□王伟

还珠楼主（1902 年—1961 年），原名李善基，后改李寿民，出生于四川长寿县（今重庆市长寿区）的文化世家。为民国时期武侠小说大家，其作品被称为"出世武侠小说的杰出代表"①。除了《蜀山剑侠传》等武侠小说外，还珠楼主还创作了大量散文作品。其散文风格古朴，文辞清丽，题材广泛，内容丰富。也因此，有学者称他为"散文高手"②。还珠楼主的散文大多佚失，经周清霖、顾臻两位学者的搜集和整理，2014 年由香港天地图书有限公司出版，书名《还珠楼主散文集》，包含各类散文 157 篇以及 1933 年 3 月 9 日至 1935 年 7 月 31 日之"代邮"。2018 年中国文史出版社出版《自家》，收录作品皆见于《还珠楼主散文集》，惟删去"代邮"与少数篇什。今笔者又发现六篇还珠楼主的佚文，皆发表于 20 世纪 40 年代后期。与集内所收作品相比，这六篇佚文不再有那种闲适的情调，而更多的是对社会现实的体察与关怀。同时，它们还记录了作者早年的行迹和抗战胜利后至中华人民共和国成立这一段时期的政治心态，不但是研究还珠楼主生平的重要史料，而且揭示了一个旧文人对国民党政权由包容到声讨的转变，具有作者其他文章不可替代的价值。

---

① 范伯群主编：《中国近现代通俗文学史》，江苏教育出版社，1999 年，第 638 页。

② 周清霖：《自家·编校后记》，中国文史出版社，2018 年，第 320 页。

一、《覆读者》

容庵、秋芳、蜀迷、根生、豫齐、林逸、冯秉仁、申江野老、朱云章、汪兆文、蜀山迷、青城旧友、刘生、梁凤珠、张河清、张文玉、沈开泰、张文澜等一家读者，阿咸、王才发、蜀山七十二读者以及惠函诸君（限于篇幅，不克备列台衔，至希鉴谅）大鉴：

惠教奉悉。过蒙宏奖，愧曷以承。拙著《蜀山剑侠传》，预计千三百万言，始能毕事。虽轻才浅识，事半伧荒，而茧剥丝抽，类有交待。祇缘八年陷虏，环境艰危，笔耕难于有秋，铅椠时复中辍。重劳海内外读者，函电交驰，慰询殷殷，难于报命，祇增惭感。近者抽身宦海，再到江南，已拟摆脱一切，专事笔耕。拙著必使情节补齐，完成全书而后已。惟是书过于冗长，或将化整为零。为本报所作《蜀山剑侠新传》，亦即化整为零之一也。溽暑郁蒸，尘劳鹿鹿，覆候稽迟，至以为歉。

敬颂

秋祺

还珠楼主拜启

（原载《铁报》1946 年 8 月 20 日第 3 版）

这是还珠楼主写给读者的信函，大意是说《蜀山剑侠传》的创作因为日寇发动侵华战争而中辍，此刻将续成未完章节。该函发表的四天前，即 1946 年 8 月 16 日，还珠楼主在《峨眉七友·前引》中将其中情由说得颇为详细："不佞前著《蜀山剑侠传》，原经通盘筹拟，计日成书。不意天儆宗邦，强夷入寇，平津沦陷，为时八载。寒家眷口十余人，大多妇孺，始而关河险阻，行李艰难；继以不肯附逆从敌，见嫉虎狼，为敌寇宪兵队拘禁七十余日，刑酷余生，幸免于死。由此时受监视，备尝诱胁之苦，虽幸终始坚持，免全夙志，然而虏氛日恶，国难方殷，己身已因微名贾祸，时在敌寇恐吓凌逼之下，夫复何心，再事写作？中间除因书局方面再四力说，勉强零落续成若干集外，自三十二年夏起，一味杜门避祸，便不再写一字。此八九年中，迭承海内外各地读者函电交属，劝成全书，盛意殷勤，宏奖周至。无如此时环境艰危，敌人惯于罗织；亲友音书均早断绝，神交通信如此众多，保不引启猜疑，因而概不奉复，中心藏之，惟有感愧。"① 在辍笔期间，很多读者来信希望其完成《蜀山剑侠传》的创作，但他既没有动笔也没有回信。如今，将要再事笔耕，故而先对来函读者答以统一回复。

值得注意的是，《覆读者》中说"近者抽身宦海"，似乎此前乃在政界任职。然而据周清霖、顾臻编《还珠楼主李寿民先生年表（第9次修订稿）》，"七七事变"后，宋哲元移节保定，任职于冀察政务委员会政务厅的还珠楼主并没有随行，而是滞留北京，依靠写小说度日②。1940年11月，《蜀山剑侠传》第二十一集扉页《还珠附启》云："明知砚田无税，素乏丰年，笔耕所获，难为生活之计，至于薄宦微官，更是眼不见心不烦，厌倦风尘，已历年载，性懒而癖嗜多，钱少实不够用，思来想去，还是做点小本营生，种种稳当，但又有负读者期爱之雅。"③ 这说明还珠楼主已经离开了政界，此后直至抗战胜利也没有看到他重新任职的记录。那么，有两种可能：其一，如当时传闻那样，还珠楼主并未真正离职，而是潜伏下来搜集情报。1946年8月14日，刘郎《唔还珠楼主》回忆说："……（还珠楼主）因谓渠曩在天津，亦尝图策反工作，盖亦地下同志。"④ 同年9月11日，文弱《不肖生与还珠楼主》亦

---

① 还珠楼主：《峨眉七友·前引》，《沪报》1946年8月16日。
② 参见周清霖、顾臻编：《还珠楼主李寿民先生年表（第9次修订稿）》，还珠楼主：《自家》，中国文史出版社，2018年，第285页。
③ 转引自周清霖、顾臻编：《还珠楼主李寿民先生年表》（第9次修订稿），还珠楼主：《自家》，中国文史出版社，2018年，第288页。
④ 刘郎：《唔还珠楼主》，《罗宾汉》1946年8月14日。

云："李君在北方，以文名为日敌所忌，伺之甚严。或曰：'李盖阴与重庆有所联络。'将南归，日人阻之。"① 然而，这种可能性并不大。刘郎是否真的曾与还珠楼主共饮？还珠楼主酒酣耳热之际的话是否可信？"或曰"的内容是否出自诬陷？这些都值得怀疑。至少可以肯定，日本人没有证实还珠楼主"与重庆有所联络"，否则后者不可能平安南下。再从还珠楼主的行迹来看，也不像直接为抗战工作过。尤其 1944 年初正值战事吃紧的时候，他却因为生计问题而南下，更非一个潜伏人员所为。因此，在缺少足够证据的情况下，这种说法不宜轻信。其二，还珠楼主虽然卸去职务，但与政界的联系并未中断。这里有两条文献可为旁证：《峨眉七友·前引》云："去秋强虏屈服，国纪重光，邦家再建。懔于匹夫之义，敢怀一得之愚，欲以微言，少陈鄙见。不图枭鸾并集，举措全非，时机坐失，隐忧无既。由'不得说'变为'不能说'，再变而为'没法说''不忍说'，以至于'不敢说'。"② 这段话表明，他并非久疏政事之人，不但"怀一得之愚"，而且有机会"少陈鄙见"。《因双十节想到的话》说："不佞久厌宦游，此来绝不再为冯妇，亦不与军政界朋友来往。"（见后文）这更直接证明了他与"军政界朋友"的交往一直未断，且交往的内容俱非私事，而是与"宦游"有关。因此可以得出结论：抗战爆发后，还珠楼主虽然不在政界任职，但与军政人物联系未断，复出之心未泯；抗战胜利后，因为对时局失望，他才下决心"抽身宦海"。

《覆读者》还透漏了两个关于《蜀山剑侠传》的重要信息：第一，信函说该作"预计千三百万言，始能毕事"。这篇小说尽管后来因为各种原因并未完稿，只出版了四百多万字，但还珠楼主已经有了完整的构思。第二，《蜀山剑侠传》后续创作因为篇幅过长"或将化整为零"，即化作《蜀山剑侠新传》等相对独立的系列故事，那么对《蜀山剑侠传》的"烂尾"及其续作我们就应该有一个新的认识。

---

① 文弱：《不肖生与还珠楼主》，《罗宾汉》1946 年 9 月 11 日。
② 还珠楼主：《峨眉七友·前引》，《沪报》1946 年 8 月 16 日。

二、《因双十节想到的话》

去年双十节，我在北平，正当胜利初临。人民陷敌年久，苦痛至深，所望弥大者，虽对飞来诸公，有手忙脚乱、枭鸾并集之感，然悲观与乐观者犹复疑信参半。我当时即对人言：久战之余，民敝官贪，势所必至。道德沦丧，人格降低，不论官民人等，瑜少瑕多，政复相同。复兴之始，国家如无开明专制（所谓"开明专制"，指法纪言：第一立法要善、要严。不论亲疏贵贱，犯者无赦。运用此法纪之机构，或一人，或众人，均可，但须能充分发挥其权力与精神。人人可以说话，可以享受合理之自由，而不能犯法逾矩，非反对民主之谓。彼莫京主者，令出必行，绝对不许人民反对，又何尝不专制？重在开明而已），统一事权，徐徐改进（此四字颇重要。缓则三思而行，择目前能办者做，不致朝令夕更，误人民而损威信。且乱后改革，经纬万端，人才又极端缺乏，措施不善，转觉今不如昔，影蔑甚大。在此时期，吾人民希望当事诸公，不到时机，不求其积极为善，祇求消极的不为恶，拜赐良多），期能有铢积寸累之功，闻以收日就月将之效，则此时正是艰难过程之开端。乐观固尚非时，悲观亦为自弃。谩骂、咒诅，自扬家丑，徒贻外诮，于事何补？须知吾人与国家，有如一体，两不可分。人人均抱悲观绝望之念，不自振作策励，国亡家破，会须有时，则是皮之不存，毛将焉附也。自来乱久必治，在上者固应振肃纪纲、登用贤能，以日计功，期年考绩，庸愚者去，贪劣者戮，时以国家为念，今轻率更张，而令出必行，使人咸安其业，而田有所耕，勿纵小寇而致燎原，勿多设官所而不一职守，治乱世用重刑而务平冤抑，使行法者责有攸归，启民智，崇教育，而力从简易，使就学者易于通晓，半功白渐而立，自然日益富强。而我人民不论如何困苦艰难，对于国家仍寄与无限希望。凡事均退一步想，多不好，终是自己人和自己的国家。须知敌寇不灭，即不遭亡国之痛，经此一年余光阴，身受苦难决不止此（限于篇幅，难为详尽），即或幸免残杀，物资都尽，尚能昂首人间，高谈国事，随意谩骂，说米、煤价贵乎（此时混合面或许尚有，煤必难得，米更不易见到一粒）？是应各自振作，明礼义，知廉耻，先从个人自家心身环境改善，勿使忝生。自顾无他，然后责人，进而谋国。其怀才不遇，或自命不凡之士，亦请少安勿躁。别的不谈，自家心平气和，有了希望，自有生机，终比忧愁苦闷、骂人生气强些。也可免却许多烦恼，多吃点饭，多活几年。假定凡事均从自身作起，希望更易成为事实。人活世上，没有希望，活他作什？国家如无希望，你便想活也活不成了。不佞久厌宦游，此来绝不再为冯妇，亦不与军政界朋友来往。虽笔耕伧荒，祇谋自给，无补于时，终是人民之一。《铁报》以公正敢言，内容亦复典赡高华，称雄坛报（笔者按：此处有倒乙，当为"报坛"），近以双十令节，适逢周年盛纪，属撰一文，以资补白。因思报为人民喉舌，偶有所怀，遂以付之。实是心声，并非代谁说话也。

（原载《铁报·国庆增刊》1946 年 10 月 10 日第 4 版）

文章个别句子有脱漏讹误之嫌，表意不够明晰，但内容比较清楚。1946 年"双十"节不但是武昌起义三十五周年纪念日、中华民国"国庆日"，也是《双十协定》签订一周年的日子。然而刚刚结束抗日战争，国家千疮百孔，内战却又爆发。还珠楼主虽已决心退出政界，但依然心怀国家前途，对国民党政权仍然寄予着希望。《因双十节想到的话》的核心观点有三：第一，"久战之余，民敝官贪"是在所难免的，要冷静地看待；第二，乱后鼎新非短期可致，需"徐徐改进"，应该"少安勿躁""心平气和"，不宜"谩骂诅咒，自扬家丑"；第三，"开明专制"是复兴国家的一剂良方，即在政治"开明"的基础上统一事权。这一方面反映了在长期战争过后人们的反战情绪，另一方面也集中体现了还珠楼主的政治构想。甚至可以说，《因双十节想到的话》是最能代表他的政治主张的一篇文献。尽管后来的历史发展证明，还珠楼主的想法并不可行，但这却是他对国家命运的关切和思考。

三、《晋北生活》

晋北地瘠民贫，富庶远逊晋南河东一带。现为傅宜生将军收复之天镇、阳高两县，虽为张家口至大同、绥远要道，火车所经，军事必争之地，然其民间生活至为俭苦。二十年前，笔者曾管此两县榷务。长城密道，蒙旗相接，贩蒙盐之私枭，时有大队往来。是本瘠差，历任局长，除日向升斗小贩，穷搜苦罚外，并城门亦不敢轻出一步，缉私更无论矣。两县相去，祇六十里。余甫弱冠，少年气盛，时悬家藏长剑，佩枪驰马，冲风冒雪，只身往来两县间，日恒两次。老友陈君赠诗，且有"霜腾龙股剑，雪艳马蹄尘"之句。实则因值淡月，大都盐枭并未遇见，偶遇小贩亦装不见，祇是每日闲得无事，骑上一匹马，往长城边上一站，喝点西北风，挣一身冷汗，以此自豪而已。

土人生活奇廉。局中巡丁，月薪祇一元五。马巡二名，马系其自备，连马料才三元。五口之家，即可安度（并不作弊，亦无弊可作）。盖土著以油面、山药蛋为主食。油面为山西特产，性寒，不易消化，食后腹胀，且有异味，南人决难入口。而山药蛋（即西餐馆之洋山芋，北方又名"土豆"）之价奇廉，最贱时，每一铜元可买六七斤，尚是城内，如在产区价更廉。盐尤贱逾今日之泥沙，煤每吨祇二二元五（笔者按：此句衍一"二"字）。冬日奇寒，家家室暖水沸（水炕用煤至省，炕前再设一小煤炉，便是中等以上人家，一室熊熊，暖如春矣）。日以白水煮山药蛋，蘸盐吃。偶吃腌白菜、白煮豆腐，便是美味。全城并大饼亦无之，偶有自车站上购归者，有类上海人心目中之奶油补丁，而其名贵且有过之。生活之俭如此，较诸甘新道上之土民享受，且有天壤之别也。

（原载《新闻报》1946 年 12 月 5 日第 16 版）

从文章内容来看，还珠楼主曾负责管理阳高、天镇两县的盐务缉私工作。有关还珠楼主的其他文献中，尚未见到他任职山西的记录，所以这篇《晋北生活》对补充他的履历和行迹弥足珍贵。还珠楼主任职晋北的具体时间不详，但据周清霖、顾臻编《还珠楼主李寿民先生年表（第 9 次修订稿）》，1925 年"4 月 10 日，胡景翼病逝于开封。先生之后二年行踪不详"①，且发表于 1946 年的这篇《晋北生活》亦称事在"二十年前"，所以他于晋北任职的时间很可能在 1925 年至 1927 年之间。《晋北生活》的突出价值表现在两点：其一，反映了 20 世纪 20 年代山西北部的经济状况和风土人情以及私盐泛滥、治安不好的历史状况；其二，《还珠楼主散文集》《自家》所收录的文章大多记载社会掌故或抒写闲适情调，而《晋北生活》与下面的《西游琐忆》则重在写实，且饱含人文关怀，代表了还珠楼主的另一类文风。

四、《西游琐忆》

西北各地，货来于野，人民生活，至为穷苦。不佞少年嗜游，载涉关河，兴会所至，期于必赴。二十年前，偶因暇日，欲穷河源，远涉昆仑，间道一览北天山雄胜。值知好赵君

---

① 周清霖、顾臻编：《还珠楼主李寿民先生年表（第 9 次修订稿）》，还珠楼主：《自家》，中国文史出版社，2018 年，第 267 页。

在甘，可为东道，遂尔西征。此行历时经年，往返万里，除青海（时未设省）系以一时好奇，遍访玉树二十五族（实际不止此数）。曾有图说记载（曾载民十九年《天津商报》）外，其他沿途所见所记，均以兵燹遗失。兹篇虽系偶然忆及，然碎鳞断爪，均属实事，或亦为关心西北者所乐知欤？

不佞生长蜀都天府与江南文物富庶之邦，民九渡江而北，偶游嵩、洛，见人民衣食简苦，多就土崖凿洞以居，深讶中原名都大邑，乃有穴居野处之风见于今日。及游甘、凉诸州，始知最穷苦之家，男子往往终岁无衣，妇女亦仅以败皮破布环腰遮隐。闻并此而无者，亦比比皆是，但未见耳。饮食之苦，更非常人所能梦见。然其人亦土著多世，生老死葬于斯，不知迁徙。笔者出宁夏启程赴兰州，欲间道平凉，一登崆峒。先行大漠中已整日，夕阳将堕，寒烟欲浮，人疲马乏，思得宿处，少息劳躯。而弥望广原辽野，四无人家。所乘三套双轮大马车，上覆毡幕，有如小舟，治炊安眠，均在其内，以为今晚又宿车中受冻无疑。以询御者，笑答三树井大镇不久即至，今夜卧处温暖极矣。注视前路，暮色昏茫，衰草连天，仅有三数人影、羊群、蠕蠕移动于广漠斜阳之中，更无人家，焉有大镇？略与问答，转盼间，并羊群亦不知去向。而御者驱车益急，前行近百步，抖长鞭于寒风中作呼呼声，若甚喜者，方讶适见人与羊群为幻景（沙漠中时有幻景涌现，与蜃□倒影相似）。似闻人语喧然，出自地中，车亦顿止，御者谓镇店到矣。车侧更有男女三人，争取行箧，突然出现，亦不知所由来。虽以孤身远适穷边，顾年少自负有胆，亦未惊疑。（上）

下车注视，见炊烟袅袅，咸出地中。更有方丈大小深穴约二十处，罗列地面。穴边各有一二尺宽、尺许高之土阶梯，直抵穴里土地，最深□约两丈。□□所□镇集人家□□在地底，以西北地广人稀，水源甚少，凡有水处，必有人家。当地有井，其深数十丈，虽水量奇少，在土人已极丰视。又当昔年官镇驿要道，遂成集（甘新道上往往行终日不见炊烟，三五家人便成镇集，视此更少）。因行李已被店夥取下，又思一觇其异，遂与同降。果有土室三间，顶底四壁亦殊平整，室中火炕桌墩坐卧之具，无不以土为之。当未下时，寒风四起，□□□□，且□一人便赤膊短衣，方怜店中□复如此穷苦。甫入内室，立觉奇暖袭人，惟杂以恶臭，令人难□。方欲退出，仍就车中止宿，御者与店主力言今晚风大而劲（?），天气酷寒，并牲口亦须牵下，不然明日僵矣。初不肯信，讵意即此上下俄顷之间，狂风已起，又自热室中出，风沙扑面，乃如刀锥，不得已忍臭入室。店主惜油，土䕸荧荧，有如鬼火，而臭味半自灯出，遂燃洋烛，令移灯出，臭气大减，渐亦安之。土炕空无铺盖，仅有泥枕，而炕乃奇热，晶莹若镜。以为炕火必旺，告以不耐热炕，亦命撤去。及取出，则一小土钵，内烧牛粪，上布热灰而已，讶其热度之强。饭后闲话，始知地方寒苦，得衣尤难。一日之中，□□□□，□□□□炎威如炽；入夜又复苦寒，□□且在冰点以下，益以狂风□□，揭石飞沙，地上建屋，以致填住。而此土室，□观简陋，□□穷窟，实则冬暖夏凉。以燃料贫乏，经验所积，火炕构造，更与科学原理暗合，因得适应环境，赖以生存。其法系相度形势风向，就平地上挖成天井形之深洞，再由洞底横掘成室，几榻坐卧之具，亦无不就原有泥土掏空削磨而成。其最妙者为火炕，掘时留土，平治成形以后，先调一种形似米汤、草汁麦糊合制之酺汁，匀泼其上，再于炕内生火，明日即结出一层分许厚之皮膜。由于全家睡眠，积年赤身，转侧磨擦之余，其晶明坚滑，遂似现在市售之美国黑色玻璃皮包矣。（下）

（原载《新闻报》1946年12月23、24日第20版）

关于此次西北之行，还珠楼主 1933 年在《天风报》上发表的《征求〈青藏番族志〉》中有过详细的说明："青海为西北重地、康藏咽喉、甘新孔道，幅员辽阔，物产厚富，山明水秀，沃野千里。顾以连年国家多事，国人徒致力于鸡虫之得失，作萁豆之相煎，对此神皋奥区，视为瓯脱，良可慨也！曩吴子玉将军方鼎盛时，不佞曾托友人致意，劝其注力西陲，上有《开发西北计划》一书，纲举甚详。当时颇蒙采纳，并派员赴甘向陆仙槎索取青海地图。洎地图取至洛阳，战祸旋起，吴亦无暇西顾；……迨战事平定，不佞睹旧日各院，暮气沉沉，令人闷损，遂辞职携图入青，实地考察，单人徒步，经行崇山广漠、人迹不到之区，备见彼邦之特异风俗人情，犹与中古部落时代无异。足迹数千里，阅时年半，遇险频数，卒草成《青藏番族志》一书，归来遍谒当道。旧日官僚，多尸居余气、书生之见，除收到许多虚伪之温言嘉赏外，一无成就。民十八供职傅宜生将军戎幕，乃以是书托王君小隐，登入《商报》。"① 他之所以远赴西北是因为西北地区战略地位重要，而且物产丰富，深入开发可以利国利民，而当时主政者或忙于战争，或尸位素餐，无奈之下他只有亲自前往考察。

吴佩孚"方鼎盛"时发生过两次足以令其"无暇西顾"的战争，一是 1922 年 4 月至 5 月第一次直奉战争，一是 1924 年 9 月至 11 月第二次直奉战争。据还珠楼主《国民第三军始末述略》一文，他西游回来后，"隔一年，值冯军反斾，闻胡笠僧将军开府中原，延纳豪俊，以友人李可亭之介，谒胡公于梁园。……而翌年将军即疽发臂殂"。冯玉祥倒戈吴佩孚发生在 1924 年 10 月，胡景翼逝世于 1925 年 4 月，所以《征求〈青藏番族志〉》所说的"战事"为第一次直奉战争。还珠楼主的考察于"战事平定"后始行，"阅时年半"，因此，他是 1922 年中出发，1924 年底回来，两篇文献的记载吻合。1920 年，还珠楼主"饥驱北游，供职内务部"（《京尘影事》）。是年 7 月，吴佩孚通过直皖战争

---

① 本文所引还珠楼主文章内容，如无说明，皆出自还珠楼主：《自家》，中国文史出版社，2018 年。

成为北洋政权的实际控制者。还珠楼主上书吴佩孚当发生在 1920 年底至 1922 年初这段时间，此时他尚不满 20 岁，足见其强国热忱和经世之才。还珠楼主西行考察的一个重要收获，便是编纂了《青藏番族志》一书，也就是《西游琐忆》所说的"曾载民国十九年《天津商报》"的"图说"。

《西游琐忆》记载了民国时期西北地区的重要民俗资料，对西北人民"穴居"生活的描写生动而翔实。同时，它也是一篇散文佳作，精彩之笔不时闪现，比如"注视前路，暮色昏茫，衰草连天，仅有三数人影羊群，蠕蠕移动于广漠斜阳之中"等描写，境界寥廓，如在目前。

五、《成都佳联》

成都望江楼长联云："引袖拂寒星，古意苍茫，看四壁云山，青来剑外；停琴伫凉月，予怀浩渺，送一篙春水，绿到江南。"又薛涛井联云："古井冷斜阳，问几树枇杷，何处是校书门巷；大江横曲槛，看一楼烟月，要平分工部草堂。"以上二联均清初名士顾复初所撰，才人吐属，的是不凡。笔者远离蜀中故土，垂二十年，偶然忆及，益起锦城风景之思。

（原载《新闻报》1947 年 1 月 17 日第 16 版）

还珠楼主说，"二联均清初名士顾复初所撰"。然而，此顾复初并非"清初名士"，而是晚清人。清代名士中有两个顾复初：一名栋高，字复初，无锡人，康熙六十年进士，嘉庆《无锡金匮县志》有传，当时以经学闻名，未见他到过蜀地的记载；一名复初，字幼耕，长洲人，民国《华阳县志》卷二十二云："咸丰末道州何绍基督蜀学，邀复初襄校试卷。洪杨之乱，江南陷贼，不得归，乃入粟为县丞，摄贡井丞。非其志也，改京职光禄寺署正。成都将军文勤公崇实聘掌笺奏……历大府五六，莫不礼之。幕中所居，在梓潼桥，自署小墨池山馆。"① 显然，撰写"成都佳联"的顾复初是后者。

还珠楼主说这两副对联是"偶然忆及"，且"益起锦城风景之思"。但是，他并非第一次谈起顾复初的对联。1932 年，还珠楼主在《天风报》上发表《顾复初》一文，主体内容便是顾复初的三副对联。除文中两联外，还有一副为武侯祠联："臣本布衣，一生谨慎；君真名士，万古云霄。"还珠楼主和顾复初都有过担任幕僚的经历，后者"历大府五六"，前者亦曾入胡景翼、傅作义、宋哲元幕。值得注意的是，还珠楼主两次回忆顾复初对联都发生在对时局失望的时候。1933 年 1 月初，还珠楼主发表《福鹓楼食谱》云："民十七寄寓津门，岁月易得，忽忽五年，志事不应，意复慵散，事变沧桑，业已饱阅苦乐滋味。自分鹏程路蹇，许身无门。所幸珠还合浦，楼号福鹓，笔耕所获，尚足温饱。"可见，自 1928 年以来他十分苦闷。还珠楼主曾胸怀大志，但此时却"志事不应""许身无门"，只能通过卖文来生活。发表《顾复初》八个月后，还珠楼主又在《京尘影事》中指责昔日供职的内务部"暮气沉沉"，开始创作并连载《蜀山剑侠传》，这些都是其"许身无门"后的表现。1947 年初，还珠楼主同样很苦闷。抗战胜利后，他抱有一腔热情，希望能"少陈鄙见"，但却爆发了内战，他无力改变时局，最终只能回到武侠小说的创作中来。因此，还珠楼主在失意的时候动辄回忆起顾复初的对联，恐怕在某种意义上是以同为幕僚出身的顾复初自比，也是对自己壮志难酬的伤悼。

六、《我愿今年》

我愿今年，战事解决，从此和平，永息干戈，使人民少可喘息，再谋其他。

---

① 陈法驾修、曾鉴纂：《华阳县志》，民国二十三年刻本，见"爱如生·中国方志库"。

我愿今年，凡诸达官贵人，社会名流，不求其积极的为善，祗求其消极的不为恶。

我愿今年，一切贪官污吏，豪门巨贾，拿点天良出来，不求其能安定民生，补益社会，祗求其适可而止，勿太赶尽杀绝，以致影响人心，扰乱安宁。须知皮之不存，毛将焉附，多大财势，祗眼前暂时耀武扬威，禁不住大家垮台也。

我愿今年，具有权势财富的男女人等，接受舆论忠告，有则改之，无则加勉，以止谤谋自修，勿倚势而兴戎。当此国势阽危，中外属目之际，实不犯为外人制造笑料也。

我愿今年，凡诸海上名娃，交际花草，一齐嫁人，各觅有情郎，成了眷属。欢场既少征逐之徒，免得当局禁这样，劝那样，缠夹不清，彼此烦恼。

我愿今年，秉政诸公，事要统筹熟计：三思而行，行不通，便不办。既下令，便必行，免得朝令夕更，言而不办，办而不行。

我愿今年，财部发言人说话稍为算数，无论承认、否认，不希望其绝对可靠，祗希望能有信用，自圆其说，人心便可安定不少。

我愿今年，版税稿费，不再增加，而物价平稳，生活安定。但愿人少积余资，挟兰妻珠友，娇女顽儿，春秋佳日，同作胜游，往来于泰、岱、衡、华、黄山、白岳、峨嵋、青城之间，腊屐寻幽，清谈永日；时复载酒江湖，扁舟容与，珠兰之外，更益朋交，浅斟细酌，笑言宴宴，追溯平生，此乐未有，及乎茶"烟"欲收，长"桥"月上，佳客已去，清兴犹浓，相与同返朱楼，再遣良夜。岁岁年年，朝朝暮暮，如此如此，于愿足矣。

（原载《铁报》1948 年 1 月 1 日第 3 版）

这篇文章发表于 1948 年元旦，表面上是还珠楼主的"新年愿望"，实际却不啻一篇讨伐国民党当局的檄文。1947 年下半年，蒋军围剿解放区宣告失败，国共军事力量对比发生变化，人民解放军转入战略进攻阶段；达官贵人们贪污腐败、欺压良善的行径则愈演愈烈，社会风气也每况愈下；底层人民的生存越发艰辛，正处于水深火热之中。对国共双方，该文并没有明显的倾向性，但作者渴望生活稳定、社会平等、人民富足的态度则是鲜明的。在一年多以前发表的《因双十节想到的话》，还珠楼主还主张"少安勿躁""心平气和"，认为"凡事均退一步想，多不好，终是自己人和自己的国家"；而此时，他已在无情地鞭挞当权者，对国民党当局的态度已发生了根本转变。

（作者单位：上海师范大学影视传媒学院）

传统文化观照下的何士光小说创作研究①

□郝婷

何士光是新时期著名的学者型作家，他的出现不仅在一定程度上填补了新时期贵州小说创作的空白，也为贵州边地与主流文学的交流对话提供了某种路径。自《乡场上》和《种包谷的老人》分别获 1980 年和 1982 年全国优秀短篇小说奖以来，何士光陆续发表了《风雨梨花场》《远行》《青砖的楼房》《草青青》等中短篇小说，以及长篇小说《某城纪事》。何士光成为继蹇先艾之后贵州又一个具有全国性影响力的作家。综观何士光小说创作，可以发现，他是一个深受中国传统文化濡染的学者型作家，通过对传统文化的涵泳和借鉴，形成了独具特色的主题意涵和审美风格，促进了新时期文学对中国传统文化的承继和现代性转换。

一、何士光与传统文化之间的渊源

文学作为一种创造性的精神生产活动，受环境和作家个人因素的双重影响。从文学创作的实践来看，"作家的人生经验、心理特征和创作个性等主观因素，对文学创作具有直接的影响；而作家置身于其中的历史环境和文化环境，以及业已存在的文学传统和各种惯例，则以或隐或

---

① 本文系贵州省 2019 年度哲学社会科学规划一般课题《何士光文学创作研究》（19GZYB18）阶段性成果。

显的方式，制约和规范着他的创作活动。"① 就此而言，探究中国传统文化之于何士光小说创作的影响，就不能不关注何士光所处的环境及其个人经历。

首先，传统文化氛围浓厚的成长环境，生成了何士光对古典文化的感悟与审美体验。何士光出生于 1940 年代贵阳的一个知识分子家庭，祖父是一位古典诗词戏曲爱好者，何士光自幼便在祖父的低吟浅唱中接受着中国古典文化的熏陶。在其自传中何士光就曾言："祖父一边在院子里走动起来，一边吟唱几首律诗，一段'西厢'，或者半本《情深》，王魁在相府欢同鱼水，焦桂英则不知作何下落。——那算是一点沾染。"② 年幼的何士光不知祖父所吟之诗的出处，不明诗句之意，也不知其对应的字怎么写，却还是被诗词所营造的氛围打动，以至于他不停地念叨祖父吟诵过的苏轼的词句，甚至还深受祖父所念之诗词的影响而想出了一些诗句，并尝试将之写于纸上。何士光所接受的古典文学文化传统的影响和熏陶，也与其所接受的完整的大学教育及其中文系出身有关。与"50 后"或"60 后"作家相比，1940 年代出生的何士光能够有机会接受完整的大学教育，并能在相对自由安宁的环境中汲取知识。1964 年，何士光毕业于贵州大学中文系，他在"读书期间和毕业之后，始终保留着对文学的浓厚兴趣，读过大量的文学书籍和其他理论著作。仅据他的作品所涉，就包括：中国古典作品有孟子、苏东坡、陆游、李贺、《诗经》等"③。何士光所读的文学书籍，不仅为其传承和转化中国优秀古典文学文化奠定了基础，还培养了他敏锐的审美感受能力，进而能够形成自己独特的创作风格。

其次，何士光还受到了民间艺术的影响。感受敏锐的何士光在听到

---

① 王先霈、孙文宪主编：《文学理论导引》，高等教育出版社，2014 年，第155 页。

② 何士光：《何士光自传》，《作家》1983 年第 9 期。

③ 徐兆淮、丁帆：《时代性·人性·个性——何士光小说创作纵横谈》，《当代作家评论》1986 年第 2 期。

街头小贩饶有兴致地高唱川戏戏文时，即已感受到了民间艺术的抒情之美，"心里有一种说不清楚的激动，直到现在也说不清；那是极淡远的，又是极浓烈的，既舒适，又难受，仿佛那之中含着一种我分明感到而又捉摸不定的诉说，使人怀念什么，又向往什么"①。显然，戏文的抒情意蕴深深触动了何士光的心灵，并引起其内心情感的波动，故而他才会产生如此丰富的感受。这与莫言受民间戏曲和说书艺术中的民间立场、叙事传统和结构方式等方面的影响不同，何士光更多接受的是民间艺术抒情意蕴的影响，当他观察和欣赏周围事物时，善于将自己丰富的情绪感受移情到周围事物之上：算珠的声音能够引发他的情思与联想，让他感受到岁月的流逝与生活的期盼；花饰古朴的瓷坛让他感到仿佛是悠悠的夜晚和白昼在挤压他；熙熙攘攘的街市让他感受到自我的渺小；糖果商贩的唱词则与他的孤零之感产生共情。

最后，何士光所接受的传统文化影响还体现在对传统音乐的喜好上。在《何士光：无拘无束的生活》中，何士光曾谈到他读书之时最喜欢的乐器是二胡。二胡是一种有着一千多年历史的传统拉弦乐器，非常注重意蕴美感，其艺术特色在于特殊的音色之美及其所营构的丰富的审美意境。作家之所以喜欢二胡这种乐器而不是其他的，或许正与作家对抒情之美的感悟有关。后来，何士光又迷上了琵琶，迷上了《阳春白雪》，迷上了《春江花月夜》，甚至在接触到《翠湖春晓》时，他还流下了感动的泪水，"当那熟悉的旋律缓缓流淌时，我的泪水也开始从心灵深处涌了出来，那是一种心底久久的思念终于落下的释然、惆怅和感动。"② 可以说，音乐的抒情之美已经深深吸引并影响了何士光对于美的感受与想象。

---

① 何士光：《何士光文集·田野、瓦檐和雨》，贵州人民出版社，2018年，第7页。

② 何士光、刘奕：《何士光：无拘无束的生活》，《贵阳文史》2011年第6期。

二、儒家文化思想的传承与发展

儒家文化思想是中国传统文化的核心内容，它不仅有兼济天下的担当精神、积极入世的人生态度和忧国忧民的忧患意识，还有对以"仁、义、礼、智、信"为代表的完美人格的追求。经过几千年的承传与发展之后，它所推崇的文化模式、思维习惯、行为方式等，已深深影响了一代又一代的中国知识分子。无论是"修身齐家治国平天下"的家国情怀，还是"天下兴亡，匹夫有责"的责任担当，或是"先天下之忧而忧"的精神追求，都投射在儒家文化影响思想下的一代代知识人身上。贺仲明认为在儒家文化思想的影响下，中国文学创作中"很少有纯粹个人性的创作，作品无不寄寓着作家的社会化关怀，表达着各种各样的政治或文化理想"①。当前述儒家文化理念表现在新时期文学创作领域内，就体现为作家们以极强的社会参与意识积极对历史展开反思和对社会现实进行观照。何士光作为一位有着传统士大夫精神气质的作家，在反思历史和呼唤民族新生的时代氛围里，儒家文化思想所包孕的强烈的入世精神、勇担道义的责任感和反躬自省的意识也影响到了其小说创作。

一方面，积极入世的文化精神和忧国忧民的忧患意识成为何士光小说主要的思想意涵。发表于 1979 年的《到梨花屯去》，体现出了何士光对农民生存境遇的关注以及对历史经验的深沉思考。何士光清楚地认识道："最终在负责任的，——也就是说，肩膀最硬的，——还是社员群众。"② 在何士光看来，农民或者说人民，既是历史的承担者，也是顽强生命力的拥有者和新生活的创造者。意识到这一点之后，何士光在对历

---

① 贺仲明：《新时期小说与中国古典文学传统》，《扬子江评论》2009 年第 1 期。

② 何士光：《何士光文集·梨花屯客店一夜》，贵州人民出版社，2018 年，第 47 页。

史的偏误进行审视和反思时，是"透过今天的明亮去深味"过去，故其并未陷入到历史虚无主义中去，而是对未来充满了信心和希望，相信农村和乡民能够尽快走出历史阴影，迎接新的生活。小说《苦寒行》亦是何士光透视封建小农经济影响下的农民精神痼疾的典型之作，其间寄寓着作家强烈的忧患意识。小说中封建小农经济的思想重负深深地印刻在朱老大的文化人格建构过程中，他的愚昧、虚荣、怯懦和目光短浅，是封建小农思想在社会变革时期的残留，而这种心理机制的存在，"与伟大的历史变革构成了一种巨大的逆差，阻滞着变革的前进步履。"① 小说《薤露行》和《蒿里行》中王传西与黄耀祖富有戏剧性和悲剧意味的生存面相，呈示出不能把握自己命运的知识分子在特殊年代里灵魂的扭曲和人性的畸变，其间流露出作家的忧患意识与哀痛之情。《青砖的楼房》对边远小城存在的权钱交易的阴暗面的揭露，以及对农村知识分子所遭受的打压和伤害的关切；《赶场即事》对历史重负给人们留下的心理创伤的呈现；《乡场上》对农村所发生的变革的积极关注和对农民精神解放的捕捉，都体现出何士光积极把握现实脉搏的入世精神和关心民族未来的忧患意识。

另一方面，何士光小说中知识分子强烈的自省意识也与儒家文化思想密切相关。儒家文化思想蕴含鲜明的自省意识，孔子的"见不贤而内自省"，曾参的"三省吾身"等，都是儒家自省意识的体现。儒家这种向内审视自我的意识对何士光产生了深刻的影响。在其描写知识分子生活经历与心路历程的《薤露行》《蒿里行》《日子》等作品中，何士光大多采用的是第一人称叙事视角，这一视角的选择不仅便于直接审视和反省小说中"我"的行为、思想痼疾和人格弱点，还由于作品主人公与作家人生经历和心理特质的相似，某种程度上使得小说具有作家自叙传的色彩，故而当小说中的主人公向内进行自我反省时，很大程度上就具有作家自我指涉的意味，使得小说中的自省显得更加真诚。即便是采用

---

① 段崇轩：《艺术：面对感性，还是面对理性——从〈苦寒行〉谈何士光审美意识的倾斜》，《当代作家评论》1988 年第 3 期。

第三人称叙事视角，也能在叙事中有效写出知识分子的自省意识。在《草青青》《青砖的楼房》等小说中，这种自省比比皆是，"要知道，一切都似乎不可怕，最可怕的还是我们自己的软弱……"①。"随便瞧瞧哪位的面孔，都卑微而茫然。我看不见自己的面孔，也一定又软弱又愚蠢。"② "这些是我们卑微的灵魂一百次地深味过的，这时也接踵而来，浮在人的心上，使人的心思尖锐而执著，又茫然而游移……"③。这些关注知识分子性格弱点和鲜明的自省意识是小说的独特性之所在。何士光赋予知识分子敏感、卑微、软弱、彷徨、孤独等精神特质，既体现出何士光对自我性格缺陷的一种认识，同时也是其对知识分子性格弱点的一种审视和反思。

三、老庄诗化思想的继承与转换

老庄诗化思想是何士光建构小说审美品格的重要资源，在何士光笔下突出体现为：在语言层面对诗词进入小说进行多维探索，并借助对小说世界的诗意营构，达致对现实世界的诗意观照和对生活之平庸琐屑的超越。

何士光对小说的诗化探索，首先体现为中国古典诗词直接进入小说，使得小说既与古典诗词形成互文，又能呈现人物的内心世界和精神追求。有学者在研究中国古代小说创作时指出，中国古代小说与诗歌关系密切，小说文本中所融入的合理合度的诗歌，是小说艺术体系的重要构成，能够使小说呈现出浓郁的诗化倾向④。这一援引诗词入小说的古

---

① 何士光：《何士光文集·梨花屯客店一夜》，贵州人民出版社，2018 年，第 193—194 页。
② 何士光：《何士光文集·青砖的楼房》，贵州人民出版社，2018 年，第 107 页。
③ 《何士光文集·青砖的楼房》，第 111 页。
④ 伍联群：《论中国古代小说中的诗歌现象》，《青海社会科学》2007 年第 6 期。

典叙事传统沿袭到当代文学中，就成为当代小说向传统回归以进行文学本土化探索的重要方式。"长期浸润于古今中外典籍之中"① 的何士光在青少年时代便熟读中国古典小说和诗歌，当进行文学创作时，会自觉不自觉地受其影响。在《风尘》《赶场纪事》《风雨梨花场》和《草青青》等小说中，何士直接引用诗词作为篇首语，"以进一步补充题目喻示的小说内涵与意旨"②。除了篇首引用诗词之外，在小说叙述的过程中，何士光也大量引用诗词，以展现人物的内心世界和情感波动，这在《青砖的楼房》《草青青》《最后的夜晚》《远行》等作品中都有所体现。比如《青砖的楼房》引用宋代词人蒋婕《一剪梅·舟过吴江》中的"流光容易把人抛"，《草青青》引用宋代词人严蕊《卜算子·不是爱风尘》中的"去也终须去，住也如何住"，《远行》部分引用《诗经·卫风·伯兮》中的"其雨其雨，杲杲出日"，《阴郁的黄昏》引用秦观《满庭芳·山抹微云》中的"高城望断，灯火已黄昏"，如此等等，不一而足。

化用诗词也是何士光探索小说诗化的重要路径。"化用"作为一种文学修辞，"是借引文另出新意的引用，有人称为'出新'。形式上可以增减引文词句，使之完全为我所用，语意上已经有了新的创造与发展"③。就何士光小说中的诗词化用而言，其探索主要有反用诗词和结合时代语境拓展原诗语义两种方式。就反用诗词而言，何士光小说反用诗词的目的在于对社会暗影和人性弱点进行反讽。小说《苦寒行》题名与曹操征讨高干时作的乐府诗同名，原诗整体上反映出不畏艰险、积极向上的奋发精神，但小说《苦寒行》所抒之情却与原诗全然相反。小说主人公朱老大懒惰怯懦、阴鸷狡狯、贪图享乐、缺乏实干精神，其精神痼疾无疑是推进改革进程的最大阻碍。《远行》写致富后的冯富贵明目张

---

① 曾镇南：《何士光笔下的梨花屯》，《上海文学》1983 年第 1 期。

② 赵德利：《传统文化孕育的学者型作家——何士光小说创作的文学社会学分析》，《贵州大学学报》1991 年第 3 期。

③ 杨春霖、刘帆：《汉语修辞艺术大辞典》，陕西人民出版社，1995 年，第328 页。

胆地将麻袋排开放在本已拥挤不堪的车厢中时，何士光这样写道："天下英雄使君与操，一街的人都会看见，他冯富贵无所畏惧。"① 这里反用刘克庄《沁园春·梦孚若》中的"天下英雄，使君与操，余子谁堪共酒杯"，形象地揭示出新时期初期发家致富者趾高气扬的神态，隐含着作家的某种批判。较之反用诗词，结合语境内容拓展原诗含义在何士光小说中表现得更加明显。譬如《草青青》中的"转眼青山带雨，原草含晖，风也变得轻柔；人间的沧桑到底不能羁留轮转的节令，风风雨雨之中，又一个春天姗姗来临。"② 化用陈与义《道中书事》中的"白道含秋色，青山带雨痕"，并结合特定的语境内容对陈诗进行改写，喻示孙孟陶在小萍纯情之爱的温暖下渐渐走出失意境况，或将迎来新的希望。再如，《春水涟漪》中"在那些灵魂清醒的时刻"，"它会像白云出岫一样，汇聚拢来，在我们的心头久久地弥漫"③，化用了《增广贤文·上集》中的"白云出岫本无心"；《故乡事》中的"春天的走马坪是一天天在更新，说不定一夜的春风之后，第二天清晨就会有几枝雪白的李花开出来"④，化用了岑参《白雪歌送武判官归京》中的诗句；《远行》中的"寂寂远山也好，离离原草也好，全都这样饱含水分"⑤，化用刘长卿《长沙过贾谊宅》中的"寂寂江山摇落处"。可以看到，何士光通过古代写景抒情或阐发哲理的诗词语句与特定的语境内容的融合，拓展了原诗含义，同时使得小说文辞隽秀、意蕴深远。

最后，着力于小说意境的营造和个体情思的抒发，也是何士光追求小说诗化的一种体现。颜水生等人曾指出："将以往诗歌的情境或内涵化入小说，把诗境融入叙事，表现所谓的'诗意'、'诗味'或'诗趣'，这不仅仅是《金瓶梅》《红楼梦》《聊斋志异》等明清小说的常用

① 何士光：《何士光文集·梨花屯客店一夜》，贵州人民出版社，2018年，第357页。

② 《何士光文集·青砖的楼房》，第46页。

③ 《何士光文集·梨花屯客店一夜》，第55页。

④ 《何士光文集·梨花屯客店一夜》，第229页。

⑤ 《何士光文集·梨花屯客店一夜》，第347页。

手法，也在'五四'小说中经常出现，比如郁达夫和废名等作家表现的'审美趣味无疑带有明显的民族烙印'，从中可以看到李贺、李商隐、李煜和李清照诗词的情调和意境。"① 很大程度上，注重小说诗意情境的营构也是何士光小说创作的重要特征。从总体上看，何士光的小说没有波澜起伏的情节设置，也没有紧张对立的矛盾冲突，而是"更多地泼墨于某种感受、情绪、色彩、韵调，渲染出一种氛围，创造出一个意境"②，让某种情绪和氛围成为小说的主要特质之一。《种包谷的老人》开篇以长达千余字的风景描写营造具有浓郁诗意的意境；《秋雨》以秋雨意象营造阴郁压抑的氛围；《风雨梨花场》则以雨、马蹄声、鸡鸣和白颈鹅的叫声呼应人物在内心深处所感受到的荒凉和惆怅。小说对意境的营造与何士光对诗意和抒情氛围的追求深相契合。在何士光看来，小说应该有感染力，有一种贯穿全篇的诗意和审美的氛围。在这一追求的影响下，何士光在小说中营造出一种明朗而沉重、忧伤而淡泊的情绪色彩和哀而不伤的氛围和意境，从而使得小说具有独特的抒情性。

四、积极入世与自在生命的交融

学者周宪在对屈原的文化人格及其张力进行探讨时指出，从以屈原等为代表的中国传统知识分子的文化人格来看，中国传统知识分子"几乎毫无例外地都面临着仕与隐的人生抉择。或仕或隐，对于中国传统文人来说，具有特殊的含义。"③ 此论述中仕与隐的含义用的均是其引申义，仕指向"某种积极的人生态度，是一种介入社会为民谋福利的社会

---

① 颜水生、杜国景、章文哲：《欧阳黔森创作研究》，中国社会科学出版社，2021年，第102—103页。

② 王洪涛：《何士光小说抒情性浅探》，《东北林业大学学报》1982年第S2期。

③ 周宪：《屈原与中国文人的悲剧性》，《现代性的张力》，首都师范大学出版社，2001年，第307页。

姿态"，隐则指向"一种洁身自好，独善其身的态度"①，而这种人生选择背后的深层文化心理正是儒家的入世文化和老庄诗化哲学思想所隐含的出世文化。儒家文化中的积极入世精神和忧患意识与老庄美学诗化基因所隐含的超越精神和自在的生命追求，矛盾地交织在何士光的小说创作中，既给他的创作带来一定的艺术张力，同时也让其陷入思想的博弈和艰难的选择之中。

一方面，以强烈的使命感和忧患意识，深入剖视新旧交替时期社会变动过程中的人性嬗变，是何士光积极入世理想的具象呈现，也是其小说一以贯之的创作主题。总体上看，何士光创作的小说大致可以分为两种类型：一类是描写山野乡民日常生活节奏缓慢变化的乡土题材小说，另一类则是描写知识分子生活经历和心灵悸动的知识分子题材小说。在这两类作品中，人性探讨是贯穿作家小说创作始终的关注焦点。在呈现人性嬗变时，两类题材都不仅注意到了人性中向美向善的一面，更关注到了特殊时代里的人性畸变和人格尊严的被践踏。其中对人性之恶和尊严失落的呈现，在何士光小说中占有相当大的比重，如《乡场上》《年》《幽魂》《薤露行》等等。这些作品集中呈现出作家强烈的忧患意识和对生命价值的思考。

何士光小说之所以坚持不懈地呈现人格尊严的失落和人性的嬗变，与其鲜明的入世精神和强烈的忧患意识有关，而这二者正是儒家入世文化思想的产物。何士光是一位具有强烈社会责任感的作家，强调文学对现实生活的积极介入亦是其一贯的创作理念。在不少创作谈中，何士光都对文学与生活之间的关系进行探讨，并强调文学对现实的介入功能。在《深入生活的一点体会》中，何士光积极探索文学与生活的双向互动关系，认为"文学作品是反映社会生活的，并通过这种反映来表现和促进社会生活"②。在《让生活教育我们、充实我们》《努力像生活一

---

① 许爱珠：《守望中的裂变：贾平凹长篇小说创作论》，知识产权出版社，2020 年，第 181 页。

② 何士光：《深入生活的一点体会》，《创作》1982 年第 2 期。

样厚重》《聆听生活的感召》等文中，何士光也多次谈到文学与生活的密切关系，强调文学对于现实生活的介入作用。而文学对现实生活的积极介入，正与儒家积极入世的载道思想有着某种内在相通性。在《生活、文学和我》中，何士光则直言："诗言志，文载道，作为民族的一分子的责任与良心，迫使人有话直想说。"① 正是在儒家"载道"思想的影响下，何士光形成了鲜明的文学"有用"观，并将知识分子勇担道义的责任良心与文学创作联系起来，积极关注和表现现实生活，以期充分发挥文学的社会功用。

另一方面，以文学寄寓超越精神和追求生命自在，也是何士光小说中的表征之一。语言作为文学的第一要素，不仅是人与人之间进行沟通交流的重要媒介，而且语言的背后还凝聚着深厚的文化积淀和深层的文化精神，是构成个人及群体文化认同的重要基点。正是在此种意义上，维特根斯坦认为"想象一种语言意味着想象一种生活方式"②。何士光借助充满诗意和抒情意味的语言，建构了一个与现实生活完全相异的诗意化的小说世界，进而得以进入到与文人志士相通的精神世界中去，从而超越平庸琐屑的现实生活。何士光小说的诗化建构既是其苦闷落寞的生活实感的升华，亦是其超越现实困境和获得宁静致远的精神境界的一种有效途径。多年后谈及在艰难岁月中为何深知所写之文或许根本就没有机会面世却依然坚持写作时，何士光就曾说道："那时候，我当然知道我写出来的文字都不能发表和出版，不仅如此，一经察觉还会罪不可赦，并为智者取笑。但我还是写了，用这样的方式帮助自己度过了那一段严酷而苦难的日子。静静地等着历史翻过去那一页。"③ 何士光这一论述折射出其最初的写作动机，即一种面向自我内心的、追求自我精神超越和追求生命自在的写作。

---

① 何士光：《文学、生活和我》，《海燕》1982 年第 10 期。

② 〔奥〕路德维希·维特根斯坦：《哲学研究》，李步楼译，商务印书馆，1996年，第 12 页。

③ 齐思贤：《何士光：回到根本》，《中华读书报》2014 年 7 月 30 日。

结合上述两个方面的创作动机及其隐含的文化结构，可以看到，何士光的小说创作背后隐藏着儒家积极入世的"兼济"理想与道家生命自在的"独善"追求。二者的存在使得何士光的思想具有某种复杂性和张力性，其中既有知识分子忧患意识、社会使命感使然的"为生民立命"和以文立言的社会理想，同时其创作也源于作为个体存在的本我对生命自在状态的追求和借写作来实现精神超越的个体理想。在特定历史条件下，当二者未能同时实现时，其间的博弈和冲突便产生了。段崇轩认为何士光1980年代的小说创作呈现出在抒情感性与启蒙理想之间游移，及至向理性倾斜的状态。20世纪90年代至新世纪之后，何士光转向佛法道义探寻生命的真谛，进入一种追求生命自在的状态，其审美意识随之偏向"独善"的"出世"境界。此时其文化人格冲突或许才渐趋平息，但其在小说创作也富有意味地陷入沉寂，这无疑是贵州文坛或者说中国当代文坛的一桩憾事。

总而言之，何士光曾通过对源远流长的儒家文化思想的涵泳借鉴，敏锐把握到社会变革时期边远山地的变革图景和时代文化的心理图式，在表现社会现实问题和反思历史时达到了一定的高度，并为中国当代文学人物画廊贡献了诸如冯幺爸和刘三老汉等鲜活的人物形象。与此同时，他还通过对老庄美学诗化因子的传承和发展，对小说的诗化进行了一定的探索。就此而言，何士光小说创作仍具有重要意义，尤其是在大力倡导传承中华优秀传统文化、提高文化自信的今天，重新审视何士光小说与中国传统文化之间的关系，探寻他为何能够获得主流文学的认可，分析其创作得失，或许将对当下面向中华文化传统探索小说创作的本土化有所助益。

（作者单位：兰州大学文学院）

略论刘咸炘传记文学思想

□马旭

刘咸炘（1896年—1932年），字鉴泉，号宥斋，成都双流人。刘咸炘是晚清民国时期，巴蜀地区著名的史学家、文学家、目录学家，其著作《推十书》，内容囊括文学、哲学、社会学、历史学、物理学、方志学、校雠学等学科。刘咸炘自言："其学所出从者，家学祖考槐轩先生，私淑章实斋先生也。槐轩言道，实斋言器。"① 刘咸炘幼承家学，祖父刘沅是清儒大学者，著有《十三经恒解》，是清代少有能通经治经之人，其学融合儒释道三家，自成一家之言，创立了槐轩学派，这是刘咸炘治学的根基。在此基础上，刘咸炘又私淑章学诚，继承浙东史学，寻求巴蜀史学与浙东史学的结合点，推动近代巴蜀史学发展。同时，刘咸炘所生活的时代正是清末民初历史变革时期，作为地方性学者，他的学术思想同样受到社会历史变革的洗礼，对新文化运动有其自己的思考。刘咸炘传体文的创作和理论既受到传统传体文章学的影响，又有清末民初新传记文学的痕迹，充分体现了其在近代中国现代化过程中对传统学术与新文化革命的结合。

刘咸炘对传记文学有较为深入地研究，在他的著作《推十书》中，有专门讨论传记文学理论的文章《传状论》，又有具体传记文学创作的《推十文·传》。他的传记文学理论一方面来自传统的文章学思

---

① 刘咸炘：《推十文·自述》，《推十书》戊辑二，上海科技科学出版社，2009年，第519页。

想，尤以章学诚的传记文学观为主；另一方面他又受到清末民初新传记文学兴起的影响，对传体文章学传统有所取舍和扬弃，吸收了以梁启超和胡适为代表所提倡的新传记文学思想，甚至还借鉴了西方传体文学创作模式，对传统传记文学进行审视和评估。刘咸炘传记文学的创作，在形式上看似是传统传体文，但在内容上实际已有了较大的突破与创新，具有新传记文学特点。刘咸炘在清末民初是如何继承传统文章学思想，对传记文的传统文章学思想又有哪些扬弃，又是如何接受新传记文学的，二者的结合有什么样的价值和意义？这些是本文试图解答的主要问题。

一、刘咸炘传体文学的文章学观

在传统的文章学中，传体文是指记载人物生平事迹而传于后世的文章。传体文渊源于传统史书中的传体文章。刘勰《文心雕龙·史传》曰："丘明同时，实得微言，乃原始要终，创为传体。传者，转也。转受经旨，以授于后。"① 这里所谓"传"是与"经"相对的概念，指依经起义的"传"，以叙事为中心，目的在于对"经"的解释，如《左传》。而以传人为中心的传体文是从司马迁《史记·列传》等一系列文章开始的，专门记载一人之事，《史记·列传》又往往被推为中国纪传文学鼻祖。随着时代的发展，"传"这种体裁逐渐从史学进入文学。历代传体文划分为"史部之传体文"和"集部之传体文"，前者主要指史书中的列传、专传、杂传等，后者则包括行状、墓志、事述等。

刘咸炘对传体文学的认识是从史传开始的，他说："吾读《汉书·东方朔传》《后汉书·黄宪传》，而知别传之所由始也。盖纪传史中之列传，与杂传、别传殊。史记一代之事，以全书为一体，有集散交互之法。列传特全书之一篇，全体之一部，不为一人备始末也。杂传、别传

---

① 刘勰：《文心雕龙·史传》，刘勰著，范文澜注：《文心雕龙注》，人民文学出版社，1958年，第283页。

则主于传一人，其体独立。是以详肖者，杂传、别传之准，而不可以责于列传，然列传亦未始不可用之。"① 在史书传体文中刘咸炘推崇杂传与别传。列传虽是纪传文学之祖，但因其创作方式是以全书为一体，为众多人物之传，故体不独立。列传与近现代传体文学创作方式相差甚远，而杂传与别传均为一人作传，且在创作手法上更重视传主细节描写，这与刘咸炘所处时代提倡的新传记文学观更为接近。刘咸炘在《传状论》一文中，考溯了别传与杂传源流，他认为别传与杂传体式可追溯到诸子散文："考别传、杂传之体，其来甚古。诸子之书本记言行。孔子教化三千，而有《论语》《家语》；齐人传道管、晏，而有《管子》《晏子》。《管子》有《三匡》，已具别传之体；《晏子》名《春秋》，已具轶事之体。惟尚承惇史《国语》之体，详于言而略于行耳。"② 诸子散文传人、记言、记事的手法被杂传、别传所吸收。杂传对传主身份的开放，实际是后来传体文学演化的重要基础。刘咸炘曰："《隋书·经籍志·杂传类·叙》曰：闾胥之政，凡聚众庶，书其敬敏任恤者，族师每月书其孝悌睦姻有学者，党正岁书其德行道艺者，而入之于乡大夫。乡大夫三年大比，考其德行道艺，举其贤者能者，而献其书。"③ 可以看出，杂传中传主身份的涵括大大增加，在列传中不能出现的人物，基本都能在杂传中找到，这也是史部传记文逐步进入集部传记文的重要一步。别传与杂传的功能基本相似，即载正史所不载者。

刘咸炘认为别传与行状联系紧密，其原因是行状具有请求为死者立传的功能。他说："《后汉书·范式传》，长沙上计橼史到京师，上书表式行状；《李善传》钟离意上书，荐善行状；《蔡邕集》有《上孝子状》；而《三国志》庞淯母，赵娥为父报仇；《注》引皇甫《列女传》云：故黄门侍郎安定梁宽为其作传。是生而有传，以状之类也。管辂弟

---

① 刘咸炘：《传状论》，《推十书》（增补全本），戊辑一，第48页。
② 《传状论》，《推十书》（增补全本），第48页。
③ 《传状论》，《推十书》（增补全本），第49页。

辰作《辂别传》，则家传之权也。"① 《后汉书·范式传》中范式为陈平子上书表行状，《后汉书·李善传》中钟离意为李善上书表行状，若上书成功，行状文则属于别传。但后来，行状逐渐从史传文中独立出来，刘咸炘意识到这是史部传体文逐步向集部传体文演变的过程，这一过程是由时代风气转变所至："文章之变，可见时风。六朝行义杀而尚风度，故有《语林》《世说》之流。唐人奢淫玩惰，乃多传奇之作。宋世风俗初醇朴而后高洁，与东汉并称，于是传、状又盛。"② 传体文范围逐渐扩大，类型繁多，明清时期更是传体文学发展的高潮期，明人黄宗羲在《明文海》中记载"传"类分为 21 小类，即：名臣、功臣、能臣、文苑、儒林、忠烈、义士、奇士、名将、名士、隐逸、气节、独行、循吏、孝子、列女、方技、仙释、诡异、物类、杂传。传记文学品类增多，那么应如何来撰写传记，在撰文中需要注意什么情况，刘咸炘也作了探讨。

二、刘咸炘创制传状文写作方式

从司马迁开创列传体例后，在传体文的写作方式上有了较为明确的规范。其中最为重要的一点就是传体文学的真实性，"不隐恶、不虚美"是传体文学实录精神的具体表现，二者之中做到"不隐恶"的难度更大。尤其是传主身份扩充后，一般普通人物进入传记，在刻画人物形象时，不仅是大的方面，很小的细节也要做到"不隐恶"。20 世纪初，随着"新文学"运动的开展，传体文也进入变革时期，但传体文表真的特点不但没有改变，反而被提倡新传体文学的革命者加以强调，尤其突出新传记文学"不隐恶"的特性。胡适在《南通〈张季直先生传记〉序》中说："传记的最重要条件是记实传真，而我们中国的文人却最缺乏说

---

① 《传状论》，《推十书》（增补全本），第 49 页。
② 《传状论》，《推十书》（增补全本），第 49 页。

老实话的习惯。对于政治有忌讳，对于时人有忌讳，对于死者本人也有忌讳。圣人作史，尚且有什么为尊者讳，为亲者讳，为贤者讳的谬例，何况后代的谀墓小儒呢！"① 郁达夫在《传记文学》一文中也指出："中国的传记文学，自太史公以来，直到现在，盛行着的，总还是列传式的那一套老花样。若论变体，则子孙为祖宗饰门面的墓志、哀启、行述之类，所谓谀墓之文，或者庶乎近之。可是这些，也总是千篇一律，人人死后，一例都是智仁皆备的完人，从没有看见过一篇活生生地能把人的弱点短处都刻画出来的传神文字。"② 刘咸炘在论述传体文撰写方法时也强调实录精神，他说："吾初读章实斋先生书，即服其论记事文之语。《古文十弊篇》谓文欲如其事，谓闻事欲如其文。其剜肉为疮、妄加雕饰二条尤足明如事之旨。又《修志十议》三议征信，论采访曰：毋论庸奇偏全，要有真迹，便易采访。否则行皆曾、史，学皆程、朱，文皆马、班，品皆夷、惠，鱼鱼鹿鹿，何以辨真伪哉？"③ 刘咸炘引章学诚之语道出记事文（传记）实录的重要性。那么关于传体文该如何做到实录，如何保证"不隐恶"呢？刘咸炘提出了两点意见：一是贵详而肖，忌简而浑；二是宜详于日用，宜琐屑而雅洁。

（一）贵详而肖，忌简而浑

刘咸炘说："传一人之事，贵详而肖，忌简而浑。肖虽不必尽由详，而简则常致浑，其势然也。"④ 为一个人作传，应详细记载与传主相关的事，越是详细越能体现人物性格和特征，切忌简单叙述，这样就失去了传的根本功能。刘咸炘指出，宋以后传记文出现空泛之病，其原因就是传文太简单，没有全面展现传主人物特征，刘咸炘说："别传之文，宋以前本不多。宋后稍盛，而又为三弊所坏。一则空泛之词，章先生所谓公家言者，一则传奇，沿自唐人，其文扬厉，止足以供闲情，而

---

① 胡适：《南通〈张季直先生传记〉序》，《南游杂忆》，吉林出版集团股份有限公司，2018 年，第 228 页。
② 郁达夫：《郁达夫文集》第六卷，花城出版社，1983 年，第 761 页。
③ 《传状论》，《推十书》（增补全本），第 48 页。
④ 《传状论》，《推十书》（增补全本），第 48 页。

不足以当庄论。古文家后起而矫之，则又专务高简。夫传奇之于古文固大殊矣。空泛之病则当矫之以详，详自不能泛。"① 解决传文空泛的弊病最好的方式就是详细记录传主事迹，做到"不隐恶，不虚美"。刘咸炘在创作《亡妻事述》时即体现"详而肖"的特点：

> 吾妻于柔顺之德，尚无大背。其死也，吾二母俱哭之哀。俗盛行麻雀戏，几无人不好。吾妻自来吾家，以吾不喜，遂绝不为。偶过姻家，一强为之，归则以告而自咎也。其顺如是。然好隐忧，多自怼。每执己见，不能谅人短，取人长，亦近于褊，但不刻耳。其异恒者，则兼有豁如之质。吾性好倜傥，坦率少城府，不喜势利，不计锱铢，不宿小怨，深恶妇人篝豆猜嫌，咕嗫微语，以为妇人十九不免。然吾妻乃与吾同。凡涉仁义，费而不惜，假贷必应，或且被诒。以是族党间虽无人深感之，亦无人恶之。然疏躁亦与吾类。多不检点，或致忘失。出言率直，不知计虑。知书，粗能点句，笔札每欲加。读书竟不能恒，无所进，虽牵于宫事，亦其躁然也。其不能进德永年，即以疏躁近褊。而其最可取，与吾契，令吾思之不能忘者，则倜傥坦率也。②

这段文字在描述亡妻吴氏性格特点时就采用了"不隐恶"的手法，文中直接描写亡妻吴氏缺点："多不检点，或致忘失。出言率直，不知计虑。知书，粗能点句，笔札每欲加。读书竟不能恒，无所进，虽牵于宫事，亦其躁然也。其不能进德永年，即以疏躁近褊。"尽管刘咸炘毫不隐讳地记录吴氏缺点，但通读文章后，我们依然能感受到这篇文章表达的是刘咸炘对亡妻的赞美和褒扬。人无完人，再伟大的人都会有缺点，更何况是普通人，如实地记录人物缺点反而能够更好地再

---

① 《传状论》，《推十书》（增补全本），第 50 页。
② 刘咸炘：《推十文·亡妻事述》，《推十书》（增补全本），戊辑二，第 515 页。

现人物形象。在这段文字中还有一个细节描写非常细腻而不乏趣味，刘咸炘描写吴氏喜欢打麻将，但又不敢让刘咸炘知道，回娘家打麻将后告知刘咸炘，自己都感到惭愧。这些体现生活细节的小事正是刘咸炘认为应该详写的，这样写才能让人物更加立体化，所看到的不只是文字，而是鲜活的人物形象。这也是新传记文学中所倡导的重视传记文学的趣味性（可读性）。胡适说："二千年来几乎没有一篇可读的传记，因为没有一篇真能写生传神的传记。"① 这里说到的可读性实际就是趣味性，新体传记应该立足于读者，引起读者的审美趣味。当然胡适说的可读性还包括用白话文来创作传记文学，他说："并不是真没有可歌可泣的事业，只都被那些谀墓的死古文骈文埋没了。并不是真没有可以叫人爱敬崇拜感慨奋发的伟大人物，只都被那些烂调的文人生生地杀死了。"② 刘咸炘虽然没有用白话文来创作传记文学，但在传记文的内容构思和撰写技巧上确实已经受到了新传体文学的影响，对传统传体文学有所扬弃。

（二）宜详于日用，宜琐屑而雅洁

既然对人物事件需要详细记载，那么从什么地方去收集相关资料来支撑传记文的翔实呢？刘咸炘指出应重视日记和年谱，他说：

> 碑、志、状、述之文，宜其详于日用，乃亦甚希。此不可独咎作者之删省，盖其家所具以乞文者已略矣。其所以略者由二失焉：一则蔽于习见，以琐事为不足称；一则不知记录，久而忘之也。法兰西人法郎士氏记其儿时事，为友人之书，其第一部末记里特先生常望每一家庭皆有一年谱，及伦理历史。曰自哲学家教我尊重前代遗物，我即惜。中世纪中流家庭未思作一简略记载，记日常生活之重要事迹。此记载须世代相传，每传益增，即使甚简短如传，至于今，当何其有趣。此论剧善。吾居先姊之丧，自撰《行述》，质实不避烦碎。尝欲谘访先姊

---

① 《南通〈张季直先生传记〉序》，第230页。
② 《南通〈张季直先生传记〉序》，第230页。

遗事，作《事略》一篇而未成，常以为恨。又尝劝人以日记体
记家中老辈言行，以传子孙。人谁不欲表章其先人，顾以昧于
叙事之理，不及生存为之，及没乃为泛套之。①

刘咸炘指出传记文学要详于记载日常琐事，日记和年谱是传记文学
撰写日常琐事的一手好资料。日记体可以随心所欲地记载每天的生活琐
事，也可正式地记载学术思想和内心生活，能够保存事情的真实面目。
所以，刘咸炘说他常劝人以日记体形式记载家中老辈言行，这不仅能言
传子孙，而且为碑、传、状、述等传记文学提供了支撑材料。年谱同样
是传记文学的好资料。年谱分年编订，内容详细，时间脉络清晰，以宋
人编撰杜甫年谱为例，以杜诗系年，成为杜甫传的重要参考资料。刘咸
炘以法兰西人法郎士为例说明年谱作为传记文学材料的重要性。以外国
人作为事例，而不引中国传统文人的事例，说明刘咸炘注意到新传记文
学中增加国外人物为传主在当时已经很盛行了。新文学革命时期，以梁
启超为代表倡导传记文学革新最显著特点就是以西方近代杰出的政治家
和民族英雄为传主，梁启超发表了多篇关于西方英雄的传记，在国内掀
起撰写国外英雄传记的高潮，金满成（1900 年—1971 年）四川峨眉人。
1919 年赴法国勤工俭学，著《〈有人之书〉法郎士传》，这篇传文就是
以给法郎士做年谱的形式撰写的。刘咸炘当看过此书，才有上文的事
例。再后来，胡适在《传记文学》② 一文中也强调日记和年谱是新传体
文学的重要材料。他说： "中国传记文学第一个重大缺点是材料太
少，保存的原料太少，对于被作传的人的人格、状貌、公私生活行
为，多不知道；原因是个人的记录日记与公家的文件，大部分毁弃散佚
了。这是中国历史记载最大的损失。"③ 胡适的《留学日记》则具有自
传的性质。他说："我自己的文学主张，思想演变，都写成札记，用作

① 《传状论》，《推十书》（增补全本），第 51 页。
② 《传记文学》原载于 1953 年 1 月 13 日《台北"中央"日报》《公论报》等
报，系 1953 年 1 月 12 日胡适在台湾省立师范学院的演讲。
③ 《胡适文集》第 5 册《演讲集》，北京燕山出版社，2019 年，第 1529 页。

一种'自言自语的思想草稿'。我自己发现这种思想草稿很有益处。"胡适认为日记可以记录文学主张和思想演变，这是自传最好的材料。刘咸炘作《传状论》一文提出将日记和年谱作为传记文学材料的方式比胡适发表《传记文学》整整早了25年。刘咸炘从来都是以"隔岸观火"的态度来审视新文学运动，但他有自己的思考，从不故步自封。他不是守旧的复古派，他的学术观点既紧跟时代步伐，又真正融入了自己的思想，他的传记文学理论的确对新传记文学思想影响深远。

三、刘咸炘传体文学创作

在有了以上传记文学理论支撑后，刘咸炘创作了8篇传记文学，其中《先妣事述》和《自述》最具代表性，能体现刘咸炘传记文学创作在传统文章学根基上对新传记文学的吸收。我们对这两篇文章作具体分析。

刘咸炘父亲刘桢文娶王氏，生一女，后又纳谢氏，生刘咸炘。因谢氏体弱多病，早逝，刘咸炘由王氏抚育成人。王氏去世后，刘咸炘作《先妣事述》，文章近三千字，我们摘录部分如下：

> 先妣氏王，生于犍为五通桥。王故巨族，世德具详先王考所作《菊源宗祠记》，在《槐轩杂著》中。后移居井研，外伯考朝议葆山公、外王考奉政鹤冈公，及伯舅训导竹坡公，兄弟九人，皆从学于先王考，以师友结婚姻。外王考生平，不孝不能详，惟知其友爱过人。外王妣胡大宜人，寿逾八十乃终。今井研千佛场聚居数百人，皆诸舅之后，颇有学道从善者，遗泽犹未艾也。先妣年二十来归时，先王考已殁，王妣袁太恭人治家严肃，昧爽即兴，诸妇从之入厨。晚休于内庭，犹各有操作。子妇朝夕定省，罔敢嘻嗃。先妣晚年常与伯妣黎恭人、叔母袁孺人话当时事，告不孝等曰："当时何等规矩，吾辈何等

严畏，习之既久，故至老不敢恣肆，今人能堪之也。"王考殁后，家计渐窘。后析爨，人止谷数十石。先妣斥嫁装以资用，仅乃得济。晚年言及当时艰困之状，犹若有余悸。外王妣知其不能多得公财，每使来辄有所遗，以助衣饰。先妣储之不肯用，曰："吾家方困，吾何忍独备物耶?"以无衣故，每不与人庆宴。平居非有事不鲜衣，非饿不钉饴。八十以后，犹不肯多制新样之衣，频设珍贵之食。不孝受室后，室中始有煤油灯、自鸣钟。常告不孝曰："尔祖母以家计忧劳终，吾今服用胜祖母已多，心常不安，况加此乎?"顾先妣虽俭啬，而无不中礼。先考素不以财乏而吝施减礼，先妣能承其意，未怨言。先考殁后，门人等不忘旧恩，遇先妣生日及时节，辄有馈赠。先妣命不孝一一记籍而储之，不肯以自奉。积有成数，则建斋荐宗亲，利孤爽，每举费数百金。其他任恤之事，尤不可具数。

先妣勤俭助大之事不可具举。不孝生晚，亦未及尽详，仅能举一二，以示其概。前辈人勤俭者多，而先妣之勤俭，则所系非小。先考尝面誉其内助之功，谓：非尔则我不得任斯道也。先妣尝告不孝曰：尔父平生不道家族长短，吾亦不敢言。

呜呼！言先妣之于不孝，则高天厚地，未足以喻其恩也。不孝自免乳，即随先妣卧起，直至十五岁始别寝，犹常跪母怀而受抚弄。先妣病伤寒，视而不见，神昏谵语，犹呼不孝来前。时不孝亦有病，给以他儿往。手摸其顶曰，此非吾儿也。不孝十五岁前，两患重病，先妣不寐者数月，垢污满身，涕泪常出，爱护之笃，非文字所能详。……顾先妣于不孝不稍姑息，孩提时常抱而吟俗歌，说故事。……自不孝有知识，训诫尤密，繁而不杀，锁而不厌，洋洋盈耳，不可胜书。

先妣生平嘉言懿行，姻党朋友中见知闻知者甚多。不孝德业无成，不能显扬，今此追述，特其大略。务在质实，故不避

烦碎，不敢稍作浑泛文饰之语，以蹈诬亲之罪。苫块昏迷，语
无伦次，伏惟矜鉴。丁卯年四月，不孝男咸炘泣述。①

归有光《先妣事略》是这类文章创作典范，清代桐城派作家，效仿
创作了很多类似的文章，如方苞《先母行略》、方东树《先母行略》、薛
福成《先妣事略》、张惠言《先妣事略》、林纾《先妣事略》等，基本
都与归有光《先妣事略》同题，从内容和谋篇布局来看都有模仿之式。
刘咸炘的《先妣行述》在内容上有沿袭，也有新变，其新变之处主要体
现在以下三点：第一，在选材方面，善于利用生活琐事来突显人物性格
特征。刘咸炘在撰写先妣身世时，以介绍王氏家族为主，通过对王氏家
族介绍说明王氏与刘氏是因师友而成婚姻，为王氏在刘家备受尊重做下
铺垫。在描写王氏勤俭持家时，写王氏拆嫁妆解决家计贫困之事，描述
王氏非有事不鲜衣，非饿不饤饾，又记王氏虽节俭，但懂礼节，学生门
人馈赠礼物，王氏要求一一记录，积有成数就分给族亲。通过一个个真
实的事例来达到传记文学"详而肖"的效果。

第二，善用人物语言描写。传统传记文学都少有语言描写，在谋篇
布局上多用骈文的形式和陈述的语气，这也是传统传记文学所倡导以
"简"为主的传写方式。刘咸炘善用语言描写，一是达到详肖的效
果，二是促进传记文学语言通俗化。刘咸炘在《传状论》中说："通俗
之语，使理因事明，常以变显，道在日用，人易遵循，是天地间至平至
常至神至奇之大文也。惟世间无此等书，乃使诲淫诲盗之书盛行于闺阁
闾里，岂不重可恨哉！西方有此具而其内容不善；吾中人有其内容，而
又无其具。凡事皆然，不独此一端也。"② 刘咸炘倡导用通俗之语来写传
记文学，通俗之语能够说明道理，被日常所用，更能使人接受。通俗之
语最好的表现形式就是记言，如刘咸炘在记述先妣勤俭助夫之事时，举

---

① 刘咸炘：《推十文·先妣行述》，《推十书》（增补全本），戊辑二，第518
页。
② 《传状论》，《推十书》（增补全本），第51页。

例："先妣尝告不孝曰：'尔父平生不道家族长短，吾亦不敢言'。一日偶遇尔伯母话及家族间琐事，尔父愠而斥吾。尔伯母曰：'六叔何大急，吾辈但闲谈耳。'"① 刘咸炘所谓的通俗语应是当时的日常用语，而非书面语。虽然这样的表述方式与白话文还有一定距离，但相较讲究声律的骈文已相去甚远。

第三，善用反衬手法让人物性格更加鲜明。传统传状类文章都是采用直接陈述的方式歌颂或赞誉传主高尚的品德。刘咸炘在创作《先妣行述》时，却多次采用反衬的手法，其目的是增强文章的可读性。如在写先妣品德时，刘咸炘不直接写先妣，而是写先妣唯一的女儿，写女儿精明仁厚，受夫家爱戴，通过写女儿的品德来说明先妣以身作则将自己的品德传教于女儿。刘咸炘曰："先妣止先姊一人，适华阳朱君稚松。质极清纯，精明而仁厚，能事严姑，抚前室子女如己出。家故殷富，多戚友奴仆，委屈善处，诚感德化，上下内外无闲言。嫁八年而殁。其姑谢夫人哭之恸，姊夫忧悼，后百日亦卒。其前室之姊与嫂及诸仆役，亦念之久而不衰。皆谓斯人难再得也。先姊平生性行，不孝生母今犹能详道之，惜无状志，未克彰显，故略述之。观先姊之行，而先妣之德与教，亦可推见也。"② 在行文中增加更多的表现手法，更能体现传记文学的文学性，使传状类文章与史传类文章逐步得到更清晰地区别。

刘咸炘在创作《自述》一文时，也充分吸收了传统文章学自序的写作方式，同时又融入了新传体文学自传体的内容。在中国古代，书序类中的自序具有自传的性质，如司马相如的《自叙》、司马迁的《太史公自序》、班固的《汉书·叙传》、刘知几《史通·自叙》等都可以看作是自传文。但这类文章必须依托于著述，从著述中延伸而来，与真正的自传还不完全相同。明清以后文人的自我书写才逐渐发展起来，自传文也从序跋与传状中独立出来，同时受到杂传与传奇的影响，自传文在明清时期已经发展为传体文学的重要体裁。近代以来，以梁启超为代表的

---

① 《推十文·先妣行述》，《推十书》（增补全本），第 517 页。
② 《推十文·先妣行述》，《推十书》（增补全本），第 517 页。

新文学倡导者致力对自传文进行改造，欲结合西方自传的概念，发起现代自传体撰写模式。梁启超首先改造了"自述"这一文体。1902 年梁启超撰写《三十自述》为《饮冰室文集》而作，同时他又撰有《饮冰室文集自序》，其目的是将自序与自传分离开来。他在《三十自述》写作缘由中谈道："吾死友谭浏阳曾作《三十自述》，吾毋宁效颦焉？作三十自述。"虽说效颦，但实际梁启超《三十自述》与谭嗣同《三十自纪》内容相去甚远。谭嗣同的《三十自纪》主要追记他参加省试的历程，而梁启超的《三十自述》则类似于年谱，记每年大事。自梁启超之后以"自述"为题的自传大量出现，最有名的当为胡适的《四十自述》。

在此背景下，我们再来看刘咸炘的《自述》。这篇文章创作于 1925 年，从内容上看，刘咸炘《自述》既有书序内容又有自我书写内容，开篇即提出其学问宗旨："吾之学，《论语》所谓学文也。学文者，知之学也。所知者，事物之理也。所从出者，家学祖考槐轩先生，私淑章实斋先生也。"① 随后又概述《推十书》中具有代表性的学术宗旨："实斋名此曰史学，吾则名之曰人事学。其范围详于《一事论》中。……于子知言，于史论世，已详说于《学纲》《中书·认经论》《道家史观说》中，所论遍及四部群书。初得实斋法读史，既乃推于子，又以推及西洋之说，而自为《两纪》以御之。"② 这些内容实际就是为《推十书》作序，而且在文末，刘咸炘明确指出："文字虽多，止敢安于讲习，不敢谓著述成家。其差可自信者，不敷衍陈言，不离宗本云尔。尚云某氏之学，绝不敢当。尚云某人之言，或不为忝。"③ 刘咸炘并没有将《自述》作为《推十书》的序，而是将其归入《推十文》的传状类，是因为除介绍著述外，文章也增加了些自我书写内容，如"先考盛德温良恭让，虽疏者无间言。吾生母则刚直，故吾性怯于抗争，惟恐忤人，有过于殉情之失，而又时卞急暴气，乃至事亲不能柔声。惟好读书，多默坐，故此

---

① 《推十文·自述》，《推十书》（增补全本）第 519 页。
② 《推十文·自述》，《推十书》（增补全本），第 519 页。
③ 《推十文·自述》，《推十书》（增补全本），第 520 页。

病少见而急性内抑，乃形成阴郁，颇似俄罗斯人之具矛盾性。……幼受庭训，弱冠从兄，未尝就外傅，根本未坏，父兄之恩也。枝叶之学，所谓知者，则皆出独求，未奉教于耆硕，无讲习之友朋，以是无广益，亦以是不受俗习。"① 这些内容包含其个人性格特点、学术成长经历以及对后人尤其是对其弟子的影响和启迪，而这正是自传体文学的目的所在。

结语

传记，作为中国古代文体的一种，早在两汉时期就已有佳作，但随着历史的演进，传记在内容上、在文体形态上都发生过变化，而到了清末民初时期，在新文化运动倡导下提出的新传记文学，对传统传记文学进行了新的改革。刘咸炘从小接受中国传统文化教育，其学术根基源于传统文化思想，他创作《传状论》对传记文学进行剖析，其思想指导来源于传统的史传理论，但在实践中，刘咸炘传体文学的撰写又吸取了新传体文学的方法，他说："夫立教之需传状，如彼其急，而传状之可取材者如此其希，非文学之一大缺哉。" 他认为传状文要详取材，以详肖为长，而这些材正源于日记和年谱，这与胡适提出的 "日记属于传记文学" 不谋而合。刘咸炘撰写传记文从不用白话文，但他却强调要学习西方传记文学写作方式，将年谱融入传记文中，突显传主身份的真实性。刘咸炘英年早逝，却著述等身，他足不出川，却视野开阔，他在坚守中国优秀传统文化的同时也在吸收西方和当时的新文学理念，他的《传状论》和传体文学就包含了二者的文化内涵，这也是我们研究刘咸炘传状文体的意义所在。

（作者单位：中国社会科学院文学研究所）

---

① 《推十文·自述》，《推十书》（增补全本），第 520 页。

古代朝鲜文人对陈子昂《感遇》的接受

□洪仕建　王红霞

陈子昂，字伯玉，梓州射洪（今四川省射洪市）人。《新唐书·陈子昂传》："唐兴，文章承徐、庾余风，天下祖尚，子昂始变雅正。"[①]其诗文在后世影响较大，特别是其诗歌理论，对盛唐诗歌的到来起到关键作用。"陈子昂的努力，使得唐代的五言古诗得以健康发展，从而与五言今体双峰对峙，成为唐诗重要样式之一。"[②] 现存《韩国文集丛刊》《韩国文集丛刊续》《韩国诗话全编》中，有不少关于陈子昂的材料。其中大部分都是围绕《感遇》诗展开的，梳理这些材料可以探究古代朝鲜文坛对《感遇》诗的接受，揭示陈子昂对域外产生影响的原因。

一、古代朝鲜对陈子昂《感遇》诗的评价

陈子昂在古代朝鲜文坛影响力最大的作品当数《感遇》组诗。《感遇》乃旧题，陈子昂以此为题，创作组诗三十八首，在历代都有一定的影响。宋代朱熹《斋居感兴》二十首序曰："余读陈子昂《感遇诗》，爱其词旨幽邃，音节豪宕，非当世词人所及。如丹砂空青，金膏水碧，虽近乏世用，而实物外难得自然之奇宝。……然亦恨其不精于

---

① 欧阳修、宋祁撰：《新唐书》，中华书局，1975 年，第 4078 页
② 莫砺锋：《论初盛唐的五言古诗》，《唐代文学研究》1992 年，第 114 页。

理，而自诧于仙佛之间以为高也。"① 作为理学代表人物的朱熹对《感遇》推崇至极，他读陈子昂《感遇》后，创作《斋居感兴》二十首。在序中，尽管他认为陈子昂《感遇》"不精于理"，但仍言"非当世词人所及"。明代胡应麟《诗薮》从文学史的角度对《感遇》进行了评价："子昂《感遇》，尽削浮靡，一振古雅，唐初自是杰出。盖魏晋之后，惟此尚有步兵余韵，虽不得与宋齐诸子并论，然不可概以唐人。近世故加贬抑，似非笃论。"② 他对明初贬低《感遇》的现象进行了辩驳，认为《感遇》诗继承了汉魏风骨，纠正了齐梁至唐初的浮靡诗风，是阮籍《咏怀》三十八首之艺术精神在唐代的余韵。明代钟惺、谭元春《唐诗归》则从内容上进一步肯定了《感遇》诗："子昂《感遇》诸诗，有似丹书者，有似《易》注者，有似咏史者，有似读《山海经》者，奇奥变化，莫可端倪，真又是一天地矣。"③《感遇》诗的内容包罗万象，引经据典，意在言外，十分丰富。值得注意的是，朱熹的说法对古代朝鲜文坛影响很大，许多对陈子昂《感遇》诗的评价都围绕于此。

古代朝鲜理学家安重观（1683—1752），字国宾，号悔窝，朝鲜王朝肃宗、英祖时期的学者、文人，著有《悔窝集》。他的好友丹阳人禹准卿有次韵李白《古风》五十九首，他曾为此作序。其《禹准卿续古风序》：

> 昔予朱子，盖取陈伯玉《感遇》之作，而病其指往往杂出于仙灵佛幻之绪余，殆如金膏水碧、诸奇怪物之若可宝玩，而不适于常用。则遂以道之贯乎天人，亘乎古今，而日可见之之实，次第为诗，命之曰《感兴》，诒之后学，以开其蒙。是盖

---

① 朱熹撰：《朱子全书》第 20 册，上海古籍出版社；安徽教育出版社，2002年，第 360 页。

② 胡应麟撰：《诗薮》，上海古籍出版社，1979 年，第 37 页。

③ 钟惺、谭元春：《唐诗归》，《续修四库全书》第 1589 册，上海古籍出版社，2002 年，第 542 页。

拟古作者之体，而实以发吾之蕴也。①

安重观对朱熹模仿《感遇》诗一事进行了记载，他认为朱熹《感兴》诗的本质是"发吾之蕴"，且朱熹在其中加入"理"，可以"开后世之蒙"。安重观此文的目的是赞扬禹准卿的次韵之作，所以没有过多评价陈子昂与朱熹的原诗。李瀷（1681 年—1763 年），朝鲜王朝哲学家，实学派代表人物之一，其《星湖僿说》"陈子昂条"：

> 退之诗："齐梁及陈隋，众作等蝉噪。国初盛文章，子昂始高蹈。"朱子至和其《感遇》之作。余考之，未见其可赏。盖六朝余风入唐，犹有循习者，子昂始有奋起脱去之功也。元好问诗云："沈宋横驰翰墨场，风流初不废齐梁。论功若准平吴例，合著黄金铸子昂。"此述退之之定论。②

李瀷认为陈子昂的作品没有韩愈与朱熹所说的那么好，但肯定了陈子昂《感遇》诗扫清了六朝绮靡文风，是其诗歌理论在作品上的呈现。其"周受命颂"条又说：

> 唐陈子昂当武后时擢为灵台正字……子昂方为灵台正字，故乃托言自喻。观此其为人可知。其《感遇》诸作，朱子为之扳和，今《斋居》二十章是也，不以人废言也。③

李瀷以陈子昂事武后为耻，并以此否定陈子昂的人品。但仍认为其《感遇》之作有可取之处，朱熹和其诗，也是不"以人废言"。总的来说，李瀷对陈子昂的《感遇》还是较为认可的，其中不乏朱熹的原因。

---

① 民族文化推进社：《韩国文集丛刊续》第 65 册，景仁文化社，2008 年，第 318—319 页。

② 蔡美花、赵季主编：《韩国诗话全编校注》，人民文学出版社，2012 年，第 3744—3745 页。

③ 《韩国诗话全编校注》，第 3762 页。

朱熹的《斋居感兴》在古代朝鲜的传播十分广泛。朝鲜王朝中期著名文人宋时烈①有《感兴诗劄疑》，沈潮②有《感兴诗解》，两书都是《感兴》诗的注本。但一些古代朝鲜文人在对比陈子昂的《感遇》与朱熹的《感兴》时，则认为陈子昂之作优于朱熹之作。在这种对比下，陈子昂的《感遇》诗作，便逐渐成为古代朝鲜文人心中的经典作品。李睟光（1563 年—1628 年），朝鲜王朝著名文臣，性理学者，实学者和作家，其《芝峰类说》载：

> 杨慎曰："朱文公《感遇》诗比陈子昂感兴诗如青裙白发之节妇。与靓妆袨服之宫娥，争妍取怜，不可同日语也。"王世贞以此言为然。③

李睟光虽然只是记录，但作为朝鲜著名文人，"一代儒坛丈"④，他的文集影响了其后的诸多文人。朝鲜汉文学大家曹兢燮（1873 年—1933 年）就在《与金沧江》一文中说：

> 昔王凤洲论宋诗，以朱子五古，为南渡第一，而至答《感兴诗》与陈子昂孰愈之问，则曰："白首贞姬，岂与青春冶女争色泽哉?'。"此是正当位置。⑤

王凤洲即王世贞，他在论宋代诗歌时，认为朱熹的五古是南宋第一，但如果与唐朝的陈子昂的相比，则仍有较大差距。其《弇州四部稿》载："或谓：'紫阳斋居大胜拾遗感遇，善乎?'用修言之也曰：

---

① 按：宋时烈，（1607 年—1689 年），朝鲜王朝中期政治家、哲学家，著有《宋子大全》。
② 按：沈潮，（1694 年—1756 年），朝鲜王朝中期文学家，著有《静坐窝集》。
③ 李睟光：《芝峰类说》，景仁文化社，1970 年，第 170 页。
④ 李植：《挽词（承政院左承旨李植）》，载于《芝峰集》，景仁文化社，1991 年，第 339 页。
⑤ 民族文化推进会：《韩国文集丛刊》第 350 册，景仁文化社，2005 年，第 109 页。

'青裙白发之节妇乃与靓妆服之冶女角色泽哉？'"① 可见，此语非王世贞所说，而是杨慎所说。杨慎《升庵诗话》："或语予曰：'朱文公《感兴》诗比陈子昂《感遇》诗有理致？'予曰：'譬之青裙白发之节妇乃与靓妆袨服之宫娥争妍取怜，埒材角妙，不惟取笑旁观，亦且自失所守要之，要之，不可同日而语也？'"② 杨慎对朱熹的批评更加激烈，且从朱熹得意的"理致"对朱熹进行了否定，认为《感兴》不可与《感遇》同日而语。从"此是正当位置"可看出曹兢燮完全赞同杨慎的观点。作为理学的代表人物，朱熹对古代朝鲜的影响深远，"朱子学对朝鲜社会的另一个重大文化影响，是朝鲜儒教社会体制的确立。"③ 古代朝鲜以朱熹思想为主，文人们一方面对朱熹进行接受，一方面又因朱熹的作品对陈子昂的作品进行接受。同时，由于明朝与古代朝鲜的文化交流，明代文坛对朱熹《感兴》与陈子昂《感遇》的评价也传入了古代朝鲜，从而影响到古代朝鲜文人对两者的评价。

为什么古代朝鲜文人大多认为陈子昂之作优于朱熹之作，一个重要原因便是陈子昂诗歌具有独特的价值。任錪（1559 年—1611 年），朝鲜王朝中期文人，著有《鸣皋集》，集中有专门吟咏七位中国古代作家的诗歌，在小序中他自言：

> 风骚之鸣于世尚矣。至如屈原、宋玉、曹子建、鲍明远、
> 陈子昂、孟浩然、李太白辈，直自性情中泻出，而风调高
> 迈，莫能居其上者。④

① 王世贞撰：《艺苑卮言》，见丁福保辑：《历代诗话续编》，中华书局，2006年，第 1020 页。

② 杨慎：《升庵诗话》，《明诗话全编》第 3 册，江苏古籍出版社，1997年，第 2687 页。

③ 周月琴：《论朱子学对韩半岛的历史文化贡献》，《中国文化研究》，2001 年夏之卷，146 页。

④ 民族文化推进会：《韩国文集丛刊续》第 11 册，景仁文化社，2006 年，第396 页。

他以"性情"与"风调"为标准，认为包括陈子昂在内的七位诗人是最优秀的诗人，后人没有能超过这七人的。他们七人的共同点是将浓烈的感情融入诗歌之中，直接继承了"风骚"的传统，且诗歌格调高远，不落流俗。文中又载："陈拾遗横制颓波，发挥正雅。唐朝文献有足征者，其摧陷廓清之功，不在禹下矣。"① 这当然是化用卢藏用对陈子昂的的评语。任銶对陈子昂诗歌贡献与诗歌内容的认识与大部分中国古人的认识一致，也代表了大部分古代朝鲜文人对陈诗的认识。《诗观》是一部朝鲜选本，选唐代诗人四十三家。朝鲜王正祖李祘（1752 年—1800 年）在《〈诗观〉序》中历数四十三家的特点及影响：

> ……卢照邻之悲壮顿挫，骆宾王之尤工五言，此其并驱方驾于子安、盈川也。陈子昂承徐庾骈俪靡曼之余，制颓波而归雅正。李峤富于才思，文章为一时之取法。……"②

李祘是朝鲜王朝第 22 任君主，这也可以看作是朝鲜王朝官方层面对陈子昂的认可，其中特别提到陈子昂在文学史上的贡献，重新建构了诗学理论，《感遇》三十八首就是这种理论的集中体现。

这种观点可以追溯至朝鲜王朝前期，成俔（1439 年—1504 年），字罄叔，朝鲜著名学者、散文家，他在与当时文人权勘（1470 年—1531 年）争论六经与文章的关系时，作有《与杺功书》：

> 李、杜之诗，蔚有《雅》、《颂》之遗风。……其余虞姚之博学、孔陆之研精、陈子昂苏源明之典雅、元结之毅、李观之伟、卢仝之严邃、孟郊樊宗师之清苦、张籍之富、白居易之放……高才巨手拔茅而起，其议论虽若悖于六经，而取与则悉

---

① 民族文化推进会：《韩国文集丛刊》第 11 册，景仁文化社，2006 年，第 396 页。
② 民族文化推进会：《韩国文集丛刊》第 267 册，景仁文化社，2001 年，第 510 页。

出入乎六经也。①

他所用的论据，基本上包含了他认为的最好的诗人，他称之为"高才巨手"，其中提到"陈子昂苏明源之典雅"，将陈子昂纳入重要名家的行列。通过上述材料，可以看到古代朝鲜文人对陈子昂诗歌的评价还是颇高的。同时，通过检索资料，我们可以看到，陈子昂的名篇《登幽州台歌》及其他作品在古代朝鲜的流传远远不如《感遇》三十八首。足以证明，古代朝鲜文人对陈子昂诗歌艺术水平的评价基本还是基于《感遇》三十八首的文本。

二、古代朝鲜文人对陈子昂《感遇》诗的次韵

除了围绕陈子昂《感遇》之作与朱熹《感兴》之作的优劣进行评价外，古代朝鲜文人对陈子昂《感遇》诗的接受还表现为次韵《感遇》诗。"经典的最初意义就在其为学习的典范，所以考察某一诗人经典地位的确立，从后人的模拟学习入手，当为重要途径。"② 次韵是一种特别的创作方式。对中国文人作品进行次韵的现象在古代朝鲜文学史上并不罕见。古代朝鲜文人所次韵的作品大致可分为两类：一是著名诗人的作品；二是在古代朝鲜有较大影响的作品，《感遇》诗同时兼有二者。检索《韩国文集丛刊》《韩国文集丛刊续》，发现朝鲜文人有不少次韵

---

① 民族文化推进会：《韩国文集丛刊》第 14 册，景仁文化社，1988 年，第 510 页—511 页。

② 詹福瑞：《唐宋时期李白诗歌的经典化》，《文学遗产》2017 年第 5 期，第 56 页。

《感遇》之作。包括申钦①、金堉②、朴长远③、徐命膺④、尹东野⑤，次韵作品多达四题八十七首。

首先，次韵作品对陈子昂感遇诗丰富的内容进行了接受。前文已提及陈子昂《感遇》三十八首内容丰富，包罗万象，古代朝鲜文人在次韵《感遇》时就继承了其丰富的内容。第一是"谈玄论道"，以天地万物之理入诗，如申钦的"鸿蒙辟子丑，清浊互沦升"⑥（《次陈子昂感遇》其一），炼魄祛浊秽，丹田胎自成⑦《次陈子昂感遇》其二）；朴长远"天时有衰盛，月魄有亏盈"（《偶次陈子昂感遇诗遣怀》其一）；徐命膺"月魄含日辉。数法生降升"⑧（《和陈子昂感遇诗韵》其一）。第二是书写历史，次韵之作大量使用中国古代典故、历史，在历史中反思社会，表达情感。如申钦《次陈子昂感遇》其五用凤歌的典故，表达对理想圣人（颜渊）的向往，其二十八"鲁连天下士"⑨以鲁仲连的典故表达对治国之才的追寻。第三是描写自然风光，寄托隐居之感，金堉"飞泉激石鸣，不知热流金。爽然清风至，何待浮云阴"⑩（《次陈子昂感遇诗韵》其十）以夏季的自然风光，表达对自然的喜爱。虽然朝鲜文人接受了陈子昂《感遇诗》丰富的内容，但细察这些次韵之作，它们在内容的广泛度上仍然不如陈子昂原诗。以申钦为例，"申钦的感遇诗主题集

---

① 申钦，（1566 年—1628 年），朝鲜王朝宣祖、仁祖年间的著名学者、文臣，著有《象村集》。

② 金堉，（1580 年—1658 年），朝鲜王朝中期大臣，著有《潜谷遗稿》。

③ 朴长远，（1612 年—1671 年），朝鲜王朝后期大臣，著有《久堂先生文集》。

④ 徐命膺，（1716 年—1787 年），朝鲜王朝实业家、文人，著有《保晚斋集》。

⑤ 尹东野，（1757 年—1827 年），朝鲜王朝文人，著有《弦窝集》。

⑥ 民族文化推进会：《韩国文集丛刊》第 71 册，景仁文化社，1991 年，第 349 页。

⑦ 《韩国文集丛刊》第 71 册，第 349 页。

⑧ 民族文化推进会：《韩国文集丛刊》第 233 册，景仁文化社，1999 年，第 100 页。

⑨ 《韩国文集丛刊》第 71 册，第 351 页。

⑩ 民族文化推进会：《韩国文集丛刊》第 86 册，景仁文化社，1992 年，第 16 页。

中鲜明，主要就是感叹世俗的沉沦、生不逢时和自己欲洁身自好、归隐田园的心志，较之陈子昂，在主题范围上有所缩小，不如陈诗的取材之广泛和内容之丰富"。①

其次，次韵作品对陈子昂的组诗结构进行了接受。陈子昂《感遇》三十八首虽为组诗，但非一时一地之作。古代朝鲜文人的次韵之作，除了朴长远、尹东野仅次韵两首的作品，其余作品均以组诗形式呈现，并对陈子昂的组诗结构进行了模仿。一个重要的表现便是次韵之作的内部关联性并不强——前后的内容联系不紧密，但却有一个统一的情感基调和主题将其联系在一起。以徐命膺《和陈子昂感遇诗韵》为例：

> 月魄含日辉，数法生降升。金鼎天符显，玉烛阳明凝。俯仰际且蟠，向背分替兴。玄化渺难睹，圣言以为征。②

其一即全组诗的总领，以理入诗，揭示自然规律与历史规律，并且为全诗奠定"征圣"的基调，其后的诗歌基本都是以古论今，表达对社会的认识与批判。但徐命膺的组诗意识更强，试看其最后一首：

> 大化无穷尽，小智好侧生。常以燕蝠见，强作蛮触争。圣人不出户，明知符黔羸。包牺立天度，周公营洛京。历落天地象，胸中自纵横。后儒推日月，不省磨蚁行。相与操室戈，有时触心兵。周髀元圣书，汉世亦不醒。礼失求诸野，真诀自西溟。东来又百年，先天孰裁哉。③

此诗是对前面诗歌的总结，诗中总结社会规律"大化无穷尽，小智好侧生"，并引用大量的中国古人的事例说明，面对这种混乱的历

---

① 杨会敏：《朝鲜诗人申钦〈次陈子昂感遇三十六首〉》研究——兼与陈子昂的〈感遇〉三十八首比较》，《南京理工大学学报》（社会科学版），2009年第22卷第6期，第65页。
② 《韩国文集丛刊》第233册，第99—100页。
③ 《韩国文集丛刊》第233册，第103页。

史，作者只有感慨"东来又百年，先天孰裁哉"。而前面的诗歌，作者均是总结，而非感慨。如其二"所以圣系易，天道贵财成"①；其十一"如欲成黄舆，须先合天人"②；其二十七"班史莫敢违，亦是儒林英"③；其三十四"细看士穷通，令人智每昏"④。同样地，此诗也与第一首总领之诗遥相呼应，表达需要"征圣"的必要性，以及对历史的难以把握的感叹，即其一所说的"玄化渺难睹"。

最后，次韵之作对《感遇诗》的主题进行了接受。陈诗主题可总结为两类：一类是借古讽今，表达对现实政治的不满；一类为借景抒情，表达隐居之感。次韵之作基本接受了这两类主题，以后者为例。金堉《次陈子昂感遇诗韵》有十一首，呈现出强烈的避世之感，试看其五：

> 纷纷天地间，万事皆谬悠。翻覆不可知，蝶梦还庄周。弃置勿复道，杜门依樊丘。箪瓢自有乐，何美公与侯。⑤

此诗寄寓着强烈的情感，流露出对人生无常的难以把握，他认为"万事皆谬悠"，并用庄生梦蝶与隐居樊丘表达世事的无常与希望隐居的愿望，最后直言要追求颜渊的箪瓢之乐，不羡公侯。光海君初年，因发生儒生"卷堂"事件，金堉被迫请辞，此时他才28岁，刚登上政治舞台。李敏求《议政府领议政谥文贞金公行状》载："将上书请混被其罚，会以诸大臣言得已。公见时事日变，尽室就加平穷僻处。亲行耕稼，因号潜谷，赋诗见志，若将终身。"⑥此事对他的影响极大，以至于他以"潜谷"为号，终生不换。

---

① 《韩国文集丛刊》第 233 册，第 100 页。
② 《韩国文集丛刊》第 233 册，第 100 页。
③ 《韩国文集丛刊》第 233 册，第 102 页。
④ 《韩国文集丛刊》第 233 册，第 103 页。
⑤ 《韩国文集丛刊》第 86 册，第 16 页。
⑥ 民族文化推进会：《韩国文集丛刊》第 94 册，景仁文化社，1992 年，第 360 页。

《感遇》诗本身的艺术水平是古代朝鲜文人次韵其作的重要原因。林椿（约 1149 年—约 1182 年）是高丽朝著名文人，以文章见长，有《西河集》留世。其《上安西大判陈郎中启》是为当时将领陈光修所写的一篇文章，文中载："际天精识，命世贤才。李太白独擅歌词，人称国手；陈子昂复兴骚雅，世号文宗。天子喜于同时，廷臣莫能出右。"①他认为李白与陈子昂是天才诗人，李白的贡献在于诗词，陈子昂的贡献在于扫退齐梁诗风，两人皆被天子喜爱。陈子昂不但提出了复古主张，而且用创作来推行，最典型的就是《感遇》诗。所以《感遇》也被古代朝鲜文人认为是陈子昂的代表作。李民宬（1570 年—1629 年），字宽甫，号敬亭，朝鲜王朝诗人，他在《删后无诗论》中说：

> 汉魏以降，风气衰薄，不逮于古，声音性情之道，岐而为二。虽文质屡变，宫羽相宣，而求之以三百篇之指，则概乎其未也。枚乘五言之作，最为近古，而未免于糟粕。陈子昂《感遇》之篇。为盛唐绝调，而多杂于仙佛。余无足道也。②

他在论及汉魏及之后的古诗时，认为最接近《诗经》旨意的只有两家，一是枚乘③，李民宬认为枚乘之作未免于糟粕。另一家则是陈子昂，他认为《感遇》之篇是盛唐绝调，"多杂于仙佛"的说法当然是来自朱熹。从《诗经》"风雅"精神的角度来看，除此两家外，其余皆不足论，可见，他极为推崇《感遇》诗。所以徐命膺《和陈子昂感遇诗韵》三十六首并序云：

---

① 民族文化推进会：《韩国文集丛刊》第 1 册，景仁文化社，1990 年，第 360 页。

② 民族文化推进会：《韩国文集丛刊》第 76 册，景仁文化社，1996 年，第 392 页。

③ 刘勰《文心雕龙·明诗篇》载："古诗佳丽，或称枚叔，其《孤竹》一篇，则傅毅之词，比采而推，两汉之作乎?"《玉台新咏》也录有九首枚乘五言诗，其中八首见于《古诗十九首》，可见这些诗歌的艺术水平之高。叶嘉莹在《谈古诗十九首》中认为这些古诗并不是枚乘所作。

　　陈子昂感遇诗，断非建安以后作者所及。杜子美称其圣贤
骚雅，韩退之称其文章高蹈，朱夫子称其丹砂空青，金膏水
碧，实物外难得自然之奇宝，但恨不精于理而托仙以为高
也，盖其微旨。若曰子昂托仙，欲因此以发儒道，如参同契之
借金丹，以发先天之妙，但其识有不逮尔。余于暇日，次感遇
诗韵，非敢妄拟格调。聊欲自试其识之逮不逮云。①

　　他认为陈子昂的《感遇》诗继承了建安风骨，是建安之后的作品难
以比拟的。同时引杜甫、韩愈等人的说法，进一步对《感遇》的文学价
值进行了肯定。序中重点叙述了朱熹对《感遇》诗的评价以及自己的次
韵原因。他认为朱熹的《斋居感兴》不如《感遇》，因为"其识有不逮
尔"，而自己次韵《感遇》诗，并不能与陈子昂的"格调"相比，只是
试一试自己的"识"能不能既有《感遇》的艺术水平，又能达到朱熹所
说的"发儒道"。可以看出，他将《感遇》作为衡量自己文学水平的
标准。

三、古代朝鲜对陈子昂五言古诗的评价

　　关于陈子昂五古的地位，从古至今，讨论甚多，既有肯定，亦有否
定，特别是在与李氏朝鲜同时间段的明清两代。李攀龙《唐诗选序》就
批评陈子昂的古诗："唐无五言古诗，而有其古诗。陈子昂以其古诗为
古诗，弗取也。"② 他否定陈子昂的五言古诗，从另一个方面看，他也否
定作为五言古诗的陈子昂的《感遇》诗。所以，钟惺批评李攀龙说：
"《感遇》诗，正字气运蕴含，曲江精神秀出，正字深奇，曲江淹密，各
有至处，皆出前人之上。盖五言古诗之本原，唐人先用全力付之，而诸

---

① 《韩国文集丛刊》第 233 册，第 100 页。
② 李攀龙：《唐诗选》，《四库全书存目补编》第 309 册，齐鲁书社，1997
年，第 1 页。

体从此分焉，彼谓唐无五言古诗，而有其古诗，本之则无，不知更以何者而看唐人诸体也？"① 钟惺以《感遇》诗的艺术水平为论据，否定李攀龙"唐无五言古诗"的说法。清人王士禛亦言："唐五言古诗凡数变，约而举之。夺魏晋之风骨，变梁陈之俳优，陈伯玉之功最大，曲江公继之。太白又继之，《感遇》《古风》诸篇，可追嗣宗《咏怀》景阳《杂诗》。"② 他认为陈子昂通过复古，革新齐梁诗风，对五言古诗的进一步成熟有积极的作用，其五言古诗的代表作就是《感遇》诗。可见，《感遇》诗与对陈子昂的五言古诗地位的评价密不可分。考察陈子昂五言古诗在古代朝鲜文坛的评价，是揭示古代朝鲜文人接受《感遇》诗的重要一环。

朝鲜文人在论及陈子昂时，多肯定其五言古诗的地位。李睟光《芝峰类说》评价明代高棅所编《唐诗品汇》说：

> 又以初唐为正始，盛唐为正宗，大家，名家，羽翼。中唐为接武，晚唐为正变，余响。其以陈子昂，李白为正宗，杜甫为大家者，最有斟酌。③

《唐诗品汇》在"五言古诗"一类中将陈子昂、李白列为"正宗"，将杜甫奉为"大家"，其次再列"名家"孟浩然、王维、王昌龄等。李睟光认为这一分类经过了深思熟虑，《唐诗品汇·凡例》中说："间有一二成家特立与时异者，则不以世次拘之。如陈子昂与太白列在'正宗'，刘长卿、钱起、韦、柳与高、岑诸人同在'名家'者是也。"④陈子昂为初唐人，高棅认为他在五言古诗这一体裁的创作领域已经达到

① 钟惺：《唐诗归》卷五，《续修四库全书》第 1589 册，上海古籍出版社，1995 年，第 582 页。

② 王士禛著，戴鸿森点校：《带经堂诗话》，人民文学出版社，1963 年，第 93 页。

③ 李睟光：《芝峰类说》，景仁文化社，1970 年，第 170 页。

④ 高棅编选：《唐诗品汇》，上海古籍出版社，1982 年，第 14 页。

极高水平，所以将他与盛唐的李白同放在"正宗"。李睟光评价此种分类"最有斟酌"，可见李睟光对陈子昂五言古诗地位的肯定。

《诗文清话》是古代朝鲜佚名所著的一本诗话集，内容丰富，《诗文清话》卷三引明人郎瑛《七修类稿》载：

> 五言古诗源于汉之苏李，流于魏之曹刘，汪洋乎两晋，靖节最为高古。元嘉以后虽有三谢诸人，渐为镂刻。迨唐陈子昂出，一扫陈隋之弊。所谓上遏贞观之微波，下决开元之正派。①

诗话总结五言古诗的发展历程，从苏武、李陵开始②，曹操、刘桢继续发扬广大，其后到陶渊明时达到高峰，元嘉后渐渐出现雕琢的现象，水平开始下降。直到陈子昂出现，一扫齐梁的雕琢靡丽。作者评价他"上遏贞观之微波，下决开元之正派"，为盛唐文学的到来奠定了基础。尽管此话乃《诗文清话》所引，不能直接代表作者的观点。但《诗文清话》卷三亦载：

> 唐室诗人专门名家比比踵至，古风堪继前轨者，亦惟陈子昂、储光羲、韦应物、柳宗元、杜甫、李白数人而已。虽他有作者，安能方驾哉？……此等句细味之亦索然，而世传诵以为佳，何耶？岂承袭既久，亦世之耳鉴者多也？③

这里说的"古风"所指不明，但"前轨"指的当数具有汉魏风骨作品无疑。诗话作者在论及具有汉魏风骨的唐代诗歌作品时将陈子昂放在

---

① 蔡美花、赵季主编：《韩国诗话全编校注》，人民文学出版社，2012年，第2038页。

② 刘勰《文心雕龙·明诗》："至成帝品录，三百余篇，朝章国采，亦云周备；而辞人遗翰，莫见五言，所以李陵、班婕妤见疑于后代也。"钟嵘《诗品》序云："逮汉李陵，始着五言之目。古诗眇邈，人代难评，推其文体，固是炎汉之制，非衰周之唱也。自王杨枚马之徒，辞赋竞爽，而吟诵靡闻。从李都尉迄班婕妤，将百年间，有妇人焉，一人而已。"

③ 《韩国诗话全编校注》，第2023页。

第一位，不仅因为陈子昂在所提及的诗人中出生最早，更是由于陈子昂的作品具有汉魏风骨，否则也不会将柳宗元置于杜甫、李白之前。《诗文清话》的作者对陈子昂作品的肯定不言而喻。他在诗话中引《七修类稿》以肯定陈子昂五言古诗的观点，恰恰证明了他对陈子昂五言古诗地位的推崇。

除了直接对陈子昂五言古诗地位进行肯定外，古代朝鲜文人还将陈子昂五言古诗作为后代诗人学习的重点。著有《洛下生集》的朝鲜王朝后期学者李学逵（1770 年—1835 年），在其《因树屋集》说：

> 诗最难于五古，以其难于体裁也。既不能如嵇阮陶谢诸
> 公，则亦当如陈子昂、张曲江、韦苏州、柳子厚诸人。不
> 尔，亦当摹拟乎韩杜。①

他从五言古体的体裁特点入手，认为这是最难创作的诗歌体裁。这种体裁的第一流作者当是魏晋时候的嵇康、阮籍、陶渊明、谢灵运等人，其次便是陈子昂、张九龄、韦应物、柳宗元等人。李学逵虽然将陈子昂放在第二类，但观其论述，所列前者均是汉魏六朝人，也就是陈子昂所说的写出"汉魏风骨"作品的诗人。而第二类均是唐人，且在唐人中将陈子昂放在首位。尽管他的观点不免有个人喜好，但足以证明陈子昂具有极高水平的五言古诗已经成为后人学习的典范。

陈子昂五言古诗所呈现出的"兴寄"内容，也成为后人学习的一个重要内容。朝鲜王朝中期著名学者李植（1584 年—1647 年）《学诗准的》载：

> 五言古诗无出汉魏名家。然其近于性情者，《古诗十九首》
> 外……唐人古诗不必学，陈子昂及王维孟浩然之作最好者若干

---

① 民族文化推进会：《韩国文集丛刊》第 290 册，景仁文化社，2002 年，第360 页。

篇，韦应物柳宗元数十篇并熟看。①

李植也看到了陈子昂五言古诗的"性情"，所谓"性情"就是抛却辞藻堆砌，真实地在诗歌中注入情感，也就是陈子昂所说的"音情顿措"。他从学习的角度认为唐人五言古诗最好的名家便是陈子昂、王维、孟浩然、韦应物、柳宗元，需要后代诗人熟看。韩国近代学者李升圭《东洋诗学源流》总结道：

> 唐初诸家，犹袭隋陈体，而陈子昂专尚古体。至李杜
> 出，而遂奄有前古诸体，齐名当世。②

陈子昂现存作品中除了少量杂言、骚体，其余均为五言古诗。《源流》从创作实践上肯定了陈子昂的古体创作。陈子昂的创作实践是和其创作理论相契合的，所以其作品的艺术水平也当极高。《东洋诗学源流》在论及学五言古诗时，说道：

> 总而言之，古乐府及汉魏六朝诸家，是古诗之渊源，学者
> 不可不习。然唐五古若陈子昂、孟郊，七古若李太白、昌谷、
> 元白诸家，亦不可不究心。③

《东洋诗学源流》把陈子昂作品和孟郊作品作为唐代五古的典范，且认为他们二人与汉魏六朝诸家一脉相承，是正统五言古诗的继承者，也是后代诗人学习的榜样。从古代朝鲜文人对陈子昂五言古诗的地位的评价看，他们的理论源于中国古代文论与诗话，并在此基础上提出自己的见解。与明清时期对陈子昂的争议不同，古代朝鲜文人对陈子昂五言古诗的地位基本持肯定态度，且从五言古诗的体裁与内容两方面都

---

① 民族文化推进会：《韩国文集丛刊》第 88 册，景仁文化社，1992 年，第517 页。

② 《韩国诗话全编校注》，第 9924 页。

③ 《韩国诗话全编校注》，第 9940 页。

对陈子昂给予了较高评价，显示出古代朝鲜文坛对陈子昂的接受从文学上升到了理论研究。《感遇》诗是陈子昂五古的代表作品，古代朝鲜文人对陈子昂五言古诗的评价，也间接地显示出他们对《感遇》诗体裁的接受。

结语

古代朝鲜文人从陈子昂《感遇》与朱熹《感兴》的优劣评价，到次韵陈子昂《感遇》诗歌，再到评价陈子昂五言古诗地位，对陈子昂的《感遇》诗进行了系统地接受。其原因除了朱熹的影响外，还有《感遇》诗本身高超的艺术水平。陈子昂也通过《感遇》组诗书写，完成了他对五言古诗这一体裁的重新建构，即钟惺所谓的"数变"，从而成为这一领域的代表人物。可以说，他的诗论贡献与他的诗歌实践共同决定了他在唐代诗歌史甚至中国文学史上的独特地位，二者缺一不可，这也是古代朝鲜文人的一个准确认识。

（作者单位：四川师范大学文学院）

杜甫研究

韩国古代文人对杜甫疾病诗的接受与反响

□〔韩〕金俊渊

一、导言

　　疾病在日常生活中无处不在，深刻地影响着我们的生活方式、行为习惯以及整体健康状况。从普通的感冒到重大的大流行病，疾病以多样化的方式影响着我们，其中最直接的就是对个人健康的影响。严重的疾病，如糖尿病或关节炎等慢性疾病，不仅需要长期治疗，还可能严重限制我们的日常活动能力。此外，疾病也常常迫使我们调整生活习惯或面对新的挑战，可能导致社交互动和人际关系发生重大改变。因此，疾病对我们日常生活所带来的情感影响可能是巨大的。一旦被确诊患有严重疾病，通常会引发一系列情绪反应，包括恐惧、焦虑和悲伤。对健康状况的不确定性会扰乱我们的日常生活，影响我们的决策，甚至导致持续的精神压力。由于心理健康与身体健康密切相关，慢性疾病往往伴随着抑郁或焦虑等心理问题，这些问题可能进一步影响到我们的情绪状态、内驱力以及整体幸福感。

　　中国唐代著名诗人杜甫是历史上被疾病缠身的诗人之一，他一生饱受虐疾、消渴症、肺病以及痛风等疾病的折磨。因此，杜甫的众多诗篇中都能找到他对疾病痛苦的倾诉。据统计，杜甫创作了超过 200 首的"疾病诗"，而根据《全唐诗》的记载，唐代的疾病诗可能多达 1800 首，这意味着他的疾病诗就占据了其中的九分之一。尽管疾病给杜甫个人带来了巨大的痛苦，但他仍然以此为主题创作了众多诗歌，这些作品取得了卓越的艺术成就。

据记载，杜甫的诗集最早为 20 卷本的《宋本杜工部集》，于北宋仁宗宝元二年（1039 年）由王洙编纂成。这一版本的杜诗集出版后才完整传至韩国（高丽）。据《高丽史》记载，在高丽宣宗八年（1091 年）之前，唐代诗人如韩愈、元稹以及白居易的诗集已经传入高丽。因此，高丽可能在这一时期已经存在杜甫诗集的雏形。然而，到了 12 世纪初，高丽社会更加崇尚苏轼的诗歌，杜甫的诗歌可能尚未被广泛接受。随着时间的推移，人们对杜甫诗歌的兴趣逐渐增加，高丽王朝时期的著名学者林椿、郑知常以及李仁老都曾提及杜甫的诗歌。而在朝鲜王朝时期，人们对杜甫诗歌的接受度进一步增加，尤其是在 1504 年出版的巨著《分类杜工部诗谚解》中，杜甫的所有诗歌都被翻译成朝鲜文，并提供了简要的注释。

由于杜甫诗中有许多"疾病诗"，引用杜甫诗歌的韩国诗人不能不加以注意。以高丽后期诗人李穑（1328 年—1396 年）为例。

> 锦里先生岂是贫，桑麻杜曲又回春。钩帘丸药身无病，画纸敲针意更真。
> 偶值乱离增节义，肯因衰老损精神。古今绝唱谁能继，剩馥残膏丐后人。

李穑的这首诗深刻地结合了杜甫的四首诗和《新唐书·杜甫传》中对杜甫的评论。这四首诗分别是《南邻》①《曲江》②《水阁朝霁奉简云安严明府》③ 和《江村》④。第八句是"残膏剩馥，沾丐后人多矣"的摘录，可见于《新唐书·杜甫传》之中。这首诗作为对杜甫诗歌的总体评

---

① "锦里先生乌角巾，园收芋栗不全贫。"

② "自断此生休问天，杜曲幸有桑麻田。"

③ "钩帘宿鹭起，丸药流莺啭。"

④ "老妻画纸为棋局，稚子敲针作钓钩。"

价，值得我们特别关注的是其中的"穷""病""衰老"等词汇，因为它们构成了李穑从杜甫的诗中提取的关键词。通过这个例子，我们可以清晰地看到杜甫的疾病诗歌给李穑等韩国诗人留下了深刻的印象，并引发了各种不同的反应。在本文中，我将探讨杜甫疾病诗歌的主要内容，并简要介绍韩国传统时期的诗人对这些诗篇的回应，以呈现"跨越东亚"领域中的一部分内容。

二、杜甫的疾病诗

研究表明，《全唐诗》中包含了 1800 多首疾病诗，其中约 70% 的诗篇聚焦于描写诗人自身的健康状况①。当时，唐代诗人最常遭遇的疾病包括眼疾、消渴症、足疾、瘴病、虐疾、肺病，等等。眼疾之所以在诗人中如此普遍，可能是因为他们需要勤奋学习以阅读并理解文献。白居易在《与元九书》中提及了自身的健康问题，他创作了超过 380 首与疾病相关的诗歌，这在当时的同代诗人中是数量最多的。

以下是白居易对自身健康困境的一段描述：

> 及五六岁，便学为诗。九岁谙识声韵。十五六始知有进士，苦节读书。二十已来，昼课赋，夜课书，间又课诗，不遑寝息矣，以至于口舌成疮，手肘成胝。既壮而肤革不丰盈，未老而齿发早衰白。瞥瞥然如飞蝇垂珠，在眸子中也，动以万数，盖以苦学力文所致，又自悲矣。

"瞥瞥然如飞蝇垂珠，在眸子中也，动以万数"，这是白居易对其眼疾痛苦的生动描述，描绘了一种症状，即眼前似乎漂浮着类似灰尘或昆虫的微小物体。这些物体无法用手抓取，且它们的位置会随着眼球的运动而改变，例如，向上看时它们会向上移动，向右看时会向右移动。通

---

① 于格：《唐代涉病诗研究》，郑州大学 2019 年硕士学位论文。

常情况下，这些"飞蚊"并不大，而且通常是半透明的，因此通常不会影响视力。然而，由于这些漂浮物持续出现在视野中，担心它们可能会逐渐增多，可能会对精神造成相当大的压力。

由于疾病无论大小都可能对人的正常生活造成困扰，而且严重的疾病可能威胁到生命，因此疾病及其治疗一直是诗人和作家们高度关注的议题之一。韩国学者郑瓜里在其著作《法国文学中的医学》中深入探讨了医学与文学之间的关联。

> 也许医学和文学具有同样古老的起源，甚或可以说它们源自相似的思维根基。医学致力于预防和治疗身体疾病的侵袭，而文学则探索着驱除侵袭人类内心的邪恶，因此可以说人类内心的疾病即为身体的疾病，而内心的恢复也就是身体的恢复。①

郑瓜里提出，医学和文学或许在同一时期兴起，或者起源于类似的思想基础。医学的目的在于治疗身体疾病，而文学则旨在消除心灵中的恶念。因此，精神疾病实际上就是身体疾病，当心灵得以康复时，身体也将随之康复。从杜甫的生平来看，似乎他从小就饱受疾病折磨。从《唐故万年县君京兆杜氏墓碑》中可以了解到杜甫的姑母为了拯救生病的侄子杜甫而付出了巨大的牺牲。

> 甫昔卧病于我诸姑，姑之子又病，问女巫，巫曰：处楹之东南隅者吉。姑遂易子之地以安我。我用是存，而姑之子卒。②

具体来说，杜甫曾在姑姑家住宿期间，与姑姑的孩子一同患病。一位女巫前来，告知姑姑只能允许一个孩子睡在房间的东南隅以确保生存。姑姑毅然选择了让杜甫保住生命，而自己的孩子则不幸病逝。

---

① 〔韩〕郑瓜里等：《医学与文学》，文学与知性社，2004 年，第 207 页。
② 杜甫著，仇兆鳌注：《杜诗详注》第五册，中华书局，1979 年，第 2231 页。

此外，在使用杜甫诗句频率字数据的 TF-IDF 主题模型①中，疾病也被确定为杜甫作品中的重要主题之一，如下图所示：

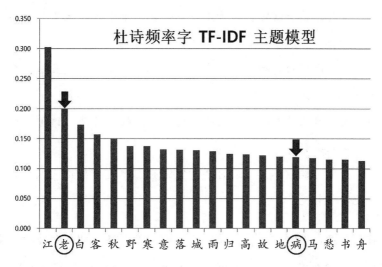

按照这一主题模型，杜甫的诗歌主题可以被大致概括为"我是一位漂泊的河边行者，我已年迈，在秋天的原野上感受到深深的寒意"。在杜甫的漂泊人生中，疾病始终如影随形。

现在，让我们来仔细研究一下杜甫所经历的几次重大疾病以及他为之创作的相关诗歌。我们首先要看的是《病后遇王倚饮赠歌》，这首诗创作于天宝十三年（754 年），当时杜甫从病榻上艰难爬起，前往王倚家感谢王倚的款待。

> 麟角凤觜世莫识，煎胶续弦奇自见。尚看王生抱此怀，在于甫也何由羡。
>
> 且过王生慰畴昔，素知贱子甘贫贱。酷见冻馁不足耻，多病沉年苦无健。

---

① TF-IDF（Term Frequency-Inverse Document Frequency）是一种统计方法，用于衡量一个词语在文档集合或语料库中的某一特定文档中的重要性。词语的重要性随着其在文档中的出现次数呈正比增加，但同时会随着其在整个语料库中的出现频率呈反比下降。

王生怪我颜色恶，答云伏枕艰难遍。疟疠三秋孰可忍，寒热百日相交战。

头白眼暗坐有眠，肉黄皮皱命如线。惟生哀我未平复，为我力致美肴膳。

遣人向市赊香粳，唤妇出房亲自馈。长安冬菹酸且绿，金城土酥净如练。

兼求畜豪且割鲜，密沽斗酒谐终宴。故人情义晚谁似，令我手足轻欲旋。

老马为驹信不虚，当时得意况深眷。但使残年饱吃饭，只愿无事长相见。①

在创作这首诗之前，杜甫曾患过虐疾。虐疾是一种由虐疾蚊携带的传染病，至今仍然是一种严重的健康威胁，每年有 2 亿 ~ 3 亿人感染，数百万人因此丧生。该疾病的典型症状包括头痛、高烧、全身疼痛、呕吐和抽搐。杜甫在一生中曾三次患上这种疾病，分别发生在他 43 岁、48 岁和 53 岁时。他创作了这首诗，以表达对那些理解他所经历困苦并为他提供丰盛食物的人的好客和友情之感激。下一首诗是《客堂》：

栖泊云安县，消中内相毒。旧疾甘载来，衰年得无足。
死为殊方鬼，头白免短促。老马终望云，南雁意在北。
别家长儿女，欲起惭筋力。②

在杜甫的文学生涯中，他曾于大历元年春季离开云安，前往夔州，"客堂"是他最初的落脚之处，直到次年秋季搬迁至西阁。在这首诗中，他再次描绘了在客舍中的各种情感体验，同时也诉说了口渴之苦。消渴症是一种疾病，包括"消症"和"渴症"，前者表现为食欲旺盛但消化快，而后者则表现为口渴，经常需要大量饮水并频繁排尿。杜

① 《杜诗详注》第一册，第 198 页。
② 《杜诗详注》第三册，第 1267 页。

甫在 53 岁时患上了消渴症，然而一直到他去世都未能摆脱这一病痛的困扰。

《示獠奴阿段》是一部杰作，如果没有杜甫患上消渴症，或许就不会有这样的名篇：

> 山木苍苍落日曛，竹竿袅袅细泉分。郡人入夜争馀沥，竖子寻源独不闻。
>
> 病渴三更回白首，传声一注湿青云。曾惊陶侃胡奴异，怪尔常穿虎豹群。①

"阿段"是杜甫家中獠族仆人的名字。在夔州地区，人们使用竹筒从山上取水。当竹筒堵塞无法取水时，杜甫的仆人阿段会自行前去寻找水源，以供应水需。杜甫因口渴难耐，多次饮水，为感谢仆人不惜冒险取水，他创作了这首诗。

杜甫还曾患过肺病。让我们看看《有客》：

> 患气经时久，临江卜宅新。喧卑方避俗，疏快颇宜人。
>
> 有客过茅宇，呼儿正葛巾。自锄稀菜甲，小摘为情亲。②

根据推测，这首诗是杜甫在上元元年（760 年）停留在成都的草堂时创作的。"患气"指的是呼吸道疾病，即肺病。当时杜甫的年龄还不到 50 岁，他表示自己早已患上肺病。肺病包括肺炎、哮喘、慢性阻塞性肺疾病等，其中肺炎是一种由微生物感染引发的严重呼吸道传染病。肺炎的症状包括发热、咳嗽、痰、呼吸困难、疲倦等，杜甫自三十多岁起就开始出现肺病症状。然而据说，在成都建立草堂后，他的症状得到了一定的缓解。

杜甫终其一生受慢性疾病的煎熬。这种经历在他的诗歌中得到了充

---

① 《杜诗详注》第三册，第 1271 页。
② 《杜诗详注》第二册，第 740 页。

分的表现，如《登高》：

> 风急天高猿啸哀，渚清沙白鸟飞回。无边落木萧萧下，不
> 尽长江滚滚来。
>
> 万里悲秋常作客，百年多病独登台。艰难苦恨繁霜鬓，潦
> 倒新停浊酒杯。①

这首诗创作于大历二年（767 年）的秋季，杜甫在远离故乡的夔州度过了重阳节。他独自登高，直面他乡秋日的寂寥景象，诗人孤独的形象深深触动人心。只有了解杜甫一生深受疾病折磨的读者，才会明白他所言的"百年多病"并不是无故呻吟。

以上简要回顾了杜甫的病痛题材诗歌。杜甫是中国最早以详细方式描述疾病的诗人之一。尽管他是文学家出身，但在患各种疾病的过程中，完全可以理解百姓的痛苦。他通过笔墨，将不断困扰他的疾病升华为文学艺术，从而深刻洞察了人类生老病死的宿命。

三、韩国古代文人的接受与反响

杜甫的诗歌一传入韩国，便成为韩国文人高度崇敬的对象之一。这或许是因为杜甫很好地代表了儒家伦理观念而被尊称为"诗圣"，他的诗歌呈现出鲜明的现实主义特征，被誉为"诗史"，在高丽和朝鲜文人中引起了广泛的共鸣。然而，我认为杜甫的疾病诗也展现了人性的一面，这也是他诗歌备受欢迎的原因之一。因为除了国家遭受的苦难，如安史之乱等，杜甫一生中也饱受疾病的折磨，这在许多人看来都有值得共鸣的地方。

本章将探讨韩国古代文人对杜甫患病时的反应，并将其视为"跨越东亚"的一个案例。首先，让我们欣赏一下朝鲜初期文人徐居正（1420

---

① 《杜诗详注》第四册，中华书局，1979 年，第 1766 页。

年—1488 年）的诗作《太岁日》：

> 戊申太岁日，忽忆杜陵诗。谋拙仍多病，才疏岂合时。
> 年光何荏苒，心事转参差。为作新年庆，香醪醉不辞。①

这首诗创作于 1488 年，戊申年正月 13 日。太岁日指的是一年中，干支和日期干支首次一致的日子。在诗的第二句中，徐居正提到"忽忆杜陵诗"，这是因为杜甫有一首同名诗。徐居正在他的诗中使用了杜甫诗中的"谋拙"和"多病"这两个词汇，这两个词汇源自杜甫诗中的第三和第四句。

> 楚岸行将老，巫山坐复春。病多犹是客，谋拙竟何人。②

杜甫的这首诗创作于大历三年（768 年），他回忆了过去在太岁日参加朝会的情景，表达了自己年老多病、滞留在异乡的感受。这一年，杜甫已经 56 岁，而徐居正比他年长了许多，已经 68 岁，很可能也受到各种疾病的折磨。因此，杜甫忙于与疾病抗争，不敢再次进入朝廷，他的感受让徐居正深有同感。最终，徐居正在这一年去世了。

接下来，让我们欣赏一下比徐居正晚大约一百年的文人卢守慎（1515 年—1590 年）的诗作《崔正字庆昌携酒相看》：

> 疟疠三秋忍，风尘一月开。贤人酒冷冽，正字意肧胎。
> 破戒缘生兴，忘言为死灰。摧颓老痁汉，非子复谁哀。③

卢守慎非常喜欢杜甫的诗歌，一生读过两千遍。特别是他的五律被公认为掌握了杜甫诗歌的技法，因此朝鲜梁庆遇在《霁湖集》中说：

---

① 〔朝鲜〕徐居正：《四佳诗集》卷 50。
② 《杜诗详注》第四册，第 1854 页。
③ 〔朝鲜〕卢守慎：《稣斋集》卷 4。

"卢苏斋五言律，酷类杜法，一字一语，皆从杜出。"①这首诗的第一句也来自于杜甫的诗歌，就是我们之前欣赏过的《病后遇王倚饮赠歌》。杜甫在这首诗中所说的"疟疠三秋孰可忍"被卢守慎简化为"疟疠三秋忍"。就像杜甫在他的诗中所表达的那样，卢守慎也歌颂了在克服疟疾的痛苦后，与病魔搏斗过程中再次品味美酒所带来的愉悦。这几乎可以说，是杜甫的疾病诗详细描绘了疾病的诗篇，而为后代的疾病诗提供了杰出的示范。

接下来，让我们欣赏一下朝鲜后期文人蔡济恭（1720年—1799年）的诗作《合梨行》：

> 老夫病渴三秋卧，世间百味无一可。掌上承露名空传，怅望千秋一流涎。
>
> 凤山使君能解事，贻我合梨满筐至。急开包裹先自嗅，暗香已能流左右。
>
> 厥状团圆鸡子大，软皮微黄看可爱。个个择隽投诸口，不待齿嚼如冰解。
>
> 甘津汪汪不胜注，翁受还笑喉欲隘。毛发习习生清风，向来烦恼一扫空。
>
> 长卿老杜皆病是，如有此物应策功。我愿使君推惠广且达，百里人无载饥渴。②

这首诗中，蔡济恭所提到的"合梨"指的是一种海鞘，它含有治疗消渴症的有效成分——钒。听说蔡济恭正遭受着消渴症的痛苦，凤山郡守送来一筐海鞘。诗人非常感激地品味了充满芬芳的海鞘，回想起一千年前与他一样患有消渴症的杜甫。他从杜甫的诗中学到了"我虽消渴甚，敢忘帝力勤。尚思未朽骨，复睹耕桑民"的爱民精神，因此他的感

① 〔朝鲜〕李南面：《稣斋卢守慎五律之表现手法》，《儒学研究》2022年第59辑，第102页。

② 〔朝鲜〕蔡济恭：《樊岩集》卷18。

受不仅仅是自己暂时忘记了消渴症，还表现为对凤山郡守解决百姓疾苦的关心，这也成为了诗的结尾。

四、结语

在前面的内容中，我们初步地考察了杜甫的疾病诗以及韩国古代文人对这些诗的反应。杜甫创作了超过 200 首疾病诗，不仅在数量上代表了唐代疾病诗的高峰，而且在自身承受多种疾病折磨的情况下，将这些经历升华为卓越的诗篇，在质量方面也表现出杰出之处。随着杜甫的诗歌传入韩国，他的疾病诗也引起了韩国文人的浓厚兴趣。杜甫不仅因患病而承受巨大的痛苦，还因为战胜疾病的决心和努力而赢得了尊敬。他不仅仅将自己视为一身的疾病，且更深层次地思考折磨老百姓的社会病痛，韩国文人也对他的爱民精神产生了深刻的共鸣。这种杜甫疾病诗的传承和接纳不受国家边界的限制，从这个角度来看，可以说是"跨越东亚"的杰出案例。

（作者单位：韩国高丽大学文学院）

论明清画家对杜甫草堂诗歌的接受与创造①

□陈婷

　　杜甫在成都草堂度过了他人生中十分安稳和愉快的一段时光，通过诗歌留下许多与草堂有关的记忆，他在成都时期创作的与草堂有关的场景也成为最受画家（群体）青睐的诗歌，如《客至》《草堂即事》《江村》《堂成》《卜居》《春夜喜雨》等，其中又以《严公仲夏枉驾草堂兼携酒馔》《南邻》二诗为最。取《严公仲夏枉驾草堂兼携酒馔》"百年地僻柴门迥，五月江深草阁寒"② 诗意为画的《江深草阁图》是宋元以来众多名家描摹的对象，也是画家们对"说得出，画不就"观点的挑战。以《南邻》《客至》《江村》等诗为对象的绘画图绘了杜甫居在成都时期融洽的友邻关系和温馨的家庭生活；以《堂成》《卜居》《春夜喜雨》《草堂即事》等诗为对象的诗意图则展现了杜诗影响之下画家们对草堂风光的想象。草堂是杜甫留给文人的宝贵文化记忆，明清时期随着诗画艺术趋近，诗歌与绘画进一步结合，画家们在此基础之上创作的诗意图是对草堂记忆的更新和延续，同时也表达了画家们和观者对诗意栖居空间的向往。

---

　　① 本文系四川省社会科学重点研究基地"杜甫研究中心"项目"绘画中的杜甫研究"（DFY202009）阶段性成果。
　　② 杜甫著，仇兆鳌注：《杜诗详注》卷十，中华书局，2015 年，第 1093 页。

一、杜甫成都诗歌与后世绘画创作

杜甫于乾元二年（759 年）年底到达成都，至永泰元年（765 年）初夏离开蜀地，在四川共生活五年余。中间除宝应元年（762 年）秋至广德二年（764 年）三月避乱至梓州和阆州外，其余时间都在成都的草堂度过。杜诗共计"一千四五百篇"①，居蜀时期创作了约四百三十首（包括梓州、阆州期间的一百七十首），占其诗歌总数的四分之一以上，成都生活期间是杜甫生命和创作中的一个重要时期。《江村》《南邻》《客至》《卜居》《堂成》《为农》等诗篇记录了邻里和谐、与草木鱼鸟为乐、轻松自在、充满情趣的生活，给后世留下无数想象。冯至在《杜甫传》曾这样形容草堂的意义："人们提到杜甫时，尽可以忽略了杜甫的生地和死地，却总忘不了成都的草堂。"② 对古人而言，出生的故乡和归根的死地是人生中最为重要的两个地方，故乡对于杜甫自然是极特别的存在，"但逢新人民，未卜见故乡"③ "思家步月清宵立，忆弟看云白日眠"④ "此生那老蜀，不死会归秦"⑤ "成都万事好，岂若归吾庐"⑥ 都倾诉了他在蜀地的思乡之念。而在千百年的读者心里，成都虽然不是杜甫的"生地"和"死地"，却是怀念杜甫、凭吊诗圣遗迹的圣地。不管是对于诗人还是画家来说，成都（尤其草堂）是一个能够唤起杜甫记忆的特别之处。正如宋人葛立方所言："其起居寝兴之适，不足以偿其经营往来之劳，可谓一世之羁人也。然自唐至宋，已数百载，而草堂之名，与其山川草木，皆因公诗以为不朽之传。盖公之不幸，而其山川草

---

① 《杜诗详注》凡例，中华书局，2015 年，第 23 页。
② 冯至：《杜甫传》，百花文艺出版社，1999 年，第 96 页。
③ 《杜诗详注》卷九，第 874 页。
④ 《杜诗详注》卷九，第 935 页。
⑤ 《杜诗详注》卷十，第 1103 页。
⑥ 《杜诗详注》卷九，第 862 页。

木之幸也。"① 在杜甫的成都诗篇中，草堂风光和日常生活是明清画家最喜欢创作的绘画主题。

随着诗意画在明代进入创作兴盛期，杜甫在成都时期留下的诗歌成为画家重点创作对象。明清时期，不少画家都曾创作过杜甫诗意图，而尤其集中于朝代更迭的明末清初和晚清两个特殊的时间段。以画家的身份来看，文人画家和苏州画家引领创作主流，其次部分职业画家、遗民画家、僧人画家也参与创作。通过统计可以发现，在杜甫成都期间所写诗中，画家尤其偏爱与草堂有关的诗句，见下表：

杜甫成都诗入画统计表

序号	诗题	诗句	画家
1	《严公仲夏枉驾草堂，兼携酒馔》	"百年地僻柴门迥，五月江深草阁寒"或"五月江深草阁寒"	夏森、赵孟頫、李流芳、唐寅、王谷祥、吴彬、文徵明、文伯仁、张学曾、赵左、盛茂烨、王时敏、傅山、袁耀、翟继昌、顾沄、蒲华、李墅、萧俊贤、汪琨、钱松等
2	《南邻》	"白沙翠竹江村暮，相对柴门月色新"或"秋水才深四五尺，野航恰受两三人"	王时敏、文嘉、周臣、陆治、王翚、潘思牧、沈颢、钱杜、程嘉燧、王学浩、石涛等
3	《客至》	"花径不曾缘客扫，蓬门今始为君开"或"舍南舍北皆春水，但见群鸥日日来"	宋懋晋、王时敏、石涛、袁耀、钱慧安
4	《草堂即事》	"雪里江船渡，风前竹径斜"或"独树老夫家"	李流芳、谢时臣、程邃、程庭鹭
5	《江村》	"老妻画纸为棋局，稚子敲针作钓钩"	刘铨、王素、钱慧安
6	《水槛遣心》	"细雨鱼儿出，微风燕子斜"	沈颢、谢时臣
7	《屏迹》	"用拙存吾道，幽居近物情""竹光围野色，舍影漾江流"	项圣谟、石涛

① 葛立方撰：《韵语阳秋》卷六，上海古籍出版社，1984 年，第 89 页。

续表

序号	诗题	诗句	画家
8	《蜀相》	"三顾频烦天下计，两朝开济老臣心"或"出师未捷身先死，长使英雄泪满襟"	戴进、孙亿
9	《卜居》	"浣花溪水水西头，主人为卜林塘幽"	宋懋晋、萧云从
10	《堂成》	"桤林碍日吟风叶，笼竹和烟滴露梢"	宋懋晋
11	《狂夫》	"万里桥西一草堂，百花潭水即沧浪"	程邃
12	《江畔独步寻花》	整首	蔡冲寰（编）
13	《春夜喜雨》	"野径云俱黑，江船火独明"	谢时臣
14	《江亭》	"水流心不竞，云在意俱闲"	文伯仁
15	《野老》	"渔人网集澄潭下，贾客船从返照来"	王翚
16	《栀子》	未详	吴熙载
17	《为农》	"江村八九家"	程邃
18	《怀锦水居止二首》	未详	萧云从

　　绘画上题写的诗句形式上多为对仗工整的律句。同时也有单句或不求对仗而意蕴深远者，如"浣花溪水水西头，主人为卜林塘幽""白沙翠竹江村暮，相对柴门月色新""五月江深草阁寒""江村八九家"。所选诗歌的内容也多与山水画的元素重合，如"百年地僻柴门迥，五月江深草阁寒""白沙翠竹江村暮，相对柴门月色新""雪里江船渡，风前径竹斜"，或表现闲居生活"花径不曾缘客扫，蓬门今始为君开""老妻画纸为棋局，稚子敲针作钓钩"，描绘草堂风光"浣花溪水水西头，主人为卜林塘幽""万里桥西一草堂，百花潭水即沧浪"等。叙事或历史类题材的诗歌则极少有画家为之创作绘画。唐诗入画整体亦存在此趋势，有学者指出"历代入画唐诗的主题和题材，闲适安逸之类的占绝对

优势，批判现实的写实之作则少有涉笔"①，这是由诗歌与绘画不同的表现功能和审美趣味所决定。

从上表可以看到，杜甫在成都时期创作的诗歌中，最受画家欢迎的当数《严公仲夏枉驾草堂，兼携酒馔》中的"百年地僻柴门迥，五月江深草阁寒"一联。据不完全统计：至少有二十一位画家创作《江深草阁图》，甚至有画家一生多次作此画题，其中亦不乏赵孟頫、唐寅、文徵明、赵左、王时敏、傅山等名家参与。其次，是以《南邻》"白沙翠竹江村暮，相对柴门月色新"或"秋水才深四五尺，野航恰受两三人"为画题的南邻诗意图也较多，创作者有王时敏、文嘉、周臣、陆治、王翚、石涛、沈颢、钱杜、程嘉燧、王学浩、潘思牧等，皆为当时名家。《江深草阁图》和《南邻诗意图》皆写草堂，其余入画的诗歌也多与杜甫的草堂生活或草堂周边风景相关。暂且可将这部分与草堂相关的诗意图分为两类：一是与杜甫个人有关的家庭生活、朋友聚会等表现人物活动的绘画；二是草堂及草堂周边的山水风景。

二、温馨宁静：杜甫在草堂的日常生活

杜甫在成都创作的诗歌中与日常生活有关的朋友聚会、家庭生活、闲居等场景具备空间结构、情景片段、人物等要素，因而十分便于入画，《南邻》诗意图乃其代表，余者如《江村》对妻儿下棋和钓鱼场景的描写、《客至》热情迎宾的画面都吸引了众多画家为之提笔。

（一）《江村》诗意图与家庭日常

《江村》是一首表现杜甫在草堂生活中与妻子、儿女共享天伦之乐的作品，其诗云："清江一曲抱村流，长夏江村事事幽。自去自来梁上燕，相亲相近水中鸥。老妻画纸为棋局，稚子敲针作钓钩。但有故人供

---

① 袁晓薇：《诗意难求：关于中国历代"长恨歌图"不兴的一个文图学考察——兼论诗意图的文本选择和诗意生成》，《浙江学刊》2022 年第 5 期，第 198 页。

禄米，微躯此外更何求？"①在江村悠闲的夏日里，梁上的燕子和水中的白鸥自由来去。这首诗中主要刻画了日常的家庭生活，杜甫的妻子正在纸上画一张棋盘以备下棋，小孩子们把针敲弯用来做钓钩。历代诗人对《江村》评价甚高，且注意其绘画性，《唐诗选脉会通评林》："刘辰翁曰：全首高旷，真野人之能言者，三联语意近放。周敬曰：最爱其不琢不磨，自由自在，随景布词，遂成《江村》一幅妙画。"②颈联尤具生活情趣，清代画家陈醇儒评曰： "写出一副淡然无营、洒然无累神理，无限天趣。"③

清代画家刘铨、王素、钱慧安都曾以《江村》颈联诗意为画。刘铨（生卒年不详），字衡士，一字半青，号璿斋，江苏扬州诸生。据《广陵思古编》小传："居邵伯（今江苏江都邵伯）。笃学嗜古，工古文词，善绘事，多法王蒙。雅洁自好，营陵华别墅，吟啸其中。"④这幅设色山水人物（图1）⑤的画面上有一屋舍位于山脚，江水树林环绕四周，房舍内"老妻"挥毫作棋盘，杜甫与两小儿围坐桌旁，溪畔两小儿作垂钓状。画家自题："写得老妻画纸为棋局，稚子敲针作钓钩。岁在己巳春五月之上浣棠湖刘铨。"汪鋆《扬州画苑录》专录扬州地区自清初至作者同时已卒画家，刘铨亦在录中，作者例言中说明是为表彰咸丰三年癸丑（1853年）遇难之画友而作。据此推测，刘铨此画或作于嘉庆十四年（1809年）。

---

① 《杜诗详注》卷九，第902页。

② 周敬撰：《唐诗选脉会通评林》卷，《四库全书存目丛书补编》第26册，齐鲁书社，2001年，第464页。

③ 陈醇儒：《书巢笺注杜工部七言律诗》，明庆安四年刊本。

④ 《扬州画苑录》引汪廷儒编：《广陵思古编》，王鋆辑：《扬州画苑录》卷二，清光绪十一年刻本。

⑤ 刘铨：《人物图轴》，纵90厘米、横46厘米；诗堂纵27.5厘米、横46厘米，现藏成都杜甫草堂博物馆。

图 1

　　另一位画家是"扬州十小"之首的王素（1794 年—1877 年），字小梅、小某，晚号逊之，甘泉（今江苏扬州）人。他的《人物图轴》①（图 2）题识："老妻画纸为棋局，稚子敲针作钓钩。小某。"画面的主景是建于江面的草亭一角，草亭旁可见杨柳在微风中轻拂，近景左下的江岸有山石杂草。杜甫一家三口立于江亭之内，体态轻柔、容颜清秀的妻子正手持毛笔在纸上画棋盘，一髫龄儿童双膝跪在木凳上正埋头用力敲针，而杜甫手持钓竿临江垂钓，头部却侧向妻儿，笑容可掬地望向儿童手中的钓钩，展现了一家人温馨舒适的家庭画面。人物仕女是王素最为擅长的类型，他的人物画既有传统技法，又吸收西洋画的特长，达到人物造型比例精准、面部表情生动的效果。

　　晚清画家钱慧安尤爱杜甫《江村》，他数次以"老妻画纸为棋局，稚子敲针作钓钩"为画。钱慧安（1833 年—1911 年）初名贵昌，字吉生，号清溪樵子，宝山（今属上海）人。善工笔人物仕女，笔

_____

　　① 王素：《人物图轴》，纵 130 厘米、横 31 厘米。设色人物，单条，现藏成都杜甫草堂博物馆。

法严谨工细，构图和谐饱满，气度富贵静逸。第一幅人物图（图3)①，画家自题"老妻画纸为棋局，稚子敲针作钓钩。杜少陵江村即事句。"画中桌面上可见笔、墨、纸、砚、棋瓮等文具，杜甫与妻子对坐，妻子手持画笔正准备在铺好的纸上画棋盘。同时杜甫侧坐面向孩童，二人眼神直视"镜头"，正襟危坐，有西洋"照相"之感。旁边的三个孩童则随意嬉戏，左侧儿童手持钓竿而立，注视另外两个在地上敲针的儿童。第二幅（图4）自题："老妻画纸为棋局，稚子敲针作钓钩。杜少陵江村即事句。清溪樵子钱慧安。"② 画面背景位于居室内，桌面上仍有笔、墨、纸、砚、棋瓮等文房用品，老妻似乎已经画好棋盘，正与杜甫对视交谈。绘画所表现的时间应为夏季，杜甫手持蒲扇、袒露胸口、姿态疏放。窗外可见柳树及江景，窗边有一童子正在敲针，窗台上摆放了鱼竿、鱼篓。第三幅（图5)③ 是人物图，老妻手持画笔，杜甫手持蒲扇正注视"镜头"，二人脚边有两个儿童，一人手持鱼竿，另一人蹲于地面锤针。

---

① 钱慧安：《老妻画纸为棋局》，纸本，纵 136 厘米、横 67 厘米，《钱慧安画集》，天津人民美术出版社，1997 年，第 26 页。

② 钱慧安：《老妻画纸为棋局》，绢本册页。纵 29 厘米、横 39 厘米，《钱慧安画集》，天津人民美术出版社，1997 年，第 66 页。

③ 钱慧安：《老妻画纸为棋局》，魏新河编著：《词学图录》，黄山书社，2011年，第 6 册，第 1801 页。

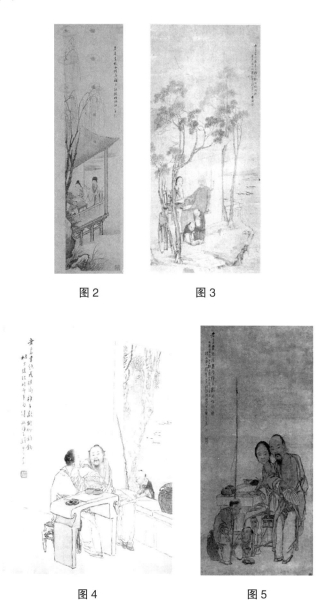

图2　　　　　　图3

图4　　　　　　图5

钱慧安的另外三幅《江村》（图6-8）诗意图中仅见"老妻"与儿童，却不见作诗的"杜甫"。图6① 中的妇女手持团扇而立，正与敲针

① 钱慧安：《江村》，魏新河编著：《词学图录》，黄山书社，2011 年，第 6 册，第 1801 页。

的童子对话，而没有"老妻画纸"的情节。图7① 中妇女怀抱婴儿坐于江边树荫下，二幼子正在敲针。图8② 江边屋舍内一位妇女在窗台边打量着两个正在敲针的儿童，手中的画笔和桌上的砚、墨显示她刚画完棋盘。画家钱慧安对《江村》颈联的画面进行了充分地想象，最后以人物图的方式呈现了温馨和乐的家庭生活画面。

图6

图7

图8

① 钱慧安：《江村》，第 1802 页。
② 钱慧安：《江村》，北京诚轩拍卖。

（二）《客至》诗意图与交友日常

如果《江村》代表了杜甫温馨的家庭生活，那么《客至》则是杜甫在成都愉快交友生活的写照。唐肃宗上元二年（761）春日，崔明府到访草堂，杜甫十分高兴，写下这首《客至》："舍南舍北皆春水，但见群鸥日日来。花径不曾缘客扫，蓬门今始为君开。盘飧市远无兼味，樽酒家贫只旧醅。肯与邻翁相对饮，隔篱呼取尽余杯。"① 杜甫清扫院子花径，打开掩闭已久的柴门迎接客人。尽管家里并没有美酒佳肴招待这位贵客，但不影响友人之间相聚叙谈的热情。陆时雍《唐诗镜》评曰"村朴趣，村朴语"②，诗里所写主客间真挚的情感令无数读者动容，也吸引了不少画家为之绘图，以绘画的形式表达对这首诗的喜爱和理解。明代画家宋懋晋、明末清初画家王时敏以颔联作画，清代画家袁耀则以首联为画。

明人宋懋晋的《杜甫诗意图册》③ 创作于 1597 年，其中一开题写"花径不曾缘客扫，蓬门今始为君开"（图9）。画面构图十分简洁，远处有高低起伏的山峦，近景部分是屋舍一隅，屋舍周围仅见几株光秃的树木，草阁内有三四人对坐畅饮。整幅图的景色较为苍凉，与诗中"舍南舍北皆春水"的春景不符，属于画家于诗意之外的创作。王时敏《杜陵诗意图册》其中一开写《客至》诗意（图10）④，整幅图描绘以春天景色为主，枝叶茂密的绿树分布在河岸、路边以及山上，配以粉色桃花点缀其间，让人感受到扑面而来的盎然春意。近景部分有一座茅屋位于杂树丛生的树林里，通向柴门的路径上有人正在清扫，准备迎接客人。

---

① 《杜诗详注》卷九，第960—961页。

② 陆时雍撰《唐诗镜》卷二十六盛唐第十八，文渊阁四库全书本。

③ 宋懋晋：《杜甫诗意图册》，纸本设色，纵22.8厘米、横15.3厘米，上海博物馆藏。

④ 王时敏：《杜甫诗意图册》，纸本，墨笔或设色，纵39厘米、横25.5厘米，现藏故宫博物院。

袁耀《山水人物条屏》之十①（图11），自题《客至》首联"舍南舍北皆春水，但见群鸥日日来"。由于首联主要描写草堂四周环水的春景，因而画家也用大幅画面来布景。远景部分是凸出的雪山，杜甫曾在诗中说成都草堂的位置可以看到西岭雪山。中景部分是由江面、石桥、屋舍、树林构成的江村图景，是画家对草堂周围景观的想象。近景部分主要呈现草堂的内部环境以及人物活动，草阁内有一人临江独坐，似乎正陶醉于"舍南舍北皆春水，但见群鸥日日来"春景，两道柴门皆开，客人已携酒馔走进院子，屋外一座渡江木桥将草堂与外界相连，桥旁有一舺公正在撑船，说明客人刚乘船到达。

图9

图10

---

① 袁耀：《山水人物条屏》之十《客至》，条屏，绢本设色，纵47.3厘米、横200.7厘米。故宫博物院藏。天津人民美术出版社编：《袁耀山水画精粹》，天津人民美术出版社，2005年，第23页。

图 11（局部）   图 11

　　杜甫背井离乡来到成都，远离亲戚旧友，在经历了安史之乱的颠沛流离、赴蜀过秦的饥饿困顿以及仕途理想的失落之后，草堂安稳的生活以及友邻里的关怀帮助给予他莫大的安慰。除了《客至》之外，杜甫在成都期间还有许多诗作记录了朋友到访的欢乐，如《有客》："有客过茅宇，呼儿正葛巾。自锄稀菜甲，小摘为情亲。"①，为了迎接即将到来的客人，杜甫让儿子帮忙整理葛巾，还要去菜园采摘新鲜的蔬菜，可以想见杜甫因朋友到来而兴奋。又如其《宾至》云："竟日淹留佳客坐，百年粗粝腐儒餐。不嫌野外无供给，乘兴还来看药栏。"② 虽然无美酒珍馐招待，但这位尊贵的客人却仍然乘兴拜访，主客间的真挚交谊可见一斑。还有《王竟携酒高亦同过》："卧病荒郊远，通行小径难。故人能领客，携酒重相看。自愧无鲑菜，空烦卸马鞍。移樽劝山简，头白恐风寒。"③ 草堂地处城郊，且杜甫卧病不便出行，此时还有朋友来关心拜访，让他倍感温暖，"重相看"说明王竟不止一次拜访草堂。正是这些

　　① 《杜诗详注》卷九，第 895 页。

　　② 《杜诗详注》卷九，第 896—897 页。

　　③ 《杜诗详注》卷十，第 1046 页。

热情慷慨、亲切真诚的朋友、客人、邻居，让远离故乡且身体多病的杜甫在客居成都期间多了几分人间温暖，邻里、朋友间的温暖同样也感动了后世无数读者。尽管这些诗作并未全部绘成诗意图，其中《客至》诗意图正是这类诗歌的代表，其流行也体现了画家和读者对于诗中所描写的温暖人情的向往以及对杜诗的选择和接受。

（三）江畔漫步与邻里日常

明万历年间刊行木刻版画《唐诗画谱》中选了五十首七言诗，杜甫的《江畔独步寻花》（黄四娘家花满蹊）（图12）① 是其中的一首。《唐诗画谱》由明集雅斋主人黄凤池编辑，诗歌请董其昌、陈继儒等名家书之，绘画由名笔蔡冲寰、唐世贞为之染翰，刻版出自徽派名工刘次泉等之手，当时堪称"四绝"。每首诗配一幅图，具有雅俗共赏的特点。

图 12

"黄四娘家花满蹊，千朵万朵压枝低。留连戏蝶时时舞，自在娇莺恰恰啼"② 是杜甫经过黄四娘家赏花时的所见所感，欢乐的节奏让读者感受到扑面而来的春天气息。诗歌提示了江畔、黄四娘家、花满蹊、戏

---

① 黄凤池原编；张宏宇整理：《唐诗画谱》，河南大学出版社，2004 年，第 88 页。

② 《杜诗详注》卷十，第 991 页。

蝶、娇莺等重要信息，而画家又会如何展现这幅春景图呢？诗歌中蝴蝶飞舞的动态和莺鸟啼叫的声音难以用绘画表现，画家将焦点转移至轩内女子（黄四娘），"蝶舞""莺啼"在诗中也可用于比喻女子曼妙的歌舞。清代浦起龙《读杜心解》认为三四句是以物喻人："'黄四娘'自是妓人，用'戏蝶''娇莺'恰合。"① 诗人以物喻人，画家则以人代物来表现春景。画中人物除了女子，还可见手持纸扇的文士从江边小径上踱步而来，或许正是"寻花"的杜甫。二人之间有茂密的柳树和繁盛的花枝相隔，春天盛放的花木却成了视线上的阻挡，文士无法清晰地与女子对视，这也从侧面表现出花木之盛，呼应诗中"花满蹊"之说。从诗歌内容来看此诗主要为写景，历代对此诗的讨论也都集中于春花、春景的内容以及诗歌艺术，"黄四娘家"在诗中仅作提示地点之用。而画家将诗歌转译为绘画之后，春景已不是唯一的重点，而是着意刻画"黄四娘"和寻花人，或可说两位人物的出现使所有的景色都成为陪衬。图像符号的多义性给观者留下更多的想象空间，也为理解诗歌提供新的阐释空间。若无题诗，观者不禁心生疑问，图中"文士"意在春花还是轩内女子？满蹊春花在文士眼里是惹人怜还是惹人恼？

杜甫在草堂创作的《南邻》《客至》《北邻》《江村》《江畔独步寻花》等描写邻里关系、家庭生活、朋友聚会的诗篇体现了和谐、质朴、友爱、互助的人际关系。这类诗作并不像时事政治、社会现实、怀古议论的主旋律类诗歌在文学史中占据正统地位。但不可否认的是，杜甫笔下描写的和谐温暖的人情关系让无数读者心生无限向往，这也是画家选择这些诗篇创作诗意图的重要原因。以诗意图的形式将这种喜爱和向往具象化并将之传达给绘画的观者，是杜诗在文学之外的一条重要传播途径。杜诗的题材丰富广泛，除了关怀社会现实的诗史类作品，还有许多平凡的日常书写。杜甫的形象在自我塑造中也是多面的，在他的草堂诗里，他是和蔼的父亲、陪妻下棋的丈夫、可爱的邻居、畅谈倾诉的朋

---

① 杜甫撰，浦起龙解：《读杜心解》卷六，中华书局，1961年，第839页。

友、嗜酒的野老……而这些普通多面的身份都需要处在丰富的人际关系中才能凸显。画家创作诗意图的意义也在于此，唤起后人关于这类杜诗的记忆，唤起后世关于杜甫形象更全面的记忆，同时画家的独特创造和阐释也为杜甫的接受与传播创造新的价值。

三、诗意栖居：草堂及其周边

杜甫在成都期间留下许多描写草堂生活、周边自然环境以及成都地理山水的诗篇，无不显示出他对草堂的钟爱和赞美。草堂因此成为后世纪念杜甫的名迹，自宋以来，途经成都的许多文人都要拜访杜甫草堂，在草堂游览杜甫曾经生活的遗迹，表达对诗圣杜甫的缅怀、崇敬，也留下不少吟咏诗篇，是传播和纪念杜甫的重要方式。明清画家创作的诗意图也是杜甫草堂文化接受与传播的产物。在中国古代交通不便的情况下，有人终其一生也未有机会行至成都、拜访草堂。对于画家而言，他们则用最擅长视觉再现手段表达对杜甫和草堂的感情，其诗意图也成为杜甫文化传播与接受的重要产物。

图 13   图 14

（一）草堂风光

草堂建成之后，杜甫与家人拥有了较为安稳的居所，《卜居》记录了杜甫此时欣喜的心情：“浣花流水水西头，主人为卜林塘幽。已知出郭少尘事，更有澄江销客愁。无数蜻蜓齐上下，一双鸂鶒对沈浮。东行万里堪乘兴，须向山阴入小舟。”① 首联主要包含两个信息，一是写出草堂的地理位置及周边环境，二是道出杜甫选择此处卜居的原因“林塘幽”，草堂因为建在浣花溪畔，江水潺潺流过，加之林木郁葱，如此幽静的环境既可“少尘事”，又能“销客愁”，所以从杜甫诗中可以看出他对草堂幽静的环境和惬意的生活十分满意。那么画家又如何图画草堂呢？尤其是如何展示草堂的幽静呢？宋懋晋《杜甫诗意图册》其中一开取《卜居》首联诗意（图 13）②，首先，画家用平远的构图使画面显得空旷无垠，辽阔平静的江面两岸有两座屋舍隔江相望，视线范围内可见远处有群山若隐若现呈现外部环境之“幽”。其次，近景处的屋舍周围有树干高大、枝叶茂密的树林，且屋外砌有院墙，表现出主人与外界隔绝的意图，展现人物内心之“静”。另外，环绕在草堂周围的溪水既可以在临江的草亭中独自冥想或与朋友对谈，幽静之中亦有幽情。

宋懋晋《杜甫诗意图册》还有一开取杜甫《堂成》颔联诗意（图14）③，杜甫在草堂旁种了很多桤树和竹子，桤树的枝叶十分茂密，可以挡住强烈的阳光照进草堂，仿佛漠漠轻烟笼罩着一丛丛竹林，似乎可以听见竹叶间露水低落的声音。《堂成》诗云：“背郭堂成荫白茅，缘江路熟俯青郊。桤林碍日吟风叶，笼竹和烟滴露梢。暂止飞乌将数子，频来语燕定新巢。旁人错比扬雄宅，懒惰无心作《解嘲》。”④ 杜甫修建草堂之初，曾四处募集物资，如《凭何十一少府邕觅桤木栽》：“草堂堑西无

---

① 《杜诗详注》卷九，第 880 页。
② 宋懋晋：《杜甫诗意图册》，纸本设色，纵 22.8 厘米、横 15.3 厘米，上海博物馆藏。
③ 宋懋晋：《杜甫诗意图册》，纸本设色，纵 22.8 厘米、横 15.3 厘米，上海博物馆藏。
④ 《杜诗详注》卷九，第 888 页。

树林，非子谁复见幽心。饱闻楷木三年大，与致溪边十亩阴。"① 他听说楷树长得很快，所以想象种下楷树三年之后草堂就有一大片可以纳凉的树荫。画中的草堂有两层阁楼，可以俯瞰整个郊外的景色，与诗意首联相合，草堂背后的城墙和城楼则是"源诗"② 未提及的信息。草堂周围由竹林、树木、篱笆、院墙组成的围合，院墙开一扇柴门与外界相通。笔者以为，这幅诗意图虽取颔联诗意，但并未凸显诗中茂密的楷林和笼竹等主景，而对草堂地理位置的描绘较为精准，故相较而言与首联诗意更加贴合。

《草堂即事》是杜甫吟咏草堂日常的一首诗："荒村建子月，独树老夫家。雪里江船渡，风前竹径斜。寒鱼依密藻，宿雁聚圆沙。蜀酒禁愁得，无钱何处赊。"③ 这首描写草堂周边风景的诗在画坛十分流行，明代画家李流芳、谢时臣、程邃和清代画家石涛、程庭鹭皆以颔联为画。谢时臣在画上题写"雪里江船渡，风前竹径斜"（图15）④，画面呈现雪景，在山上、屋顶、树枝以及地面皆有积雪覆盖。画中茅屋坐落于山脚江边，与外界隔绝，以突出诗中的"荒村"的偏僻，茅屋周围有竹林掩映，一艘船正在江面上航行，诗人独自站在屋檐下怅望江景。这幅画出自谢时臣的《杜陵诗意图》册，整个画面较好地回应了诗歌中荒凉、凄冷的冬景。程邃的《草堂即事》诗意图（图16）⑤ 出自其《山水图》册，画面右侧是陡峭的山体，半山建有一茅屋，山体与江面之间是浅

① 《杜诗详注》卷九，第885页。

② 赵宪章指出：诗意图只是取意于诗歌，或者说源自诗歌立意。并非诗歌的完整再现，也不是它的如实翻版。因此，宜用"源诗"而不是"原诗"。（赵宪章：《诗歌的图像修辞及其符号表征》，《中国社会科学》2016年第1期）

③ 《杜诗详注》卷十，第1042页。

④ 谢时臣：《杜陵诗意图册》，绢本，纵22.2厘米、横18.6厘米，故宫博物院藏。赵炳文：《故宫博物院藏品大系》，《绘画编》第12册明代，故宫出版社，2013年。书中题为"松陵诗意图册"，误。

⑤ 程邃：《山水图册》，纸本水墨，纵33.4厘米、横25.6厘米，现藏安徽博物院。安徽博物院编：《金题玉躞 安徽博物院藏古代书画》绘画篇，安徽美术出版社，2017年，第122页。

滩，滩上长有几颗倾斜的树木，一艘客船停靠在江岸。不知是远游的人
回到成都，还是即将离开成都去远游，都让观看这一切的诗人内心泛起
客愁。

图 15

图 16

图 17

（二）草堂周边

在草堂定居一段时间之后，杜甫不仅对成都的自然风景、人物古迹、风俗民情有了深入了解，也十分适应成都的自然气候。其诗《春夜喜雨》便生动描写了他在一场春雨中的所见所感："好雨知时节，当春乃发生。随风潜入夜，润物细无声。野径云俱黑，江船火独明。晓看红湿处，花重锦官城。"① 成都的春雨有夜雨的特点，尽管晚上放眼望去一片漆黑，只见江面船只灯火，但春雨却在这时悄无声息地滋润万物，第二天晨起还能看到带有雨滴的花丛愈发鲜嫩夺目。谢时臣的《杜陵诗意图册》其中一开取其颈联作画（图17）②，按照源诗之意，白日里可见之物此刻完全笼罩在夜色之中，只有江船上的灯火格外明亮。若画家照此作画，画中任何景物皆应是黑色，仅见江船上的灯火，这样不仅失去了视觉上的美感，也无法表现杜诗中春天夜雨的静谧、绵长、细柔的特点，因此画家不可能完全照搬诗意。英国艺术史家贡布里希指出："一

---

① 《杜诗详注》卷十，第967页。

② 谢时臣：《杜陵诗意图册》，绢本，纵22.2厘米、横18.6厘米，故宫博物院藏。

切艺术都源自人类的心灵，出自我们对世界的反应，而非出自可见世界的本身。"① 杜甫以诗歌再现一场春雨，诗意图则是对杜诗的再现，任何再现都打上了观者主观心灵反应的烙印，没有完全逼真的再现，即杜甫无法用诗歌真实再现春雨，画家也无法通过绘画完全真实再现杜诗。且受限于不同的艺术手段，诗人看到夜雨，首先想的是用何种诗语来再现；而画家看到杜诗，首先想的是用何种图式再现。对于"江船火独明"可说却难画的问题，画家以草堂室内较为明亮的灯光作为对比，突出周围环境的漆黑感，呈现夜雨来临前的景象。

图 18

《屏迹》三首是杜甫悠闲洒脱的隐居生活和平静清宁心境的写照，其二云："用拙存吾道，幽居近物情。桑麻深雨露，燕雀半生成。村鼓时时急，渔舟个个轻。杖藜从白首，心迹喜双清"②，项圣谟

① 〔英〕E. H. 贡布里希：《艺术与错觉》，杨成凯，李本正，范景中译，南宁：广西美术出版社，2012年，第78页。

② 《杜诗详注》卷十，第1068—1069页。

(1597 年—1658 年)① 的《王维诗意图册》其中一开绘首联二句（图 18）②，误杜诗为右丞诗也。之所以存在这样的误会，也是因杜甫《屏迹》与王维擅长的山水田园诗都有自然灵动、清新脱俗的共同特点。北宋书画家、诗人苏轼也很喜欢这首诗，在挥毫书写《屏迹》之后跋云："'此东坡居士之诗也。'或者曰：'此杜子美《屏迹》诗也，居士安得窃之？'居士曰：'夫禾麻谷麦，起于神农、后稷，今家有仓廪。不予而取辄为盗，被盗者为失主。若必从其初，则农、稷之物也。今考其诗，字字皆居士实录，是则居士诗也，子美安得禁吾有哉！'"③ 苏轼这番戏语实际上是想借杜诗表明自己贬谪时期的悲凉又放达的心迹，这是基于阅读杜诗后产生的共鸣情感④。项圣谟选择"用拙存吾道，幽居近物情"二句作画，必然也是在人生经历中有过类似共鸣体验。画家以繁茂的枝叶和浓密的树荫占据主要画面，一座屋舍半掩在树林之中，画中不见人物，屋外杂草丛生，远处是荒凉的山景，较为贴合诗中"幽居"的主题。

---

① 项圣谟（1597 年—1658 年），字孔彰，号易庵等，浙江嘉兴人。祖父项元汴筑有天籁阁，为乃孙提供了饱看古书画的良好基础。同时，项圣谟与董其昌、陈继儒、李日华等交游密切，与董氏更有师生之谊。

② 项圣谟：《王维诗意图册》，纸本水墨，纵 12.1 厘米、横 15.6 厘米，上海博物馆藏。

③ 苏轼：《书子美〈屏迹〉诗后》，张志烈，马德富，周裕锴主编：《苏轼全集校注》，第 19 册，文集卷六七，河北人民出版社，2010 年，第 7530 页。

④ 苏轼对杜甫的理解与解释的相关讨论，详见周裕锴：《苏轼眼中的杜甫——两个伟大灵魂之间的对话》，《四川大学学报（哲学社会科学版）》2017 年第 6 期。

图 19

　　草堂宁静的生活让经历了半生沧桑羁旅的杜甫有了安顿归隐的想法，他在《为农》中表达了想在烟尘之外的草堂告老为农的愿望："锦里烟尘外，江村八九家。圆荷浮小叶，细麦落轻花。卜宅从兹老，为农去国赊。远惭句漏令，不得问丹砂。"① 明代王嗣奭的《杜臆》云："'烟尘外'三字为一诗之骨。自羯虏倡乱，遍地烟尘，而锦里江村，独在烟尘之外，举目所见，圆荷、细麦，皆风尘外物也，故将卜宅而终老于兹，为农以食力而已。"② 程邃这幅"江村八九家"③ 正是描绘烟尘之外的江村生活（图19）。图中山体高耸陡峭，造型独特宛如手掌，画家独具匠心地将村落设计于"掌心"之中，坐落于群山包围之中的村庄仿佛与世隔绝的世外桃源。为与源诗的"江村"呼应，画家特意在中景部分打造辽阔的江面。整幅画诗典型的山水画，具有浓郁的文人特色。

---

　　① 《杜诗详注》卷九，第 894 页。

　　② 王嗣奭撰，曹树铭增校：《杜臆增校》卷四，台湾艺文印书馆，1971 年，第180 页。

　　③ 程邃：《山水图册》，纸本水墨，纵 25.6 厘米、横 33.4 厘米，现藏安徽博物院藏。安徽博物院编：《金题玉躞 安徽博物院藏古代书画》绘画篇，安徽美术出版社，2017 年，第 121 页。

图 20

程邃还有一幅图题写《狂夫》首联（图 20）①。杜甫《狂夫》诗云"万里桥西一草堂，百花潭水即沧浪。风含翠篠娟娟净，雨裛红蕖冉冉香。厚禄故人书断绝，恒饥稚子色凄凉。欲填沟壑唯疏放，自笑狂夫老更狂。"② 此图册创作于 1672 年，此年程邃六十五岁。程邃曾参加大涤山反清复明斗争，入清之后以"遗民"身份自居，自号"朽民""垢道人"，表现出强烈的民族气节。他的这一幅画出自十二开写杜甫诗意的《山水图》册，自序提到："恰值秋晴菊放，雪净风高，助挥毫之兴耶，于少陵诗和无声之韵耳"③，以杜诗助兴，必然基于画家对杜甫人格和思想的认同，有学者提出："通过对'杜诗'的选择和顺序安排，构成了一个暗含'遗民意识'的'视觉隐喻'。"④ 此开近景部分是浅滩，用焦墨绘制两个苍劲的树木，浅滩之上有一座桥，即诗中"万里

---

① 程邃：《山水图册》，纸本水墨，高 25.6 厘米，宽 33.4 厘米，现藏安徽博物院。安徽博物院编：《金题玉躞 安徽博物院藏古代书画》绘画篇，第 120 页。

② 《杜诗详注》卷九，第 899 页。

③ 安徽博物院编：《金题玉躞 安徽博物院藏古代书画》绘画篇，第 201 页。

④ 李明：《杜诗中的视觉隐喻——程邃〈山水图〉册解读》，范景中、曹意强等主编：《美术史与观念史（18）》，南京师范大学出版社，2007 年，第 611—626 页。

桥"，对岸浅山用浓密苔点画出树林，中间水面与诗中"百花潭"呼应。程邃擅长篆刻，在他的绘画风格中也可看出其融汇篆刻的艺术特点，枯笔焦墨，朱白分离。其友人评曰："穆倩与予为石交，自言不肯多画。张璪有生枯笔，润含春泽，干裂秋风，惟穆倩得之。"①画中凸显的荒拙简朴、荒寒萧森风格以及程邃的个人志向、人生经历，正与杜甫历经饥饿丧乱之后仍然倔强猖狂的"狂夫"态度相契合。

以上选取了较有代表性的画作来分析明清画家对杜甫草堂诗的转录和传播，并非对绘画资料的全面罗列，还有明代沈颢、谢时臣都曾取《水槛遣心》"细雨鱼儿出，微风燕子斜"诗意作图，晚清画家蒲华（1832-1911）所作《江亭》诗意画②等等，不在此一一枚举。这部分内容意在强调除了文学史上的草堂，还有视觉艺术中的草堂，以及二者不同的再现功能和艺术风格，在杜甫的接受和传播历史上图像和文学都具有重要意义。

结语

定居草堂之前，杜甫经历了十载旅食京华、四年流徙生活，因此草堂对于经历过兵乱动荡、饥寒不安的杜甫来说是一个安稳的栖身之所。在杜甫眼中的草堂是"桤林碍日吟风叶，笼竹和烟滴露梢""细雨鱼儿出，微风燕子斜""竹光围野色，舍影漾江流"，万物在他眼里都轻柔可爱，与其秦州诗的意境已截然不同。杜甫成功将草堂塑造为一个充满诗意的栖居之所，"这座朴素简陋的茅屋便成为中国文学史上的一块圣地"③，它成为无数文人画家在生活困顿、时代衰落、心灵苦闷、理想坠落时向往的理想居所。而这一"圣地"的构建除了历代诗人的精彩吟咏，还有广大画家参与其中，尤其是在明清交际、晚清时期，杜甫所塑

---

① 冯金伯撰：《国朝画识》卷三引王泽宏《昊庐集》语，清道光刻本。
② 蒲华《江亭》诗意画，长131厘米，宽33厘米，成都杜甫草堂博物馆藏。
③ 《杜甫传》，第96页。

造的诗意草堂更为士人所需，如程邃、石涛等遗民画家根据诗歌再现了带有时代特点和个人风格的草堂。诗意图增加了草堂诗歌的传播频次，扩大了传播范围，实现了文化增殖，与诗歌共同建构了理想中的"草堂"空间。

（作者单位：四川外国语大学中国语言文化学院）

《茅屋为秋风所破歌》新解①

□谢祥林

《茅屋为秋风所破歌》② 是杜诗中的名篇，也是当前中学生必背的古诗。千百年来研读者甚多，主流看法都认为这是由己推人书写诗人对劳苦大众深表同情的一首诗。迄今为止，尚未有人能够联系当时的史实、政治冲突、诗人的处境以及家国情怀准确解读此诗。笔者通过细致研读唐史，将史实与诗文的象征意义进行比对，认为该诗乃为事而作，所写为上元元年发生的一起政治事件——唐玄宗被幽禁西内。面对肃宗政治集团公然破坏人伦、纲纪，诗人在痛愤中发出国将不国的呐喊，祈祷大唐的文化精神"风雨不动安如山"，希望更多人才（即"士"阶层）得到重用，能够力挽狂澜，推动风雨飘摇的大唐重新走向复兴。

一、旧解读体系的两大硬伤

旧解读体系的第一硬伤：存在对村野孩童的极端否定态度。诗中云："南村群童欺我老无力，忍能对面为盗贼"。"欺""忍""对面"

① 本文系成都大学天府文化研究院项目"天府涉水古诗整理与研究"（WMHJTF2022B05）；重庆水利电力职业技术学院"川渝水文化课题教改项目""四川涉水古诗研究"（202161SZ）。
② 本文所引杜诗皆出自杜甫著，谢思炜校注：《杜甫集校注》，上海古籍出版社，2015年。

"盗贼"，这样刺眼的词语，用于特殊主客体之间，以表现有慈爱之心的大人对儿童的关照，确实令人费解。诗歌表达出来的对立性，矛盾的不可调和性非同寻常，诗人对"南村群童"极端厌恶，简直是在破口唾骂。这与杜诗其他篇章所表现大人对儿童的态度完全两样，如对待自家儿女，有"平生所娇儿，颜色白胜雪"（《北征》），"老妻画纸为棋局，稚子敲针作钓钩"（《江村》），"昼引老妻乘小艇，晴看稚子浴清江"（《进艇》），"休怪儿童延俗客，不教鹅鸭恼比邻"（《将赴成都草堂途中有作先寄严郑公五首》）等，慈爱舔犊之情，溢于言表。对待别人家的儿女，"昔别君未婚，儿女忽成行。怡然敬父执，问我来何方"（《赠卫八处士》），"惯看宾客儿童喜，得食阶除鸟雀驯"（《南邻》），幼吾幼以及人之幼，亦多柔情似水。另外，本诗中还有"布衾多年冷似铁，娇儿恶卧踏里裂"，"恶""踏"之用字，分明少了慈爱舔犊之情味。

旧解读体系的第二硬伤：诗人只是在同情和关怀寒士。在中国古代，士归士，农归农，商归商，管子曾讲道："士农工商四民者，国之石民也"[1]；荀子亦云，"大儒者，天子三公也。小儒者，诸侯大夫士也。众人者，工农商贾也"[2]。对于诸子言论谈及的民众构成之常识，杜公自然非常清楚，但为何其诗会写"安得广厦千万间，大庇天下寒士俱欢颜"？只是把其广博的同情心和怜惜之情，献给了那个时代极为小众的"寒士"？

如何看待旧解读体系存在的这两大硬伤呢？至少有一种可能，当前相沿成习的解读和看法并不可靠，确有必要重新审视解读此诗。杜诗难解，这是不言而明的。杜甫本人在世时，也曾担心他的诗被当时人轻易读懂。他在草堂诗《晚晴》篇中讲道："村晚惊风度，庭幽过雨沾。夕阳薰细草，江色映疏帘。书乱谁能帙，杯干可自添。时闻有馀论，未怪

---

① 黎翔凤撰，梁运华整理：《管子校注》，中华书局，2004年，第400页。

② 王先谦撰，沈啸寰、王星贤点校：《荀子集解》，中华书局，1988年，第172页。

老夫潜。"这首诗首联讲"惊风度",意味深长。到底是什么风吹过,能让他感到大吃一惊?诗人在尾联隐约说出答案,"时闻有馀论,未怪老夫潜"。这是在用《后汉书·王符传》的典故,王符"志意蕴愤,乃隐居著书三十余篇,以讥当时失得,不欲章显其名,故号曰《潜夫论》。其指讦时短,讨谪物情,足以观见当时风政。"① 杜公写这首诗是在761年,他已经察觉到自己来成都后所写的诗篇,包括《茅屋为秋风所破歌》,在当时已引起议论,并传到了他耳边。难怪他会大吃一惊,因为他最担心人家懂得其诗背后的真正含义在"讥当时失得"。事实上,他的成都草堂诗大多应该是用以记事的,只不过许多秘密尚有待破解而已。可以这样讲,杜甫当年的草堂诗,因为特殊的人生遭遇和处境,他在写作时必须"潜"下去,故意让人不能轻易读懂。他的草堂诗是写给自己和有缘人看的,是写给千百年之后的读者看的。五百年不遇知音,那就再等五百年,等到地老天荒也在所不惜,这应该就是杜公当时的写作心态。

二、《茅屋为秋风所破歌》新解

笔者在这里拟采用传统学术方法对该诗展开解读。先谈观察到的历史事件,再进行题解,进而层层进行文本分析。

【历史事实】唐玄宗上元元年秋被幽禁西内

(一)《旧唐书·肃宗纪》:七月己丑朔。丁未,上皇自兴庆宫移居西内。丙辰,开府高力士配流巫州;内侍王承恩流播州,魏悦流溱州;左龙武大将军陈玄礼致仕。②

(二)《新唐书·肃宗纪》:七月丁未,圣皇帝迁于西内。③

---

① 范晔撰,李贤等注:《后汉书》卷四九,中华书局,1965年,第1630页。
② 刘昫撰:《旧唐书》卷十,中华书局,1975年,第259页。
③ 欧阳修、宋祁撰:《新唐书》卷六,中华书局,1975年,第163页。

（三）《资治通鉴·唐纪》：上皇爱兴庆宫，自蜀归，即居之。上时自夹城往起居，上皇亦间至大明宫。左龙武大将军陈玄礼、内侍监高力士久侍卫上皇。上又命玉真公主、如仙媛、内侍王承恩、魏悦及梨园弟子常娱侍左右。上皇多御长庆楼，父老过者往往瞻拜，呼万岁，上皇常于楼下置酒食赐之；又尝召将军郭英乂等上楼赐宴。有剑南奏事官过楼下拜舞，上皇命玉真公主、如仙媛为之作主人。

李辅国素微贱，虽暴贵用事，上皇左右皆轻之。辅国意恨，且欲立奇功以固其宠，乃言于上曰："上皇居兴庆宫，日与外人交通，陈玄礼、高力士谋不利于陛下。今六军将士尽灵武勋臣，皆反仄不安，臣晓谕不能解，不敢不以闻。"上泣曰："圣皇慈仁，岂容有此！"对曰："上皇固无此意，其如群小何！陛下为天下主，当为社稷大计，消乱于未萌，岂得徇匹夫之孝！且兴庆宫与闾阎相参，垣墉浅露，非至尊所宜居。大内深严，奉迎居之，与彼何殊，又得杜绝小人荧惑圣听。如此，上皇享万岁之安，陛下有三朝之乐，庸何伤乎！"上不听。兴庆宫先有马三百匹，辅国矫敕取之，才留十匹。上皇谓高力士曰："吾儿为辅国所惑，不得终孝矣。"

辅国又令六军将士，号哭叩头，请迎上皇居西内。上泣不应。辅国惧。会上不豫，秋，七月丁未，辅国矫称上语，迎上皇游西内，至睿武门，辅国将射生五百骑，露刃遮道奏曰："皇帝以兴庆宫湫隘，迎上皇迁居大内。"上皇惊，几坠。高力士曰："李辅国何得无礼！"叱令下马。辅国不得已而下。力士因宣上皇诰曰："诸将士各好在！"将士皆纳刃，再拜，呼万岁。力士又叱辅国与己共执上皇马鞚，侍卫如西内，居甘露殿。辅国帅众而退。所留侍卫兵，才尪老数十人。陈玄礼、高力士及旧宫人皆不能留左右。上皇曰："兴庆宫，吾之王地，吾数以让皇帝，皇帝不受。今日之徙，亦吾志也。"是日，辅国与六军大将素服见上，请罪。上又迫于诸将，乃劳之曰："南宫、西内，亦复何殊！卿等恐小人荧惑，防微杜渐，以安社稷，何所惧也！"刑部尚书颜真卿首帅百寮上表，请问上皇起居。辅国恶之，奏贬蓬州长史。

癸丑，敕天下重稜钱皆当三十，如畿内。

丙辰，高力士流巫州，王承恩流播州，魏悦流溱州，陈玄礼勒致仕；置如仙媛于归州，玉真公主出居玉真观。上更选后宫百馀人，置西内，备洒扫。令万安、咸宜二公主视服膳；四方所献珍异，先荐上皇。然上皇日以不怿，因不茹荤，辟谷，浸以成疾。上初犹往问安，既而上亦有疾，但遣人起居。其后上稍悔寤，恶辅国，欲诛之，畏其握兵，竟犹豫不能决。①

按：除上面所引三则史料外，在李辅国、高力士、张皇后等人的传记中也有对此事的记载。张皇后也是该历史事件的幕后人之一。这在唐代历史中，绝对算得上一起政治大事件，是新老皇帝两派政治势力之间的公开对抗，而且诉诸武力，动了干戈，作为有"诗史"称谓的杜甫，不可能不记一笔；从人伦角度来讲，肃宗将老皇帝打入冷宫，是为大不孝，严重有违儒家道统，作为有"诗圣"称谓的杜甫，不可能视而不见。

【题解】该诗写于上元元年（760 年）八月。茅屋，乃解题之关键，这里是在用典尧帝"茅茨不翦"的故事。《韩非子·五蠹》云："尧之王天下也，茅茨不翦，采椽不斫。"②《史记·太史公自序》云："墨者亦尚尧舜道，言其德行曰：'堂高三尺，土阶三等，茅茨不翦，采椽不刮。'"③杜公一生志向为"致君尧舜上，再使风俗淳"，在该诗中即假定尧之"茅茨"为秋风破，来说唐玄宗从自己的"王地"兴庆宫被

① 司马光撰：《资治通鉴》唐纪三十七，中华书局，2007 年，第 2729—2730 页。
② 高华平等译注：《韩非子》，中华书局，2015 年，第 200 页。
③ 司马迁撰：《史记》，中华书局，2006 年，第 759 页。

胁迫迁居西内之事。全诗以玄宗口吻讲这一政治事件。当然，"茅屋"在全诗中必然有更深的象征喻义在其中，代表儒家道统、先王法度、国家神器等。茅屋为秋风破，即常说的"礼崩乐坏"。

【注析】

第一段：

八月秋高风怒号，卷我屋上三重茅。茅飞渡江洒江郊，高者挂罥长林梢，下者飘转沉塘坳。

八月秋高句：八月，讲的是成都时间，非长安时间。唐玄宗被迫迁到西内，时在七月丁未，即760年7月19日。成都获知该消息，一般要滞后一个月左右。以安史之乱后一事为例，据史料，756年七月甲子肃宗在灵武登基，八月癸巳灵武特使到成都，玄宗"始知皇太子即位"。灵武到成都，特使单程费时整整三十天。杜甫写"八月秋风"既是事实，又有意在制造错觉，以免让人直接产生联想。

茅飞渡江句：茅飞渡江，喻指玄宗被迫迁西内之事，闹得纷纷扬扬，全国皆知。"长林"，非指所谓高大树木，而是在综合用典司马相如《长门赋》（宫怨题材）与《上林赋》（汉天子上林苑），喻指老皇帝玄宗被幽居西内，等同被丢进冷宫。高者，代指玄宗。罥，系捕捉鸟兽之网，喻指玄宗被幽禁。

下者飘转句：下者飘转，喻指侍奉玄宗的高力士、王承恩、魏悦被流放，陈玄礼被强制致仕，如仙媛被置归州，玉真公主出居玉真观，旧宫人被解散；刑部尚书颜真卿也受牵连被贬四川蓬州。

第二段：

南村群童欺我老无力，忍能对面为盗贼。公然抱茅入竹去，唇焦口燥呼不得，归来倚杖自叹息。俄顷风定云墨色，秋天漠漠向昏黑。

南村群童句：南村，非指成都草堂附近的村落，而是指唐朝尚书省

（别称南省）。《新唐书》讲述宦官李辅国胁迫玄宗迁居西内后，"以功迁兵部尚书，南省视事，使武士戎装夹道，陈跳丸舞剑，百骑前驱，府衙设食，太常备乐，宰相群臣毕会"。① 何等的风光与不可一世！这从侧面印证该政治事件，确是李辅国邀功固宠所为，且尚书省也有染。群童，此处代指这群小人，这群乱臣贼子，非真正乡村顽童也。难怪宅心仁厚的杜甫会非常愤怒，称他们为一群"盗贼"。我，表明诗人确实在以玄宗口吻说事。此年杜甫49岁，失去皇权的老皇帝玄宗76岁，真是老了，再无回天之力。

公然抱茅句：茅，此处是在用典《诗经·小雅·白华》②，以玄宗口吻诉说被幽禁西内的哀怨与伤感，诗云："白华菅兮，白茅束兮。之子之远，俾我独兮。英英白云，露彼菅茅。天步艰难，之子不犹。"诗中还云，"鼓钟于宫，声闻于外。念子懆懆，视我迈迈。有鹙在梁，有鹤在林。维彼硕人，实劳我心"。这就引申开来了，"有鹙在梁"喻小人当道，"有鹤在林"喻忠臣被贬。当然，"茅"还象征国家公器，因为在古代"茅"为祭祀宗庙所用，《周礼·春官》"男巫"条有云："旁招以茅"③；《史记·宋微子世家》讲微子献祭周武王"左牵羊，右把茅"④。

唇焦口燥句：写老皇帝玄宗诉说自己在这场公开的、动了干戈的政治斗争中，差点自身难保；只有认栽，倚杖叹息。上引《资治通鉴》有云："上皇日以不怿，因不茹荤，辟谷，浸以成疾。"说明玄宗受此打击后，不仅是叹息，而是从此闷闷不乐，因以成疾，直到去世。

俄顷风定句：是在讲述玄宗被迫迁西内政治事件犹如疾风暴雨，来得快去得也快。当年七月丁未发生武力胁迁之事，丙辰高力士、王承恩、魏悦等被流放，前后仅仅十天时间。由此可见，李辅国预谋此事，显非一日之功。这起政治事件发生之后，李辅国势力在朝中一手遮

① 《新唐书》卷二〇八，第5881页。
② 程俊英、蒋见元：《诗经注析》，中华书局，1991年，第729—733页。
③ 孙诒让：《周礼正义》卷五十，中华书局，1987年，第2072页。
④ 《史记》，第233页。

天，整个大唐昏黑一片。

第三段：

　　布衾多年冷似铁，娇儿恶卧踏里裂。床头屋漏无干处，雨
脚如麻未断绝。自经丧乱少睡眠，长夜沾湿何由彻！

　　布衾多年句：布衾，用典黄香"扇枕温席"的故事，批评肃宗对玄
宗不孝。黄香温席，后来入《三字经》，成为"二十四孝"之一，家喻
户晓。其原典出自《东观汉记·黄香传》，"（香父）况举孝廉，贫无奴
仆，香躬亲勤苦，尽心供养，冬无袴被，而亲极滋味。暑即扇床枕，寒
即以身温席。"① "多年"，是老账新账一并算，肃宗当初灵武私自登基
已属大不孝，后来排斥玄宗旧臣房琯等，现在又怂恿李辅国胁迫老皇帝
迁西内，这些都是严重背离儒家道统的做法。《孝经》"孝治章"有
云，"子曰：昔者明王之以孝治天下也"②，肃宗贵为天子，与先贤黄香
相比差得太远，这种公然不守儒家道统的做法，杜甫岂能忍受，岂能视
而不见！"娇儿"，分明代指唐肃宗。杜公在痛斥肃宗作恶，肆意践踏礼
法制度。杜公当初千里流放成都，就因为他坚守儒家道统，质疑肃宗政
权的合法性，肃宗自然对其恨之入骨。

　　床头屋漏句：屋漏，非指一般意义上的房屋漏雨，而是指古代室内
西北角供神位的地方。《尔雅》"释宫"云，"西北隅谓之漏"；"释曰：
云'诗曰：尚不愧于屋漏'者，《大雅·抑》篇文也。《郑笺》云'尚
无肃静之心，不惭愧于屋漏，有神见人之为也。屋，小帐也。漏，隐
也。礼：祭于奥，既毕，改设馔于西北隅，而厞隐之处，此祭之末
也。'"③ 这里的意思很明显，是继续在谴责肃宗不孝，破坏纲常，愧
对列祖列宗。

---

　　① 刘珍等撰：《东观汉记》卷十七，中华书局，1987 年，第 163 页。
　　② 李隆基注，邢昺疏：《孝经注疏》，上海古籍出版社，2009 年，第 83 页。
　　③ 郭璞注，邢昺疏，十三经注疏整理委员会整理：《尔雅注疏》，北京大学出
版社，2000 年，第 138 页。

雨脚如麻句：雨脚如麻，亦非指一般意义上的雨下得密集，而是继续在谴责肃宗放逐贤臣。雨，是"旧雨新知"之"雨"，熟典，出自"魏文侯期猎"的故事。杜甫流放成都前，已经用过此典，杜诗《述怀》序云："秋，杜子卧病长安旅次，多雨生鱼，青苔及榻，常时车马之客，旧，雨来，今，雨不来。"成语"旧雨新知"由此诞生。"麻"字，极关键，这里代指贤臣、贤人，用典《左传》所引逸诗"虽有丝麻，无弃菅蒯；虽有姬姜，无弃蕉萃。"① 《诗经》中的《丘中有麻》② 也与贤臣、贤人有关，《毛诗序》云："思贤也。庄王不明，贤人放逐，国人思之而作是诗也。"连起来讲，是在谴责多年来肃宗对玄宗旧臣房琯、张镐、严武、贾至等贤人进行排斥和打击，包括本次西内事件遭贬的颜真卿。他们都是杜甫的旧相识，性情、志趣和抱负趋同。他们的被贬，还如雨点一般从天落地，一个接着一个。

自经丧乱句：丧乱，指安史之乱。老皇帝玄宗经历安史之乱后，从成都回到长安，其处境一直不好，被迁西内后更受打击。肃宗表面上对父亲极尽孝道，实则处处防范老皇帝及其旧势力，这个情况大概在当时人尽皆知，并口耳相传到后世。近半个世纪之后，白居易写《长恨歌》时即云："西宫南内多秋草，落叶满阶红不扫。梨园弟子白发新，椒房阿监青娥老。夕殿萤飞思悄然，孤灯挑尽未成眠。迟迟钟鼓初长夜，耿耿星河欲曙天。鸳鸯瓦冷霜华重，翡翠衾寒谁与共？"③ 这段诗句，可谓对玄宗幽禁西内的生活作了最为生动、细致、形象地描述。当然，这里的"长夜"漫漫，诗人还赋予了它更深层次的喻义，他是在感慨整个大唐、整个国家自安史之乱以来，便陷入茫茫的长夜之中，根本不知道何时是个尽头！

---

① 杨伯峻编著：《春秋左传注》，中华书局，2016年，第924页。
② 《诗经注析》，第216—218页。
③ 白居易著，朱金城笺校：《白居易集笺校》卷十二，上海古籍出版社，1988年，第660页。

第四段：

安得广厦千万间，大庇天下寒士俱欢颜，风雨不动安如山。呜呼！何时眼前突兀见此屋，吾庐独破受冻死亦足！

安得广厦句：广厦，是在灵活运用"野人献曝"的典故，《列子·杨朱》云："昔者宋国有田夫，常衣缊黂，仅以过冬。暨春东作，自曝于日，不知天下之有广厦隩室、绵纩狐貉。顾谓其妻曰：'负日之暄，人莫知者，以献吾君，将有重赏。'里之富室告之曰：'昔人有美戎菽，甘枲茎芹萍子者，对乡豪称之。乡豪取而尝之，蜇于口，惨于腹，众哂而怨之。其人大惭。'子此类也。"① 这个典故，后世衍生出美芹、曝芹、献芹、炙背、负暄等词语；在杜诗中多有运用，成为熟典。如"献芹则小小，荐藻明区区"（《槐叶冷淘》），"凛冽倦玄冬，负暄嗜飞阁"（《西阁曝日》），"炙背可以献天子，美芹由来知野人"（《赤甲》），等等。这里杜甫是在借用老皇帝玄宗的口吻说事，自然不能等同于"野人献曝"，而应直奔主题，强调如何帮助国家走出困境，救民间疾苦于危难之中。老皇帝所献的，就应该是"广厦隩室、绵纩狐貉"，为对应"茅屋"，故单取"广厦"一词。由此可见，"广厦"不应拘泥理解为建筑物，而是指建设性意见，意见的宗旨就是：千万千万要重视人才，重用当时"士"这类人。要用好他们，而不是排挤他们，那么大唐就有复兴的希望，国家才会"风雨不动安如山"。

呜呼句：依旧借用老皇帝的口吻说话：如果我的愿景能够实现，大唐走向复兴，国家重新兴盛起来，那么我幽居西内受点委屈又算得什么呢？史料显示，老皇帝玄宗与肃宗之权斗，玄宗的确要深明大义得多，大局观更强。这次被迫迁居西内，他说过一段话："兴庆宫，吾之王地，吾数以让皇帝，皇帝不受。今日之徙，亦吾志也。"② 息事宁人，以安抚左右。至德元年，七月甲子肃宗私自灵武登基，八月癸巳玄

---

① 杨伯峻撰：《列子集释》，中华书局，2012年，第226—227页。
② 《资治通鉴》唐纪三十七，第2729—2730页。

宗才知此事，但是远在成都的老皇帝却能以大局为重，"喜曰：'吾儿应天随人，吾复何忧！'"事后第四日（丁酉）即下制天下，改称太上皇；事后第六日（己亥），他又"命韦见素、房琯、崔涣奉传国宝玉册诣灵武传位"①。

三、有关本次新解的相关问题阐释

《茅屋为秋风所破歌》新解一出，极可能会引起诸多争议，现就相关问题阐释如下，敬请方家批评指正。

（一）如何看待杜甫草堂诗"真事隐"风格

杜诗"真事隐"风格，不完全体现在草堂诗中，只是草堂诗体现得更明显更集中更突出而已。这种诗风，沿袭和传承的是《诗经》《楚辞》之表现技法。给读者所见的只是冰山一角而已，真正的事实真相全在诗文背后。在笔者目前的视野中，杜甫草堂诗许多篇章皆可做出新解，如《杜鹃行》《石犀行》《石笋行》《卜居》《草堂即事》《楠树为风雨所拔叹》等。且看《草堂即事》，诗云："荒村建子月，独树老夫家。雪（一作雾）里江船渡，风前径竹斜。寒鱼依密藻，宿鹭（一作雁）聚圆沙。蜀酒禁愁得，无钱何处赊。"该诗写于上元二年（761）十一月。所记何事呢？其实杜公在首联下即有自注："上元二年建子月壬午朔，上受朝贺，如正旦仪，以其月为岁首。"由此可见，此诗所记就是朝廷的改元改历事，《新唐书》载，九月壬寅下诏"去'上元'号，称元年，以十一月为岁首"②。也就是说杜公早知此年十一月初一朝中会有改历大典。新历新年当天，他心情寥落，即兴写下此诗。推断这个自注是后来收到长安消息才补注的。许多注家研究此诗，没看见自注，都不知道全诗所讲何事。清代黄生点评，"题曰'即事'，诗中竟无一事，不过借一诗以纪'建子月'三字耳""全诗觉得字字冰冷""极写其寥落之

---

① 《资治通鉴》唐纪三十四，第2691—2692页。
② 《新唐书》卷六，第164页。

概，含蓄深永，抱慨无穷"①。显然，黄生所见杜诗版本无作者自注。黄生乃乾嘉朴学之先驱，先生说杜诗，功底不一般。但是先生终究不解此诗到底在写何事。结合史实、杜甫自注与其处境看，当时朝廷改元改历，绝对大事一件。第一，从标题看："草堂"即指"茅屋"，同于本篇所论为秋风所破之"茅屋"，代指朝廷；"草堂即事"，就是指写发生在长安朝中的事。第二，从"自注"看：长安确有盛典，而且热闹非凡，极其隆重。第三，从常理看：朝中有大典，而杜公却只能在成都郊外，冰冷独处。"抱慨无穷"，确是其最为真实的心理写照，黄生所言极是。第四，从正文来看：全篇虽字字冰冷，其寄寓却极深极隐。理解此诗，最关键在第三联"寒鱼依密藻，宿鹭聚圆沙"，表面写景，实则在献祭与祝福朝中的"建子月"大典。寒鱼密藻，用典周天子献鱼求福、祭祀于宗庙的乐歌《诗经·周颂·潜》②，诗云："猗与漆沮，潜有多鱼……以享以祀，以介景福。"《毛诗序》云："冬季荐鱼，春献鲔也。"郑《笺》云："冬鱼之性定；春鲔新来。荐献之者，谓于宗庙也。"时在十一月，正是冬季，杜公的祝福所可献者，恰为"寒鱼"。另外，还用典周天子建都镐京宴饮天下的乐歌《诗经·小雅·鱼藻》③，诗云"鱼在在藻，有颁其首。王在在镐，岂乐饮酒。"鹭聚圆沙，另有版本为"雁聚圆沙"。这里以"鹭"讲才合诗人本意，因为杜公此处是在用典《诗经·周颂·振鹭》之"振鹭于飞，于彼西雝"④，讲的是宋微子朝周助祭之事，以鹭之纯白与优雅比喻微子，美其仁德，亦以此喻自己，勉励自己。《史记·宋微子世家》云："微子曰，'父子有骨肉，而臣主以义属。故父有过，子三谏不听，则随而号之；人臣三谏不听，则其义可以去矣。'于是太师、少师乃劝微子去，遂行。周武王伐纣克殷，微子乃持其祭器造于军门，肉袒面缚，左牵羊，右把茅，膝行而前以告。于

---

① 黄生撰，徐定祥点校：《杜诗说》，黄山书社，1994 年，第 143 页。

② 《诗经注析》，第 963—964 页。

③ 《诗经注析》，第 702—704 页。

④ 《诗经注析》，第 958—959 页。

是武王乃释微子，复其位如故。"① 由此看来，杜甫多次因谏触怒肃宗，终被流放，但他对于君臣关系的和解是抱有幻想的。他甚至幻想可以像微子一样在京城举行大典时肉袒请罪，令君臣重归于好。

（二）杜甫入蜀真相：非辞官而是被流放

要洞悉杜甫草堂诗"真事隐"风格形成的根本原因，就必须懂得杜甫入蜀的真相：非辞官也，而是被流放。流放之人，属于戴罪之身，随时可能小命不保，杜公不曲写，不"真事隐"，又将如之何？关于杜甫入蜀流放论，笔者不敢掠美，国内目前已有学者破了此题。论文题为《杜甫华州去官是弃官还是流放》②，作者张起、邱永旭。在二位教授的考证过程中，笔者有幸参与相关细节讨论。文章亮点甚多，讲清了研究杜甫，如果对"华州事件"的认知"上升不到'流放'的程度，则难以解释透彻杜诗，难以解释清楚杜诗前后诗风的重大转变。"文章举例《草堂即事》诗，其详解由笔者完成，已在前文给出。文章揭示了杜甫华州去官的真相，揭示了杜甫与肃宗的君臣恩怨，文章最重要的结论是：杜甫在房琯事件中，"从儒家伦理出发，反对肃宗清洗旧臣，以疏救房琯表达对玄宗的支持，继而引发对肃宗擅自继位的质疑。因此，杜甫被肃宗罢官，再流放陇蜀，直至代宗继位，才得以复官"。这个结论，虽然尚有可商榷之细节，但是"流放陇蜀"之说是可靠的。

支撑杜甫"流放陇蜀"说，还可以参看邓小军教授的《杜甫疏救房琯墨制放归鄜州考》（分上下篇载于《杜甫学刊》2003 年一二期）。邓文亦亮点颇多，一是分析了肃宗朝存在的士大夫清流与浊流之争；二是讲解了唐代"三权分立"的政治制度设计，即"中书起草权、门下审查批准权、皇帝审查批准权"；三是指出了肃宗墨制放归杜甫的实质。邓文虽然没有明确说出华州之后也是放逐，但是讲清了肃宗第一次对杜甫的处罚已相当严重，"诏三司推问杜甫一事的性质和实情是，杜甫疏救

① 《史记》，第 233—234 页。
② 张起、邱永旭：《杜甫华州去官是弃官还是流放》，《中州学刊》2022 年第 11 期。

房琯已经构成肃宗交付三司会同审问的大案……杜甫本人已经成为肃宗交付三司会审的囚徒""肃宗已经表示了要杀杜甫的旨意"。第二次处罚即为墨制放归鄜州。第三次处罚是出为华州司功参军。第四次处罚即为"流放陇蜀"。这最后一次处罚，很可能也是肃宗"墨制"所为，不具有合法性，故不见于正史。

支撑杜甫"流放陇蜀"说，还可以从情理上来分析。一，杜甫如果是辞官避乱，完全可以就地躲入秦岭，隐在深山，毋需千里迢迢拖家带口到成都。二，杜甫如果是辞官避乱，他入蜀，完全可以直接投靠时在彭州刺史任上的高适。如果要独立，居成都城内不是更好、更安全么？何必自讨苦吃幽居城外浣花溪。恰恰是流放，是戴罪之人，他身不由己，得听从当局安排，不准其住城内，只能荒居郊外以便定时点卯。三，杜甫如果是辞官避乱，则生计应与普通百姓一样，早出晚归耕读传家，种豆南山，而事实却不是这样。草堂诗中题为《为农》者，却与农事不相干。还有诗句"衰年催酿黍，细雨更移橙"，貌似与农事相关，实则另有所托。这里的"黍"，用典"黍离之悲"，表杜公许多年来的忧国忧民，表自己对大唐王朝受重创的伤心，不为人理解，"知我者，谓我心忧；不知我者，谓我何求"（《诗经·王风·黍离》）①。这里的"橙"，属柑橘类水果，用典屈原《橘颂》，以橘自比，表自己一心忠君爱国，"深固难徙""独立不迁"②。两句诗所讲之事为：国难当头，黍离之悲催人老；风雨飘摇，流放未改我初心。

（三）《茅屋秋风所破》新解更能彰显草堂精神

杜甫草堂诗"真事隐"风格，是本人有意为之。他的精神世界真是太隐蔽了，草堂诗里的鸟兽草木鱼虫，虽非事实真相，但已足够迷醉世人千万年。今天我们来揭秘杜甫的精神世界，还原《茅屋为秋风所破歌》所记的真实事情，这不仅于"诗圣""诗史"的形象毫发未损，反倒更能彰显杜甫草堂精神的可贵，更能看出其不朽的价值。

---

① 《诗经注析》，第 194 页。
② 朱熹撰，黄灵庚点校：《楚辞集注》，上海古籍出版社，2015 年，第 125 页。

　　杜甫被流放成都，这种政治打击是致命的，对于他的人生来讲毫无疑问是最为至冷至暗的时段。一，他由皇帝肃宗的近臣一夜之间变为戴罪之身，从天堂滑入地狱，落差极大，而且是硬着落；二，打击他的人地位至高无上，一言九鼎，君要臣死，臣不得不死，他不仅身不由己，而且无力反抗，无力回避；三，他和皇帝肃宗的恩怨不可解，所谓"天子之职莫大于礼"，杜甫的活着与存在，直指肃宗的人伦大节问题，直指肃宗政权的合法性问题；四，按照张起、邱永旭教授《杜甫华州去官是弃官还是流放》的结论，"杜甫被肃宗罢官，再流放陇蜀，直至代宗继位，才得以复官"，换句话说肃宗到死都没有原谅杜甫，如果该结论属实，肃宗流放杜甫到成都相当于判他无期徒刑，这一处罚可称得上绝对的高维打击。杜甫离开成都到夔州前，官阶"检校工部员外郎"，已经升官而不是复官，已经彻底走出人生的至冷至暗时段。至于到云安，糖尿病发，最后出峡飘零至死，那是病痛的折磨问题，需另当别论。

　　通过新解杜甫草堂诗代表作《茅屋为秋风所破歌》，笔者认为提炼草堂精神大有必要。成都经历是杜公人生至冷至暗时刻，他身不由己，无法选择无法逃避。他勇敢面对现实，面对绝境，经历了非一般的精神折磨，最终实现了凤凰涅槃，成就了中国诗歌的第一高峰。成都才是他的封圣之地，草堂诗才是他的巅峰之作，这一点是毋庸置疑的，这一点也是他自己谈出来的。他在成都新津有感而发，"诗应有神助，吾得及春游"（《游修觉寺》），说明当时写作状态非常之棒；他在草堂看水景突口而出，"为人性僻耽佳句，语不惊人死不休"（《江上值水如海势聊短述》），说明当时个人创作的语言艺术境界，已经达到他认为的最高层次；他后来还有写给儿子的诗作，骄傲地讲道："诗是吾家事，人传世上情"（《宗武生日》），如果杜公当时的写作状态和作品质量不高，能自信自豪自恋到如此程度么？

　　关于杜甫的草堂精神，这里作一初步的归纳与提炼，求教于方家。

　　一是杜甫在人生至冷至暗时刻，坚持勇毅前行。在唐代，流放官员，半途自杀者多有。杜甫遭受政治上的高维打击，等同于被宣判无期徒刑，但是他不悲观，不绝望，不轻生，勇敢面对，勇毅前行。"窃攀屈宋宜方驾"，他诗学屈原的香草美人技法，并推陈出新，但是没有走到屈氏投江的绝路上去。他在草堂时，精神世界受到的折磨非同一般，但是他留给我们的诗句，就普通人懂得的字面意义上讲绝对是美的。他的写景状物妙不可言，如"晓看红湿处，花重锦官城"（《春夜喜雨》），"两个黄鹂鸣翠柳，一行白鹭上青天"（《绝句四首》），"细雨鱼儿出，微风燕子斜"（《水槛遣心二首》），"云掩初弦月，香传小树花"（《遣意二首》），"无数蜻蜓齐上下，一双鸂鶒对沉浮"（《卜居》），"风含翠筱娟娟净，雨裛红蕖冉冉香"（《狂夫》），等等。他的人情世故也极美，有"惯看宾客儿童喜，得食阶除鸟雀驯"（《南邻》），"肯与邻翁相对饮，隔篱呼取尽余杯"（《客至》），"昼引老妻乘小艇，晴看稚子浴清江"（《进艇》），"戏假霜威促山简，须成一醉习池回"（《王十七侍御抡许携酒至草堂奉寄此诗便请邀高三十五使君同到》），"老妻画纸为棋局，稚子敲针作钓钩"（《江村》），等等。

二是杜甫在人生至冷至暗时刻，赤子之心不改。杜甫流放成都，遭受致命的政治打击。他最初也难以接受，有失魂落魄的时候，他从屈原的《招魂》中诗汲取营养，让自己的身心安顿下来，写出富有纪念意义的诗句"三月桃花浪，江流复旧痕"（《春水》）。桃花浪，一说桃花水。徐坚《初学记》卷三引《韩诗章句》云："'溱与洧，方涣涣兮。'谓三月，桃花水下时。郑国之俗，三月上巳，此水招魂续魄，被除不祥之故也。"[1]《后汉书·礼仪上》云："是月上巳，官民皆洁于东流水上，曰洗濯祓除，去宿垢疢，为大絜。"[2] 两句诗的意思是，又到三月上巳节，桃花水来，河道旧痕（水利学上称为"消落区"）重新被淹没。流放幽居的日子，让我失魂落魄，现在终于借桃花水为自己招了魂续了魂。他一生要"致君尧舜上，再使风俗淳"。在草堂诗中，他明确表示

---

① 徐坚等：《初学记》，中华书局，1962 年，第 46 页。
② 范晔撰，李贤等注：《后汉书》，中华书局，1965 年，第 3110 页。

不做"迎风燕""逐浪鸥",他自比"稷"与"契",自比陈仲子、宋微子、陆通、傅咸等贤人,他对儒家精神与道统的坚守,即使人生落到最低处,也没有放弃。在《茅屋为秋风所破歌》中,他说"床头屋漏无干处",用典"不愧屋漏"批评肃宗,说明他本人无愧于心、无愧于先贤、无愧于大唐王朝。

三是杜甫在人生至冷至暗时刻,位卑不忘忧国。自安史之乱以来,一直到这次玄宗被幽禁西内,大唐可谓内忧外患不断,不可阻挡地滑入一百多年未遇之大变局的泥沼,整个国家处于风雨飘摇之中。杜甫的反应,不是王维、张钧、张垍等人的那种变节,也从未干过助纣为虐的事情。

杜公是非分明,恩怨分明,有敢为大义献身的精神,流放到成都后,已是戴罪之身,但做人的本色不改,位卑不忘忧国。为了大唐的复兴,他可以献身,他并非贪生怕死之人,他在《茅屋为秋风所破歌》中讲到"吾庐独破受冻死亦足",也就是说:"苟利国家生死以"之宝贵精神,从来就不是后世英杰才有的品质。梓州刺史段子璋叛乱,他坚决反对;曾有恩于他的徐知道叛乱,他坚决谴责。他反对当时的一切乱臣贼子,在《茅屋为秋风所破歌》中,他痛骂李辅国等人为"小人"与"盗贼"。

他心心念念大唐的复兴,就连天子肃宗(《荀子》云"大儒者,天子、三公也")都已经不守儒家道统,整个国家的顶层都已乱透了,在如此糟糕的情况下,他也依旧没有放弃,而是在《茅屋为秋风所破歌》中借玄宗的口吻,呼喊千万千万要重视人才,重用当时"士"这类人。从新解的《茅屋为秋风所破歌》看得出,这首诗的层次非常清楚:第一段说玄宗被幽禁西内,第二段说干此蠢事的罪魁祸首,第三段说问题的严重性——肃宗不孝引发全面的"礼乐崩坏",第四段呼吁解决问题,强调重视人才,大唐才有走出困境的可能,民众才会看到复兴的希望。杜公在这首诗中,表达出来的家国情怀,其基本逻辑是:国家安宁,则民众有望。危难之际,则"士"不可倒。

　　当然，士要有士的精神，士要有士的担当。从古到今，那些危难之际缺乏家国情怀者，事到临头贪生怕死、唯利是图者，平常日子胸无大志、苟且营营者，等等，从来就不是杜公寄予希望的"士"，他们也不配称为"士"！

（作者单位：四川水利职业技术学院）

罗伟章《声音史》研究

论罗伟章《声音史》的声音隐喻与共同体书写

□吴秋杰　邓利

"共同体"是德国社会学家滕尼斯提出的概念，他在《共同体与社会》中提出一种基于共同的道德准则和情感维系的共同体原则，奉行共同体原则的成员保持紧密的联系，形成相同文化习俗和情感联系，他们休戚与共，互相友好。① 滕尼斯的共同体理论对应的是村落，启发了我们以此分析中国乡土社会。中国传统村落作为共同体的形态之一，是凝结了血缘因素又以地缘为纽带的组织。基于地缘结合而形成的共同体具有内部稳定性，形成了特定的地方文化，又内蕴着特定的心理情感结构和日常生活空间形态。因此，中国的村落共同体既是乡民共同生产劳动的地理空间，又是基于共同的情感结构、文化心理而成的文化空间。随着中国城镇化快速推进，村落共同体在现代化的冲击下逐渐瓦解。乡村空心化、道德失范、人心疏离各种问题叠加，乡村无法承载人们的田园想象和乡愁。罗伟章《声音史》正是触及到了乡村共同体消亡的现代化难题。小说以声音这一特殊意象来写乡村史，记录乡村共同体的消亡，思索乡村的当代命运以及共同体蜕变下惶然、失落的灵魂。本文从声音意象出发，借助共同体理论，探讨小说如何以声音隐喻来表征共同体的变迁，如何以具有"听德"的杨浪来想象乡土文化的重建。

① 〔德〕斐迪南·滕尼斯：《社会学引论》，林荣远译，中国人民大学出版社，2016年，第61页。

一、声音与共同体的消亡

史是对过往的记录，是对逝去记忆的一种保存。声音转瞬即逝，但在《声音史》中声音构成了诗性符号，每种声音都编织进了村庄的历史，成为记忆的宝库，见证村庄从繁华到寂寥的过程。罗伟章的"声音美学"来源于其对村庄声音世界的"乡愁"，也是对共同体声音景观蕴含的情感的体认。和城市的声音景观不同，村庄的声音不仅是一种"感观的世界"，更是维系人和人、人和土地、人和村庄情感的纽带。正如小说里所言："声音是他们走向别人，也让别人走向自己的桥"①。随着乡村卷入现代化进程，村庄的声音正在逐渐消逝，声音的寂灭也意味着村落的消失。

（一）湮灭的地之灵

孟德拉斯在《农民的终结》一书中认为，农民每在一块新的土地上耕耘时需要付出比以往更多的辛勤与汗水，因此对农民而言，土地乃是与人类有"情感上的联系"② 的灵性之物。这种情感上的联系是一种在地生活累积而成的依恋，来源于人与自然的和谐。这些灵性之物化为声音，氤氲出勃勃生机，丰厚、完整的乡土世界。

小说容纳了众多声音，如鸡鸣犬吠，鸟叫虫鸣，"苍茫的暮色中，斑鸠的声音就是一个村庄的声音"③。还有村庄打钱棍，耍车灯的声音，更有平日里的鸡鸣牛哞声，猪圈撞栏声，羊唤乳羔声，猫扑老鼠声，及风声雨声、鸟叫声。纸面的文字并不能呈现声音，但有过农村生活经验的人，通过文字自然能感知到由声音带来的丰饶的质感，文字化声于无形，乡村却因声赋形，因声有情。也只有当苍茫天地的空虚被声

---

① 罗伟章：《声音史》，北京十月文艺出版社，2016 年，第 21 页。
② 〔法〕H. 孟德拉斯：《农民的终结》，李培林译，中国社会科学出版社，1991 年，第 57 页。
③ 《声音史》，第 125 页。

音填满，无数卑微的细碎之声混进它们身处的文化经验和日常生命中，这些窸窸窣窣的声音才能成为乡土世界不可分割的部分，缔造出人与自然的亲近感。人劳作在大地上，滋养世界的声音乃是"地之灵"，构成人和世界的完整性。

随着村庄人越来越少，人与土地的联系日益减弱，村庄的声音遂消逝。同时，生态被破坏，也使得这样的物之灵日渐寂灭。人对土地的依恋、对自然生灵的呵护让位于贪婪和无限索取的野心，现代化的工具理性精神催生了对利益最大化的追求、对人类家园的功利改造和畸形的物质主义。山上的蛇被摆上餐桌，日渐绝迹。杨浪小时候能辨认十七种鸟叫，后来鸟声渐稀，各种杨浪视为"天地间至诚歌手"的鸟类，如画眉、百灵、绣眼、乌鸫等都成为鸟市的笼中物，各种杀虫剂的使用也杀死了鸟的歌唱。远方的猎人以猎杀为乐，大食野味。森林砍伐、田地撂荒，家园荒芜，这一切破碎的图景显示出地之灵的消失。杨浪以模仿鸟声为逝去的生灵招魂，为日渐沉寂的空山歌哭，终究难逆以发展为中心的时代大浪。

中国传统乡村共同体建立在深厚的土地伦理之上，人与自然、万物共处于一个有机的整体中，万物有灵成为积淀在共同体成员心中的信仰。这样的信仰，在社会转型和经济利益驱动下摇摇欲坠。滕尼斯认为，从传统社会向近代社会变革的过程，实际就是"共同体社会"向"利益性社会"的变革，原本以家族、宗族、村落组成的共同体，是基于共同的语言、习俗和信仰所形成的共同生活。恋地情结的消亡，对土地与生灵的背弃，势必使人误入欲望的渊薮。当金钱与利益成为衡量自然的尺度，一切不能换取经济价值的田园牧歌都将不再有吸引力，人也就无从感知存在于天地，与万物共荣共存、被声音所滋养的丰厚，其内在世界必然萎缩、苍白，无法在与自然的对话中，在对万物的倾听中培养道德的完善。

（二）寂灭的歌声

民歌是世代居住于斯的村民的精神体认之源，它是记忆和情感的宝库，更是肆意活泼生长的民间生活的表达，而日渐脱离原生土壤民歌，以非物质文化遗产的名义成为城市商业文明的猎奇对象，民间小调成了咿咿呀呀的软色情，而歌声所蕴含的肆意生长的情调被替换成都市男女灯红酒绿时的娱乐，是听惯了流行歌曲后的替代品。

农民的歌声只有在成为城市的他者后，才能进入"城市"，才能洗脱"土"的原罪，通过符号化的方式，融进市民声音系统①。小说中的秋玲原本是贫家女，进入城市出卖身体，以身体经济学撬动原始资本，后来回到普光镇经营火锅店，将地方民歌包装成声色之娱。她安排年轻貌美的女子倚声献歌，食客们胡吃海喝满面红光，沉浸在"民歌"带来的快感中。对民间音乐的他者想象，目的是打造能被城市认可的乡野声音来消费民间，它是获取经济利益的工具，是有闲阶级的"杯中物"，却和当地人的生活失去了关系，沦为虚伪的"城市中产美学"。而在老君山传唱甚久的古歌，则因为不能提供男女情色的娱乐，而无人问津。秋玲原本觉得歌曲"土得掉渣不敢唱"，经郭姓客人点头赞许，顿时获得了底气。显然，城市排斥这种"土得掉渣"的歌声，只因城乡区隔不仅制造了身体流动的壁垒，也区分了声音系统的等级高低。其结果是作一方水土的民歌，集体心灵的吟唱，情感认同载体的声音，失去了特有的意义。"日常空间总是存在于特定的自然——人文生态环境之中，其间的日常关系具有自身的逻辑。"② 当特定的自然环境与人文环境的逻辑断裂，共同体也随之走向消亡。

二、无声的乡村与孤独的人心

乡村的空心化，不仅指向农村经济在城乡发展差距下的溃败，也指的是乡村人口流失、老龄化下乡村成为荒芜之地与精神黑洞。千河口的村民因为种种理由离开村庄，有外出打工的符志刚、李奎，有在县城开

---

① 张柠：《土地的黄昏》，中国人民大学出版社，2013年，第254页。
② 小田：《风土与时运》，中国社会科学出版社，2021年，第234页。

店的秋玲，有漂泊城市做影子写手的东升，也有进城去给儿子带孩子的老人……曾经生活在同一个村落中的人群被分割成单一的个体，散落各地，人与人的聚集方式被打破也意味着维系人与人的情感纽带的中断。

千河口日渐沉寂，对留守乡村的人而言，孤独与空虚令他们难以承受。《声音史》中的梁春因为目睹孤老婆婆丁桂芝在孤寂中死去，成了话痨子，一个人上房盖瓦，跟瓦片也能说上几个时辰，见到人更是唠叨个不停，全是胡乱扯"南山网"，村里的人都烦他，连妻子儿女都烦他。声音的即时性和瞬间在场感，是确认人存在的证据，人活在话语中，只有通过交流、说话，人的存在才能显露。孤独而死的丁桂芝俨然如一个噩梦，笼罩了梁春的沉默，即使他睡着了不做梦也要说话。这个时候的梁春，与其说是在说话，不如说是在制造声音的洪流抵抗死亡的阴影和孤独。村里的人外出打工，丢下老人"没滋没味过日子"，之前嘲笑梁春的刘三贵，自己也受不了不声不响的千河口，和梁春结伴去河南打工。

尽管乡村也有了"其他声音"，如电视等科技产品，但人最本能的交流欲望依然无法被取代。尤其在乡间，农闲时农民习惯串门聊天，在乡音构建的日常生活中，感受由共同生活和交流带来的安全感，同时缓解精神的孤独。在丈夫梁春外出打工的日子，汤广惠"觉得整个人都空了"，她不愿意看电视，因为"电视里的那些人，只管自己说，不听她说，他们说的，完全跟她没有关系"[1]，她只能去王玉梅家串门聊天，说各种村庄的闲话消遣寂寞。

杨浪一个人走在路上，因为村庄见不到一个人，于是模仿乡亲跟他打招呼的声音："吃了吗?"，以此唤回往日的乡情。乡村熟人社会的"打招呼"具有特别的意义，它往往是信息交流、情感联络的初始，"既是维持熟人关系的表现，也是村庄作为道德共同体的表现"。[2] 在小说中，这声"吃了吗?"正体现了"道德共同体"对其成员的关怀与互助。因为担心杨浪一个人生活饿肚子，村民便常常用打招呼的方式来关心

---

[1] 《声音史》，第90页。

[2] 薛亚利：《村庄的闲话》，中国社会科学出版社，2009年，第72页。

他，了解他的境况以接济他。这是乡村世界的质朴温情，是共同体友好互助的体现。而留存在记忆中的面孔，要么离开了千河口，要么死去多年。杨浪不甘心，独自一人也感觉有人和他说话，且"说话的人跟他挨得很近"，"近"不仅是共同生活在同个村庄的距离接近，更是人与人借由说话彼此交心，互相感知对方存在带来的亲近。

费孝通认为中国社会是熟人社会，熟人社会就是靠人情往来维持共同体的依存。新的经济形态和组织结构已经改变了农民的谋生方式，灵活的个体化生存方式日趋瓦解了稳定的乡情伦理，带来人心的空洞、精神的无所依凭。极端者如小说中的梁春，在深夜受不了孤独的折磨，选择在身上"拉霍子"，用疼痛来感知存在，缓解精神的孤独。梁鸿在分析《一句顶一万句》时指出："说话此时不是简单的信息交流或'一腔废话'，而是心灵的沟通与生命的依凭，而寻找'说话'的人的艰难正显示出'上穷碧落下黄泉'的天地之空虚与无处归依。"[1] 罗伟章选择声音来聆听乡村，并不仅仅是求新，更是把握住了乡村世界里声音的特殊作用。声音的共同体里，有亲友彼此的守望相助，有底层对苦难记忆的诉说，有活人对死者的追思，它们组成了村庄绵密且细长的日常。村民共同生产、生活，同时耳听人事，你来我往，彼此熟悉，于是便有了丰厚的生命感，有了对连接彼此的共同家园的体认。

尽管乡村日渐绝响，幸好杨浪能模仿声音，将往昔召回。小说中的两个光棍，九弟和贵生，弥留之际，要杨浪表演村庄熟人的声音。杨浪的表演如大地惊雷，复活了琐碎、卑微的逝者声音，这些昔日的"热闹"，是乡村留守者深厚的情感依傍，是两个孤寡终生的人从共同体得到的最温情的馈赠。安静老去的何三娘，第一个客死他乡的梁运宝，饿死前苦苦哀求的贺大汉，出国务工杳无音讯的苟军，喜欢热闹的秋玲……这些故人仿佛魂归故里，身返旧地，每个声音都是沉甸甸的底层生命印记，是沉默的生命低吟。作家并没有将底层苦难化，而是肯定了

---

[1] 梁鸿：《"中国生活"与"中国心灵"的探索者——读〈一句顶一万句〉》，《扬子江评论》2010 年第 1 期。

他们在漫长的生活中由繁衍、婚假、送生、奉死等活动建立起的人性尊严。尽管杨浪将散落在岁月中、漂泊于四方的故人重新召回，沉默的乡村有了响彻天地的声音，但声音不过是一次"表演"，是一次对旧日时光的招魂，凭吊永远消逝的往日。

小说里杨浪已能从村庄的变化中感受到此前未有的陌生感，"而改变过的村庄，却让杨浪陌生了，有好多声音，他都不认识了"。[①] 人声的寂灭，人心的疏离，人世的荒凉，全收于无声不通的一隅之地，小说的宽广在于将人世的孤独无限推远，远及世道流变之外，叩问每个无所依归的心灵。

三、共同体精神与乡土文化重建

罗伟章以声音意象来表征乡土命运，直面乡土社会的崩裂和人心的孤独，延续了21世纪以来"农村问题小说"的现实主义精神，体现出鲜明的当代性。在现代化成为历史的必然趋势下，转型期的乡村面临一系列危机，如经济凋敝、人心疏离、生态危机等问题。20个世纪80年代起，大量文学作品就不遗余力地书写处于危机中的农村，如贾平凹的《秦腔》《高兴》，梁鸿的梁庄三部曲，黄灯的《大地上的亲人》等作品。作家或抒写乡村凋敝、废墟化的景观；或哀叹日趋式微的乡村文化；或扼腕乡村共同体在城市文化面前的衰亡。不少作品选择直面乡村发展困境，关怀底层生存窘境，但也陷入了城乡二元对立的情绪症候和苦难书写的模式化。一些农村出身的作家，享受着现代化带来的便捷和优越的物质条件，而面对乡村的危机又痛心疾首，以讨债的情绪反现代化，显然令人怀疑其真诚。但罗伟章的《声音史》其价值在于它并不反"现代化"，也没有落入消费苦难的窠臼。他揭示出乡村生存的困窘，肯定了农民寻求美好生活的合理欲求，同时也将以城市为现代性表征的文

---

① 《声音史》，第74页。

明置于一个新的审视点，反思现代性思维下的价值盲区，试图在"后乡土"时代纾解文化消逝的焦虑。

杨浪这一看似"反乡土"的人物正是具有高度文化象征意味的隐喻符号。小说中的杨浪是乡土的边缘人，小学三年级便因为模仿老师的声音引发一场闹剧而被校长开除。父亲去世后，他与哥哥、母亲相依为命，终身未婚育。村里人视杨浪为世俗意义上的失败者，蔑称其为"那东西"，其"失败"不言而喻。但罗伟章赋予他人性的光芒和特异的禀赋，以其作为村庄变迁的记录者，为村庄留魂聚魄，也是为传统的文化形态和理想品性招魂，这是作家在现代化浪潮下缓解焦虑、重新想象乡土共同体的寄托。

首先，杨浪是一种传统文化人格的象征。这种象征源于其"听"的文化表征。在中国古代，听就与圣相关。成圣的首先条件是学会听。许慎在《说文解字》言："圣，通也，从耳，呈声。"段玉裁借用《风俗通》释为"耳顺"，曰："《风俗通》曰；'圣者，声也。言闻声知情。'"① 所谓通，指的是一种通达。在先秦思想家的理解中，圣者的通乃是通过耳朵来获得的。圣人精于听，能知天与道。边缘人杨浪正是圣的化身，他的听不仅是感官信息的获取，更在于回到人的家园之源头，与自然融为一体，万物皆备于我。罗伟章赋予了杨浪寻根的精神隐喻，借"听"以寻觅现代化冲击下早已失落的空谷足音，一种人与自然和谐的生命诗学。

小说中的杨浪在自然微物的生命律动中，试图回到诗意栖息的地之灵，在乡土社会的花开花落、风雨雷鸣、鸡鸣虫吟中感受四时变迁与天地之圆融。"每次起床，杨浪能听见山野间的无数生命，也在泼颜梳洗，准备跟他一起奔赴黎明。然后太阳升起，新的一天带着新的色彩和新的声音，慈爱拥抱人间……大山静得空旷，但这种深邃的寂静里，也埋伏着声音的斑斓和忧伤。"② 实际这便是杜维明所倡导的听德。杜维明

---

① 许慎撰，段玉裁注：《说文解字》，上海古籍出版社，1988 年，第 592 页。
② 《声音史》，第 90 页。

在讨论听德时指出，气充斥人间万物，是宇宙万物之本源，气生长万物又在万物之中，既然天地万物皆为"气"的不同形式，与我们具有内在的血缘关系，那么人心"对自然的审美欣赏，既不是主体对客体的占有，也不是主体强加于客体，而是通过转化与参与"①，把自我融入自然，以听感受气的充盈与主体生命相交，以听之感官与生命相融。

在杨浪眼里，声音是物质存在的显现形式，"世间众生，都以声音宣示自己活着，死亡不是呼吸的停止，而是声音的寂灭"。② 声音便是有情众生，而对于无情的石佛，他同样视为值得倾听之物，对它深怀怜悯。这种"齐物"思想打破了人与物的界限，也就是主体不以道德伦理或功利的态度来看待客体，而是以一种自由而感性的物我不分思想来体察万物，以超功利的态度达到主客的混合。罗伟章笔下的杨浪，从底层农民跃升为圣者，连接着乡土中国这一触动性最强的神经末梢，具有乡土大地充沛的激情。换言之，农民与圣者的转化，表明乡土文化与中国文化内在肌理的同构性。

其次，这种文化人格是罗伟章对共同体文化重建的寄托。乡村世界在现代化浪潮下的衰微有其历史演化逻辑，但真正消逝的或许是一种生活方式，更为内在的乡土文化不会消失。从文化的角度，罗伟章赋予了杨浪"听德"，以这种品格作为后乡土文化的立身之基。罗伟章曾言："乡土永存。"③ 所谓乡土永存，指向的是以乡土文化为特征的文明精神内涵在历史长河中的绵延，其稳固性、普泛性将打破具体的社会形态的藩篱，重塑世道与人心。作家如此自表："每个人都有自己精神层面的追求，发自灵魂深处的对农村的热爱，其实是对一种道德的忠诚。我相信，人类最美好的品德，是像庄稼一样从土地里生长起来的。"④ 人发自灵魂对乡村的热爱，一定不是留恋贫穷的生存环境，也无人甘于落后与

① 邓桂英：《技术时代的听觉关怀：论杜维明的听觉审美之思》，《安徽师范大学学报（人文社会科学版）》2022 年第 4 期。
② 《声音史》，第 123 页。
③ 罗伟章：《农村永存》，《天涯》2004 年第 3 期。
④ 罗伟章：《农村永存》，《天涯》2004 年第 3 期。

匮乏，而是对土地的热爱与生活其中的乡情的依恋，是对凝结在精神血脉深处的美好温情地留恋。面对共同体的消逝，作家表现出的焦虑，并不是因为几个故人的远去、几幢房子的坍塌，或几个村落的消亡，也不仅是对往日的温情的留恋，而是对深潜在乡村文化世界、曾孕育出文明源流的精神家园能否维持的焦虑。因此，作家已然放弃了废名式的桃园想象，不再期待具体的乡土重建形态，而是回到了一种文化的立场上，以文化共同体的缔造来缓解故乡逝去的焦虑。

最后，现实与历史逻辑告诉我们，乡土文化会有新的转换形式。宏观讲，现代中国的现代化浪潮引发激烈的变革，农民流动性加快，进城与返乡，总是在不断的联动与动态循环中，并非此消彼长的关系，乡村共同体会在新的时代下走向新的命运，获得新的存在形态。某种程度而言，《声音史》开启了后乡土时代共同体重建的新起点。如前所述，作家的忧思与其说是对农村是否消失的现实思考，倒不如说是一种文化乡愁，对曾经存附于乡土共同体的民间日常和文化品性的怀旧。而这种共同体文化精神会以其他形式存在，法国学者孟德拉斯认为村庄不会消失，而是会"重新获得了社会的、文化的和政治的生命力"①。这种生命力要求我们在当下，在现代性与文化传统中建立新的价值坐标，以求得发展与文化的双重平衡，再造共同体。

正如有论者指出："乡土不能和乡村画上等号，它彰显出的是中国内在的文化传统，是中国在每每遇到变化时，对往昔道路的回望与重新定位。"② 乡土并不会消失，乡土就是中国的情感结构，因为乡土承载着民族情感的核心，面对乡土社会转型，文学也要因时而动。雷达曾提出文学的"世纪转型"之说，"现代乡愁的文化焦虑症将成为当下转型期典型的文化特征，故文学需要顺势而为，介入现实生活中凡俗人的心理

---

① 〔法〕H. 孟德拉斯：《农民的终结》，李培林译，第 269 页。

② 朴婕：《乡土写作还能如何"新"？——百年乡土叙述线索上的"新乡土写作"》，《艺术广角》2022 年第 1 期。

裂变"，他希望作家捕捉"由乡而城过程中所出现的普遍体验"。① 罗伟章在《声音史》中已经捕捉到了这种"普遍体验"，他在反思共同体衰亡的同时，借由小说人物想象一种重建共同体的可能。小说中的刘三贵在外打工，因口音不同，无法与人沟通，自觉与故乡断了，但时间久了，"他跟那些人熟了，别人听得懂他说话，他也能听得懂别人说话了，他发现天底下的家长里短和喜怒哀乐，其实是差不多的，彼此理解后，和故乡的距离就不再是万水千山，所谓陌生人，也无非是刚刚见面或者还没来得及见面的熟人"。② 在流动的现代社会，基于相互的交流，人们有希望打破地域、语言、经验的隔阂，共建一个大的共同体。乡土文化的美好品质会在动态的变化中不断塑造人们周遭的世界，人们需要在传统和当下、西方与中国中寻找到一种能包容人与人、人与自然的命运共同体，以化解现代化中的危机，这或许就是"人类命运共同体"的另一种追求维度。

结语

村庄的空心化、生态问题、道德危机等颓败景象，是古老的村庄开启现代进程遭遇的不幸命运，面对危机的来临，作为以声音来表征共同体的消亡，以杨浪为文化象征来想象文化共同体的重建。在"后乡土"时代，与其在现代中"反现代化"，不如在现代中连接传统，扩展乡村共同体的内涵与外延，如此，乡村的美好文化才不会消失。如海德格尔说："从我们人类的经验和历史来看，只有当人有个家，当人扎根于传统中，才有本质性和伟大的东西产生出来。"③

（作者单位：四川师范大学文学院）

---

① 张继红，雷达：《世纪转型：从"乡土中国"到"城乡中国"——雷达访谈录》，《文艺争鸣》2015 年第 12 期。

② 《声音史》，第 86 页。

③ 〔德〕海德格尔：《只有一个上帝能救渡我们》，孙周兴编：《海德格尔选集》，孙周兴译，生活·读书·新知三联书店，1996 年，第 1305 页。

《声音史》的声音叙事与当代乡土重构

□兰宏君　高晓瑞

　　21 世纪以来，国内开始关注声音问题，声音研究成为学界研究热点，王敦的听觉文化研究、周志强的声音政治研究等均是代表。声音叙事是近年来声音研究的新视角，以傅修延的听觉叙事为代表。傅修延认为"听觉叙事可以把声音与对声音的感知都囊括在内"①，故可以听觉叙事涵盖声音叙事。傅修延的论述表明研究声音叙事拥有宽广的未来，也强调了声音叙事与其上层概念一同存在于叙事文本。叙事文本中的声音可以大致分为人为声音与自然声音，人为声音包含着语言、音乐、器物声音等，自然声音则指向自然界的风声、雨声、动植物声等。声音叙事强调声音的主体功能性，强调声音与故事主题、感情抒发、情节结构、美学风格的有机融合②。具体而言，运用人为声音与自然声响塑造人物形象、叙述故事情节、渲染烘托环境、表达主题思想等方面可以视为声音叙事，即通过声音意象完成了讲故事本身及其所想要达到的目的。

　　罗伟章的《声音史》将声音视为承载乡土世界的媒介，塑造人声、机械声、风声、水声等多种声音景观。小说还通过书写声音，进一步完成叙事目的，构成声音叙事。至于这部小说如何建构声音叙事，如何巧

---

① 傅修延：《听觉叙事研究》，北京大学出版社，2021 年，第 1 页。
② 刘成勇：《阿来〈尘埃落定〉的声音叙事》，《南通大学学报（社会科学版）》2019 年第 5 期。

妙地采用声音元素描绘乡土、推进故事；声音叙事于文本而言有何效果，赋予文本何种意蕴；《声音史》的声音叙事有什么意义？这些是本文意图解决的主要问题。

一、《声音史》的声音叙事

（一）乡音变化

作为物理现象的声音是空气震动的结果，能够为具有听觉能力的主体所感知。在漫长的听觉历史中，人类逐渐约定俗成——以较为固定的词汇形容某一种声音的特征，如沙哑、低沉、铿锵等。大脑赋予了人类思维能力，也给予我们创造力与想象力。所以，当叙事文本中出现声音景观并描述它的特征之时，读者能够在大脑中再现听觉感官。《声音史》擅长激发读者的听觉再现，以声音创造情境。千河口远古时期的声音缥缈奇异、宏阔苍凉，先祖齐声传颂"吾本南人，鱼米生鲜……志于斯石，山高日远"[1] 的声音穿透了时空与文本。从远古到现代，乡土经历数了次变迁。开荒活动是千河口人与自然相处模式的一次重大变迁，那些日子树身的"爆裂之声，在大河两岸连绵回荡"[2]。农业活动的声音是乡村生态与生活的展现，儿童的声音则是乡村活力的表征。儿童在玩耍时，将学堂的石雕战将"哗！推一把，将脑袋摘掉……哗！再推一把，又将脑袋摘掉"[3]。孩童推石雕的声音是他们童年欢乐时光的象征，乡土意趣与安宁氛围跃然纸上。

随着时间流逝，千河口的年轻人陆续离开故乡外出谋生。孩子们或前往父母务工的地方或入学城镇学校，村小相继停办。孩童打闹的欢笑声逐渐汇集到镇上，乡土的本真声音在此过程中被替代并发生改变。这种替代与变化，犹为体现在动物的声音上。过去，千河口的鸟类众

---

[1] 罗伟章：《声音史》，北京十月文艺出版社，2016年，第242页。

[2] 《声音史》，第54页。

[3] 《声音史》，第4页。

多，画眉、百灵等都是天地间的至诚歌手。傍晚的斑鸠声营造深邃苍茫的乡村夜景；鸟类歌唱声代表千河口自然和谐的原始生态环境。后来，"从山下来的捕鸟者，吹出的哨音却是浑的"①，他们使用电媒技术模拟鸟声，借此引诱并捕捉鸟类。以动物叫声为代表的乡土本真声音可以呈现乡土的原始状态与节奏，乡民的谈笑声、河流贯耳的吼声等一同构成乡土世界的声音景观，展现乡土原生的生活状态与社会秩序。随着城市化进程的推进，乡土的声音景观逐渐发生改变，乡土本真声音逐渐被原本由城市拥有的科技化声音替代，如汽车的轰鸣声、电视机的播放声等。

（二）乡音寂静

早期人类的口头传说等叙事文本与听觉密切关联，现代器物、媒介技术的产生，则使叙事转向视听结合。尽管声音构建的乡土世界缺乏视觉呈现的直观，但在某些时候，声音所传达出的意蕴更具有多义性。与色彩、动作等因素构成的视觉感官一致，声音也具有一系列元素。无声和寂静也是一种声音景观表明所处环境的声音状况，是音景不可或缺的一部分。"静得那样深沉、真切，好像在默默地向大山诉说着自己的虔诚"②，台儿沟以沉静区别于喧嚣的城市文明，展现乡土的纯净。千河口的寂静与台儿沟的寂静具有完全不同的深意，书中人物的"听寂静"构成了特殊的声音叙事。乡土本真声音逐渐被机械化声音替代的同时，乡土世界的各种声音开始减少。离开千河口的每一个人都带走一种声音，这里逐渐声音稀微。杨浪具有与生俱来的声音天赋，他对声音十分敏感，各种声音都能够为他所听。当周围的声音逐渐稀微，他转而听到白霉生长的声音。"只要'听'的主体还是人，就不存在着绝对的寂静——许多人都有这样的经历，当周围的声音都已消失时，他们开始听

---

① 《声音史》，第179页。

② 铁凝：《哦，香雪》，《铁凝·中国当代作家选集丛书》，人民文学出版社，2000年，第2页。

见自己体内发出的声音。"① 当故土的声音进一步消散，杨浪渴望听见自己的声音，然后他便听见了寂静与忧伤。

对杨浪"听声音"的叙述经历了由听乡土本真声音到听机械化声音，再到听微生物声音，并最终听寂静的过程。杨浪所听声音内容的变化暗示乡土声音的逐渐消散，而声音消散意味着活力消失。于人类生命力而言也是如此，甚至当人不再主动创造任何声音，就表示生命已经流逝。小说中的汤广惠与梁春是一对夫妻，汤广惠多次抱怨丈夫话多。然而，随着千河口的人逐渐减少，外出务工回来的梁春渐渐沉默。在《声音史》中，声音不仅是描绘乡村环境、展现乡土变迁的工具，它还承载了对乡土生活方式、交际与情感的描摹。乡音寂静代表乡土生活及其所涵盖的民众交际的沉寂，象征乡土沉寂。听寂静不仅隐喻着传统乡土社会的瓦解，还警示了乡土地域缩小必将带来问题。呼吁对乡土变迁与消逝危机的关注是罗伟章叙述听寂静的主要意图，因为"当别的所有声音寂灭之后，自己就将成为自己的灾难"②。

(三) 复刻声音

巴赫金将小说视为社会各种话语、各类语言的艺术组合，话语的多样性构成个性化的多声部艺术。小说以社会的各种语言，及其基础上形成的"多声部来演奏自己的主题及整个被描述、被表现的物质–思想世界"③。《声音史》所讲述的故事绝不单是乡土的变迁与落寞，这部小说具有更深邃的指示。杨浪的特殊能力——保存与复刻声音，不仅彰显了他独特的个性特征，也在故事中发挥了重要功能。杨浪对声音的敏感程度达到能够在空荡荡的院子中回忆起听到过的每一种声音，能复刻干雷撕裂天空的声音、各种家畜鸟兽的叫声、千河口居民或喜或悲的声音等等。重回昔日上学的地方，杨浪可以清晰地回忆起旧时光里的声音：同

---

① 傅修延：《论音景》，《外国文学研究》2015 年第 5 期。

② 《声音史》，第 184 页。

③ 董小英：《再登巴比伦塔：巴赫金与对话理论》，生活·读书·新知三联书店，1994 年，第 24 页。

学们打闹欢笑、老师们走路上课、鱼池里青尾草鱼吃草叶……房校长对千河口有着特殊的感情，他某次重游鞍子寺时，以为村小又开办了起来。这是杨浪在复刻声音。杨浪复刻出"竹棍教鞭抽在桌面上的脆响"①"绘声绘色朗读和讲解课文的声音"②，以及早已离开千河口的李兵老师的声音。

杨浪声音天赋的意义不仅在于他能够精准地保存、复刻各种声音，更在于他能够通过复刻声音复现过去的人与事。当千河口逐渐空荡，杨浪仍然在声音缺失的地方去寻找、回忆声音，以再现声音承载的乡土的人情事物。在某些时候，人类通过声音传递信息，但更重要的是，声音作为人类表达情感的方式存在，人类通过声音抒发情感。杨浪则通过复刻声音表达对乡土的炙热感情，体现出他对过往的怀念，对乡土的眷恋。小说也通过杨浪复刻声音，完成了第三层次的声音叙事。罗伟章既通过杨浪复刻声音，描绘出过往丰富多样的乡土生活，又通过复刻声音的情节完成创作目的，凸显主题意蕴。

二、《声音史》以声音叙事重构当代乡土世界

（一）声音与乡土的时空维度

声音本身具有极强的触动感官的能力，图像等"能让我们更加精确的模仿，而声音却能更加有效地激发我们的意愿"③。然而，声音在传播过程中会逐渐消散，声音消散意味着过往所发生的感情与故事逐渐被遗忘。所以，现代科技发展后，留声机等发明相继问世，人类渴望通过工业技术使声音保持长久。现代化的步伐改变了乡土的声音，却也使之具有独特的时间性，可以直接传达出复杂的感情与记忆。在《声音史》

---

① 《声音史》，第 50 页。
② 《声音史》，第 50 页。
③ 〔法〕卢梭：《论语言的起源兼论旋律与音乐的模仿》，吴克峰、胡涛译，北京出版社，2010 年，第 6 页。

中，不喜欢看电视的杨浪成了人格化的留声机，乡土过去在他的声音中保存，并通过他的复刻再现。小说通过复刻声音的叙事方式，突破了声音的时间限制，延展了乡土的时间维度。古寨悲切的风声被后人视为"先祖的魂在跟敌人的魂撕扯"①，以风声为媒介，将历史情景再现。《声音史》故事世界里的乡村拥有厚重的历史感，这种历史感与当代乡土重构有机融合。五四时期的乡土建构着重于突出封建宗法与礼教顽固，展现乡土世界蒙昧状态的长期性；革命文学时期的乡土建构，将革命历史与乡村变动联系，以乡村的觉醒与奋斗展现革命历史的光辉；新时期文学中的乡土建构，以乡土历史承载知识分子对民族文化问题、中国社会问题以及文学自身问题的思考与追问。这部小说以声音建构的乡土时间维度，仅仅与乡土过往联系，突出乡土本身历史的厚重。在乡土厚重历史的面前，时间淹没在时光中。小说通过杨浪回忆乡土过往的声音，回忆性声音所涵盖的时间与故事中的现实世界时间乃至叙述者叙事时间的裂痕，体现出现代化时间概念与乡土时间维度之间的张力。小说在有限的叙事时间中，使故事的时间维度更加广阔，使文本拥有客观表达与主观阐释之间的张力。

声音亦具有空间性，用声音占领空间是人类的本能。"人类现在主要从视觉角度展开自己的空间想象，而在遥远的过去，包括人类先祖在内的许多动物是靠自己的声音和气味来划定领地范围"②。对空间的听觉占有通过杨浪复刻声音完成，小说以声音叙事使故事空间建构更加具有流动性、生动性。杨浪复刻过去的声音，既把乡土过去带入当下，又让乡土故事在新的空间延续。他在打扫旧院落的时候，能复现数年前的声音，这些声音响起的时候，仿佛这座废弃的院落还在供人使用。声音成为空间的标记，指示乡土的地理与生活。罗伟章通过声音叙事，以空间流转整合乡土生活。正如费孝通所指出的，乡土世界是一个面对面的世界，不必求助文字实现交流。乡民的人际交往直接通过对话展现，声音

---

① 《声音史》，第 30 页。
② 傅修延：《论音景》，《外国文学研究》2015 年第 5 期。

直接承载着乡土生活的方方面面，所以声音在叙事文本可以塑造物理空间。这是大部分声音叙事文本所拥有的特征，比如《尘埃落定》在开篇用声音营造出一个富有诗意的氛围。同时，声音也具有建构二度空间的功能，比如在物理空间中再建梦境、幻觉、回忆等精神空间。在这个意义上，《声音史》以声音叙事建构了多重的乡土空间，并围绕当代乡土变迁，重塑了乡土民间的精神世界。小说有一段非常重要的情节，是这部小说运用声音叙事建构多重空间的代表。九弟、贵生与杨浪聚在一起，杨浪再现已经离开千河口的人的声音。在杨浪慢慢地复刻中，各种声音响起，两个空间重合交叉。九弟、贵生与杨浪三人处在现实的物理空间中，他们发出的声音建构了现实空间。杨浪复刻的声音则建构了回忆性空间，在这个回忆性空间中，乡土民众面对乡土变迁的各种精神向度逐渐呈现。生存焦虑、眷恋乡土、追求新生活、乡村与城市之间摇摆，乡土民间面对现代化的心理状态并非单一性。如何选择源于他们倾向的不同，他们的共性则是对美好生活的向往。听觉感官形成于人类大脑、听觉器官与外界刺激的共同作用下，是人类生理机制与外界不断进行信息交换的结果。相较于视觉，听觉呈现出空间上的固定性、时间上的顺序性。在《声音史》中，声音叙事将声音转化为可视的符号，成为乡土时间延展与空间流动的载体。罗伟章通过声音叙事重构乡土时空维度，以虚实相交、层次递进的叙述方式将千河口时间与空间的当代性一一展现。

（二）声音与乡土现代化

"人类社会的整体方向是朝着现代性发展。正如传统乡土生活方式要被现代生活方式所取代，传统农业文明在主体上很难再有独立生存价值。"[①] 乡土现代化发展是大趋势，乡土由传统向现代过渡已不可逆，这符合社会发展的需要。乡土的变迁与失落，作为《声音史》的核心主题，通过声音叙事得到生动且深入的呈现。然而，罗伟章没有止步于

---

① 贺仲明：《乡土文学与乡土现代变迁》，《人民论坛》2022 年第 6 期。

此，他运用声音这一元素，深刻反思乡土世界与文化面临的危机，这一反思没有丝毫批判的意味。声音景观与视觉景观一致，与人类文明时刻联系。"正因为如此，它总是不断被建构，并时刻经历着变革。"① 人类文明不断变迁是普遍规律，声音变革同样具有普遍性。千河口在失去过去的声音，却也在接纳新的声音，正如杨浪为许多新声音感到陌生。千河口的人民外出劳动，改变远方的声音；他们将远方的文化、物产带回千河口又改变着千河口的声音。

乡土正在发生传统声音向现代声音的转变，这种新旧更迭可以映射社会转型。现代化进程在带来发展与繁荣的同时，为乡土带来新声音，却也造成乡土世界本真声音的消散。罗伟章强调，现代化与城市化带来了快速发展以及便利生活，乡土必然不断融入现代化与城市化。但是，不能忽视过程中发生的问题。乡土声音是乡土生活与文化的载体，是乡土社会关系、伦理关系的载体。乡土生活随声音变化逐渐变化的同时，如留守儿童、孤寡老人等社会问题也随之发生。"他们走了，却不是迁徙，迁徙要带老人和孩子，他们不带。偶尔还有人带孩子，但很少听说谁带老人。"② 刘三贵一共养育五个儿女，儿女们长大渐渐离开千河口，刘三贵逐渐与村里其他老人一样害怕孤独。他觉得乡村生活越来越无趣，于是决定赴河南打工，起初因为不适应而身心疲惫的刘三贵也渐渐不愿意放弃打工生活。故乡实现不了愿望，城市又安置不下全部身心。多少人怀着漂泊的心态逐渐适应城市生活，却又始终眷恋故土的山川河流。

"一个多世纪以来，一代代中国知识分子和社会实践者一直在思考着、建构着乡土世界的现代性转化。"③ 现代化在以往的乡土叙事中，或以启蒙话语为主流，或与阶级话语相互联系，或呈现为乡土文化传统在

---

① 〔美〕艾米丽·汤普森、王敦、张舒然：《声音，现代性与历史》，《文学与文化》，2016 年第 2 期。

② 《声音史》，第 71 页。

③ 吴海清：《乡土世界的现代性想象：中国现当代文学乡土叙事思想研究》，南开大学出版社，2011 年，第 1 页。

现代性历史中的不断被侵蚀。又或者在个体、自然、人伦和谐、民间文化等话语的支持下进行反现代性叙事，远离现代性语境描绘乡土的诗意美学。通过声音景观叙述乡土的变迁与沉寂，罗伟章提出了对现代化进程的深刻思考，以声音叙事重构乡土的现代化维度。罗伟章以声音叙事展现了这样一幅图景：一方面，杨浪等留守千河口的人对失去的声音充满了怀念和不舍，他们试图挽留过去；另一方面，人类习惯于对新声音、事物充满好奇，好奇心驱使我们去探索与接受，声音的变化也反映了乡土人民对新生活的适应接受。千河口的孩子刚到镇上会害羞胆怯，但他们很快就会熟悉街道上的车声与歌舞声。乡土变迁会带来新现象与问题，人们在这个过程中不断习惯，这是乡土民众在面对现代化进程时普遍的、真实的写照。《声音史》没有将离开千河口的人置于批判的位置，适应新生活与坚持旧传统之间不存在对错问题，新旧之间的变化具有普遍性。这部小说没有鲜明指摘舍弃乡土的选择，也没有特别礼赞坚守的个人。《声音史》意图探讨的问题是：在现代社会中，如何平衡传统与现代，如何在保持发展的同时，也保存那些属于乡土的独特声音与文化。

（三）声音与乡土未来

罗伟章通过新旧声音的更迭建构乡土现代化的维度：乡土社会正在历经普遍的新旧交替；新旧交替本身不是问题，交替过程中会出现问题，这些问题需要关注与解决；平衡现代与传统，可以缓解乡土在新旧交替中的阵痛。乡土的旧事物在退出历史舞台，新事物也在不断产生。这是现在进行时，也是乡土在未来很长一段时间的状态。声音"不仅是事物的意象，也是日常生活的超越、未来的先驱者"①。尽管旧声音在消散，但新声音正在被创造，而新声音不一定毫无活力，它可能是机械化声音也可能是富有生机的声音。新的乡土正如新的声音，没有规律能够限定新乡土大地是一个缺失生机的世界，一切的可能在于我们自己。在

---

① 〔法〕贾克·阿达利：《噪音：音乐的政治经济学》，宋秦凤、翁桂堂译，河南大学出版社，2017 年，第 29 页。

这个意义上，声音叙事重构了乡土的未来维度。这与过往的乡土叙事存在不同，马克思主义乡土叙事理论"力图在阶级、革命、人民等概念上建构乡土世界"① 的远景。这样的不同极大程度上根源于社会背景的变化，作家需要完成的是根据社会现实状况的改变，改变叙事方式以此实现对乡土未来的重构。

贵生怀念沈小芹的声音；九弟怀念黎燕的声音；夏青怀念符志刚的声音；杨浪怀念山野出现过的一切声音。他们对声音的怀念之情夹杂着期待，所以他们希望杨浪能实现自己再次听到这些声音的愿望。这种期待不仅是对过去的不舍，更是对未来乡土生活的美好向往。在小说中杨浪数次通过复刻声音重现或热闹或伤感的往事，无论悲喜都是一个充满生机和活力的乡土世界。他对失去声音的复刻不仅诉说他对乡土的眷恋，同时满含他对未来乡土的期待。在杨浪的心中，不愿意离开的千河口不仅是他的故乡，也是他的希望之地。他对这片土地有深深的希冀，他在这里"听见山野间的无数生命，也在泼颜梳洗，准备跟他一起奔赴黎明"②。在这个意义上，杨浪的复刻不再是模仿，而是一种创造。他对复兴声音的执着，正是他对乡土能够重现生机的坚持与期待，他通过复刻声音创造富有生机的乡土。罗伟章通过乡土民间对乡音复苏的期待与执着，揭示了一种可能性。他用声音作为载体，描绘出一个可能的未来：声音的再次充盈可以重塑一个具有生机的乡土。这种生机无关任何其他，仅仅是乡村原始生命力与生活图景的展现，源于乡村在每一个时代巨变时的原始强力。

罗伟章在《声音史》中以声音的变迁、寂静、复刻为线索，巧妙地描绘乡土历史河流不断向前的生动画面。罗伟章以此为引，深入探讨乡土未来的可能性。他用声音作为媒介，把乡土社会的过去、现在和未来连接在一起。通过声音叙事，乡土的时空、现代化、未来都发生了重构。在这个过程中，乡土的过往和现状被一一展现，同时，乡土的未来

---

① 《乡土世界的现代性想象：中国现当代文学乡土叙事思想研究》，第 34 页。
② 《声音史》，第 90 页。

也逐渐呈现。这个未来，既包含了过去的痕迹，又预示着新的生机。罗伟章通过描绘乡音的复苏和乡土民众的渴望，传达出自己的观点：乡土在城市化的冲击下面临变迁和部分文化的消失，但其生命力并未完全消散。乡土社会，尽管历经变迁，却仍有希望从中寻找到根源于自己的生机与活力，走向一个充满可能性的未来。

三、《声音史》声音叙事的文学意义

罗伟章对乡土世界的感情深厚，他的文学视野"聚焦在两个层面，一是教育，一是乡村"①。在《声音史》中，故事随着声音的响起与消失向前推进，音景的丰富或单调反映了乡土的兴盛或衰落。那么，通过声音叙事和对当代乡土世界的重构，罗伟章如何丰富了自己的文学世界，如何为当代乡土文学注入新活力。值得注意的是，在《声音史》之前，已有乡土小说以声音这一元素描摹乡土在时代变迁中的风云变幻。《人生》中的高加林对火车等现代交通工具声音的向往未尝不是对乡村生活的抗拒；在《哦，香雪》中，"香雪对火车声音的恐惧源于对现代科技所带来的未知世界无法把握的恐慌"②。《声音史》对声音景观的重视并非开创性，它的价值在于其随着乡土世界的变化调整声音在小说中承载的具体指向。在 1980 年代的时代语境中，乡村逐渐落寞的趋势初现端倪但尚不十分明显。《人生》《哦，香雪》等小说在面对现代文明时最终回归土地的倾向，展现对"80 年代'实现农业现代化'语境的绝对信任及认同"③。21 世纪以来，乡村本身在城市化、现代化不断深入的背景下已经面临不小的冲击，乡土文学面临的困境亦渐渐凸显。

---

① 裴蕾：《2009 作家都在忙些啥?》，《四川日报》2009 年 3 月 13 日。
② 刘永丽：《1980 年代初乡土小说中的科技器物——以〈人生〉〈哦，香雪〉为中心的考察》，《中国现代文学论丛》2021 年第 1 期。
③ 刘永丽：《1980 年代初乡土小说中的科技器物——以〈人生〉〈哦，香雪〉为中心的考察》，《中国现代文学论丛》2021 年第 1 期。

　　乡土经验的延展、乡土生活的描述与乡土历史的呈现在乡土小说中是重要的叙述内容。自五四文学以来，对乡土现实苦难的揭示、农民精神状态的关注与乡土整体面貌的展示似乎已经成为乡土小说必不可少的内容。对问题的关注与描述代表作家对乡土社会的关注和对乡土前景的探索。提出问题对探讨乡土及其发展问题而言是第一步，"现实主义批判提出问题有余，但剖析现实上力有不逮；乡土苦难和历史书写日益内卷化，沦为老生常谈"①。提出问题是乡土文学的基本范式，分析问题更能体现作者正在思考。随着社会的发展，乡土生活方式在不断发生改变，作家的乡土经验亦不断更新。在为乡土文学作家们提供新视野、新材料的同时，乡土生存方式、空间等的嬗变亦带给乡土文学一定冲击，当代乡土文学在不短的时间内面临着书写困境。乡土不断变迁，新的现象与问题随之产生，需要作家将自我认知与乡土经验结合。然而，完整的现代化乡土世界尚未完全形成，这意味着当代大部分乡土文学作家正在亲身经历乡土变迁。一方面，作家需要调动自我的想象力以在头脑中思考乡土问题、探索乡土未来；另一方面，作家需要不断调整文学创作以适应、反映日新月异的乡土社会。总而言之，在乡土社会发生历史巨变的时期，在现代化、城市化日益影响乡土的时代，在乡土本体社会的自然景观、生产与生活方式等均发生变革之时，乡土文学的书写方式也应该随之革新。"以往比较常见的'他者化'现代叙事模式、田园牧歌式抒情模式和社会主义现实主义政治化叙事模式都不同程度失效。"②《声音史》采用声音叙事形成独特的叙事模式，声音叙事蕴含多层深意，使这部小说一定程度上摆脱乡土书写的当代困境。《声音史》以声音叙事重构当代乡土，声音叙事本身具有文学价值，亦赋予了这部小说独特的文学价值。

---

　　① 刘文祥：《当代乡土文学往何处去——基于乡土书写困境和发展趋势的思考》，《安徽师范大学学报（人文社会科学版）》2020 年第 5 期。

　　② 袁昊：《实录、后史诗与乡土书写的当代性——论罗伟章〈谁在敲门〉的文学价值与意义》，《阿来研究》2023 年第 1 期。

其一，《声音史》没有沉浸于怀念乡土过去与悲痛乡土沉寂。乡土不断变迁一定程度上影响了乡土文学的创作方向，怀旧式的乡土书写已经不再适用。倘若作家无法充分调动主体想象力，对乡土社会的表达则很可能向过去的乡土寻找资源。如果没有新方式展现新乡土，文本内容与乡土现实之间则面临裂痕的产生。所以，在对现实予以关注之时，当代乡土世界更需要作家发挥想象力去探索乡土之今天与明天的可能限度。《声音史》不仅没有回避而是直视乡土世界的衰败，还隐喻乡土社会并没有丧失全部的生机与希望。乡土人民对乡土未来怀有期待意味着乡土历史可以延续，乡土在变迁中能够具有持久力量。未来乡土社会的具体构型难以预测，这给乡土作家们带来了不少的书写困难。然而，正如《声音史》所表达的，未来乡土如果充满生机就一定会拥有丰富多彩的声音。乡土变迁不是单一化的变迁，乡土往哪一种形态变迁由多种因素共同决定。但是，声音复苏一定会随着乡村振兴发生，因为声音可以反映乡土世界的人际交往、农业劳作等基本活动的状态。同时，乡土社会在变化过程中会接纳新事物，即使乡土面临不断沉寂的困境。即使乡土原生音景难以自然再现，但新声音的出现必会伴随旧声音的隐退发生。这一观点，传递了罗伟章对乡村振兴的期待与信念。

其二，《声音史》在提出问题的同时亦尝试探索缓和问题的方式。《声音史》不止警示乡土与乡土文化逐渐衰颓，并以此提出平衡传统与现代的重要性，亦在探寻平衡现代与传统的方式。罗伟章既在小说中保留乡土未来生机，又提出了自己对于如何保留生机的思考。乡土生活需要保留，乡土记忆需要保存，乡土文化需要保护与传承。杨浪象征乡土生活与记忆的保护者，秋玲等人唱的打闹歌被评为非物质文化遗产是保护乡土文化的直接行动。小说中，秋玲等人数次唱山歌，这些情节隐喻了乡土文化正在传承。然而，秋玲等人唱山歌的动因却源于它的经济效益。小说以反讽手法表达观点，即保护、传承乡土文化还需要使民众真正意识到乡土文化的重要性。又如盗墓者数次光临千河口、佛像的头颅被偷都意味着乡土文化的流失，意味着民间意识的重要性。这部小说所要表达的意思十分明确：乡土生机与希望的回归与乡土声音的复苏相关，同时亦与社会对乡土与乡土文化的重视和保护息息相关。在城市化、现代化的过程中，需要有意识地对乡土民歌、风俗与民居等文化进行保护。也正因为乡土所具有的部分因素具有被保护完整的可能性，乡土才拥有重现生机与活力的希望。罗伟章通过描绘杨浪等人对声音再次充盈故土的期待，以及他们对美好生活的渴望，赋予了乡土世界以新的可能性。这种可能性，既源于乡土人民对生活的期待和追求，又源于每一代人具有保护、传承乡土及其文化的意识。

其三，《声音史》采用了独特的建史方式。声音叙事使文本得以建构独特的历史叙述方式，这部小说并没有十分强烈的建构历史的意图。文本仅仅在诉说声音记忆之时，便将千河口的过往纪实融入对声音的书写中。子夜时分，杨浪先听到传说中的女人裁水的声音，她正在播种洒水，为千河口创造河水奔腾、树木成林的自然生态。之后声音开始变幻，逐渐宏阔苍凉。再之后千河口渐渐充满各种声音，随着时间流逝，声音发生了现代性转变。千河口的声音记忆经历了由远古之声到乡土本真声音再到科技化声音的历史过程，声音记忆就是历史记忆。小说以声音景观展示乡土历史的久远，以声音叙事完成历史建构。"按照过去的'声觉'方式，我们对世界的感觉是同步完成的，我们把周围的整个世界作为一个整体，觉得我们自己与世界相互渗透，世界是我们的延伸，我们也是世界的延伸。"[1]《声音史》以感官性声音叙事完成用声音史承载乡土历史的目标，将追忆过往、反思当下与眺望未来在文学世界中串联。在这部小说中，声音记忆与历史记忆相互渗透，乡土在历史发展中延伸，也在声音变化中延伸。通过独特的历史叙述方式，小说更为直观地讲述乡土历史的变迁。这是一种深入理解和感知乡土历史的方式，体现出对乡土社会的深深热爱与尊重"历史是一种叙述，在叙述学

---

[1] 〔美〕保罗·莱文森：《数字麦克卢汉：信息化新纪元指南》，何道宽译，社会科学文献出版社，2001年，第7页。

的意义上，任何事物一旦进入叙述，也就进入了虚构的范畴。"① 历史本身已经具有叙述性，声音叙事是《声音史》的重要叙述方式，又作为罗伟章洞察乡土历史的基础存在。罗伟章以日常生活为切入点、以声音为载体，建构复合化、概括性的乡土历史。

结语

"在 21 世纪成长起来的一批重要作家中，罗伟章无疑是非常令人瞩目的一位"②，由他近年来的创作可以看出，他在探索小说创作之时逐步形成并确立自己的创作路向和风格。"尘世三部曲"之一的《声音史》立足声音叙事感知乡土世界的功能，对当代乡土问题进行反思，在直指乡土凋零的同时并没有忽略乡土的希望和复苏的可能性。声音叙事深刻传达乡土声音的价值，为理解乡土的变迁与发展、表诉乡土经验提供更生动的方式，为如何保护乡土与乡土文化提供较为有效的思考路径。对乡土未来的具体发展与前景做预测过于宏大，如若把握不善极易使作品显得空洞，《声音史》与这一主题相关联而又巧妙地避开直接对其做回答。在直面乡土衰颓的同时，不落俗套地以声音延展乡土的时空维度，以声音思考乡土的现代化发展，又在过程中以声音复苏重构乡土未来。以声音叙事重构当代乡土世界，罗伟章鲜明表达对乡村振兴的期待与信念。《声音史》以其较为独特的艺术魅力与历史洞见，标志着罗伟章在中国当代乡土小说创作领域的重要位置。

（作者单位：四川师范大学文学院）

---

① 孟繁华：《历史叙述和时间意识——当下历史小说创作的三种类型》，《扬子江文学评论》2023 年第 2 期。

② 谭光辉、吕思睿：《罗伟章近年来文学创作的三个特点》，《阿来研究》2023 年第 1 期。

《声音史》的村庄"闲话"研究

□张秋凤　李琴

　　"闲话"是中国乡村社会中不可或缺的世态人情，村庄中社会群体的日常生活在闲话中得以呈现。社会学视域下，闲话是指在一定人际交往范围内，具有一定信任度的两人（gossipers）或两人以上在非正式场合对不在场的他人（gossipee）及其相关事宜的评说①。"闲话"在文学领域中拓展可以分为三个种类：作为一种散文体裁的"闲话"；作为叙述者的闲话叙述，如《红楼梦》中的尤二姐被闲话所杀；以及作为一种叙事手段的闲话，闲话体或闲话风格，如刘震云《一句顶一万句》的叙事风格。事实上，文学作品中的"闲话"内容丰富且形式多样，是人们对他人及其相关事宜正或负面评述和议论，本质上是平民百姓以"语音中心"为述说形式的口耳相传的日常表达，在乡土社会中有着极强的流动性和散播度，它与官方的文书、知识分子的叙说、正统的书面文学，在产生动源和传播途径上有着根本性的区别，换言之，闲话具有语音性、民间性、世俗性的三个基本属性。不同于谣言和传言等具有虚假性质的信息传播，闲话具有一定的真实性，传播范围通常见于"熟人社会"的村庄。村庄在现代意义上是官方统筹规划的行政单位，而在乡土

---

　　①　薛亚利：《村庄里的闲话：意义、功能和权力》，上海书店出版社，2009年，第20页。

社会中"村庄是具有利益、道义和情感纽带的共同体"①。本文试对罗伟章《声音史》的村庄"闲话"予以研究，探寻其表征、发生机制、功用及意义。

一、千河口的"闲话"表征

（一）"闲话"与闲话人

在《声音史》中，罗伟章也更多地从社会学角度和现实主义笔法来表述他笔下的底层现实②。他以现实主义的手法描绘村庄的闲话，又从社会学的角度引用闲话，营造大巴山深处的普光镇下千河口村的"社会口头舆论场"，即以群体或小众为单位，不同群体分化形成语言风格不同、话语指向各异的舆论场③。在千河口的不同群体的舆论场中，村民们"既是观察者也是被观察者，既是说闲话的人也是被说闲话的人"④。每一个人既是诉说闲话的主体，也是接受闲话的听众，更是闲话议论的对象。特别的是在千河口，杨浪是所有闲话舆论的"中心"，几乎每段闲话都有共同的尾音，就是"比那东西都不如"。杨浪被用来和任何谈论对象作比较，他是千河口角逐场上特定的基准，在人们眼中最差也不能比杨浪还差。张胖子三儿子面对父母偏心小儿子（东升）的过分要求时，他破口大骂："我把话撂在这里，东升将来比那东西都不如！"⑤ 久而久之，村里的闲话营造了"杨浪是千河口最穷苦和懒惰的人"的舆论氛围。小说也继续写道，杨浪每次都是给了足够的钱，他不会拿别人的一根针，正是因为"他怕村里人说他懒，做不出庄稼，没吃的才去摘人

---

① 毛绵逮：《村庄共同体的变迁与乡村治理》，《中国矿业大学学报（社会科学版）》2019 年第 6 期。

② 邓红珍：《论罗伟章的底层叙事策略》，《文学教育（上）》2008 年第 2 期。

③ 王国华、肖林、汪娟等：《论舆论场及其分化问题》，《情报杂志》2012 年第 31 卷第 8 期。

④ 《村庄里的闲话：意义、功能和权力》，第 85 页。

⑤ 罗伟章：《声音史》，北京十月文艺出版社，2016 年，第 66 页。

家的瓜果"①。村里的闲话不仅围绕着杨浪，还触及千河口的"重要"人物，如杨浪的哥哥杨峰，一个在《声音史》中仅存活在闲话中的人物，就连杨浪的好友李成也常用杨峰暗讽一贫如洗的杨浪。这些常被村庄闲话萦绕的人物，被村民们认定为违背了村庄的道德伦理规范的人，杨峰"衣锦不还乡"的行为违背了尊亲重孝的传统，张东升把头发染成"红绿的烂蓑衣"背离了朴实安分的农民形象……再如李奎出狱后像正常人一样娶妻生子，也引发人们"别看李奎那家伙是个劳改犯，还真有出息"②的闲话。

说闲话的人是千河口的每一个"不如意"的人，他们不满于现状，于是闲话成为宣泄口。汤广惠从自己家讲到千河口的家家户户，但最想说李成家的闲话，李成的劳改犯儿子也能有所作为使她焦虑，于是她去家境差不多的张胖子家说起了闲话。也有村民纯粹以讲闲话为乐，村里的马四娘险些破坏杨峰的婚事，她去贺秋萍家说了一大堆"白话"，在四川话中也称"打稃子儿"，最厉害的一句就是："杨峰那人沾不得哟，是个好吃嘴儿啰！"③

不同于罗伟章其他小说中接受过高等教育"滞留"在城市的主人公，杨浪作为千河口有着村民身份的"边缘人"，在物质和精神上依存于乡村，又在行为和舆论中受斥于村庄。他无法彻底融入村庄人们的日常生活，不像其他村民日出而作日落而归，在村民眼中他整天闲逛、无所事事。但只有杨浪从不说闲话，对闲话"无声"处理的重要原因在于他在复刻、储存闲话，"他通过声音的倾诉变成了一个荷马一般的抒情诗人、说唱艺人"④，以独特的方式保护着千河口的遗产。其次，由于他无法理解村民们的闲话所指，使得无人愿意和他聊闲话，更没有人愿意

---

① 《声音史》，第128页。
② 《声音史》，第106页。
③ 《声音史》，第189页。
④ 白浩：《当代小说创作"神奇现实"的归位——罗伟章"三史"研究》，《西南民族大学学报（人文社会科学版）》2023年第9期。

听他说话。于是被村民们看不起的"那东西","畜生、虫子、草木,都比那东西精灵,连一条裤子也比他精灵!"① 就成为他的代名词,他被村民们排除在交往范围外,却又时常成为村里闲话的起点或中心。在'千年调'中,李成本想把夏青丈夫出轨的事,说给杨浪听且希望他有所回应。令李成失望的是,杨浪并没有搭腔"夏青是个苦命的女人"的话题,更不明白李成为什么突然说这样的话。在杨浪发现刘三贵跛脚后,并不参与编排刘三贵在外乡的作为,所以李成也觉得杨浪非常无趣。总之,面对千河口的闲言碎语,杨浪有着超脱俗尘的自愈精神,专注于收集声音也使他成为没有叙述能力的听客,俨然千河口唯一不会说闲话的人。

(二) 闲话的内容

以闲话对《声音史》中村庄的人或事物的有关评述进行分类,可以分为以人和以物为评述对象的闲话。其中,关于人的闲话议论更为丰富,有人们对个人行为或事件的评判,涉及村庄的男女关系、婚嫁、个人成就等,这类闲话在千河口形成舆论,对被闲话对象的声誉产生了不好的影响;有带有强烈的个人目的的讽刺嘲弄、显摆炫耀类闲话,如张东升二哥摆谈父母对东升的偏心来显示自己能干,并从中获得满足感;有父母或儿女相互指责类闲话,如杨峰认为母亲偏心弟弟,张胖子夫妇认为三个儿子都不孝顺;还有千河口老人们的专属闲话三部曲,"第一是吃什么药,第二是问墓地买好没有,第三是骂社会不公"。②

另外,若按闲话所议论事件的性质来分,千河口的人们既议论村民的家长里短也议论村庄的公共事件,而根据闲话内容涉及的事物可以分为:村庄旧人旧事类,如人们对房校长办学相关事迹的回忆;乡俗民谚类,如刘三贵怪话土地神、千河口钱生钱的民谚传说;公众事务类,如针对修路费用分担的议论;社会风貌变化类,如县城高楼林立、戏园改名风波;讯息传入类,如外出务工的人们带回招工信息,外地"碰瓷"

---

① 《声音史》,第16页。
② 《声音史》,第58页。

事件的流入，等等。可见《声音史》中闲话的内容丰富，意味深远，充盈民间生活的日常并丰满小人物的形象。

（三）闲话的传播

村庄里的闲话作为一种特殊的人际传播活动，其传播路径可以分为"间接闲话传播"和"直接闲话传播"①，这种分类方式侧重闲话是否经由他人转述给被闲话的对象。与之不同，千河口的闲话以一传十、十传百的口耳相传的方式散播至村庄的角落，流淌在看似静默的千河口。在《声音史》中人们的闲话场合是公开、半公开或者私密的状态，人们往往从公开场合开始议论，并且避开被闲话对象或与被闲话对象关系紧密的人，但闲话内容涉及家庭事务或者个人隐私时便仅限于在私人空间中说闲话。在公开场合中的闲话，由听者自己选择加入，在此基础上由听者转变为传者散布闲话，所以公共场合下的闲话具有流动性。理论上，闲话的传播范围受限于村庄边界，传播的速度依赖于舆论的发酵，但也不可忽视闲话内容的话题度与讨论度，男女关系类闲话总比其他闲话更能引起人们的关注。《声音史》中除极少数发生在村民家中的闲话外，多处以"听说""听人讲""人们议论"等展开叙述，在这里闲话没有源头似的流传辐射，如千河口的人们听说进县城的路口挂着秋玲非常风光的照片，刘三贵听人讲梁春捉"豁拉子"养毒，李成听说杨浪怕没了童子身失去学声音的本领，邱菊花听许宝山说夏青丈夫出轨……这些"听说"都是千河口村民们日常生活经由闲话加工后的传播，往往避开与被闲话的对象关系紧密的人，这就导致闲话传播过程中由传播者暗自选择了受传播对象，群体关系在此基础上分化。所以，闲话发生场景与传播时效非显性地建构或者分割千河口民间社会的公共与私人空间，但对于杨浪来说，他被村民们集体排挤在闲话叙述者与受述者身份之外，属于村庄共同体中被切割与抛弃的一部分，不具有传播闲话的能力。

---

① 冯广圣：《一种特殊的人际传播：闲话传播——基于桂东南 L 村的实地考察》，《国际新闻界》2012 年第 4 期。

二、闲话的功用

(一) 村民的个人私欲

个人私欲普遍隐藏在闲话内部，闲话不"闲"便成为小说中隐喻乡土社会藏污纳垢的部分，说话是为个人获取利益最便捷的形式。小说开篇房校长厌烦李老师便过分考究地找话说，形成了集权与威于一体的"那羊就要吃狼了"的话术。在鞍子寺的学校搬走后，赤脚医生孙凯在政府的安排下去驻守原址的房屋，却被村民们眼红孙凯使用集体财产且随意支配公共设施，于是他们到村组长面前去嚼舌根：

> "修学校的时候，我们谁没摊钱，谁没出力？凭啥让他一家子去养猪养牛？你说叫他看守，既然学校都垮了，没一个老师，没一个学生，还看守啥？就像以前地公猪圈、大食堂，公家不养猪了，没人去大食堂吃饭了，未必还派人把那房子守住？"①

闲话虽然是一种过分分散的主体言说权力②，但携带目的的闲话最终利用公众的力量对违规的个人施以所谓的惩罚，这种权力将人的言语积聚为暴力的声讨，将千河口社群日常生活的道德边界扩大或缩小，被说闲话的人利用以达到个人目的。小说中杨峰被马四娘"说白话"而差点讨不到老婆，李成利用闲话实现家族在乡村地位的扭转等就是如此，操纵闲话是千河口人们掌握权力的最轻松、便捷的途径。

(二) 千河口的道德评判

在村庄熟人社区中的舆论包含着村民们奉行的一套价值观及其道德

---

① 《声音史》，第 128 页。
② 《村庄里的闲话：意义、功能和权力》，第 247 页。

规范①，也就是村庄的社会公约。"闲话之所以具有社会效力，形成集体压力，就在于其背后所隐藏的村庄公共性。如果谁做事方式触犯了村庄规范，并让村庄丢脸，大家就可以唾弃他，并用闲话议论。"② 这种舆论规范在闲话中成型、流转、加固，并要求每一位村民必须遵守。《声音史》中借用李老师的话"懒是人的一宗罪"开始对杨浪展开道德批判，而后杨峰的忘本行为也被卷入被评判的漩涡之中。千河口的人们在闲话中谴责杨峰并鄙视杨浪：

> 据镇上的那些相识的人和不相识的人讲，哥哥现在不仅是委员，还是常委……只是，从别人的口气听出，委员和常委都很厉害，常委比委员更厉害。而且说哥哥现在的生意越做越大，省城的好几处黄金地产，都被他捏在手里，他只喝茶，睡觉，睡醒了将其中一块地拨出去，就能进资巨万。那些人还说，最近几年，哥哥做了不少公益事业，拿出很大一笔钱，在省城西区建了所儿童医院，又拿出很大一笔钱，在省城某郊县建了个恐龙博物馆。他就是不把钱往家乡拿。谈论的人并不避讳杨浪，面带鄙薄，说：像杨峰这样的家伙，真没意思，连两千年前的刘邦也晓得富贵不归乡，如锦衣夜行，杨峰竟然不晓得。又说，家乡有人去找杨峰帮忙办事，他连见都不见……"杨峰那东西，"他们像千河口热称呼杨浪那样开了头，"听说他还有个弟弟在千河口呢，过的跟讨口子差不多，可杨峰一分钱也不给他！"③

同时，传统中国村庄是一个"伦理本位的社会"④，伦理之于经济、

---

① 胡文秀：《舆论视野中的村庄变迁》，华中师范大学硕士论文，2017 年，第16 页。

② 费爱华：《乡村社会日常人际传播及其社会功能》，《湖南农业大学学报（社会科学版）》2016 年第 4 期。

③ 《声音史》，第 50 页。

④ 梁漱溟：《中国文化要义》，上海人民出版社，2005 年，第 72 页。

政治、宗教等可以在村庄内部规约个人的行为，《声音史》中刘三贵伙同村里最为话痨的梁春到河南务工，在工地上刘三贵偷鸡与梁春分享后，反复交代梁春回村后不能告诉村里的人。刘三贵深知偷窃行为会被村里人议论则使自己在千河口抬不起头。反观刘三贵的偷鸡行为，在离开千河口后村规民约不再对他产生约束作用，所以在伦理规范松懈的环境中他才有机会偷窃。此外，"在当代底层文学中，闲话对于农村男女所施加的消极功能，呈现出鲜明的性别差异：男性往往游离于闲话之外，而女性成为闲话的攻击对象和受害者。"① 在《声音史》的最后一组闲话关系中，邱菊花是说闲话的人，李成和夏青是被闲话的对象，邱菊花非常愤怒地向杨浪吐露对夏青的怨恨，她认为丈夫出轨的夏青管不住自己的男人就去勾搭长辈，这段关于"保爹和干女儿乱搞"的闲话令人感到羞耻和愤怒。然而，结局却是李成悄无声息地离开千河口，夏青和邱菊花都在彼此的认知中从受害者变为加害者。夏青本想向保妈邱菊花诉苦换取同情，却被保妈认为自己意图勾引保爹使她晚年名声不保。在罗伟章笔下底层世界，闲话的道德评判功用也呈现出同样的特征，女性往往是被道德评判得更多的对象。

三、闲话的生发机制

（一）民间话语权力的伸张

不限于罗伟章笔下的村庄，在中国农村，闲话被认为是一种交际方式活跃于熟人社会的日常生活，交换信息、情感传递、价值对比等行为逻辑是人们说闲话的潜在目的。如果说普光镇是一个"半熟人社会"②，那么千河口就是一个完全的"熟人社会"，是罗伟章幻造的大巴

---

① 刘坛茹：《当代底层文学中的闲话叙事与道德评判》，《当代文坛》2017 年第 4 期。

② 半熟人社会：贺雪峰教授认为若将自然村看作熟人社会，行政村便可以称为"半熟人社会"。参见贺雪峰：《论半熟人社会——理解村委会选举的一个视角》，《政治学研究》2000 年第 3 期。

山深处的社会共同体。说话交流是该区域内人们信息互通的方式，从听取讯息到自我言说的闲话开始，人们通过闲话刺激、增强村庄群体内部的社会认同。正如罗伟章所说：农民不是一份职业，而是一种身份。这种身份并不携带与生俱来的权力，而开口说话、主动诉说便成为农民掌握话语权的方式，通过闲话自我表述强化民间话语势力。村庄中的"个体通过实现或维持积极的社会认同来提高自尊，积极的自尊来源于在内群体与相关的外群体的有利比较。"① 如《声音史》中李成早年常因为三儿子坐牢而在村里人面前抬不起头，他就吹嘘大儿子和二儿子生意做得好，等到李奎坐牢出来比没坐过牢的（杨浪）都混得旺实、体面时，他就到村里营造起三儿子养鸡场招工的闲话风。

> 他要的就是你不去，他只是把事情宣扬出去就够了。效果显著，好多人都在议论，说："别看李奎那家伙是个劳改犯，还真有出息。"有些人还拿李奎去教育自己打了多年工也挣不回来钱的儿子。
>
> 张胖子害怕别人议论李奎，因为他总是联想到自己儿子东升。②

李成为个人营造的闲话舆论风使张胖子备感压力，在村庄共同体下由闲话积蓄起来的权力渗透到村民们的日常生活，通过"比较"来建构千河口的价值认同。同时加固村庄以"挣钱多少"评价个人能力的标准，体现出民间话语权力背后的博弈，农民就能从自我言说的闲话中获益，农民的身份也会在话语权力中形塑进而成为身份焦虑。尾卷中夏青得知丈夫出轨时，任由邱菊花传播父女乱搞的闲话，一生劳碌的留守妇女夏青第一次主导了闲话的话语权。从主动诉说开始，夏青渴望通过闲话唤起人们对她的关注，寄希望于舆论的压力报复出轨的丈夫，某种程

① 张莹瑞、佐斌：《社会认同理论及其发展》，《心理科学进展》2006 年第 3 期。

② 《声音史》，第 106 页。

度上接触闲话就等同于接受权力。

（二）日常世界的情感交流

"闲话"和"聊天"等乡村社会日常生活人际传播可以促进村民和社区之间的情感联系①，成为村庄人们的情感维系和心理安慰。《声音史》中房校长常常被村民们以及鞍子寺的新教师们议论，他的办学事迹通过闲话传播成为这片土地上的某种精神象征。张胖子和王玉梅两口子觉得四个儿子加一块都没有"那东西"孝顺，经常感叹道："别的啥都不成体统，那份孝心硬是难得！""我那儿子总比李奎强！"② 暗作比较，认为自己儿子比上不足比下有余，夫妻两便在自我述说的闲话中找到了心理安慰。李成在三儿子坐牢期间，向人们宣扬大儿子和二儿子生意做得好，三儿子出狱后，他又在村里传播"坐牢的儿子也比没坐牢的好"的观念，在赢得村庄人们的赞赏的同时，李成也守住了家族所在社群的地位和声誉，闲话抚平他多年经受乡人背后议论的创伤。闲话的生发离不开村庄人们的情感需求，闲话成为吐露情思、宣泄情绪的首选方式，尤其是在逐渐寂静的千河口，人们需要闲话抚慰荒寂的村庄生活。在过去"阶级化话语空间压缩的背景下，农民有可能借诉苦来舒张自身的利益与情感价值诉求"③，而新时期以来话语权力分散的情况下，农民"说话"的可能性不仅限于"诉苦"，闲话的情感交流作用延展了"说话"的可能性。

罗伟章曾在访谈中表示："我的亲人和村里的绝大部分年轻男女，都到外地打工去了，他们的故事我经常听到，他们的感情我能够理解，不仅仅是理解，还感同身受，很自然地就会在一个恰当的时候将其

---

① 费爱华：《乡村社会日常人际传播及其社会功能》，《湖南农业大学学报（社会科学版）》2016年第4期。

② 《声音史》，第61页。

③ 吴毅，陈颀：《"说话"的可能性——对土改"诉苦"的再反思》，《社会学研究》2012年第6期。

表达出来。"① 换言之，罗伟章写的乡村愁绪源自他听到的闲话，再由个人的生命体验逐渐转变为叙事策略，"感同身受"意味着他试图成为乡土中国城市化进程中阵痛的一部分，并愿为其分担苦难②。《声音史》中借村民之口说出"许宝山作为一个医生不知道话也是药"，暗含其重要的观点：话也是药，闲话也是药。但罗伟章的创作并不是希望成为底层人物的"代言者"或"拯救者"，而是结合其早年经历的一种饱含"分担"情怀的创作③。

(三) 世俗化个体的超脱

罗伟章借村民焦灼的闲话暴露边缘村庄的城镇化进程中日益凸显的社会问题，进城潮流下驻守乡村意味着家道消落，在王玉梅的心中："镇上有房，她跟丈夫去不去住并不重要，但必须有。别人有——连梁春和汤广惠——都有——你没有，就没法做人。她知道，丈夫也是这样想的。"④ 还有张东升也处在村庄"金钱身份论"的焦虑之中，他觉得自己家乡也认身份：挣了钱的就有身份，否则没有。他不仅没挣钱，还找母亲要钱……于是他痛恨家乡，痛恨庄稼、土地和农民带给他的身份束缚，痛恨这种身份附带的卑微和封闭⑤。这些闲话述说反映出城镇化大背景下村民们的焦虑情绪，而唯独杨浪超脱于房子和身份所代表的村庄地位和名声的焦虑，因为杨浪从不说闲话，即使村民的闲话常常传入他的耳朵。不说闲话的杨浪是村庄中个体生命价值的峰值，他静默于整个村落集体之上，又被千河口遗弃。出人意料的是，千河口的闲话被他视作"你信则有不信则无"的存在，世间的很多事，"近处的人往往毫

---

① 参见雷达、李建军等：《那些年轻的新生的力量——四川省青年作家罗伟章、冯小涓、骆平研讨会纪要》，《当代文坛》2006 年第 2 期。

② 李琴：《"乡关何处"的历史之问——以罗伟章小说为例》，《现代中国文化与文学》2013 年第 2 期。

③ 王琳：《苦难·分担·文学——从罗伟章小说创作看当代底层文学》，《现代中国文化与文学》2013 年第 2 期。

④ 《声音史》，第 160 页。

⑤ 《声音史》，第 114 页。

无察觉（尽管他的耳朵很灵），正如只照光晕之外的地方，因此近处的秘密大多从远方传来。——他都知道，但是他不信"。① 这表明杨浪对于闲话也是对于人生的态度，无论是指责还是污蔑，他都从不愿相信也不会回应。这显现出杨浪与世无争的状态与超脱世俗的个体精神，亦体现了罗伟章关于人的命运与乡村未来的理性思考与价值追求。

四、"闲话"的价值与意义

《声音史》中村民的"闲话"是千河口世界中现实而意蕴丰富的存在，其意义和价值在于闲话对小说乡土性、民间性、与超世俗性的属性与理念的贡献。首先，小说开篇即用四十六年前何大汉"我好想再吃一碗！"和二十一年前苟军"我就不信邪！"以及七年前九弟"我想他们啊！"② 三句日常闲话映射出千河口的乡土生活和社会风貌在不同时代的演变，并借用人们口中的"未必"式反问句等语音特色呈现蜀地的语言特征，彰显小说中乡村闲话方式的普遍性和闲话叙述的乡土性。其次，闲话作为以声音为载体、以述说为形式的底层民众"语音中心"的自我表述，不同于以往被"代言"的形式，"闲话"叙事被认为是让底层农民自我表达，全面且不失偏驳地反映底层生活的文学创作方式③，《声音史》中的闲话客观反映了千河口的乡土民情和民间百态，是为不同于主流的、正统的、精英的述说形式的民间性，在小说中为千河口的民间话语权力的伸缩争得一席之地。最后，闲话作为一种叙述修辞，"在叙述声音的源头上有意制造矛盾冲突而形成的特殊表达效果，其总体倾向是造成叙述解释意义的不确定性"。④ 这就是为什么难以从村民们对杨浪的闲话中准确探知叙述者的本意，叙述者有意塑造杨浪

---

① 《声音史》，第223页。
② 《声音史》，第2页。
③ 刘坛茹：《当代底层文学中的闲话叙事与道德评判》，《当代文坛》2017年第4期。
④ 谭光辉：《小说叙述理论研究》，商务印书馆，2019年，第93页。

异于普通村民的形象，从闲话叙述者层面来看是摒弃不合潮流的异人，而从文本的叙述者层面看来又恰恰相反。的确如此，杨浪"不说闲话"的确定性是乡村共同体中个体对于本真自我保留和追求，人们趋之若鹜的物质富裕比不上他在精神世界的富足和松弛，是具有超越意义的缄默。

《声音史》中千河口的事迹逐步在村民的议论中绘就，罗伟章将乡人的"听说"转化成底层的自我叙述，用闲话叙述西南世界大巴山深处村庄的变迁，也在健全文学作品中乡土社会的日常性与完整性。《声音史》中的闲话并不是可有可无的存在，它是在千河口上空漂浮着的灵魂遗迹，是乡人关于时间和空间的个人感知。只有闲话中的村庄才能被人感受到实质存在，因为闲话依存于乡人的述说，村庄的精神依托在闲话声中，构筑出具有完整意义的千河口风土。

（作者单位：四川师范大学文学院）

罗伟章访谈实录

□罗伟章　刘永丽　李俊杰　袁昊

罗伟章简介：1967 年生于四川省宣汉县，现居成都。1989 年毕业于重庆师范大学中文系。当代著名作家、四川省作协副主席、《四川文学》主编。著有长篇小说《饥饿百年》《谁在敲门》"尘世三部曲"（《声音史》《寂静史》《隐秘史》）等，另有长篇非虚构小说《凉山叙事》《下庄村的道路》。作品被译为英、韩、蒙、藏等语言。曾获人民文学奖、郁达夫小说奖、高晓声文学奖等多项大奖。

刘永丽（四川师范大学）：罗老师你好！近两年我读罗老师的小说，最感兴趣的还是被称为"尘世三部曲"的《声音史》《寂静史》《隐秘史》，还有《谁在敲门》。我最关注的就是有关乡村的现代化话题。我认为现代文学史上对农村的书写，大多数作家是在用概念化符号化的书写方式去写农村，但罗老师却是真的用心去体验乡村社会。我觉得你对乡村翻来覆去地书写，表明你内心底还对乡村有所期待。当前我们国家提倡乡村振兴，请问你对乡村未来的发展有什么期待呢？

罗伟章：我确实是关注乡村比较多，那是我情感发生和写作出发的地方。乡村不只是行政概念或地域概念，它更是生命概念，我关注的是后者，其中的关键词始终是人。我觉得乡村的未来首先是人的未来。现代乡村尤其需要有质量的人，就是有现代观念、先进知识的人。最近我看到一则新闻，有关专家建议，那些从乡村走出来，在大都市工作生活几十年的，特别是在某个领域有一定影响的，退休后回到乡村去，成为乡村秩序和文化的维护者、传播者、建设者，我认为这只是在模仿古代的理念。古代的乡绅制度有很多的不确定性，好处显而易见，比如办学堂，但也有坏处，比如土地兼并。做得不好，很可能把真正的乡村和乡村人边缘化，最终依然是让乡村承受霸权。承受霸权的乡村其实就是消失的乡村，因为它已经被工具化。现在某些专家那样去设想，有其积极的一面，其实，很久以前我就那样想过，认为乡绅制度大可借鉴，但我们需要注意的是，不能把建议变成强求，这是一。第二是要有相关制度的跟进，既能发挥他们的能量，又能抑制滑向"坏处"的可能性。这非常考验政策制定者的智慧。

这些年我走过不少乡村，大多都制定了乡规民约。我发现这些乡规民约几乎都是宋代、唐代、明代的，是从过去照搬过来的，与时代非常隔膜。我们意识到了传统文化的可取甚至美好，但不能把传统文化泛化、简单化，不能不考虑政治因素、经济因素，这两种因素塑造着文化，也从根本上形塑着我们的时代观念和对未来的预期。

刘：确实，现在是一个被称作是后工业文明的时代，乡村社会也应该是后工业文明时代的存在模式了。我今天给学生讲课时讲到1905年科举制废除之后对中国社会的影响，就想到了传统的中国社会是一个乡土社会，科举制的存在是一个重要而关键的社会环节，它为传统中国乡村社会的稳固发展提供了正常的社会循环、发展的中介作用。以耕养读的方式使乡村中的人有往上走实现阶层跨越的出路，让他们安心地在土地上，种田、生儿育女、读书去取得功名……落实了"布衣卿相"的梦想。但是现在的乡村社会发生了变化，后工业电子文明的时代需要有一套适应现代科技这种新的社会生产力的生存模式或生活规范，使人能在乡村生活中实现自己的生存价值或梦想。当今后工业时代，大多数工厂和高科技都集中在城市，乡村中的土地如果不通过商业符号的赋值，是很难有产出价值的，所以乡村社会很难有一套让有理想的人实现生命价值的正常发展的社会体系。在这种情况下，我觉得就像罗老师说的，重新返回乡村，用古代的规约去限制后工业时代的人们，这样的理念想重建乡村社会是不可能的。

袁昊（四川师范大学）：刘老师非常关注罗老师对乡村现状和未来的思考，但是我感兴趣的是罗老师对乡村的书写问题，对乡村现状和未来发展的看法，与具体的文学书写之间其实有比较大的距离。作者写怎样的故事与人物，这些故事与人物如何体现作者的观念与想法，作者需要巧思妙想，精心设计，人物的命运走向往往蕴含着作者的思想。比如在小说《谁在敲门》中，写老一辈的父亲，充满敬畏，写第二代众兄弟姐妹，充满理解，写第三代充满愤怒与批判，而且第三代基本没有"痕迹"，也看不到希望。为什么要写三代人这样的变化，罗老师肯定是有想法的。在这三代众多人物中，我觉得父亲这个角色只是一个线索人物，而支撑这本小说的精神之光是"大姐"。可小说在结束时却把"大姐"写死了。罗老师为什么要安排"大姐"自杀？给"大姐"这样的结局，是否就暗示了农村社会的一个基本走向？或者是罗老师对乡村社会的一种悲观看法的无意识体现？

罗：首先说关于"大姐"的自杀。很多读者都说她不该死，甚至有读者以命令的口气，要求我再写一本书，把"大姐"写活，因为他们爱这个人物。但我认为，"大姐"的自杀恰恰是她的生，我也是以这种方式表达对她的爱。她有地母般的爱心，但她付出爱心不是没有条件的，她需要维护无处不在的尊严感。如果尊严被撕毁后她依然能够活下去，那样的"大姐"才真正死了。所以我给读者讲，"大姐"自杀后，本身就是活着的，不必再把她写活。

你刚才说，那样去观察和讲述第三代，是不是预示了第三代的命运？说实话我写的时候没这么想过，我只是遵从生活的逻辑。但我觉得你说的有道理，批评家看问题的眼光更为独特。不过要我来评价第三代，我认为他们非常可怜，我很同情他们。他们出生时，社会形态和观念恰恰出现了一个巨大的裂缝。在第二代的生命当中，有从上一辈承续下来的传统秩序和精神内容，包括对土地的情感，对生活的态度，对乡村和城市的认知，都有传承。但第三代却是割裂的。到他们这里，乡村化整为零，集体观念、奉献精神和索取意识，都发生了位移，都跟老一辈不同，尤其是知道了城市和乡村的巨大落差，并因此向往城市。当他们长大成人，便挤进城市，可见识到的却很可能是城市里最肤浅的表面，是最没有城市理想和城市精神的部分。他们曾经认为，如果在城市混不下去，至少可以回去，实际上，他们不仅融不进城市，也回不去乡村。我是指他们很难介入真正的城市文明，始终处在城市非常边缘的位置，当然，挣来的钱也只够极个别能在城市立足。在某种层面上，他们是被抛弃的。也就是说，这一代人在某一段时间内被抛弃在外、游离在外。但是我在写的时候，可能不自觉被他们的"不争气"所影响，人怎么说都要自己争气。因为觉得他们不争气，就弱化了对他们生长环境及内在困境和渴望的关照，这是我的错误。但要说到悲观，那是谈不上的，我在接受采访时说过，人都是时代下的人，时代的江河，会鞭策和挟裹他们走出峡谷。

刘：我记得罗老师的《声音史》中说到乡村中的第三代，或者是第四代？就是比东升更年轻的年轻人，被父母养着，也不找工作，不愿下地干活，父母的期待就是只要他们不干坏事就好。小说中是这样写他们的："几乎都是没出过门的，即使出门，也是去亲戚朋友所在的工地或厂房，晃悠些日子就打转身，回来让父母养着。父母宁愿养他们，也不想他们出门，因为每次出门，不是惹事，就是借一屁股债……"罗老师以这种方式来书写第三代，是否也是想借此种叙事表达对乡村社会未来的担忧呢？

罗：担忧说不上，事实上我觉得，过去、未来、当下的社会，是不是因为没有农村就活不下去了？更确切地说法是，我们对农村的认知是不是太固化了？比如我老家那个村子，以前 300 多人，现在全村只有 2 个人。目前的乡村，特别是山区，就是这样的现状。但是这些人不是好好地生活着么？不是比以前生活得更好么？当然我说的是物质层面，但物质层面不是非常重要么？它的重要性体现在：首先改善了我们的生存景观，其次会影响我们的精神质地。既然如此，我们为什么认为农村的现状完全不行了呢？相反，我认为这个担心是多余的。一方面强调乡村很重要，另一方面又在城市里过着舒心日子，这是很矛盾的。所以我们不要过于强调，就要让它自然生长。有些东西消灭也是生长，就如我刚刚所说"大姐"的死也是生。沈从文写《边城》就是为了留住一个梦，我觉得沈从文也没有想过要去改变什么，但改不改变终归不是个体愿望决定的。

说到我自己，我回到农村生活三五天，会觉得很舒服。我会去小时候割牛草的地方走一下，冬天山上积了很厚的雪，我会躺在被雪盖住的落叶上，去听大地的声音，我会听到大地在说话。这不是修辞，是真的在说话。在大地内部，有一个未知的广阔世界和无法想象的富饶生命，尽管未知，却能为一个写作者增添厚度。可即便这样，要是十天半月还不走，我就会觉得非常的"空"，头脑会变得很"俗"。乡村的磁场极大，我听一首非常洋气的音乐都会听出"土"；不知道你们有没有这种经验，就是在乡村里面，越洋气的东西，你越会觉得它土。但你并不愿意入乡随俗，你知道入乡随俗这个词有积极面，也有消极面，消极面就是迁就环境。你不想迁就，于是急急忙忙又跑回城市去了。

刘：罗老师说得非常有道理。顺其自然，是最好的办法吧。城市化最终还是让人的生活越来越好了。比如《声音史》中杨浪的童年生活得那么艰难，吃饱肚子都很困难，但是他后来随便种了点庄稼，就可以吃得很好。虽然后来乡村人少了，但是整体上还是在发展，只是人们想到更好的地方去发展。

罗：是的，我们没有理由去要求一部分人一定要在乡下生活，我们没有这种权利。所有的城乡资源、政策帮扶提供给人的发展机会，从理论上都应该是公平的，那么我们凭什么要部分人必须留在乡村？除非他自己愿意。

刘：但是有些乡村的人怎么挤都挤不到城市里去，罗老师在作品中也多次写到这种现象。比如《声音史》中说："农民只是身份，不是职业"；"农民即使进了城市的厂房，也不叫工人，而叫农民工"；"城市购买他们的劳力，却不接纳他们的老人和孩子，即使某些地方办了农民工子弟学校，也大多风雨飘摇"。罗老师在作品中写到的大部分现实，呈现出城市对农民工的不公平，在某种程度上看，城市化的过程对乡村是一种吞噬，农民工年轻的时候被需要，老了就被抛弃，所以你在小说中还写了这种不公平。

罗：整个社会也会承认，正是大批农民工为社会发展提供了人力资源，没有他们，这几十年不可能发展得这么快。农民工挣了钱，这是事实。但另一个更重要的事实，是我们要考察他们的钱是怎样挣来的，他们为此付出了怎样的牺牲。前几天我还听一对朋友夫妻讲，他们还并不是农民工，大学毕业到深圳，进工厂做很普通的工作，两个人进了不同的厂家，厂里规定，吃住行都在里面，不能出大门，大门是锁着的，每个月只有一天的假，用于购物、探亲，放假那天大门才开。麻烦的是，妻子所在的厂每月 23 号放假，丈夫是每月第三周的星期天放假，那丈夫给我讲，他翻遍了那一年的日历，没有哪个月的 23 号是星期天，这就意味着这一年他们都见不了一面。这就是当年的实际状况。从这件事当中，我们发现，它里面牵涉很多问题，比如经济问题、伦理问题、人的工具化问题，等等。

袁：刚才我听罗老师说到农民的出路问题，我觉得罗老师的想法还是比较出乎我的意料，我还以为你是带着一种乡愁去回望你的故乡，结果你说农村存在或者不存在都无所谓，应该任其自然。这说明你的乡愁并不那么浓厚。我想围绕你的作品来谈谈，关于《谁在敲门》写法上的独特性，很多评论家都谈到，说你的这部小说是在向《红楼梦》靠近，用世情小说的方法来写农村。罗老师你在写小说的过程中有意识地使用《红楼梦》书写技法吗？你自己说你在创作时通常都不列提纲和草稿，那么你是如何构思和写作的呢？我想听一下你在创作《谁在敲门》时写法上的思考。

罗：首先，在评论家们提及《红楼梦》之前，我都没有想起《红楼梦》，让评论家们想到了《红楼梦》，尤其是你说的用世情小说方法去写农村，当然是对我的褒扬。因为我觉得，这种写法是我的，是《红楼梦》也无法概括的。讲到写法本身，我的做法是想怎么写就怎么写，一切由我做主，因为是我在写这个小说，不是别人，那么它就是因我存在，人物出场、小说结构都是我说了算。我写小说不光是没有提纲，小说人物也没有。第一句话出来后，如果我觉得这个调子是对的，就会顺着写下去，如一条河的流动。耽误时间多的部分反而是给人物取名字。有的作者创作时会列出人物名字和性格、经历等等，我一概都是一句话定调之后就往下写，后面会发生什么不知道，我都是在写作进行时态当中去思考。只能说这是我的个人习惯。比如《声音史》中写杨浪模仿曾经和他们一起生活过的几个女性的声音，也是在小说进行当中出来的，是自己出来的，生长起来的。写完那段之后，我觉得自己怎么写得这么好，心里非常充实。我写作基本不熬夜，晚上就写到十点之前，但是那天我写到了半夜两点，停下后听见楼下猫叫，心想它们是饿了，就去给猫找吃的，找到之后给它们送下去。这证明我当时心里确实有一种踏实感、充盈感。总之，有些东西，比如我们所说的灵感，或者另一个说法是"神来之笔"，是写到那儿就出现了。不写，就谈不上灵感。所以作家要做的，首先是坐下来。

袁：我也觉得杨浪模仿女性声音那部分写得好，因为里面闪现除了人性之光。《谁在敲门》有好几个人物也有那样的闪光点，比如那个女大学生申晓菲，小说没有让四喜把她毁坏掉，而是安排大姐把她放走；还有医院中的那个护士，她的美照亮了整个医院；包括那个因赌博导致自己孩子死掉而发疯的亚玲，她也有着令人肃然起敬的自尊心，不给她家挂红灯笼，她却在夜里偷街坊家门口的灯笼，都是小说中人性闪光点。罗老师刚才再次强调自己写小说是没有提纲的，那怎么具体操作呢，像写长篇小说可能会带来很多麻烦，难道你每次写都会从前往后看，然后再写吗？中断又怎么办呢？

罗：写作时，你心里是会有记忆的，比如我昨天写了什么，前天写了什么，会有一个记忆，今天就顺着往下写。如果断了的话，比如断了半个月，或者一个月甚至更长，那我肯定会从头来看，看了之后就知道这一条河应该往哪个方向去。

袁：罗老师这种写作习惯很独特，很少听到作家写长篇小说不列提纲，也不做计划。茅盾写长篇小说要写详细的提纲，他说提纲写完，小说也就基本完成。罗老师却从不写提纲、列计划，确实少见。

罗：平常有些问题一直在关注、在思考，就像一片森林，可能会长出什么东西，会有个朦胧的判断，但一切还在进行中，还是未知。作家自己有未知是非常美妙的。如果我也列个详细提纲，那这个小说我就没法写了，因为没有未知吸引我、蛊惑我。当然我再次说，这依然只是个人习惯。我的习惯是，第一句话定了调，独唱或合唱就开始了，指挥家是我，但又不只是我，还有里面的逻辑。这个逻辑的概念不只是通常意义上的因果，因果包含其中，但比因果远为宏阔，叙事的逻辑、语言的逻辑，都在内；如果一个作家能够自成逻辑，就非常厉害。

袁：调子定好，小说的走势就确定了。具体写法也是由这种调子确定的吗？我觉得《声音史》是一种写法，《谁在敲门》又是一种写法，但是到了《隐秘史》的时候，写法更独特，以白日梦的形式呈现。我在看这本小说时，开始的时候看不出来故事情节内在逻辑，但是看到最后发现原来是桂平昌做了一个梦。罗老师为什么要以这样的形式和技法来写这部小说呢？

罗：我要在这部小说里表达的，是自我摧毁和自我胜利。其实自我摧毁是一种悲剧，自我胜利也是悲剧。通过幻想或者自我虚构，把人的生命完成，结果当你完成之后，才发现比开始还要糟糕，甚至糟糕得令人震撼。为什么我要写一个白日梦，其实我开始也不知道，也没说一定要写个白日梦，但它最终成了白日梦，这是小说的自然生长。我很强调这一点。我从不刻意去强调写法，我强调自然。就相当于喜马拉雅雪山融化的水，只管流，就形成了江河。流到某个地方，如果觉得对另一个河道更感兴趣，那就随它。当然话是这样说，作家也不能当甩手掌柜，要掌握必要的控制权，特别是内在逻辑的控制权。另一方面，作家都是对自我不满足、或者说对自我不满意的人，总觉得有遗憾，总觉得有局限，总觉得自己的下一部作品会更好，于是不断地挑战自己，《隐秘史》这样写，其他的我可能就那样写。走过于熟悉的路径，容易形成习惯性写作和没有激情的写作。

刘：确实，写作还是要遵从一个逻辑，像你刚才说的《隐秘史》中，以白日梦的方式进行叙事，我觉得功用是更突出了"隐秘"的多重意味。我刚开始看到小说结尾，发现作者只是在书写一个白日梦的时候，也是吃了一惊。但是仔细想想又觉得，因为写的是白日梦，就说明桂平昌根本没有杀苟军，某种程度上展现了他现实中多么懦弱，他对苟军恨之入骨，梦里杀他千百回，但在现实中他根本对自己无可奈何，他懦弱或者也可以说老实得根本没有杀谁的那股狠劲，只能做做白日梦而已。而这样的老实人在乡村社会中是很多的，让这样一批人怎么有尊严地活着，确实也是乡村振兴中应该考虑的问题。况且，以梦的形式来进行书写，可以展现桂平昌的种种隐秘的欲望。另外，我想罗老师安排白日梦是不是也是源于对人物的爱，或者是怜悯，是罗老师不想让桂平昌担罪而已，因为如果他真杀死了苟军，是要承担后果的。

罗：说不上多么爱，但是怜悯肯定是有的。我是觉得，怜悯、悲悯、人道主义情怀，都是写作的底色。作家笔下的人物，不管这个人是我们所谓的好或坏，都应该有一个悲悯的底色——不一定表达出来，但它在。作家在写这个人的时候，比如我刚才讲座时，说到契诃夫的某些小说写得很不好，就因为他对很多小说人物充满了嘲讽，充满了挑剔，而没有去发掘生命当中的无可奈何。

刘：说到人道主义情怀，我看了你的小说，在这方面确实是深有体会，我觉得你对小说中的人物，对普通人的生命是很尊重的。比如杨浪、桂平昌，我觉得你的深情书写让他们活起来了，你很尊重他们的生命所以让他们的生命丰富多彩。虽然以现实社会的衡量标准看他们是没用的、失败的一群人，杨浪都被村里某些人称作算不上人的"那东西"，但在你的笔下，他们也有生而为人的很独特的东西，你很认可，很尊重他们的生命形态。《声音史》中有一句话说得很好，"每一个人都有他的植物特征"，即肯定了每一个人都有他的独特的生命形态。

李俊杰（四川师范大学）：我有一个问题，刚刚得到了基本的印证。我在读《隐秘史》的时候有一个感受，我说罗老师的写作方法是不是在一定意义上是借鉴了沈从文、汪曾祺一脉。我这个问题还没问，你刚刚在讨论过程中，也提及了沈从文。你在创作中，也是用一种很独特的方式来处理民间经验，比如《谁在敲门》中的哭词，突然把民间的现场，一下子拉到我们眼前来。但是我很好奇，怎样处理这样一种普通的、甚至有点底层的生命经验，我承认这样的民间现场的确有魅力，但是为什么冠以"史"的称谓。

罗：有鸟在上面做窝，有昆虫在上面停歇，瓦尔登湖就是一个小小的生命圈，可是灿烂辉煌，生动无比。所以我们不要说，普通的人，普通的事，就可以小看，就不能成为"史"。叶芝评价泰戈尔的时候，说四季变化，在泰戈尔那里是重大事件。其实不只四季变化，任何事都是大事，一粒沙子能照世界。这不仅包括人类的事，还包括所有的事。说到《谁在敲门》那一段哭丧词，确实感动了很多人，别的不多说，我只想说这样一个问题，就是在写作的时候，千万要知道在哪个地方应该用力。比如那段哭丧，我完全可以不写，用一句话带过就是，但那不行，那分明是该我用功的地方，却偷了懒，那是我不负责任，也必然让小说品质受损。因此我必须静下来，停下来，跟随"大姐"去哭一场。再比如《声音史》里杨浪用声音去回忆那几个女性，也是同样的情形，同样的道理。

袁：关于父亲下葬的那一部分，我觉得罗老师写得很克制。要是一般作家写，一定会用力抒情。父亲丧葬的整个过程，没有渲染悲意，反而纳入农村日常生活来写，不着意书写失去亲人的悲痛，在乡村日常生活中把它化解掉了，我觉得这控制力是很强的。罗老师你是有意识地通过这种近乎零度情感写法来到达预期效果，还是就像你刚才讲的就这样来写，顺其自然地写？

罗：你在写的过程当中，自然会形成的一种笔法、一个调子。像我前面说的，彻底地顺其自然当然不可能，它一定有控制、有规范，当一条河流奔涌向前，方向在哪它是知道的，不知道的话就会散失掉，就不能形成河流；即是说，它有一个自我认知，自我判断，途中接溪纳流，让自己不断壮大。你刚才讲的抒情，在写作的时候，不要让情多事少。情多于事的写作是很轻的。比如你写一个革命英雄人物，如果只是抒情，就可能大而空。说是抒情，其实没有情，所有情都应生发于自我，否则就不是情。但有人去渣滓洞看了，写江姐，不抒情，即使抒情，也是在事当中抒情，说："我真想把你从画像上抱下来。"这里面有一个对革命者形象重建的问题。首先江姐是个生命，是个女人，把她当成生命和女人去理解，当其中再注入精神的光辉，这个生命就格外动人，作者注入的情感也格外动人。我们说词语的搭配，杰出作家和普通作家有天壤之别，我们不只是要说正确的话，话的背后还有好多话，有好多信息，关涉人性和生命的信息。

刘：我觉得罗老师的作品，真正让人感动的就是他说的这种信息，比如杨浪的各种细节透露出的各种信息，就让我觉得这个人很生动，是很饱满的生命形态。因为你在书写中还是充满着感情。还有就是罗老师提到的这种信息，与词语的搭配有关。我读罗老师的作品，确实最喜欢你词语组合中表现出来的格调，感觉你的语言表达很精准，但又有言外之意，是有意味的形式。另外，我觉得你的作品中有好多地方用到了四川方言，而四川方言是否传递了四川独特的文化特质及民俗的信息？

罗：我不提倡把运用方言当成一个作品的优秀之处来讨论，方言用得好，可以丰富普通话的词汇，为普通话贡献一种表达方式，但不要认为用了方言就不得了。我赞同博尔赫斯的话，方言只是表面真实。就好像我写的"大姐"，写的杨浪，写的林安平、桂平昌，其内在真实不是说一定要用方言才能呈现。另外我觉得，一旦进入作家的叙事，还是要用普通话思维。人物叙事和作家叙事，是要转换的。当然，一个自觉的写作者，即使用普通话思维，即使全用普通话叙述，他塑造的人物气质，也有东西南北的分野。这个不一定有外在显现，但作家心里要有。有和没有，作品质地会有区别，但那要高明的读者才能分辨。

刘：我觉得还是与作家运用的表达方式相关。就像麦克卢汉那句著名的话所说的：媒介即是信息，表达的手段就是传达的讯息。四川方言也是媒介表达的方式，也是你想借此表达的文化信息。但是有些语言表达只能是作为四川人才可以体会到其中所蕴含的情感或文化意味，而且是只可意会，不可言传的。比如杨浪，就必须你帮助去完成他，因为他一生就生活在那个地方，带有浓厚的地方文化气息。你不可能完全用普通话去写他。

罗：我只是帮助人物完成了自己，从另一个角度说，我是在写作中完成了这个人物，也部分地完成了我自己，我们彼此怜惜，彼此成就。杨浪对大自然的认识，对声音的认识，是普通话。

刘：从某种程度上说，杨浪是你想象的人物，是你用以表达、传递自己观念的人物。

罗：当然是想象的。但也有原型，我们那地方真有个人，从不干活，所有人都在干活，他在晒太阳，也不跟人打招呼，先是他打招呼没人理，后来他也就懒得打招呼了，是个很被瞧不起的人。这就是杨浪这个人物的全部生活资源了。

刘：《隐秘史》对普通的底层人物形象也描绘得非常丰富，而且也写到了他们对生命也有深入的思考，但在现实中，是否也存在有大量的平面的或者单向度的乡村人，即没有自己独立思考的底层人物呢？

罗：要说没有独立思考，不仅仅是在底层大量存在，在任何阶层都会大量存在。但要说平面，那是没有的。世间哪去找平面的人。作家们之所以只能写出平面的人，那是作家的平庸。由此说到现实主义。我们看见的现实、认识的现实、理解的现实，是极其有限的，但好作品恰恰要突破局限，要让人从现实的迷雾里看到来路和去向，否则就是廉价的现实主义。这当中的关键词依然是人，发掘出并让人看见人本身的丰富和复杂，呈现他们的平凡和神圣，才是真正的现实主义。我们特别爱谈现实主义，但在写作当中，不自觉地就会反现实主义。

李：这就是延续的沈从文的传统，哪怕是底层的平凡的普通的生命，他也焕发出独特的色彩。

罗：那是沈从文非常杰出的地方。就像我刚才讲的，不要说人，就是一条船，一只昆虫，也自成历史。

李：所以罗老师的观点，基本上和现在重要的史学研究观念，就是微观史观，是非常贴近的，不是以前所谓的英雄史观的宏观历史，是把历史都赋予在那些独特的人身上，其实宏观历史恰恰把历史窄化了。而在普通的、平凡的事情中寻找历史结构，才能真正看到比较全面的历史。

罗：英雄难做，英雄也难写。因为他们有另外一种特质，我们普通人，把自己的观念、自己的愿望，都集中到他们身上去，这样就会遮蔽他们本人的真实。他们只能变得简单，如果他们也很复杂，像我们普通人这样复杂，怎么可能成为英雄呢？但是我们写一个小人物，写一只刚才说的昆虫，那就不一样了。我们跟平凡意气相通，写起来就得心应手，同时也像你说的那样，它确实更与大地接近，更能表达全面而深厚的历史。不过，这也提出了另一个问题，就是我们怎样去写有血有肉的英雄？我们有没有本事把英雄写得光辉而又动人？

袁：罗老师还有一个身份是《四川文学》的主编，那你看的稿子应该是很多的。罗老师你觉得当代文学，特别当代乡土小说，目前是怎样的一种写作趋势？

罗：土，不是泥土气息的"土"，它是真的土，气质的土，观念的土（笑），我简直受不了一点。这是一种。另外一种就是我们现在的脱贫攻坚、乡村振兴，很多作家都以这个为主题，而且不管写什么都往这上面靠，好像这样做了，作品就天然地取得了胜利。国家和时代正在发生的大事我们要关注，这是肯定的，但是千万不要认为表达了这些就自动取胜了。文学写作和新闻写作到底不一样，它需要塑造，需要想象，需要人物，需要情感的投入，特别是需要作家心灵和思想的在场，如此才能形成独特的视角。我这里想举一个例子，但是我有点忘记了。

袁： 比如你的《下庄村的道路》。

罗：《下庄村的道路》对于我来说，写作难度不大。跟《凉山叙事》相比，难度要小很多。《凉山叙事》真的是写得苦啊！写得认真啊！当然不是说写《下庄村的道路》就不认真，只是说难度上是有差别的。

刘： 我觉得作家还要有一个很重要的特质就是需要有真情。我看罗老师的小说，有一个很大的感受就是他是在用"情"写作。他不像有些人写小说只是在"码字"，我觉得罗老师在写作的过程当中是倾注了感情的，所以展现出来的文字也是毛茸茸的，充满了丰富的生命汁液。那些感情肯定也和你的人生体验有关系。

罗： 比如说我写一棵树的时候，这棵树跟我小说里面的人是有某种联系的，它不能只是单纯的一棵树，也不会是莫名其妙存在的。你要说我对这个人物有感情，这个感情就是收敛，就是要把它藏起来。

袁： 罗老师今年在江苏凤凰出版社出版的《尘世三部曲》，这个书名罗老师你是怎么想到的？是你自己想的，还是出版社策划的？

罗： 这个俞老师帮了忙的。《尘世三部曲》的命名是你敲定的对吧？

俞欣珏（《四川文学》编辑部）： 对。当时也是因为一直在取名字这里犹豫不决。

袁：《尘世三部曲》包括《声音史》《寂静史》《隐秘史》，是怎么想到要取"尘世"二字呢？

罗： 因为当时起了好几个名字都觉得很不满意，后来就觉得可能"尘世"两个字还要好一点。

袁： 但是你三部曲基本上写的都是农村，而你的名字《声音史》《寂静史》和《隐秘史》三部曲都命名为"尘世"，这之间是否有一些错位呢？

罗： 我的写作根本就不想被题材限制。我可能想为乡村做更多的事情，但是我从来不赞成别人简单地把我的小说说成是乡村题材小说。当我们心里面有了人与万物，写作就是无限宽广和自由的，凡有生命，即为"尘世"。

袁：我一看"尘世三部曲"书名就觉得很有意思，"尘世"二字会让你有很多想象的空间。而且这三本书，你如果不看内容只看标题的话，会很难猜测出它里面写了什么内容。

俞：这个我要说一下。"尘世"这两个字其实是来自《寂静史》中林安平的一句话。她说："有人才有灰，有灰才有人。这就是尘世。"林安平这个女性形象，表达出了很多罗老师对于女性的认识。

刘：按我的理解是，《圣经》中的说法，人啊，"你本是尘土，仍将归于尘土"。确实也是土生万物。罗老师在小说中也表达"泥土比金子更金贵"的意思，因为土才是万物之源。我记得《声音史》中，李诚唱的歌谣中有这样的话："一寸田土噻一寸呢金，田土噻才是那命根根。"

罗：这不是我说的，"泥土比金子更金贵"很多人都说过。（笑）

刘：呵呵，"土生万物"嘛，刚刚俞老师也说到的，"有灰才有人"。并且这又和女性联系在一起。生命确实就和女人，和土地有关联。总之，尘世三部曲展现的是和土地、和乡村生命的传承与发展相关的一切。《隐秘史》展现的是城市化进程中冲击下的乡村社会伦理秩序的崩溃，由此，欺软怕硬的丛林社会法则开始横行，在这样的情境中，一个普通软弱的乡村人渴望尊严的心理历程；而《声音史》写的是乡村世俗生活的声音消亡的历史，实际上也是乡村式微、凋零的历史。《寂静史》是乡村中的原始古朴的信仰被时代抛弃而归于沉静的历史。这些都和尘世的生生灭灭有关联。另外，《寂静史》也是写原始传道的声音在消失，也是和声音相关的。

罗：刚才有两位同学提问，我回应一下。一位同学问我是否以后会继续写乡村，还有一位同学问我在写作生涯中哪些作家影响过我。

先回答第一位同学的问。我写的所有关于乡村的，都是我观察到的、想要表达的东西。但是你刚才问的意思是不是说要主题写作？对吧？每一个人他都有自己的写作习惯和取材疆域，还有他观察生活的站位和姿态。我喜欢的是从低处去看。因为只有从低处去看，才能看到一些平时看不到的东西。并不是只有站得高才好。我觉得一个作家，必须要学会站在低处。站在高处就只能够俯视人物。我觉得这样的姿态对于作家和人物都是一种矮化。当你站在高处其实就是对生活的矮化，因为你没有那种融入和感受的深刻。当然了，这只是我的个人观点。如果说我要回答你的那个问题，其实很简单，我可以直接说我不会就完了（笑）。

再回答第二位同学的问题。我在不同的访谈或者文章当中都有提到，我读了莎士比亚和托尔斯泰之后，感觉他们什么都没有教会我。但他们为我奠定了一种根基，特别是托尔斯泰。有一次，有个女作家跟我聊天，她说她不喜欢托尔斯泰。我问她为什么，她说托尔斯泰不深刻。当时我就跟她说，深刻分两种，一种是阳光的深刻，一种是尖刀的深刻，阳光能让万物生长，尖刀却是一刀见血，一个是建设性的，一个是破坏性的。一个难，一个易。托尔斯泰属于前者。而我们评价一部小说的时候，往往钟情于尖刀的深刻。这可以把人性的恶和一切人性的坏都能刺破。但如果我们只钟情于这种深刻，也会照出我们自身的肤浅。

你刚刚讲哪一种资源对我的创作有很大影响是吧？我的观点是，我们要敢于去读那些很难读懂的书。比如说，康德难懂，包括《国富论》《本草纲目》《黄帝内经》以及《物种起源》这些书，读起来也会很令人头大，但它们是好书，是有基石作用的书，因此要读。我们不仅写作时不能有功利心，读书时也不能有。

刘：好的，今天谢谢罗老师为我们带来的精彩的讲座，辛苦罗老师了。那我们今天的座谈就到此为止，再次谢谢罗老师！

众人：感谢罗老师（鼓掌）。

新作锐评

自然与人事的风度

——评王吉鹏诗文集《家乡的水牛》

□潘汐檀　刘永丽

《家乡的水牛》是著名学者王吉鹏的诗文集，是他在异国怀乡，梳理与总结自己的人生经历，记录他的青春之忆、中年之思和晚年之智，包含了散文、散文诗、诗歌三种体裁，各类之间主题与情思相似，但又各自沉淀出不同的风味和才韵。

一、灵性自然

王吉鹏在书中回忆童年生活时，着笔于故园院落中细微的景物和人事。他带着儿童的眼光、用兴奋的笔触列举奶奶在菜畦里种的各种蔬菜：油菜、菠菜、蚕豆、扁豆和各个角落里生长的植物：香椽树、枣树、桃树、桂树以及竹林和桑树，讲述儿时的他与蚕、鸭子、狗和鸟之间的趣事。在作者的叙述里，日常生活与自然风物融合无间，故园的一花一树、一墙一瓦都满载鲜活的生命的欢悦。在散文诗部分，王吉鹏对大自然主题的书写则更为集中，如《野营絮语》《树有灵性》《鸟飞鱼跃》《花开山野》《冬长春迟》《秋静夏壮》《天地之间》等，呈现出诗意自然的主旋律。他常以拟人化的笔调赋予大自然中的万物以灵性，又在其中灌注了人生之思。在他的妙笔之下，自然界的万事万物好像都具有了蓬勃的生命力量，它们能够在无尽的"细胞裂变"中持续不断地更新、成长，进而实现了与他的数次感应和对话，他也在这些灵与魂的亲密交互中逐渐跟大自然融于一体，达到了"天人合一""道法自然"的境界："我观察着、品味着、思索着，这残冬对早春的道别，感受着大自然的悲喜、歌哭、凉热，还有决绝与缠绵、生长与眷恋、冷漠与热恋……"① 他在此书中完成了一次又一次的纯粹个体生命与自然的相遇，即在面对自然时，比起解释和代言，他更愿意做的是静静感知，排除过多的知识介入，仅保留下孩子般的眼光和心灵。

更为难得的是，王吉鹏在书中没有表现出随着人类历史发展而逐渐显露的世界主宰意识和物种优越感，从某种程度上来说，他作为一位古朴的人文学者，似乎仍然珍存着先于现代科技文明社会的"万物有灵"观念意识。面对自然万物，他更像是一个小心翼翼的追慕者："林中鸟儿对我说：你是人类，我听不懂你。路边鸣虫埋怨我：你声音怎么这么响，像雷震。宠物躲到主人身后，对我一脸惊惶。"② 而王吉鹏对自然生灵的特别关注和赞许实际上寄寓着他对某种纯粹生命力量的渴慕，以及对本真存在状态的向往，他正是将自然万物当成了生命效法的神祇，从中找到了诗意栖居之所在。就像《卡拉马佐夫兄弟》中所吟诵的那样："在美好的大自然的怀抱里/有生命的一切都在把欢乐痛饮。"③ 王吉鹏在本书中正是借助着对大自然热切的爱与细腻的感知，以无限接近于自然的生命实现了灵魂的安置，也在一次次被触发的心灵顿悟之中完成了过往岁月以及自身生命的进一步省思。

当下工业科技型与消费娱乐化的现代社会已经生成了一套坚硬的文化制度和表达规范，普通民众被空无、冰冷的"城堡""荒原""铁笼"等围困。但在这片现代科技的土地上，王吉鹏却将目光落到了天地自然、生命万物之上，他重新引导读者找回一种失落了的充满温度的情感

---

① 王吉鹏：《家乡的水牛》，中国画报出版社，2021 年，第 235 页。
② 《家乡的水牛》，第 209 页。
③ 〔俄〕陀思妥耶夫斯基：《卡拉马佐夫兄弟》，臧仲伦译，译林出版社，2001 年，第 94 页。

体验。在《中秋杂记》中，他写到奶奶虔诚之至地敬拜月亮的场景："奶奶敬月光是很认真的，虔诚之至。净手更衣，露天设案，正对东南，案上置月饼、藕、菱角、青豆等，点烛上香，然后三跪九叩，匍匐下去时嘴里还不停祷告。然后，还让我们依辈分长幼男女为序一一跪拜。"① 而在《挺立着的枯树》中，作者看到在街区的拐角处，在十字路口的旁边，挺立着一棵又高又大的枯树，"伟岸地，倔强地、执拗地"，作者用这些词，展现着他眼中的树不是客观物体，而是有灵性的生命。作者由此想到这棵树"也曾是青青幼苗，充满着希望和梦幻。它也曾是枝叶婆娑，贡献出成熟和丰富。它也曾是威武雄壮，迎战过风暴雷霆。而今还是苍劲坚强，宣示着高贵和尊严"②。所以，每当作者走过它的身边时，"总是虔诚地远望、凝视、流连，献上我的钦佩、顶礼、尊敬。我总感受到它的生命、激情、魂灵"③，像面对人一样地感受着树的灵魂，呈现出作者质朴的自然观。在《观三文鱼洄游》中，作者称三文鱼是"伟大的女性"；《静夜三忆》中，爷爷对快当妈妈的母鱼的放生，对鸽子的友待，都展现了作者对自然之物的博爱。巴乌斯托夫斯基在《金蔷薇》里说："只有当我们把自然界当作人一样对待时，只有当我们的精神状态、我们的爱，我们的喜怒哀乐，与自然界完全一致时，只有当我们所爱的那双明眸中的亮光与早晨清新的空气浑为一体，我们对往事的沉思与森林有节奏的喧声浑为一体时，自然界才会以其全部力量作用于我们！"④ 确实，自然不仅是养育我们生命的母亲，更是教会我们生命运行法则、丰富我们心灵与智慧的导师，所以每一个人的生命，都应该是自然的形式。王吉鹏的作品，就是表达了这样的对自然的一种尊崇。

---

① 《家乡的水牛》，第 28 页。
② 《家乡的水牛》，第 42 页。
③ 《家乡的水牛》，第 43 页。
④ 〔俄〕康·巴乌斯托夫斯基：《金蔷薇》，戴骢译，上海译文出版社，2010年，第 343 页。

二、诗意日常

与王吉鹏这种对工具理性的反思意识相关，本诗文集中除了前述的对大自然的特别关注之外，另一个重要方面就是他对日常生活的大量记叙和描写。它们琐碎、不起眼，却也因此恰好逃离了被现代生活掠夺的某种程式化命运，从而透露出相当的生命质感与人的气息。日常生活作为一个重要的哲学研究话题，向来承载着深厚的意蕴，列斐伏尔认为："日常生活与一切活动深刻地联系着，涵盖了有着差异和冲突的一切活动；它是这些活动会聚的场所，是其关联和共同基础。正是在日常生活中，使人类——和每一个人——成为一个整体的所有那些关系获得了形式和形状。也正是在日常生活中，那些影响现实总体性的关系得以表现和实现，尽管这些关系在一定方式上总是部分和不完全的，但是却能够使得现实的总体性得以实现：诸如友谊、同志之谊、爱情、交往的需要、游戏，等等。"① 而先哲们发现，所谓的文明进程其实是日常生活被改造、被规范化、被理性化的过程。尤其是现代被工具理性过滤的社会，人已经被异化为程序化、格式化的存在，创造性活动的力量被压抑。以至于阿多诺感慨："在现代社会中，生活已经堕落为单纯的消费，不再涉及美好生活的理想，个人不过是庞大的工业社会机器的一部分，讨论真正的生活已经变得很困难了。"② 而列斐伏尔进一步指出日常生活被现代化运动所掠夺，成了一个刻板、重复、无意义的地方："商品、市场、货币以它们那不可取代的逻辑控制了日常生活，资本主义的扩张已经通达日常生活的所有细节。"③ 这一切，都是我们所要警惕的现

---

① 转引自周宪主编：《文化现代性与美学问题》，中国人民大学出版社，2005年，第63页。

② 俞吾金：《现代性现象学：与西方马克思主义者的对话》，上海社会科学院出版社，2002年，第52页。

③ 《文化现代性与美学问题》，第62页。

实生活形态。

在《家乡的水牛》一书里，尤其是散文和散文诗的部分，作者王吉鹏一直在与刻板、重复的日常生活进行抗争，他不厌其烦地细细叙写了他在童年、求学、工作以及出国生活中的许多日常小事，那些他与家人、同学、朋友、师长以及自然生灵之间平凡、琐碎但充满温情的生活记忆也就被自然地推到了台前。通过这些记叙，作者实际表现出了对细琐、枯燥生活常态的认同和肯定，但同时，他所保留的这份执着的观察和感知能力又彰显出他对自由意志的把控，帮助他找寻着激情火花和诗意瞬间来不断地创造新的人生意义。

作者为什么如此钟情于水牛呢？是因为水牛的勤劳："它是凭力气活着的"，"春天，它得踩在水田里，拉着犁铧耕稻田，以待插秧。秋后它又得踏着稻根的茬，拉着犁耙耕麦田，以待播种。稻谷上场，它还得拉着滚动的碌子脱谷。有时候，还要拉上牛车，运载东西。"[1] 所以，在每一个日常生活的时节，人们离不开水牛的帮助。但对水牛本身来说，它的日常生活是枯燥劳累的，它"吃的是草，贡献的是巨大的体力，"完全是为民众无私奉献的服务的一生。"连它的粪便也被人们做成粪饼，贴在墙上晒干，以作为燃料，烧火做饭"。"水牛同它的牛家族成员一样，浑身是宝，死后全部奉献。牛肉可食，牛皮可衣，牛毛可制笔制刷，牛角可成乐器装饰，牛骨可加工为壮骨粉"[2]，水牛没有自己，但它生命的意义也就在于这样的奉献。面对劳作到死的命运，"它很淡定"，因为那是它活着的本分。作者说，他也"变成了一头水牛"，展现的是对这样甘于奉献甘于苦燥劳作的日常人生的肯定。在《苦栗之思》中，作者借母亲的话说到日常人生的苦："苦楝——苦练，学文化、学手艺、学生意……学什么都得苦练啊！"[3] 众生皆苦，苦难的生活，也是生命天然的状态，既然是天然的状态，我们就要接受，从苦中汲取生命的

---

[1] 《家乡的水牛》，第 34 页。
[2] 《家乡的水牛》，第 35 页。
[3] 《家乡的水牛》，第 16 页。

力量。所以作者更强调大树在严苦的季节中坚韧的生活态度："树又在做暮春的梦：草长，叶绿，花开，莺歌，燕舞。鸟儿又飞回来了！夏天来了，又有清脆动听，又有歌唱翔舞，又有感恩祝福，又有……但大树也没有忘记，夏后还是秋，秋后还有冬，还有落叶，还有背离，还有风雪，还有泪水。尽管大树什么都明白，但大树还是做着梦，执着地。"①即如西西弗斯神话一样，探讨的是在日复一日的日常生活中如何生存的哲学层面的命题。

三、力度情感

与积极的、充满温度的主题基调相应，在语言上，王吉鹏主要是以一种轻快、幽默、随性、松弛的风格进行叙述，使得这样的回忆性著录在纪实性之外添上了趣味性。比如在《故园亲人》一篇，他写小时候跟伙伴们因为偷拿旧书折纸飞机玩，被奶奶喊着骂："作孽呀！那是书啊！"但他更担心的还是"万一奶奶告诉父亲，那就糟糕了，屁股上少不了增加五道红手印，够疼一阵子的。"还有作者与鸭子之间的往事，年幼还不懂事的他因为想快点把鸭子赶回家好去自由玩耍，催促鸭群的时候不小心砸到了其中一只，看着一瘸一拐的鸭子，他说："我好心疼啊！好对不起你呀！吃饭吃得不香，一宿都没睡踏实。"作者在许多篇目中都是以这样自然风趣的语言来轻叩记忆之门。

另一方面，王吉鹏的文字又呈现出清透而富有情感力量的特点，因而《家乡的水牛》读来更觉清新感人。最为动人的是他回忆母亲以及她去外地看病带回来种在故园里的桂花树：

> 妈妈 1973 年秋天离开人世，那年她四十九周岁。以后，我每一次回到故园，总要在桂花树前伫立良久。如果是秋

---

① 《家乡的水牛》，第 210 页。

天，那满树清白色的朵朵小花，总是在我眼睛里幻化出妈妈的一颗颗泪珠。(《故园亲人》)①

在散文诗《题辞》中他也写道：

我在故国的故园已经不在了，那棵高大的桂花树也在迁移后枯萎了。然而，白天我的心中、深夜我的梦中，还是老样子。那桂花树上的串串白花，还是母亲的泪水。(《题辞》)②

作者对母亲以及故国故园的爱恋和伤怀无不溢于笔端，其情之真切感人可比拟白先勇先生的《树犹如此》。

王吉鹏《家乡的水牛》除了以作者对大自然的爱和感怀贯通始终外，其整个回忆历程也基本可以提取出作品主体，即故国故乡过往的无尽人事。作者伫立在与故国遥遥相隔的太平洋彼端，常常以眷恋的目光凝望海岸那头，满载缱绻深情地怀念起他的亲人、乡人、儿时伙伴、同僚、校友、导师、尊者等等，而在绵远的时空漫游背景之下，这些珍存的往昔欢悦却又被染上了淡淡的悲愁。作者的儿童与青年时期正值中国历史大变迁的特殊节点，他所回忆的这些人事无不被放置回大的时代洪流之中，因而这些过往岁月就不仅仅只作为个人的回忆史录，它们还蒙上了一层未被刻意说明却真实存在的归属于时代的辉煌和哀伤。读着王吉鹏对过往几十年岁月里熙熙攘攘人事的念说，让我想到波伏娃在她的晚年著作《独白》里所说："人类的历史确实是非常美好，可惜的是人的历史令人难过。"③ 波伏娃悲叹于人本身因渺小而受损的处境。但是王吉鹏在本书中所呈现出的基调和立场毕竟有所不同，他温情细数的记忆多数还是光亮而又热烈的，无论人、事、景都是充满了生命力和激情的

---

① 《家乡的水牛》，第8页。
② 《家乡的水牛》，第192页。
③ 〔法〕西蒙娜·德·波伏娃：《独白》，张香筠译，上海译文出版社，2012年，第112页。

样子，尤其是他所讲诉的负笈金陵的时光，那种与同学师长在摩拳接掌间所飞扬出的无边学术热忱和文学情怀实在令人动容。

时代起起浮浮，历史一往无前，洪流中的人被推搡、被抛掷，但王吉鹏在《家乡的水牛》中却跳脱出了对这种无能为力的怨艾，转而肯定并歌叹人的一些"主动实现"。这样一种积极昂扬的主体精神和人格风貌实乃当下社会应当大力传播和弘扬的，它恰为现代人类提供了另一种风度与可能。

（作者单位：四川师范大学文学院）

生态危机、官场权斗与人性试炼

——论邹瑾《地坤》的文学价值与意义

□袁昊

邹瑾这位作者，对于当代文学批评界来说有些陌生，不知道该作者是谁，也不知道写过什么作品，近乎寂寂无闻。陌生、寂寂无闻，并不表示这个作者不重要，更不能说其作品就没有价值。相反，只能说批评界的盲视，他们的注意力只聚集在镁光灯下的作家，像灯光外如邹瑾这一类作家只能被陌生、被寂寂无闻了。邹瑾其实是一位极具当代现场感的作家，一直关注并书写当代社会问题，坚忍不拔、毅然决然地把文学书写在中国大地上。2008 年汶川地震发生后，邹瑾作为灾区的地方领导，积极投入灾后重建工作。2014 年，他以汶川地震重灾区青川县东河口发生的故事为原型，创作出长篇小说《天乳》。因小说"展示了汶川地震后灾区人民顽强的抗灾亮剑精神，描绘了一幅幅川北独特的民俗风情图，映射出生生不灭的人性光芒"①，而被誉为"描写5·12汶川地震最深刻、最生动、最具思想穿透力和人性震撼力的小说"②。邹瑾没有停止对灾区的关注与思考，经历了青川东河口 2008 年地震、2010 年泥石流，他对地质灾害有了更直观的理解，深刻认识到保护生态环境的重要性。2023 年邹瑾创作出新的长篇小说《地坤》，聚焦生态问题、官场书

---

① 梁鸿鹰为《天乳》所写的推荐语，见邹谨：《天乳》，作家出版社，2014 年，封底。

② 李明泉为《天乳》所写的推荐语，见《天乳》，封底。

写与人性探讨。对于这部小说的文学价值与意义，有评论者从"新乡土叙事"的角度予以阐释①，也有评论者从"小说传统"和"终极关怀"等角度来论述②。这些解读各有道理，但又似乎未能探得其中三昧。本文继续对《地坤》进行研读，希望对《地坤》的文学价值与意义研究有所推进。

一

《地坤》这部小说最为显著的特点是鲜明的生态书写，对自然生态问题有较为详细地展现。小说也是围绕生态问题的出现、加深与解决来结构全篇的。

小说开篇，康全市风城县因环保问题被新华社和央视记者曝光，省委、市委要求风城县县委、县政府限期整改，县长韩月川及县各位负责人接受副市长郭强的警示约谈。风城县的生态问题包括：县里小水电站建设无序，严重侵占生态容量；生态自然保护区里乱开矿；乱占和破坏耕地③。面对这些生态问题，郭强副市长给风城县布置了硬性整改任务，"一是划入自然保护区的小水电，原则上要全部拆除；二是严重影响水生动植物类生存和鱼类洄游的河道，必须整改达到生态容量最低标准；三是正在建设的峡口水电站必须马上停下来；四是乱占的耕地、乱开的矿山，必须一年内恢复原貌"。④ 为了能使风城县按期完成整改任务，省委、市委特别下派了两位年轻干部协助工作，一位是高校生态环境学教授程子寒，一位是市委副秘书长林旭辉。

生态问题整改工作还没展开，生态危机引发的问题就接踵而至。风

---

① 焦阳：《"出乎其外、入乎其内"——长篇小说〈地坤〉的新乡土叙事》，《中国艺术报》2023 年 10 月 30 日。

② 徐良：《新时代语境下小说的传统升华与终极关怀——评邹瑾长篇小说〈地坤〉》，《十月杂志》微信公众号 2024 年 1 月 4 日。

③ 邹瑾：《地坤》，四川人民出版社，2023 年，第 3 页。

④ 《地坤》，第 3 页。

城县清风镇清风峡石材产业园大量开发锰矿，电解锰的废水废渣直接排放倾倒，造成峡口村水土、空气污染严重，致使附近村民中毒甚至患癌。村民养鱼塘的鱼不明不白地死去，鱼场被迫搬走，损害了村民的利益。村民袁九金感叹道："从前这龟石坡是多么祥和宁静呀，自从齐宇公司上山大肆开矿，这整片山坡的林木全被毁了，到处开挖着大大小小的矿眼，最后弄得给老爹选个安静点的墓地都差点没选上。"① 村民们坚决抵制继续开矿，具政府却要大力推进"双石经济"（锰矿石和花岗石）、发展工业园，官民形成矛盾，引发冲突。清风镇峡口村村民到县政府上访，上访不得愤而冲击县政府，生态问题上升到政治问题。

乱采矿已经造成严重的生态污染，危及民众的生活生命安全。乱建水电站引发的问题更加严重，峡口村龟石坡发生大面积塌方和泥石流，造成四户人家被泥石流卷走，八人失踪。河道被堵、形成堰塞湖，堰塞湖水位不断上涨，将会造成更大的次生灾害。省政府马副省长、市委书记郑宏德等亲自到现场指挥抢险救灾。灾情得到控制后，省市联合成立调查组要调查造成事故的原因，追究批准开矿建坝的责任。泥石流事故还未调查清楚，峡口村水电站决堤，发生透水世故，造成新的灾害。省市调查组联合行动，最终把不法人员绳之以法，停止破坏生态环境的"三石"经济项目，提出"三绿"经济，强调风城县要"守牢属地生态环境和基本农田的政治责任，坚定不移地保护好我们的绿水青山。"②

小说的自然生态书写，似乎与惯常生态文学书写方法没有多少差别，都是固定的书写模式，围绕"发生问题—描述危机—解决办法"来书写。因为出现了生态危机，所以要对其采取相应的整治措施，重新恢复生态样态，保持自然生态和谐健康的发展。但在书写风城县生态整改的过程中，小说还论证了生态整改的理论依据，而不仅仅只是对生态危机的应激性反映的常规化书写。小说的生态理据书写分为两条论证路

---

① 《地坤》，第 196 页。
② 《地坤》，第 337 页。

径：一是以韩月川、程子寒两人所提出的现代科学"生态位"理论，二是以程子寒与县政协主席文运昌论道所体现的传统自然观。

现代科学"生态位"理论的论证有两处。第一处是小说中段，韩月川替代生病住院的县委书记肖一凡，参加康全市市级领导班子和县级主要领导人的中心组理论学习会。韩不知道以什么主题在会上发言，程子寒便建议韩以"生态位"作为主题，并结合风城县的现实问题，把"生态位"功能性关系和现实问题有机结合起来。韩接受了程的建议，在中心组会上作了"用生态位法则来指导风城县发展"的主题发言，并从"必须尊重和敬畏大自然""经济社会环境必须依赖大自然生态环境""生态文明建设和生态位法则所揭示的大自然普遍规律一脉相承"三个方面加以论证①。第二处是小说结束时程子寒在风城绿色发展高端论坛大会上的即兴演讲，他从"生态位"具体落实的绿色发展着手，强调"必须有高标准的生态本底，要有高颜值的自然环境，要有高效率的资源节约开发，要有高质量的经济社会发展成效"，即程所提炼的"三绿"发展方向，"绿而美""绿变金"和"绿换碳"。②

传统自然观的论证。程子寒新任副县长后，出席清龟山春茶采摘仪式，仪式结束后与夏贝竹来到清龟山山腰文运昌老家，正逢文在家，于是程、文二人一番论道。二人从文运昌的一幅书法聊起，"人法于地，道法自然。九尺垒土，厚德载物"。之后二人分别从《道德经》《易经》《老子》原典中指证出处、解读意思，进而论道：世间万事万物，"都与大自然一样，无论世道人心、官场生态，还是人的身体和内心世界，都是一个自我循环而相互和谐的内在平衡体"，"都有自己的生态圈，都各自有一个复杂的内宇宙，和博大无边的外宇宙一样，同样需要环境保护。"③ 风城县乃至全国全世界之所以出现严重的生态危机，与对这种极具智慧的传统自然观的消失有关。因之，"现在的自然界，特

---

① 《地坤》，第 128'页。
② 《地坤》，第 333—334 页。
③ 《地坤》，第 150 页。

别是在土地和生态环境与资源领域，出现一些妖事怪事"①。"人弃常则妖兴"，"常"就是"五常"，即仁、义、礼、智、信，"弃常"则不仁、不义、无礼、没有智慧、没有信用。"妖兴"的体现主要就是人与自然严重不和谐；生态失衡，既包括自然生态危机，也包括社会生态和精神生态出现了种种危机。去妖归常，实现天地自然与人的和谐相处，就在佛家的无我、儒家的无恶、道家的无为，悟透中国文化这些道理并身体力行，"世间自然就会妖去魔灭顺和太平，人也就平安无险了"②。

小说对生态整改理据的论证，使小说摆脱了既有的常见书写模式，避免了"生态危机展示有余而根源分析不足"的问题。同时小说的生态书写也没有落入对自然的盲目崇拜、神秘化书写的窠臼。"生态位"与传统自然观的有机结合，超越了既往生态书写二元对立与颠倒的思维，简单地从以人类为中心转向以自然为中心，这其实是另一种书写的误区。生态平等，人与自然互为主体性，在整体主义中构建新的和谐与平衡，这才是《地坤》生态书写的要义所在，也是其在当代生态文学中的独特之处和价值所在。

二

生态书写是《地坤》的显著特点，也是小说的独到之处。但小说写得最为精彩的还是对官场的书写，有评论者认为该小说是"典型的官场小说"，甚至"抵达官场小说创作新境界"③。"官场"之所以称为场，是由于其独特的场域。权力体系、运行规律、政治争斗等都在这一场域中展开。官场小说要写好这个特殊的场域，非置身其中且又能超脱其外者而不能实现。中国当代文学中官场小说数量众多，但鲜有让人满

---

① 《地坤》，第 151 页。

② 《地坤》，第 341 页。

③ 徐良：《新时代语境下小说的传统升华与终极关怀——评邹瑾长篇小说〈地坤〉》，《十月杂志》微信公众号 2024 年 1 月 4 日。

意的作品，原因之一就是写作者大多并非官场中人，缺乏对官场的直观了解与把握，向壁虚造、道听途说比比皆是，所写出的官场小说的质量可想而知。当代作家中，王跃文、王晓方、李发锁、汪宛夫等有过为官经历，他们小说对官场的书写比较切合现实；而周梅森、阎真等实际上则缺少这种经历，其小说创作想象性多于真实性。当然，这并不是说官场小说创作者必须要有为官经历，否则就无法写好官场小说。吴趼人、李伯元两人几乎没有仕宦经历，但这并不妨碍《二十年目睹之怪现状》《官场现形记》成为优秀的官场小说。经历与经验是文学创作的充分条件，但并不是绝对必要条件，文学毕竟是以文字为媒介的创造性活动，虚构性是其特点。但若有相应的经历与经验，对官场的了解与把握可能要可靠一些。《地坤》作者邹瑾有丰富的从政为官经验，从基层干部到省厅级官员，为官经验相当丰富。这些为官经历与经验有机地熔铸在小说中，使小说具有鲜明的官场小说辨识度。

风城县之所以会出现严重的生态危机，与执政者缺乏科学的生态位知识和传统自然观念有关，更与为政者胡乱作为直接相关。清风峡工业园区疯狂开采矿石、过度修建水电站这些项目是谁批准的呢？显然是当时的当政者。现任康全市市委副书记的李谷雨是风城县的上一届县委书记，是在他的强力主持之下，开矿和建水电站才获准立项。也是因他的直接支持，清风峡工业园区成为了经济建设示范园区。开矿和建水电站可能引发的生态问题，李谷雨等当政者难道不知道吗？肯定不是，他们非常清楚这些项目可能造成的后果。那么他们为什么还要强力支持呢？为的是经济发展，而经济发展又与政绩直接相关，有了政绩，仕途才能晋升。所以在清风峡生态问题已非常严重的现实面前，李谷雨还要强推风城县与北京方舟集团合作，成立方舟石业开采"三石"（锰矿石、花岗石、翠绿玉石）。北京方舟集团背后的政治靠山是能够去"海里"走走的侯老，虽然侯老已从部长任上退下来，但是能量很大。侯老向李谷雨许诺，只要与方舟集团合作成功，李谷雨就可能升至市委书记。李谷雨的官欲相当强烈，利用手中权力，极力实现侯老的愿望，进而达到其仕途升迁的目标。为了实现这一目标，李谷雨无所不用其极。首先是官商勾结，他利用长风集团、齐宇矿业公司控制工业园，为他树好经济发展政绩这块牌。长风集团、齐宇矿业公司借助李的这棵大树，完全把工业园及水电站周边区域当成独立王国、法外之地，清风峡的迷魂谷成了风城县的百慕大死亡三角区，外人一旦进入迷魂谷就神秘消失，即便是县环保局局长毛艳艳也神秘地死于迷魂谷。其次是要挟利用同僚，使同僚们成为其御用工具。李谷雨在风城县任县委书记多年，风城县的主要领导人如县委书记肖一凡、县委副书记林旭辉、常务副县长孙玉珉等都是李一手提拔起来的，这些领导人就成了李的利益代言人，要按照李的意图行事。这些人中，林旭辉完全唯李谷雨马首是瞻；肖一凡在省市生态整改约谈后就装病住院，不敢也不愿再参与李谷雨所涉的各种问题中；孙玉珉是坚决维护李谷雨工业园发展的代表，当徐富达、麻二娃等被抓捕归案后，幕后操控者孙玉珉不得已而自杀。同僚中如县长韩月川，李谷雨既想将其发展为情人，又想将她作为新的政治代言人。当韩拒绝之后，李谷雨又想方设法把工业园、水电站项目审批责任推卸给韩。

李谷雨官商勾结、利用、挟持同僚，根本目的是为了自己的政治仕途，根本原因是权力欲。小说中的其他官员，无论居于何等级，都有与李同样的特征。权力争夺是官场的基本生态，也是官场小说书写特征之一，《地坤》对于官场生态的书写也体现了这一特征。但《地坤》的官场书写，不似官场小说常见的书写模式，为了官场而写官场，相反《地坤》是围绕生态问题这一核心问题而自然展现官场样态。官场也是一种生态，具有多样性与丰富性。有李谷雨等这样被权力欲所扭曲的官员，也有风清气正、勤政为民的官员，比如小说的县长韩月川、副县长程子寒、春竹乡党委书记刘源森、县公安局长刘大江、县国保大队长邱之兰、县环保局局长毛艳艳，以及康全市市委书记郑宏德、副市长郭强、马副省长、洪副厅长等。正是不同类型的官员、不同级别的官员、不同性质的官员交错在共同的场域中，才形成了丰富而又复杂的官场生态。要对这种官场生态复杂性予以再现性书写，已殊为不易，《地坤》却举重若轻地展现了市—县—乡镇基本官场生态样貌。

《地坤》官场书写真正特色之处，或者说对当代官场小说所作出的贡献，并不局限于对官场生态复杂性的直观呈现，更多在于对官场内部运行的层级性书写。这里的官场层级性不是指官位的等级性，而是指在相应官位等级之上，官员的作用在实际性工作运行中如何自然地体现出来。小说写省市县三级领导现场联合指挥清风峡泥石流灾害这一件事，最能体现官场内部运行的层级性。马副省长、市委书记郑宏德、市委副书记李谷雨、县长韩月川、县委副书记林旭辉、清风镇党委书记胡常威等各级官员，他们在这一事件中的应对态度、方法及讲话方式等非常清晰地体现出严密的层级性。到达清风峡泥石流现场后，首先是传达省主要领导的批示和指示精神，还特别解释省上两位主要领导因在北京开会没有来现场。这个传达，既表明省上对该事件的高度重视，同时也注意到了自己的身份，马副省长他是在省上两位主要领导的领导下展开的工作，遵守了政治规矩。接着马副省长提出救灾工作的五条意见：

> 一是继续全力搜救，尽量少死人；二是做好堰塞湖清理与善后工作，尤其是要注意灾后防疫与农田恢复；三是务必全力、热忱、细致地做好受灾群众安置工作，有序启动灾后恢复重建；四是全面清查和加固滑坡体，进行全域拉网式大排查，严防本地次生灾害和管辖区域内类似事故再度发生；五是成立省市联合调查组，尽快、深入、如实查清这次事件的责任和问题，千万要找到症结、吸取教训①。

这五条意见条理清晰、要点突出。第一条强调是要救人，这既是党和政府"以人为本"的体现，也是国务院应急与安防条例硬性规定的必然要求，所以要放在首位来强调。第二条中心是善后与防疫，处理是泥

---

① 《地坤》，第 222 页。

石流灾害本身，特别指出注意灾情可能引发的疫情，这体现了马副省长对泥石流这等灾害危害性的规律把握。第三条重点是安置与重建，这是针对的受灾民众，需要及时予以人道主义的救济与关怀，体现的是对民众的关爱。第四条是排查与预防，避免类似事故的再次发生，体现了马副省长视野的开阔，同时也说明马副省长行事的严密。第五条重点是调查与问责。事故发生了，要调查清楚为什么会发生，对所涉官员问责。马副省长这五条意见既显示出他的水平与能力，同时也显示出处理此等事件的基本逻辑，还体现了政治站位与纪律要求。马副省长把调查与问责放到最后一点来讲，并对第五条作了说明，非常严厉地讲道："省上主要领导说了，对这次事件，省上派调查组，市里配合，将严查到底，决不姑息迁就。"① 在场的所有官员听到马副省长的讲话，每个人定会产生震荡性影响，特别是所涉及的负责官员，一定会做出相应的表态或回应。当马副省长严厉地重申问责之后，他马上调整语气、安慰辛苦救灾的在场官员，"当然，同志们这次抢险救灾和应急处理还是积极而成功的，大家都很辛苦，我代表省委、省政府慰问同志们"!② 大家辛苦救灾，当听到要严厉问责时，心情肯定非常难受，有了马副省长的及时安慰，大家感到了些微的温暖。马副省长在安慰大家时也是很有技巧，明明是他有意安慰大家，但他却说是代表省委、省政府，处处体现出马副省长高度自觉的政治意识。

马副省长讲完话之后，市委书记郑宏德马上说："我们下来认真贯彻好马省长指示要求，请市长陪同省长返程，我们留下来继续开会。"这句话有三个层次："认真贯彻好马省长指示要求"，这是政治表态；"请市长陪同省长返程"，既是安排工作，让市长陪同省长，又是对省长的关心，现场指挥太劳累了，请省长赶紧返程休息；"我们留下来继续开会"，表明的是工作态度，郑等人还要继续在现场工作。副省长返程回省后，市委书记郑宏德就开始他的安排指挥。郑宏德先请市委副书记

---

① 《地坤》，第 223 页。
② 《地坤》，第 223 页。

李谷雨讲讲意见，李忙回道："听郑书记的，我们抓好落实。"李是懂政治的，此时怎能自己先发言呢，得等市委书记发言之后，他才能发言。接着郑又请县长韩月川发言，韩月川回复说："我们工作没做好，请郑书记批评！"韩也是懂政治的，发生泥石流这么大的事故，作为县主要领导的韩月川肯定有责任，所以她说"我们工作没做好"。韩明白现在不是自己主动揽责的时机，所以她"请郑书记批评！"言下之意，我们没做好工作，让您连带受累了，请您批评发落。韩的话语简短，但意思明确，也很有分寸。但郑对李、韩的回答显然不满意，他"沉闷着看了又看"。此时县委副书记林旭辉主动发言，他建议市委对风城县领导班子进行重组。郑对林的发言更加不满，"双眉一紧"，然后单刀直入地讲四项具体要求，没有回应林的建议。郑连续请李、韩先发言，其意在让这些直接领导主动担责，及时对马副省长指示的第五条予以回应；同时也想让直接负责同志亡羊补牢，采取有效的措施。不料李、韩二人没有领会郑的意图。所以郑直接安排具体工作：

一、从即日起，立即暂停清龟山上的一切开矿采矿，石材产业园将现有原料加工完后暂时待命。

二、市里立即组织专门班子，对清龟山矿产开发的审批和管理全面清核，不针对人，主要是将过程查清。

三、市里成立专项调查组，对刚才马副省长讲的这龟肚坝的土地问题，尽快核实清楚。

四、为了加强风城县特殊时期的工作统筹，市委指定挂联风城县工作的李谷雨同志，为风城县当前工作临时总牵头人，具体工作还是由韩月川同志负责。①

市委书记郑宏德这四项具体要求，既是对马副省长五条指示意见的落实，同时又布置了相关的具体工作。特别是明确指出要严查开矿问题

---

① 《地坤》，第224页。

和水电站问题，意在把责任追究到底。第四点让市委副书记李谷雨主持风城县工作，可能是市委早已作出的决定，也可能是临时回应林旭辉的建议。为什么要让李谷雨主持风城县工作呢，一是李本来是挂联风城县；二是李是从风城县委书记升至市委副书记，他对风城县情况熟悉；三是这些项目都是李任风城县委书记时上马的项目，现在出了问题，就应该由李来负责。与马副省长宏观而又具有政治高度的五条意见相比，郑的四项要求注重的是落实与执行，体现出了明显的层级性。

面对市委书记郑宏德的四项工作要求，李谷雨、韩月川、林旭辉的反应各不相同。李谷雨的反应是"风城的挑子扔给我了"，"县上一大堆烂事搅在一块，太费精力了"。面对上前套近乎的韩月川、林旭辉等县级领导，李谷雨马上与他们撇清关系，把省市问责的锅甩给他们，"看你们捅下的这个大窟窿，乱开乱采乱占耕地怎么到了如此地步？中央三令五申要保护好耕地和生态红线，你们怎么搞的呀？你们是什么政治站位？回去好好反思一下，千万不能弄成全省的一个反面典型"。[①] 所有的问题都与李没有关系，全是你们县里领导的责任。李谷雨的这番话，使在场的各位顿时傻了眼。林旭辉紧跟李谷雨，也想撇清关系，他向韩月川说他回县委办做坐镇值守，既不想在现场处理泥石流后续事宜，也不想与韩月川一起扛起风城县生态整改重任。林跟李一样，从泥石流指挥现场撤退了。只有韩月川留在指挥部，肩挑救灾防灾工作。

小说对省市县三级领导处理泥石流灾害这一件事的书写，充分展现出官场内部运行的层级性。这种细密且处处玄机潜伏的写法，非一般小说家所能虚构得出来。小说中像此等书写的段落还很多。整体上看，《地坤》这部小说克服了以往官场小说虚造、粗疏的缺点，可以称得上是官场小说的典范之作。

---

① 《地坤》，第 225 页。

三

无论是自然生态还是官场生态，其重心都在呈现样态，或是自然生态出现危机，或是官场生态变形异化。为什么会出现这些生态问题，可以从经济角度、政治角度、社会角度或者文化角度进行分析，但最为中心的问题还是人的问题、人性的问题。正如休谟在论述科学与人性的关系时所说的那样："一切科学对于人性总是或多或少地有些关系，任何学科不论似乎与人性离得多远，它们总是会通过这样或那样的途径回到人性。"① 《地坤》所书写的生态问题、官场问题最终仍是人性问题，小说中故事情节的发展、人物命运的走向等都体现着不同面向的人性问题。

风城县之所以出现各种生态问题，与主要领导李谷雨直接相关，是他任风城县县委书记时批准建设清风峡工业园和修建水电站，工业园和水电站造成清风镇严重的生态危机，接连发生"5.27"地灾泥石流事故和"7.23"透水安全事故。面对如此严峻的现状，李谷雨不仅不反省自己决策的失误，主动揽责，寻找补救方案，反而积极推动风城县与北京方舟集团合作成立方舟石业，继续开采矿石，推进"三石"经济。为什么李谷雨要强推"三石"经济，甚至以政治权力迫使风城县与北京方舟集团签署合作协议，原因就在于李的权力欲。李谷雨权力欲望相当强烈，为了早日实现当上市委书记的愿望，他罔顾矿石开采和水电站建设会给当地造成直接的生态乃至生命危害。李谷雨的人性被权力欲望所扭曲。为了权力，李谷雨甚至可以及时地切断对县长韩月川的性渴求。李谷雨本想以领导身份对韩月川进行权力允诺并趁机对韩性侵犯，但是当韩在市委中心理论学习会上作了"生态位"主题发言后，李对韩的态度陡转，撇清了与韩的关系。只因为韩的"生态位"理念与李的"三石"经济计划相悖，而"三石"经济关涉到李的仕途升迁，在仕途权力面

---

① 休谟：《人性论·引论》，关文运译，郑之骧校，商务印书馆，1996年，第6页。

前，性欲是可以像开关一样地及时关掉。在李谷雨这里，权力欲望已经使他人性扭曲变形，不惜触犯党纪国法，甚至不惜压抑自己的身体欲望。

马克思在论述人性问题时，指出"人的本质不是单个人所固有的抽象物，在其现实性上，它是一切社会关系的总和"①。人的本质包括自然属性、社会属性，而自然属性、社会属性会根据不同环境、条件、关系而发生变化，没有永恒不变的人性。正是在变化中显示出人性的复杂、善良与邪恶等特征。权力扭曲了李谷雨的人性，也扭曲了林旭辉、胡常威等官员的人性，但也试炼了韩月川、程子寒、刘源森等官员的人性，韩、程、刘在包括权力等各种场域中历经了人性的试炼，完成了人性的升华。

韩月川是风城县县长，也是这一干领导中唯一的女性。韩要在官场中立足，所遭受的困难尤其多，除了要遭遇各种官场中或明或暗的规则外，还得忍受家庭生活的空缺，丈夫"十多年一直在国外工作"，女儿"交给父母"带，她一人面对各种问题，其所受到的考验也就更加复杂与严峻。首先是在权力场域中，韩月川本来有很强的政治抱负，希望仕途更进一步，因此她有意地傍靠李谷雨这棵大树。可是李谷雨并不想把她纳入自己的权力圈子，只让韩作为签字的工具人，关键性的决策有意撇开韩。如李谷雨与北京方舟集团商议"三石"经济合作，就把韩撇在一边，只有市委副书记李谷雨、北京方舟集团的常总和县委书记肖一凡三人参加，没有知会县长韩月川。韩的被冷落使她倍感危机。加之后面李谷雨想以权力向韩进行性索取，而韩似迎还拒，扫了李的雅兴。尤其是韩在市委中心理论组上的"生态位"发言，彻底激怒了李。韩想通过李而实现仕途升迁的愿望基本落空。不能被李拉入其核心权力圈子，那么韩就不可避免地滑向李的对立面。省市追查工业园、水电站责任时，李设法让韩背负决策签字的责任，韩有口难辨，受到调查组的严厉

---

① 马克思：《关于费尔巴哈的提纲》，中共中央马克思、恩格斯、列宁、斯大林著作编译局编译：《马克思恩格斯选集》（第一卷），人民出版社 1995 年，第 56 页。

批评，暂停县长职务。韩月川身处这样的权力场域，身心备受折磨，打击之大，可想而知。李谷雨等不但在权力场域中挤压、钳制韩月川，还从私德方面构陷韩，李指使人向调查组举报韩"为人不端"，"开会看黄色禁书，而且拿着禁书去勾引上级领导，目的是想得到进一步提拔，同时还与读研时的同学程子寒有不正当关系。"① 为了坐实韩月川与程子寒不正当关系，李指派人在韩的房间安装摄像头，派人趁韩、程二人共处一室时突然闯入拍照等。其目的就是要使韩月川彻底臣服，成为他在风城县的工具人。

面对这一切，韩月川感到无尽的"委屈与伤感"，但她坚强地喝光"三种水"，"别人泼过来的脏水，过去岁月里自己为事业流下的汗水，不为别人理解的泪水"。② 韩月川没有倒下，更没有自暴自弃，当春竹乡遭遇洪灾时，被停止县长职务的她第一时间奔赴现场，指挥防洪救灾，最大限度地保护了人民群众的生命和财产。韩月川的政治信念、人格尊严都受到高度试炼，显示了一个共产党员所应具备的素质。即使在个人情感方面，韩月川也能情理两分，不作越轨之事。程子寒是韩月川研究生时的同门师弟，彼此都有好感，多年之后在风城县相逢，彼此成了上下级关系，接触的机会更多，两人心照不宣，但都不越雷池一步。韩月川还为程子寒妻子肖辛芯误会她和程二人而解释，并安慰肖。韩经受住了考验，做到了情理有别，严守伦理道德底线。马克思论人性时特别强调人性在社会实践中的发展变化。韩月川历经种种试炼之后，人性得以升华，不仅呈现出了"人性之当是"，还体现出了"人性之应是"和"人性之能是"。

小说的人性书写还体现在程子寒、刘源森、袁九金、邱之兰、夏贝竹、梅凤等人物身上。甚至在肖一凡、孙玉珉身上也有较为丰富的体现。肖一凡、孙玉珉都是李谷雨一手提拔起来的风城县主要领导，肖一凡是接任李谷雨之后的风城县委书记，孙玉珉是风城县的常务副县

---

① 《地坤》，第 265 页。
② 《地坤》，第 266 页。

长，两人曾受恩于李谷雨，因此两人又不得不受制于李谷雨，成了李在风城县的权力工具人。但这两人并未完全泯灭良知，当李谷雨要强推风城县与北京方舟集团合作时，肖是装病住院，孙玉珉则在合作签字仪式之前自杀，拒绝再为李服务。孙玉珉在自杀之前还妥善地安排好他的情人喻小菊，表达对喻的感恩与惜别之意，这都是人性的彰显。

马克思说人性是社会关系的总和，随着社会实践而不断变化。每一个时代都有其独特的时代环境，对人性予以各种考验与试炼，特别是21世纪随着现代化、网络化、全球化、消费化等潮流的迅猛发展，人与社会、人与自然、人与人乃至人与自然之间出现了诸多新关系。比如贫富分化、环境破坏、能源枯竭、生态危机、欲望增长、精神空虚、道德沦丧、信念缺失等，都使人性问题出现新状态。文学书写应紧扣人性问题新状态，进行深度分析，为新时代写出切合现实的作品。

邹瑾的《地坤》就是一部切合时代的优秀小说，写出了当今迫在眉睫的生态危机，分析了生态问题背后的官场问题，更深层次探讨了复杂的人性问题。他能切中要害、把握关键，显示出作者理解现实的能力和宽广的理论视野，体现出作者深沉的人文关怀。作者的人文关怀不只是囿于本国本土，还指向整个人类命运共同体，他希望以他的观察、思考与书写能为人类未来做出贡献。邹瑾在《走出心墙·后记》深情地说道："生命宛如一盏灿烂的灯，不管是亮在山顶还是河岸，是亮在大街小巷还是芸芸众生的门窗前，都希望自己能够有一缕永远不灭的亮光。这是人生的一种追求，更是一种实现自我抱负的途径。"① 《地坤》就是他生命之灯所发出的光，这束光将持续照亮每一个人，提醒并鼓励人们爱护生态环境、共同建设好人类家园。

（作者单位：四川师范大学文学院）

---

① 邹瑾：《走出心墙·后记》，大众文艺出版社，2007年，第245页。

神话重述与河流书写①

——评徐良叙事长诗《若水神话》

□杜虹颖 蒋林欣

巴蜀大地神话资源非常丰富，是历代文学创作的重要源泉。徐良的长篇叙事诗《若水神话》用现代叙事诗的写作手法，以若水流域为叙述背景，重述远古神话，描写出上古巴蜀地域空间里先民的生命状态和世界面貌。该诗的上篇主要讲述若水流域的蜀山氏女枢骁勇善战、机敏过人，为黄帝（姬王）征战四方、立下赫赫战功的故事。下篇主要讲述昌意、颛顼父子在若水地区为民除害，与山怪、水怪作战，整治民风，保卫四方的事迹。《若水神话》充满了对上古蜀地文明的瑰丽想象，又结合《山海经》《史记》，以及山川、河流地理的相关文献记载，展现出上古巴蜀地域独特的人文风采，是当下诗歌重述神话与河流书写的典型之作。

一、巴蜀若水的地理文化

若水在中国地理文化史上有着独特的符号印记，若水流域独特的地理位置也给巴蜀提供了可靠的神话想象空间。若水，发源于青海省巴颜喀拉山南麓的冰雪融水，流域面积约达十五万平方公里，河流地跨四

① 本文系四川省社会科学重点研究基地李冰研究中心课题"岷江流域治水神话及文学书写研究"（lbyj2018-007）阶段性成果。

川、青海、云南等省的多个县市。《史记·五帝本纪》记载："青阳降居江水""昌意降居若水"①，唐代司马贞的《史记索隐》中明确指出"江水、若水皆在蜀。"② 这正是《若水神话》中蜀地先民活动的地理空间。受地形地势影响，若水流域上游地区多发展畜牧业，下游地区多发展农业。据史料记载，黄帝（轩辕氏）氏族生活在陕甘川交界地带，以农耕技术闻名，享有农耕文化族群的美誉。《若水神话》中这样写道："黄帝七十七年，昌意娶蜀山氏女枢（昌仆）为妻，降居蜀地若水。昌意路经秦岭太白山时，结识首领少昊。昌意精通园艺，传授农耕，并从少昊部落学得了训禽之法，为蜀地若水流域人们的繁衍生息和生产发展作出贡献。"③ "昌意降居若水"途中偶遇少昊部落，昌意传播农耕技术，学习训禽之法，促进若水流域农耕文明的生产发展。在川西高原地带，考古工作者从距今五千多年的大渡河哈休遗址中的灰坑填土里发现粟等农作物，尤其在岷江上游地区营盘山遗址、波西遗址、沙乌都遗址中找到了更为有利的文物证明，这些文物遗址不仅有着鲜明的土著文化特征，还印证了远古蜀地先民的农耕生活痕迹。

若水流域浓郁的神话色彩还来源于与蜀地联系紧密的神话人物。据《史记》记载，"黄帝居轩辕之丘，而娶于西陵之女，是为嫘祖。嫘祖为黄帝正妃，生二子，其后皆有天下：其一曰玄嚣，是为青阳，青阳降居江水；其二曰昌意，降居若水。昌意娶蜀山氏女，曰昌仆，生高阳，高阳有圣德焉。黄帝崩，葬桥山。其孙昌意之子高阳立，是为帝颛顼也。"④ 巴蜀神话可追溯到上古轩辕黄帝时期，次子昌意立国若水，与土著蜀山氏联姻生育高阳氏颛顼帝治理华夏，延续上古文明。据《大戴礼记·帝系姓》记载："黄帝产昌意，昌意产高阳，是为帝颛顼。颛顼产穷蝉，穷蝉产敬康，敬康产句芒，句芒产娇牛，娇牛产瞀叟，瞀叟产重

---

① 司马迁撰：《史记》卷一，中华书局，1959 年，第 10 页。
② 《史记》卷一，第 11 页。
③ 徐良：《若水神话》，四川师范大学电子出版社，2021 年，第 47 页。
④ 《史记》卷一，第 10 页。

华，是为帝舜，及产象，敖。颛顼产鲧，鲧产文命，是为禹。黄帝居轩辕之丘，娶于西陵氏之子，谓之嫘祖氏，产青阳及昌意。青阳降居泜水，昌意降居若水，昌意娶于蜀山氏，蜀山氏之子谓之昌濮氏，产颛顼。"① 这些可印证《若水神话》中出现的黄帝、嫘祖、昌意、蜀山氏女枢以及颛顼在若水流域生活的痕迹，并且十分清晰地记叙出人物的关系、世系图谱。顾颉刚在《论巴蜀与中原的关系》中写道："综上面的记载，可知古代的巴蜀和中原的王朝其关系何等密切。人皇、钜灵和黄帝都曾统治过这一州。伏羲，女娲和神农都生在那边，他们的子孙也建国在那边。青阳和昌意都长期住在四川，昌意的妻还是从蜀山氏娶的。少昊和帝喾早年都住在荣县。颛顼是蜀山氏之女生在雅砻江上的。禹是生在汶川的石纽，娶于重庆的涂山，而又平治了梁州的全部。黄帝、颛顼、帝喾和周武王也都曾把他们的子孙或族人封建到巴蜀。"② 尽管从整体上讲，顾颉刚先生并不认同这些文献记载，认为古代巴蜀史实记载的可信度十分有限。但是随着近些年川西地区考古的发现与研究，充分印证了远古蜀地文明的繁荣与辉煌，也为后世构建上古蜀地神话提供丰富的想象空间。

二、纷繁意象的空间建构

《若水神话》中河流意象及相关的意象群在巴蜀地理空间中的组合和排列，构建起蜀地的独特坐标——若水流域，流动的若水是联系蜀地原始居民和中原迁徙居民的重要空间纽带，由若水衍生而来的河流景观也构造出独属于巴蜀地域的诗意空间。《若水神话》中的河流意象群纷繁复杂，主要可归纳为三类：第一类是从河流本体出发衍生而来的河流意象，如若水、洪水、颖水，以及河中的鱼等意象，这类意象是河流书

① 王聘珍撰：《大戴礼记解诂》，王文锦点校，中华书局，1983年，第126—127页。
② 顾颉刚：《论巴蜀与中原的关系》，四川人民出版社，1981年，第31页。

写的重要背景；第二类是依河而生的若木、若华、扶桑、白罴等相关意象，这类意象是长诗河流书写的重要载体；第三类是与河流有关的神话元素，如黑河水怪、洪响、相柳、浮游等，这类意象是《若水神话》河流书写的辅助对象。

若水作为《若水神话》叙事中最重要的河流意象，构建起巴蜀地域的空间景观。"春暖花开、若水悠长，若水之滨、若木繁生，枝干挺拔、直入云霄，若华灿烂、如日普照。蜀山氏女枢依若木而坐，一会儿抬头看看树上的花朵，一会儿低头数数水中的太阳……独自坐在树下若有所思，若有所想。"① 长诗开篇就将视野拉向若水河畔，用叙事语言将蜀地唯美的气质展现得淋漓尽致，意象化的白描手法加上柔软细腻的诗化语言将女枢置身于蜀地山水之中，恰到好处地把"人"与"景"融合，使得女枢"蹙眉叹息"的画面具象地展现在读者面前。此外，若水还承载着独特的文化符号，形成蜀地别具一格的神话空间。"阿女行于若水河边，忽见一道瑶光。气如长虹、形如飞龙，绕月而过，倾泻而下，直至飞进了阿女的身体。是夜，阿女产下一子，是为颛顼。"② 淖子氏阿女在若水河畔感瑶光产颛顼，颛顼常年在若水河畔生活成长，"饮若水、食若华"体格成长速度异于常人，十分强大健硕。他五六岁时便智勇超群，斗杀山怪，被族人称为"若水之上最年少的英雄"。水怪洪响运用法力滋扰蜀地坝上，滔天黄水以排天倒海之势席卷坝上，农田冲毁、房屋坍塌，一时间族人死伤数百，坝上笼罩在一片血红之中。在女娲娘娘的指点下，颛顼发现用最清澈的若水淬炼龙肘山矿石而铸成的"清风宝剑"坚硬无比，以此成功斩杀洪响。"若水"被赋予神话的元素，阿女经若水河畔感瑶光，颛顼饮若水而体魄强健，又以若水淬炼出宝剑斩水怪。若水在蜀地流淌着，一方面构建了蜀地先民生活的背景空间，另一方面增添了蜀地神话的符号化色彩。

如果说若水是构成蜀地神话的背景空间，那么依河而生的若木、若

---

① 《若水神话》，第 2 页。
② 《若水神话》，第 65 页。

华、桑树就承载着蜀地神话的符号元素。《楚辞》中常用香草美人象征诗人人格的高尚峻洁，在《若水神话》的长诗里诗人也常用"花木"来赞美装饰人物的品格德行。"族人们采集若华编成缤纷花环，由族中最年长者将花环戴于女枢胸前。"① 诗人也用蜀地娇艳硕大的若华来装饰民众英雄。颛顼时常攀若木，摘若华，饮若水，一天之内长得高大威猛能勇斗山怪。若木、若华成为少年英雄颛顼的食物，确认了"人"与"草木"的连接关系，若木、若华不再只有单一的草木价值，而是蜀地神话想象的重要元素，是人与自然相互作用产生的新的认识价值。"黄帝元妃西陵氏曰嫘祖，以其始蚕，故又祀先蚕。"② 蜀地是古代桑蚕业的重要发源地，蚕制品在《若水神话》中是赏赐英雄人物的荣耀，在民众心中是骄傲和名誉的象征。女枢追随黄帝期间屡立战功，黄帝派岐伯南下前往蜀地表彰蜀山氏族的英勇，带上麻布五十匹、战袍一件、丝绸五段，蜀山氏上下倍感荣耀与自豪。黄帝八十五年，仓颉受黄帝之命前往蜀地，领好酒百坛、布百匹、鼎五只嘉奖昌意、颛顼治理坝上有功。蚕制品在蜀地人民心中有着重要的价值意义，蚕以桑叶为食，桑树是蚕得以生长养殖的母体，因此坝上的若木成林、桑梓成阴，桑树也成为蜀地文化的象征符号。"若木""若华""桑树"是若水流域典型的地理意象，这些意象不仅给蜀地神话增添了独特的景观价值，还构建出蜀地神话中植物图腾的文化底蕴。

诗人在塑造蜀地神话空间时，还使用的一类重要意象便是有着神话色彩的山怪、水怪等。这一类意象与河流密切相关，一方面他们活动于若水流域附近，并会运用洪水法力为祸坝上的生活生产安全，另一方面其被斩杀后形成山川景观中的石板和巨石。龙肘山是若水流域以南百里之地的大山，山峰高耸入云、烟雾缭绕，蜀地坝上、谷底是若水流域较为开阔的河坝和河谷地带。洪响是人面蛇身、浑身焦黄、长相凶残的水

---

① 《若水神话》，第10页。

② 袁珂、周明：《中国神话资料萃编》，四川省社会科学院出版社，1985年，第109页。

怪，受共工的指使来到若水流域作乱。他刚行至若水上游便控制不住杀戮欲望，张口吐出滔滔黄水，若水流域河水立刻变黄，水位骤升，洪流齐天。若水下游的坝上和谷地两岸农田被淹没、房屋被冲毁，部落人口和家禽死伤无数，尸首横浮。颛顼为护坝上安定，在女娲娘娘指点下铸成"清风宝剑"，与洪响于龙肘山展开生死搏斗。颛顼手持宝剑刺向洪响后背，洪响后背流出的黄血洒落一路，变成了山的石板。宝剑又砍向洪响左手，洪响左手落地便成了一柱丑石。待洪响被颛顼彻底降服后，山川中无数飞禽如洪流般向洪响尸身涌去，尸体成块散落到四处，最终形成了满山奇形怪异的丑石景观。"山怪""水怪"是若水流域上最具神话意味的符号元素，不仅阐释了先民对早期洪水神话的想象和理解，也揭示了蜀地地理景观中奇石的来处，给若水神话的奇异想象添上浓墨重彩的一笔。

三、若水河畔的人物成长

"在文学作品的地理空间中，人是一个最基本、最重要的要素。"[1]在《若水神话》中，河流常常被作为故事发生的空间场景，是人物性格特征、成长轨迹发生变化的重要场所。在河流书写中，若水对人物塑造发挥着独特的作用，女性在河流中完成了自我价值的认识，同时河流也见证了男性的成长与历练。

一是柔韧的女性。向松柏在《中国水生型创世神话流变系统论》一文中提出了中国水生型创世神话主要分为四种形态，即"水生天地与人""水气等生成天地与人""女子触水生人""女子感应水神生人"[2]。我们从这四种形态可以看出，水具有生养万物的功能，包括孕育人类，河流作为水的重要存在形态，是人类生存与发展中必不可少的生命

① 曾大兴：《文学地理学概论》，商务印书馆，2017年，第162页。
② 向松柏：《中国水生型创世神话流变系统论》，《民间文化论坛》2009年第5期。

资源。中国神话学家袁珂先生曾将女娲补天的神话解读为女娲治理洪水的故事，使女娲成为中国神话故事系统中最早治理洪水的英雄人物。而在《若水神话》中颛顼依靠女娲娘娘指点铸成"清风宝剑"，并凭借宝剑斩杀水怪洪响，解决洪水滋扰坝上生产生活的问题。在中国神话系统中，女娲造人的故事广为流传，女娲一直被视为中华民族大母神的形象代表。女娲和水的复杂关系折射出民族潜意识里的生育观念，女性是孕育生命的直接载体，河流是孕育生命的意象载体，两者在传统文化系统中常常呈现出代表生殖方面的同一性。《若水神话》书写蜀地的谷地地区有一名乌发垂腰、体态丰盈的淖子氏阿女，阿女妖娆妩媚、双目有神、举止含情使得昌意倾慕良久，遂接往坝上居住。某日，阿女行至若水河边。忽见一道气如长虹、形如飞龙的瑶光绕月倾泻而下，进入体内，阿女随即在若水河畔产下其子颛顼。水生型的创世神话中衍生出"水是生命之源""水是万物本源"的思想，而河流和女性在原始思维中都象征着最朴素的生殖愿望，《若水神话》里的阿女在若水河畔完成了繁衍生命的任务，诞下了蜀地少年英雄颛顼，后来颛顼又成为部落联盟首领"五帝"之一的人文始祖。

虽然水崇拜中祈求生育繁衍的原始内涵没有映射到蜀山氏女枢的身上，但她与昌意一同返回蜀地，教化农耕桑植，驯化饲养家禽，建设若水生产，亲力抚养颛顼成人都体现出"水"利万物生的特点。河流作为水的重要表现形式，更是见证了女枢的成长过程。《若水神话》以若水之滨的景色开篇，引出蜀山氏女枢独坐若水河畔伤怀母亲身体状况，纠结自身是留在蜀地照顾母亲？抑或前往中原报效姬王？夜晚，女枢娘将昔日姬王赏赐给蜀地的五彩衣裳送给女枢，并鼓励女枢效仿嫘祖追随姬王统一四方。女枢来到一条小溪旁边，借着银色的月光看着五彩裙衣越发着迷，羡慕嫘祖跟随姬王建立了自己的事业。女枢看着溪流中青春美丽的自己，不愿自己的光阴随若水涨落而去，便遵从母亲的愿望，前往中原追随姬王。女枢追随黄帝征战四方，眼见黄帝功业已成，华夏一统，自己终日无所事事便越发想念家乡蜀地。若水河畔的景象时常出现在女枢的脑海里，若水便成为女枢思念家乡的地理符号。黄帝感念女枢征战功劳将其赐名为昌仆，嫁于次子昌意为妻共同前往蜀地传播农耕文化、铸铁技术，促进蜀地生产文明发展。昌意选址若水下游开阔地区发展生产，昌仆便一心辅佐昌意种植若木与桑树，饲养家禽与家畜。"出走"时女枢是若水的女英雄，带领族人狩猎和摘果；"归来"时昌仆是若水的新文明的引领者，带领族人农耕与冶铁。若水河流见证了她从女英雄女枢转变成坝上建设者昌仆的成长历程。

二是智勇的男性。《若水神话》中"水""河流"及其相关的意象也成为男性成长的重要元素。黄帝与元妃嫘祖育有两子，长子玄器，次子昌意，二子皆有才智。某日，黄帝、风后、力牧亲自操办选贤活动，测试文、武、德三科。天下智能之士皆来赴考，但最后只有玄器、昌意两人难分高下。黄帝将装有只能流两百里水的宝葫芦分给两人，责令两人用宝葫芦的水从嵩山南坡放至三百里外的颖水附近，两人多次尝试未果，最后玄器找到昌意，提议将两股水汇成一股，终于流到了颖水地区。老子曾在《道德经》言"上德若谷"，认为"德"是"道"在现实社会里最高的表现形式，"谷"在《说文解字》中的意思为"泉出通川为谷"，照应着"上善若水"的哲学思想。在老子的哲学思想体系中，"水"有谦下和不争之意，君子的"上德"便是如同"水"一般的高尚品格：行事谦卑、与人为善。《若水神话》中黄帝见两兄弟合力将两股水汇在一处，成功流至颖水地区，便教导他们要兄弟同心、相互谦让、上下一致才能带领百姓将国家治理得更加强大。"昌意降居若水"途经秦岭太白地区时，偶遇太白族人少昊部落，知其没有恶意并应邀进入少昊营地。昌意了解太白人有厚德、善驯化，更晓飞禽百兽之音，内心便对少昊产生敬意，对太白族人的驯化技能也连连称赞。昌意一行人在少昊部落停留数日，学习训禽手段，了解凤鸟氏生活习惯，同时传授了中原的农耕和冶炼技术促进凤鸟氏族的发展。经过"宝葫芦汇水"事件，昌意对"水"的价值意义有了更深的理解，学会了与人为善、通力合作的处世哲学。

在《若水神话》的河流书写中，颛顼在"若水"中释放其传奇与智勇，成为一位举足轻重的远古圣王。淖子氏阿女来到坝上，坝上被万道金光笼罩了三日，第四日晚，当阿女行至若水河畔时，顿感瑶光倾泻而来产下颛顼。颛顼幼时便饮若水、食若木，十日能言、百日能行，长至五、六岁时就已身形高大、四肢矫健、双目有神，能与山怪作战。水怪洪响滋扰若水，一时间坝上和谷地生灵涂炭、死伤无数。在女娲娘娘的指点下，颛顼寻得龙肘山矿石，用万罐的若河之水，数百壮汉轮番冶炼，最后铸成重达九十九斤的"清风宝剑"。宝剑锋利无比，无人能驾驭，只有颛顼挥剑自若、削铁如泥，最后斩杀水怪，名声震动中原。在《若水神话》中，颛顼因若水而生，饮若水而长，以若水之战而声名大噪。在治理坝上风俗民生上"若水"更见证了颛顼的魄力和能力。他肃清坝上的巫蛊作乱之风，于若水河滩斩杀行骗巫医，并整改坝上男女关系紊乱问题，锐意改革婚嫁制度约束男女，重刑施压威慑坝上民众。《大戴礼记·五帝德》这样评价颛顼的智慧谋略，"洪渊以有谋""疏通而知事""养材以任地""屡时以象天""依鬼神以制义""治气以教民""洁诚以祭祀"①，颛顼见识渊博、富有谋略、通达事理、培养人才，可以依照和遵循宇宙运行规律来治国理政，按照土地天然本性来生产资源，遵循四时政令发动生产，注重鬼神祭祀礼节，按照宇宙阴阳五行之气教化民众。而在《若水神话》中，仓颉来到坝上，见若水地区繁荣兴盛，于是传黄帝口谕与颛顼"爰有大圜在上，大矩在下。汝能法而同之，可为民之父母"②，以此教导颛顼依照和遵循宇宙运行的自然规律来治理国家，维护百姓生产发展。

若水是《若水神话》中重要的审美空间。在河流中，女性完成对自我的追求和对认知的蜕变，女枢在若水的倒影中看见自我美好的青春形象，离乡施展才能与抱负，后又返乡建设若水。可以说，若水是贯穿女

---

① 戴德辑：《大戴礼记》，孔广森撰：《大戴礼记补注》，山东友谊书社，1991年，第138—139页。

② 《若水神话》，第84—85页。

枢一生的重要线索，"在乡—离乡—归乡"的过程中，若水成为女枢蜕变成长的重要见证。另一方面，男性在河流中也获得了历练和成长，玄器与昌意在"颍水考验"中领悟了"水"的处事哲理，成长为更有智谋的领导者。颛顼因若水而生，饮若水而长，在若水流域大战水怪、锐意改革、肃理民风、养材任地，已然成长为知事有谋的新一代英雄人物。

四、河流书写的生命意识

诗人重述的远古巴蜀神话，展示了对蜀地文明的想象和神往，但实际上《若水神话》虚构的审美艺术世界并不仅仅只为满足这一点。《若水神话》更是注重挖掘蜀地先民的精神世界，从蜀地先民的生存境况与生命体验出发，展示蜀地独特的地理环境，在自然与社会中不断发掘人的处世精神，引发读者对生命意识的思考。

在若水流域，"进取"是先民普遍的精神状态，一旦"进取"的动作出现停滞，往往就暗示着生命的结束。进取精神却会以无形的形式传承给青年人，新鲜的生命继续以"进取"的模式书写新的若水神话。曾大兴在《文学地理学的研究方法》中提出文学作品中的地理空间"从本质上将乃是一种艺术空间，是作家创造的产物，但也不是凭空虚构，而是与客观存在的自然或人文地理空间有重要关系。"[1] 若水流域的地理环境是依山傍水，多若木、桑树等树林，树林中山兽野怪出没伤人，蜀地人常常与山怪斗争以获取安定的生活环境，杀取山兽以获得食物补给，因此形成了勇猛善战的品质。若水流域常常会有水怪出没，蜀山氏族人曾合力对抗黑河水怪，保卫部族生产生活安全。女枢是蜀山氏年轻一辈里出色的女英雄，十五岁便有着非凡的机敏和矫捷的行动力。夜晚的若水河畔，女枢凭借草丛"噜噜噜"的喘息声判定出猛兽的位置，几个箭步一跃翻身上树，取下腰间的带绳铁钩瞄准白罴后腿，跃下树干

---

① 曾大兴：《文学地理学的研究方法》，《人文杂志》，2016 年第 5 期。

后，白罴便挣扎着倒挂在半空。若水流域的独特地理条件，使蜀山氏先民有着对抗水怪、猎杀山兽的精神意识。蜀山氏的进取精神主要体现在女枢带领蜀地英雄追随黄帝的大小战役中，在与蚩尤交战期间，蚩尤见城门下轩辕部族的人追赶一群披发的女子，责令打开城门射杀其后追兵。谁知，披发的女子皆是蜀山氏骁勇的女战士，她们成为此战最英勇的先锋，所向披靡。颛顼是若水流域地区最鲜活的生命，自出生起，便与若水有着神秘的血肉联系。饮若水、食若木，十日能言、百日能行，身形高大、四肢矫健、双目有神，并在昌仆的提点下独自与林中山怪作战。面对法力高强的水怪洪响，他丝毫没有畏惧之色，率领族人铸剑斩杀水怪，解决了若水泛滥积水成灾的问题。若河之水在蜀地静静流淌着，滋养着一代又一代蜀山氏族人，并延续着蜀地先民战胜水怪、山怪的进取精神，《若水神话》以河流的无限流动性象征蜀地人民不竭的进取精神。

《若水神话》有着史诗结构的叙述表达，宏观展现远古蜀地的发展历程。它作为一部文学作品，表现出若水地区在发展与变革中对"人"的关注，即关注人的生活、人的现实、人的思想、情感、婚嫁以及对生命的态度。颛顼八岁时斩杀水怪洪响，名声大噪，震动中原，引发共工忌惮招黑风下蛊毒害颛顼，幸得三凤先生不远千里解蛊。但一时间坝上巫风四起，真假难辨，众人受害。颛顼命人逮捕坝上游走的巫师，调查盘问事情始末，将害人的巫师押解至受害族人面前赔罪忏悔。责令将纯粹行骗游巫斩杀示众。自颛顼治理坝上，尊重生命，注重民生，关注民众现实生活。他常常以法令规范男女关系，大刀阔斧改革婚制，肃清生育无序的问题，并颁布三条法令：禁止兄妹通婚乱行，允许一夫多妻制，要求女人在路上回避男人。一时间不适应新规的女人被处以极刑，斩手断脚，坝上一度形成女子对男子退避三舍的局面。法令的颁布有力地遏制了坝上"令会男女"的乱行并规范生育现状。谷地出现亲兄妹通婚的乱行，依照法令应给予二人死刑。颛顼念在二人有悔过之心，不忍杀害，但无法违背法令，将其二人绑于十里外的荒野，让上天决定二人的命运。可见，颛顼治理部落有着"爱民""理民"色彩，颁布法令教化民众，重视生育合法性，尊重生命等现实意义。

结语

《若水神话》凭借丰富的神话传说和独特的地理文化，建构起若水流域这一极具特色的蜀地文学空间。诗歌以河流书写为重要的表达形式，根据蜀地河流山川地形，勾勒远古蜀地先民生活场景，构建蜀地先民的精神面貌；通过河流及其相关意象群在巴蜀地理空间中的排列和组合，创造出独特的地理景观；叙述人物在若水流域地理环境影响下最终成为英雄的历程，注重挖掘蜀地先民的精神世界，用现代方式重述了远古巴蜀神话，是当下诗歌重述神话与河流书写的代表性作品。当然，在艺术表现手法的多样性及诗歌语言张力等方面，叙事长诗《若水神话》还有提升的空间，期待诗人日后创作出更多更厚重的文学佳作。

（作者单位：西华大学文学与新闻传播学院）

城市新经验

——评王学东诗集《现代诗歌机器》

□唐雨　左存文

　　王学东的诗集《现代诗歌机器》以现代化大都市成都为地理空间，以成都市各区域地标性建筑为坐标点，刻画出现代市民对于工业时代都市景象的复杂感受，反映出渺小个体生存在庞大城市中的疏离、陌生与压抑，甚至想要慌张逃离的情绪和繁复心理。工业时代的城市经验，在传统价值的影响下异化为"现代"空壳之中的"恶"与"丑"，导致人与城的分割与断裂。这些书写表现出《现代诗歌机器》独特的城市体验与思考。

一、工业时代的城市经验

　　"现代性应该是城市经验的某种凝聚。或者也可以说，我们谈论现代性，应该从城市谈起。而且，这个城市还不是一般的小城镇，而是现代化的大都市。唯有这样的城市才会带来一种崭新的时空经验。这种经验首先被感觉灵敏的作家捕捉到，然后便开始塑造他们观察事物的眼光、思考问题的角度，最终则是体现为他们的一种文学观和价值观。"[1]王学东的诗集《现代诗歌机器》就生发于现代化大都市成都这一地理空

――――――――

① 　赵勇：《城市经验与文学现代性断想》，《南方文坛》2008 年第 1 期。

间，用大量的诗歌书写与表达工业时代的城市新经验，体现出张清华所提到过的"工业时代的新美学"的意味和特点。所谓工业时代的新美学，主要表现在物流和人流高度集中的城市之道路、广场、超市、车站、大学以及医院等具有城市标识的建筑空间，这些区域恰恰是王学东提取诗意、投射感情和释放批评激情的着力点所在。在他的诗歌世界中，城市里的各类建筑物和各个区域空间相互交错、相互勾连，集合成一块大众和物质的汇聚地，共同散发出以商业化、娱乐化和物质化为标志的现代气息。

午夜时分，赤脚漫游在这座"没有个性"的城市，身边飘过的是"一潭死水""密集着红肿溃烂的高楼""一群嘶叫的汽车""树叶如血一样在风中滴落""到处贴满干枯的电线杆""不再飞翔的太阳神鸟""上发条的熊猫""橱窗里价格昂贵的商品""带点臭味的府南河""收过期药品的小商店""治疗性病的广告、办假证的广告"等光怪陆离的现代意象。和以农业为根基的传统诗歌相比，王学东笔下的成都体现的是"工业时代的新美学"，从红肿到溃烂，从发臭到干枯，生命力随着玻璃塑料、钢筋水泥、酒精香烟一起感染发霉，一起疲软消散。

现代的成都在诗人的印象里不再是曾经"草树云山如锦绣，秦川得及此间无""晓看红湿处，花重锦官城"的老芙蓉城，而是充斥着炫目霓虹灯、夸张广告牌、过期商品、肮脏无序的市场、嘈杂的叫卖……肉欲膨胀、物欲横流成为都市常态。在这样的城市地理、文化空间中，诗人所体验到的是失望、孤独、颓唐、沉重，"我的眼睛被日历和牛奶的闪光刺破"（《苦海1》）[1]，"患有炎症的城市的咽喉和吹来的风一样真实/让我疾病的身体更加肆无忌惮地回荡在天空"（《没有个性的味道》）[2]。在整部诗集中，我们会看到一个在工业时代、消费时代患有现代都市病的人在各种建筑空间中无所适从、焦虑彷徨的境况，在这个没有个性的都市中逐渐沦为一个没有个性的人。

---

[1] 王学东：《现代诗歌机器》，四川民族出版社，2017年，第68页。
[2] 《现代诗歌机器》，第128页。

张清华曾提道："巨大的楼宇可以在几年内建成，而现代人的文明与经验的成型，城市文化审美形态的被接受，却是一个比一代人的成长更漫长的过程。"[①] 中国快速的城市化、工业化进程，瞬间打破了千百年来人类赖以生存的农耕文明，打破了现代工业与自然生态的平衡，众多熟悉的乡村图景正在永远消失，为人们带来陌生、怀旧与恐惧的复杂感受。而所谓的城市化只是建筑的疯狂复制，正如马林内斯库所说，"现代化就是跟上时代，就是给予某物（一幢建筑，一处室内布景）一种新的或现代的外表"。[②] 与之对应的真正意义上的现代文明或者说现代性视野与精神严重滞后。所以在王学东笔下，像成都这样的现代化大都市，作为工业生产与商品经济的产物，既是现代生产力和现代文明发展演进最迅速最有力的地方，也是现代人类情感意识和心灵世界最空虚最孤独的地方。

二、被异化的都市景象

成都自古就是诗歌之都，历代巴蜀诗人或入蜀诗人诞生了数量庞大的经典之作，形成了诗歌书写中无法绕开的"成都经验"。时至今日，成都依然是赫赫有名的诗歌重镇。王学东以"成都"这座城市来审视现代人生，既有其生活经验的直接性，也有诗歌史视野下对传统的接续，但这种接续是现代的，是孤独中透射着反思的。诗集中反复出现且异彩纷呈的都市景象，是被异化了的现代生活，而来自诗人生命的真实体验，是完全以现代人的视角书写的"成都经验"。

《现代诗歌机器》中，成都是最主要的地理空间，"道路"与"桥梁"则成为诗人搭建这具城市躯体的骨骼与血脉。从春熙路到人民南

---

① 张清华：《经验转移·诗歌地理·底层问题——观察当前诗歌的三个角度》，《文艺争鸣》2008 年第 6 期。

② 〔美〕马泰·卡林内斯库：《现代性的五副面孔：现代主义、先锋派、颓废、媚俗艺术、后现代主义》，顾爱彬、李瑞华译，译林出版社，2015 年，第 362 页。

路，从磨子桥到九眼桥，经由纵横交错的道路与桥梁，诗人穿梭于形形色色的建筑群中，思索和反省着都市里每一个角落的现代病症，真实地书写了成都的现代之"恶"，现代之"丑"。譬如下面这首《华西医院》：

> 他傲然地流浪在城市鬃毛上
> 渴望用自己 60 公斤的身体加上 60 年的光阴
> 换取 60 平方米的空洞而冰冷的房子
> 一部手机就是这样呼喊的遗产
>
> 收购过期药品的小商店覆盖着他的饭碗
> 办假证的广告和治疗性病的广告交替重复
> 红路灯阻挡着他身体的失望和摇晃
> 明星们又在广告牌上重复着训练已久的微笑
>
> 天空猛然倾斜下来无数的雨水和古典音乐
> 声音迷人湿润却又苟且而且琐屑
> 但始终不属于他已经失落的拥抱和亲吻
> 高楼和繁华把他荒凉的森林遮蔽①

乍一看，用自己的健康和寿命最终只能够换取一间空洞而冰冷的房子，这样愚蠢的交易谁会愿意呢？又或许谁都明白这是一场不公平的交易，但在社会齿轮的推动下，个体的价值早已无足轻重，每个人都沦为机器般的存在。读者会瞬间从《华西医院》读到自己的人生。医院本是救死扶伤的场所，是给予人活下去的希望之地，但现实却是门口堆积着贩卖假药和办假证的商贩，拥挤着身体与金钱透支的绝望病人。森林被钢筋水泥浇筑而成的一幢幢高楼所取代，城市只剩下千篇一律、假模假样的微笑和空洞的繁华。《华西医院》打破了传统书写中医院的固有印象，真实地揭露出普通人在疾病面前的巨大的生存压力，以及被迫在这

---

① 《现代诗歌机器》，第 95 页。

物欲横流世界中艰难生存的辛酸与无奈。进一步来说，现代社会的核心是商品经济，其不断刺激每个人的消费欲望，衣食住行都被用来消费，而每个人穷其一生都被这些商品所包围，所奴役。

读《现代诗歌机器》，总是很自然地让人联想到波德莱尔的《恶之花》，尤其在写城市阴暗角落里的种种病态现象方面，如办假证、偷盗、钱色交易等现代都市之恶；以及写城市底层人民生活的痛苦现状方面，如醉汉、乞丐等城市边缘人物。于是，类似波德莱尔在巴黎的漫游，王学东也用诗歌绘制出一幅属于他自己的成都地图。这幅地图从高空俯瞰，是《金沙遗址》《锦里》《望江楼》《游乐园》，是《天府广场》《春熙路》《九眼桥》《火车北站》，一帧帧现代成都影象就呈现在人们面前。通过一个个地标，王学东在诗歌中不断审视着城市的异化、丑陋、阴暗和复杂，向读者呈现出现代人与现代城市的精神样貌。

三、"传统"人与现代城的分裂

时至今日，全国城镇人口总数快赶上农村人口总数的两倍，但生活在城市中的大多数人们有多少能在其中寻找到归属感和幸福感呢？日日忙碌奔波，匆匆忙忙上下班，成为绝大多数人的生存常态，他们所向往的生活、所希冀的灵魂归宿，都与繁华璀璨的城市格格不入、渐行渐远。每天踩踏的这块土地，不过是身躯的寄居之所，却没有成为灵魂的驰骋之地。于是，当现代人想要寻求放松、愉悦时，首选的还是刻在骨子里的乡村原野，"对这个时代来说，传统仍然是唯一可靠的价值源泉"①。而城市却成为厌恶之地，这种厌恶加大了人与城的疏离，更进一步说，造成了"传统"人与现代城的割裂。相应地，诗人书写时，"与城市经验相对应的是乡村经验。如果说前者是生成现代性的肥田，后者则是哺育前现代性（古代性或古典性）的沃土。一旦我们把目光聚焦于

① 《现代性的五副面孔：现代主义、先锋派、颓废、媚俗艺术、后现代主义》，第14页。

中国，我们便不得不在一种前现代性/乡村经验和现代性/城市经验中确认后者的位置和价值了"。①

在此视角下，组诗《已经被损毁的青春》是诗集《现代诗歌机器》中唯一凸显温暖、光明的亮色部分。王学东在现代都市中回忆和怀念时间和空间上遥远的童年乡村生活，通过赞美童年的乡村，从而间接地表达对城市生活的厌倦和反感。在这组诗中，诗人不断追忆儿时趣事：学渔夫捕鱼、看袅袅炊烟、玩山坡上的雪、观夜晚河边的星……妄图抓住从时间中溜走的青春、阳光、热情、爱、美、自由和曾经的人。但越是努力回想从前的散漫自由、天真无忧，就越是明显地感受到现实的荒凉、残缺、枯萎。机械呆板的城市生活将活生生的人改造成了没有灵活思想没有自主意识的麻木机器，最终，每一个人一生的结局都是可以预见的——"再也看不见自己的手和脚的启示，再也看不见石头和飞鸟的高度"②。尽管已经走出乡村，在城市生活多年，但这并没有使诗人的归属感成功从乡村转移到城市，反而是按部就班、千篇一律的城市生活让人感到焦虑和恐慌，加深了人与城的割裂感。

在诗集的序言部分，王学东写道："在这一格局之下，人继续迷失人生的方向，失掉做人的准则，人的价值沦陷。特别是整个社会仍旧被功利主义席卷，为金钱所俘虏，成为物质利益的奴隶。没有整个社会格局的改变，诗意的力量也仅仅只是一个无力的呻吟而已。"③ 因此，诗歌成为诗人"现实生活绝望自我的绝妙写照"。从诗歌的个体经验和社会功能来看，诗人的这种说法已经充分显露出其所感受到的孤独、寂寞与虚无，以及中国现代新诗在对社会介入时的无力感。但是，我们不能简单地以一种悲观厌世主义的观念去理解王学东的诗，正是人与城的分裂感，以及传统人与现代城的独特体验，令他的诗有了一种众人皆醉我独醒的况味。

---

① 赵勇：《城市经验与文学现代性断想》，《南方文坛》2008 年第 1 期。
② 《现代诗歌机器》，第 152 页。
③ 《现代诗歌机器》，第 6 页。

结语

整体而言，《现代诗歌机器》是王学东居于成都这座现代化大都市中面对压力的情绪，面对困惑的自白，是他对抗异化的爆发与呐喊，是现代社会给予个体生存的巨大压迫，被损毁的、失去个性的哀歌构成了整部诗集的基本格调。现代人生活在城市机器中，犹如被工厂流水线机械化自动生产的商品，只需按照既定程序运转，无须有任何自主意识和思考见解。纵然在运行过程中可能有个别的反抗与斗争，但也无济于事，每个人依然不得不在流水线的传送带上按既定的方向高速运转。

诗人早已清醒地认识到，对于当下社会而言，企图以诗歌的力量来改变这种物化结构或者说工具价值观，只能是一种美好空虚的乌托邦想象，所以王学东在自序中以"哦，我又输了！"的自嘲结束，或许徒劳的挣扎与反抗本身就是其意义所在。也正是如此，他并没有否认中国现代新诗存在的意义，如他在自序所言，现代诗歌所表现的绝望感代表了新诗比较突出的成就。的确，在生命永恒的哲学视野下，对人类困境、绝望的书写，虽然会陷入西西弗斯式的悲剧命运，但这人间的"苦海"、现代城市的病症，恰恰在诗歌中被置换为个体生命的价值。

值得思考的是，当"九天开出一成都"成为商品时代的城市代言，人与物之间变成消费与被消费，甚至人与人之间的关系也沦为消费与被消费，一切价值都开始用金钱来衡量。"诗歌也开始在消费、娱乐、媒体/新媒体和流行文化之间随波逐流。"① 更直接地说，诗歌，艺术，乃至文化，都成为消费品。如王家新发现，"文化消费源于这个时代内在的贫乏，或者说，源于生活本身的贫乏、平庸、空虚、无意

---

① 〔荷〕柯雷：《精神与金钱时代的中国诗歌——从 1980 年代到 21 世纪初》，张晓红译，北京大学出版社，2017 年，第 13 页。

义。"① 而拯救这些贫乏、平庸的书写,恰恰是《现代诗歌机器》的意义所在,诗人以历史眼光接续了穆旦城市书写的传统,又以当代视野写出了"一个人在成都"的独特体验,这无疑成了诗歌与机器的"后现代启示录"。

(作者单位:西华大学文学与新闻传播学院)

---

① 王家新:《诗歌与消费社会》,收录于《诗人与他的时代》,广西师范大学出版社,2023 年,第 387 页。

学术评议

学科建构与思想对话

——评《何去何从：比较文学中外名家访谈录》

□徐怡　寇淑婷

一、引言

1886 年，英国学者、奥克兰大学哈奇森·麦考利·波斯奈特（Hutcheson Macaulay Posnett）出版《比较文学》（*Comparative Literature*），这本理论专著的问世标志着比较文学学科诞生了。在此后 130 余年的历程里，比较文学经历了数次重大的学科危机和研究转向。时至今日，针对比较文学学科成立基础及其发展方向等问题的讨论之声依旧不绝于耳。2023 年 4 月，四川师范大学教授张叉主持完成的四川省比较文学研究基地项目研究成果《何去何从：比较文学中外名家访谈录》在商务印书馆出版，"引进访谈研究法，通过与名家对话，探讨与切磋比较文学理论前沿问题"①。这本著作汇集了 9 个国家、2 个特别行政区、1 个地区共计 18 位顶级学者的思想精华。这 18 位学者围绕比较文学的成立基础、未来发展、学者素养、文化交流、文明互鉴等多个议题深入交换了意见。这本著作在帮助读者思考比较文学从哪儿来、将到哪儿去这些问题的同时，也在一定程度上围绕 20 世纪以来争论不休的"危机"问题展开讨论，给出了我们这个时代的答复。

---

① 李天道：《访谈式研究法在比较文学中的应用及其意义——〈何去何从：比较文学中外名家访谈录〉评析》，《外国语文论丛》2024 年第 1 期，第 160 页。

二、比较文学学科建构的积极努力

《何去何从：比较文学中外名家访谈录》收录了 18 篇访谈文章，其中不仅体现了学科发展脉络，同时也汇集了各位名家最新的研究成果，展望了比较文学未来发展方向。著作对学科背景和前景的讨论，在一定程度上弥补了当下理论知识碎片化的不足，有助于推动比较文学的学科建构和反思。从 19 世纪法国学派的影响研究、20 世纪美国学派的平行研究直到今天，比较文学学科的每一次论争都推动着这门学科的发展。随着全球化的持续深入，一元化与比较文学的开放性背道而驰，泛文化倾向在模糊比较文学同其他人文学科边界的同时，也对比较文学的立本之基提出了挑战。《何去何从：比较文学中外名家访谈录》紧紧围绕比较文学这一主题展开访谈，总结和提炼了比较文学名家在这方面的研究成果，对比较文学学科发展及其前景提出了展望和期待。

比较文学是一门"最年轻、最有生气的学科"[1]，自诞生以来，其在蓬勃发展的同时也面临着多方面的考验和挑战。无论是勒内·韦勒克（René Wellek）在《比较文学的危机》（*The Crisis of Comparative Literature*）中对实证影响研究和文化民族主义的反思，苏珊·巴斯奈特（Susan Bassnett）在《比较文学导论》（*Comparative Literature：A Critical Introduction*）中对"比较文学的死亡"的宣告，还是佳亚特里·查克拉沃蒂·斯皮瓦克（Gayatri Chakravorty Spivak）在《一门学科的死亡》（*Death of A Discipline*）中的"作为学科的比较文学已经过时"声称，实质上都不约而同地将矛头指向比较文学学科成立的基础。《何去何从：比较文学中外名家访谈录》高度关注此问题，并对此问题作了深入的探讨。

《何去何从：比较文学中外名家访谈录》深入探索了比较文学的未

---

[1] 张叉等：《何去何从：比较文学中外名家访谈录》，商务印书馆，2023 年，第 287 页。

来，这对于树立起当代学者的信心具有积极意义。曹顺庆指出，迄今为止建立在类同性之上的比较文学亟待引入异质性的研究；龚刚坚信，作为一种精神和思维方式的比较文学是无所谓危机的，它能够经受住考验，更不会死亡；单德兴肯定，比较文学具有自我反思能力，能够面对危机和挑战，应当坚信"逆增上缘"；王宁认为，对比较文学形成的最强有力的挑战主要来自文化研究，我们不能把文化研究同比较文学研究搞成一种你死我活、有你没我的对立关系；黄维樑和苏芭·查克拉伯蒂·达斯古普塔（Subha Chakraborty Dasgupta）不约而同地强调，比较文学应该保持开放性，开放性应当成为比较文学学科的优点。此外，达斯古普塔、卡扎尔·克里希那·班纳吉（Kazal Krishna Banerjee）等学者还反思了印度、孟加拉国等本国的比较文学发展现状，阐述了对比较文学学科未来发展的信心和目标。李天道认为，《何去何从：比较文学中外名家访谈录》"充满学术热情，体现着一种重构比较文学的使命感和责任担当精神"①，可谓抓住了要害。

《何去何从：比较文学中外名家访谈录》汇集百家之长，在比较文学学科理论体系的建立和完善等方面积极努力，一方面有助于破除对比较文学学科的偏见，另一方面也有益于树立对比较文学学科发展的信心和面向未来不断探索的精神。

三、中外比较文学专家的思想碰撞

《何去何从：比较文学中外名家访谈录》共分上、下两编，上编收录了 10 位国内专家的 10 篇访谈文章，下篇收录了 8 位国外专家的 8 篇访谈文章。这 18 篇文章的内容涵盖了中国大陆及港澳台地区比较文学的发展状况、比较文学发展过程中存在的诸多问题以及未来发展方向等多个角度，是访谈人同接受访谈的中外比较文学名家思想碰撞的结晶。

---

① 李天道：《访谈式研究法在比较文学中的应用及其意义——〈何去何从：比较文学中外名家访谈录〉评析》，《外国语文论丛》2024 年第 1 期，第 161 页。

（一）回顾了比较文学的发展情况

《何去何从：比较文学中外名家访谈录》对百余年来比较文学的发展情况作了回顾。乐黛云在回顾中提炼了中国比较文学各个流派发展的具体特点，认为无论是京派、沪派、粤派抑或是川军，在共同的理念和奋斗目标的感召下凝聚成了研究取向和偏好比较鲜明的特征。曹顺庆回顾了比较文学面临的基本问题以及比较文学自学科成立以来经历的几次重要阶段。他表示，中国学派已然在比较文学这条路上取得了令人雀跃的理论成果——变异学的提出将在一定程度上弥补此前法国学派和美国学派在理论上的不足。钱林森回顾了比较文学研究的四种范式以及各自命题，着重分析了中外文学关系研究的方法论是在五个层面中展开，这一论断不仅是对此前影响研究和平行研究的超越，更是一种深化。他提出，中外文学研究中的创新体现在新史料、新观念、新范型三个方面。辜正坤从中西语言文化的差异出发，详细论述了基于中西文字差异而衍生出的中西文化间的巨大鸿沟，同时分析了当前中西诗歌的基本状况和中西诗歌互译的可能，探讨了中西文学比较的现状。蒋承勇重点分析了世界文学、外国文学以及比较文学为名的学科在国内的设置情况，并从学科性质的角度详细区分了各个科目的细微差别。侯传文教授详细分享了中印佛教文学比较研究的成果，对于佛教文学概念的区分、佛教文学研究的内涵以及佛教文学在中国文学中的变异研究做了非常翔实的阐释。王宁围绕"世界主义"这一命题，详细阐释了这一概念的来源、内涵以及分类，出于对中国文学研究前景的关注，王宁教授呼唤中国学者一定要具备世界主义的视野。黄维樑回顾了香港特别行政区比较文学的发展情况，同时思考中国比较文学当前的流弊在于相关文献读不胜读，以及盲目使用西方术语阐释中国文学。龚刚分析了澳门特别行政区文化的特征，并回顾了澳门中国比较文学学会的创建情况以及现状。他提出，应该在"新性灵主义"即中西诗学对话的背景下，发展明清性灵派的诗学思想。单德兴回顾台湾地区比较文学的发展脉络和重要事件，总结了亚美文学研究、华美文学研究、美国原住民文学研究的最新成果。他一方面阐释了比较文学的学科性质和内涵，同时就中国在文艺理论方面的失语现象表达了担忧，为了解决失语的现状，应当吸收外来的长处，群策群力。

(二) 探讨了各国文学、比较文学的发展现状

《何去何从：比较文学中外名家访谈录》首先总结了欧洲、亚洲等区域比较文学的发展现状：斯文德·埃里克·拉森 (Svend Erik Larsen) 阐释了比较文学自诞生以来的争辩。对于未来的发展，拉森认为世界文学研究的发展已经成为这门学科最为重要的变革。这种发展迫使我们对比较的理论、概念和方法论进行重新定义；斯蒂文·托托西·德·让普泰内克 (Steven Tötösy de Zepetnek) 曾四海为家，有着相当丰富的海外旅居经验，他认为比较文化研究可以获得深入的学术研究和人文学科的社会相关性；巴斯奈特围绕比较文学学科的发展提出了自己的看法，由于比较文学为各文化之间搭建桥梁提供了手段，所以它越来越重要；印度学者苏芭·查克拉博蒂·达斯古普塔回顾了印度比较文学的发展历程，辨析了拉宾拉纳·泰戈尔 (Rabindranath Tagore) 与布达德瓦·博斯 (Buddhadeva Bose) 的"世界文学"观念，总结了印度比较文学语境下的中国研究以及比较文学研究的中印合作；来自越南的陈庭史总结了越南文学的发展脉络及其基本特点，同时也指出了越南比较文学发展相对比较落后，缺少系统的发展；加林·提哈诺夫详细解释了流亡和流亡写作对世界文学的意义，并从四个维度解释了世界文学的内涵；班纳吉回顾了孟加拉民族文学的发展状况，包括孟加拉国作家为民族文学发展做的努力与孟加拉民族文学杰出代表。孟加拉文学的危机与中孟比较文学合作的前景：从以欧洲为中心的边界意识中解放出来；朴宰雨教授回顾了韩国比较文学的发展情况，总结了韩国的《史记》研究、鲁迅研究和巴金研究，韩国的中国现代文学韩人题材研究、韩国的华文抗日诗歌研究。

(三) 提出了比较文学学者应具备的素养

《何去何从：比较文学中外名家访谈录》对合格的比较文学学者应

具备的素养作了探讨。乐黛云认为，比较文学应当对国家建设做出贡献，比较文学学者肩负着重要的责任，要有推动中国的成为世界的意识。辜正坤指出中国比较文学当前最大的瓶颈在于学术成果芜杂，在治学之前学者们更应该广泛阅读已有的成果。为了进一步推动比较文学学科的发展，侯传文表示，比较文学学者应当掌握多种外语，提高外语视听说的能力，要能够撰写出高质量的论文来。巴斯奈特指出今天世界文学领域正在发生新的变化，应当关注文本是如何跨越文化而运动，多角度把握和剖析文本实践。拉森认为，青年学者应当丰富知识储备、提高搜寻知识的能力，不仅要对理论和方法有基本的了解，也应当了解学科现状，结合人文学科背景，不断从材料、理论、方法论和历史的角度反思比较的含义。托托西注意到，中国比较文学学者做了诸多努力，认为中国学者要立足中国的文化，立足中国的理论知识进行分析。达斯古普塔指出，为了应对印度正面临着的冲击和挑战，印度当局更加注重保护传统语言和文化。陈庭史表示，关于中越比较文学间的合作和发展，要有坚实的语言基础，要对彼此的文学文化有一定了解，才能够推动发展。黄维樑认为，能否勤奋不懈地工作，能否用双语发表扎实的论文和讲话都是决定中国比较文学能否长远发展的关键点。单德兴认为，比较文学学者应当掌握多门外语，提高双语撰写优质论文的能力。

《何去何从：比较文学中外名家访谈录》汇集了多位学者的思想成果。一方面角度完备，涉及国内外比较文学发展现状、最新成果、未来方向等多方面的内容；另一方面也闪烁着思想的光辉，体现出鲜活的人文主义关怀。访谈录不仅围绕文学、比较文学、世界文学展开，更应和了比较文学对世界文化的开放心态，体现出比较文学这一学科宽广的胸怀。

四、文明互鉴的可贵尝试

《何去何从：比较文学中外名家访谈录》作为总结比较文学最新发展成果的典范之作，既是比较文学的理论力作，更是当下文明对话的实录。在比较文学发展的 130 余年间，其重心经历了几次转移：从以影响研究为主要研究方法的法国学派、到以平行研究为主要研究方法的美国学派、再到当前以变异学为主要特点的中国学派。比较文学的发展经历了从欧洲到美洲、再到亚洲的重心转移，实现了从几个国家到多个国家和地区的跨越与发展，比较文学在世界的发展路径，体现了东西方文明交流与互鉴的事实，具体表现在以下三个方面。

（一）反映了中国学者对比较文学的思考

《何去何从：比较文学中外名家访谈录》反映了中国学者对比较文学的思考。中国现代的比较文学以中国台湾为垦拓，以 20 世纪 80 年代深圳大学召开的比较文学会议为成立标志，中国的比较文学自此进入正轨和高速发展阶段。访谈录围绕中国比较文学发展现状，肯定了当前中国学者在比较文学学科理论建构上所取得的成果，曹顺庆、黄维樑、龚刚、王宁等学者对"中国学派"的提出和形成给予了肯定。与此同时，乐黛云、单德兴、拉森、达斯古普塔等学者也强调要以更加开放和包容的心态对待各个国家、各个民族之间比较文学的研究。

（二）反映了欧美学者对比较文学的思考

《何去何从：比较文学中外名家访谈录》反映了欧美学者对比较文学的思考。巴斯奈特肯定了比较文学交流间的作用，并从殖民主义视角为比较文学的发展提供了思考。拉森、巴斯奈特不仅反思了欧洲学界目前面临的危机，更将视野聚焦于跨地域、跨学界的领域，他们认为比较文学若想在欧洲焕发生机，则必须推动理论、概念和方法论的建设，同时要打破地域、文化的疆界，推动世界各国文学的交流。托托西对美洲尤其是美国比较文学学科进行了反思，他认为过去作为比较文学学科中心的欧洲各国和美国，如今面临着外语水平下降、理论建设不充分、不完善的问题。另外，在访谈录中，多位学者不约而同地提到"开放性"这一关键词，他们认为东方世界揭开神秘面纱走向世界舞台的同时，也在比较文学的世界舞台上发出了自己的声音，这正是比较文学"开放性"在世界舞台上的一次生动展现。

（三）反映了亚洲其他国家学者对比较文学的思考

《何去何从：比较文学中外名家访谈录》反映了南亚、东南亚、东北亚等亚洲其他国家学者对比较文学的思考。访谈录包含了来自印度、孟加拉国、越南、韩国等东方学者对比较文学的讨论。其中，达斯古普塔反思了比较文学学科在印度的建立和发展，认为泰戈尔和博斯的"世界文学"观念叩响了印度比较文学的大门。陈庭史提出了越南现代文学理论的"失语"问题，他认为只要打破东西方界限，将西方文论他国化为己所用，失语危机就能迎刃而解。班纳吉强调孟加拉文学的发展需要从以欧洲为中心的边界意识中解放出来。朴宰雨在回顾韩国比较文学发展的同时，更加着眼于中韩两国间从古至今的文学交流。

从上面的论述中可以见出，《何去何从：比较文学中外名家访谈录》立足当下，回答了比较文学何从的问题，总结了世界学者的研究成果，明确了比较文学在多个国家和地区的发展现状。更重要的是，《何去何从：比较文学中外名家访谈录》面向未来，引领着读者思考比较文学将何去的问题，为学科建设以及比较文学未来图景的描绘添上了不可或缺的一笔。

五、结语

《何去何从：比较文学中外名家访谈录》内容翔实，与张叉对谈的18位专家分别来自不同的国家和地区，内容涉及美洲、欧洲、亚洲等多个区域的文学发展状况。各位专家分别从各自的研究领域出发，不仅评价了比较文学的总体发展情况，也对比较文学未来的发展给予了热切的关心。《何去何从：比较文学中外名家访谈录》探讨的视角多元、逻辑严密、体系完备，来自印度、越南、孟加拉国、韩国等亚洲国家的学者，立足自身的文化背景对各自国家比较文学发展现状和前景提出了各自看法；来自欧洲的学者则对比较文学在欧洲的总体发展做出了各自的反思和展望。

除此之外，还有多位学者从世界文学、总体文学的角度针对学科未来的发展提出了自己的观点。总而言之，《何去何从：比较文学中外名家访谈录》围绕比较文学学科发展状况，针对当前学界的热点和焦点问题，一方面全方位、多角度地展示了比较文学学科发展的前沿成果，丰富并拓展了比较文学的讨论内容；另一方面在推动学科建构，尤其是中国比较文学同世界比较文学的联系和发展等方面发挥着举足轻重的作用。在中外比较文学专家的思想碰撞中，能够清晰地看到世界比较文学的发展路径，这也成为东西方文明交流与互鉴的一个明证。李天道评价《何去何从：比较文学中外名家访谈录》说："总体来看，该书有如下六个独特性和创新性：引进方法，开拓疆域；群贤云集，名家建言；内容高端，观点前卫；中国学者，卓尔超群；灵活多样，方法多元；开拓创新，特色鲜明。"① 总结得非常精当。一言以蔽之，《何去何从：比较文学中外名家访谈录》堪称当代比较文学与文明互鉴研究的典范之作。

（作者单位：四川大学文学与新闻学院）

---

① 李天道：《访谈式研究法在比较文学中的应用及其意义——〈何去何从：比较文学中外名家访谈录〉评析》，《外国语文论丛》2024 年第 1 期，第 161 页。

会议综述

大西南文学研究的理论深化与路径拓展

——第三届"大西南文学论坛"会议综述

□刘铮

    2023 年 11 月 17 日—19 日，由四川师范大学大西南文学研究中心、四川民间文化艺术保护与发展协同创新中心、《大西南文学论坛》《华西民俗研究》联合主办，四川师范大学文学院承办的第三届"大西南文学论坛"在四川成都成功召开。本次会议规模盛大，共有来自四川、重庆、澳门、广西、山东、上海、西藏、浙江等众多省市的一百六十余位专家、学者出席了会议，其中，澳门大学中国历史文化中心主任、澳门文艺评论家协会主席、"大西南文学"主要发起人朱寿桐教授，四川师范大学郭朝辉副校长，四川师范大学文学院袁耀林书记分别在开幕式上致辞。

    本次会议的主题为"民间、民俗与地方文学的当代价值"，围绕这一主题，会议共收论文一百一十余篇，举行大会主题发言四场，分会场发言五场，并最终在大西南文学研究、区域文学与文化研究、民俗与民间文化研究、作家作品研究等方面取得了丰硕成果。总体来说，本次会议的内容主要在以下几个方面展开。

一、宏观理论建构

    继前两届"大西南文学论坛"之后，针对"大西南文学"这一概念的理论确证依然成为本次会议的关注焦点之一。另一方面，作为当下热点与会议主题之一，区域文学与地方路径受到与会嘉宾的一致关注，多位学者通过自己的发言与研究成果对这些问题进行了思考与争鸣。

朱寿桐教授（澳门大学）的发言《大西南文学的文化阐释》以"大西南文学"的文化内涵为着眼点，他认为大西南地区辉煌厚重的文明历史、在现代民族历史上不可替代的符号作用、丰富多彩的文学文化审美样态及其尤为重要的"神秘幽深"的文化素质，使"大西南文学"并不受"属地制限"的影响，因此，当"大西南文学"作为研究概念进入学术视域时并无违和之感。李怡教授（四川大学）从对概念的辨析开始，重点指出，"地方路径"的提出，有利于打破西方中心主义视角，建立地方主体性与中国学术主体性，同时，"地方路径"并非要求返回故步自封的时代，而是由地方通达中国、联通世界，体现了宏大的理论视野。贾振勇教授（山东师范大学）从区域文学研究的边界、区域文化的共性与作家个性之间关系等方面提出了对区域文学研究的质疑与反思，他提出的"地方路径"是"换汤不换药"还是"换汤又换药"的问题更是引发了与会学者的思考与讨论。同样对区域文学研究有所反思的还有姚晓雷教授（浙江师范大学）。白浩教授（四川省文艺评论家协会）的《区域文学研究的大地块文学视角》创见性地为我们提供了"大地块文学"新视角，在他的发言中，这一中观视角的提出不仅可以连接相对脱节的宏观与微观视角，更可以激发大地块内的潜在活力。徐仲佳教授（上海财经大学）认为，作为方法的"地方路径"应该以去中心化的对等互动的态度或立场去描述、考察地方性知识是如何借助作家个体实践进入文学场的，而这种方法则会为重述文学史带来多角度、多视野的叙事。

以上几位教授皆从理论高度出发，结合具体地域文学与文化现象进行分析，论证清晰，见解独特，展现出高度的问题意识与开拓精神。

二、区域文化与文学

"大西南文学"作为一个带有地域性质的文学概念，会带动学者们从地域、地理的角度来观照、解读作家作品，本次会议中的大量研究成果也确实聚焦于此。

邓经武老师（成都锦城学院）通过详细的资料考据，富有激情的文本分析，展现了明代才子状元杨慎对大西南自然景观与人文风貌的描绘。农为平（大理大学）梳理了明代以降作家们以"我者"主体身份对西南这一象征"他者"的边地文化进行看视时所呈现出的妖魔化叙事与"乌托邦"想象，并分析其间的政治因素。李骞、刘启涛、张昆朋三位学者都关注到大凉山诗人群创作中的文学地理景观与民族文化特征：李骞教授（云南民族大学）从大凉山彝族的民族文化特点和历史自然地理环境出发，探讨当代大凉山彝族诗人群汉语新诗中的文化内涵；刘启涛（昭通学院）考察了大凉山彝族诗人群对民族经验、地域风土人情的汲取，认为这一诗人群的诗歌创作带有民族志特质；张昆朋（安阳学院）则看到吉狄马加民族志书写的诗学阐发路径。布小继（红河学院）《文图关系视域下 1940 年代滇缅公路中外作家的英语书写考察——以萧乾、蒋彝、史密斯等作家作品为中心》认为这些作品多聚焦在滇缅公路的修建、维护、保通等方面，具有地理历史人文的叙事性质。冯源（绵阳师范学院）分析了罗伟章小说中的乡土文化、地域文化，从单个作家辐射到对整体地域文化的探讨。刘云生（内江师范学院）对四川沱江流域当代农村书写嬗变进行了探究。魏英（西安外国语大学）通过分析四川 80后女作家颜歌小说对"平乐镇"的营造、方言的凸显和发生机制、创作美学的考察，探究了当代青年小说家在地方文化方面的独特创造。郭师语（云南民族大学）对明代云南诗人地理分布及成因进行了考辨。相晓冬（成都文理学院）研究巴蜀文化符号在大西南文学创作中的应用问题。达则果果（云南大学）探究新时期四川少数民族诗人内在地理基因、地理根系与地理思维对他们诗歌创作的影响。周倩（兰州大学）考察清末民初四川传统文化与自然环境对郭沫若思想创作等方面的影响。李国栋（四川师范大学）关注到"汶川地震"文学书写的地域特征及价值。

以上研究大多在"大西南"视域下进行，但是正如朱寿桐教授在发言中所提及的，以"大西南文学"这个学术视角为出发点来审视非大西南地区的文学时，会带来许多新的感悟，本次会议中也有许多研究聚焦于其他地域的文学与文化。张全之教授（上海交通大学）的《"黄埔作家群"与中国现代军旅文学传统》以敏锐的问题意识，首次提出"黄埔作家群"这一文学史概念，他认为这是一批出身于黄埔军校，受黄埔精神影响，有着共同精神、文化特质的作家，这些作家不仅开辟了中国现代军旅文学的先河，更对中国军旅文学的发展产生了深远的影响。姚晓雷教授（浙江师范大学）从豫剧《朝阳沟》中所体现出的河南地域文化展开论述，看到了强大的国家意志无法完全屏蔽作品中该有的地域文化知识与民间风俗习惯。刘东方教授（青岛大学）从聊城地域文化对季羡林散文的形塑出发，思考了地域文化对文学风格、题材、经典化的影响。陈啸（中南民族大学）从鸳蝴派散文与海派散文关系看二者对现代海派文化这一区域性都市文化的体现。胡沛萍教授（西藏民族大学）从宏观的角度对"地域写作的偏差"进行了整体把握。此外还有郑翔、吴正锋、贾东方、纪丽、彭晓川等学者分别对温州、湘西、西北、黑龙江等不同地域的文学与文化的研究。

还有学者从地域文化出发，探析作品中所反映的宏大社会历史背景。段从学教授（云南大学）通过对沙汀以川西北"某镇"为描写对象的小说的考察，探究其中所体现的民国时期中央政府权力与"大西南"基层社会间的渗透与对抗的"中央—地方"关系，而通过对"中央"权力与"地方"势力的双重批判，沙汀表达出对更美好更理想社会的召唤。周维东教授（四川大学）从"市镇经验"的视角来考察《呐喊》中鲁迅的乡土书写，认为"市镇空间"是有别于传统中国的乡土空间，是增加了现代化新质的混沌的空间形式。"市镇空间"所呈现的文化嬗变，更能深刻理解鲁迅作品的内涵。彭超（西南民族大学）从当代中国社会变革的角度审视以阿来为代表的 50 后藏族作家对藏地自然、人文景观的动态性呈现。李扬（四川大学）结合上海沦陷时期的政治文化语境，考察了师陀"遗民""后遗民"身份的塑造，探究了沦陷时期师陀复杂难适的心理与对民族文化痼疾批判，从而揭示沦陷时期上海"抵抗话语"的复杂性。蒋林欣（西华大学）将研究视野放在李劼人的政治工作与文学创作的关系中，肯定了 1950 年代李劼人任成都市副市长的实践经历对其改写"大河三部曲"等创作活动的积极影响，视野独到。胡彬彬（中国人民大学）从地方路径的角度考察了《死水微澜》中的小城叙事，目的在于探讨成都地区不同于其他地方的现代转型的中间状态的成都路径。胡安定（西南大学）译自 Kenny Kwok-Kwan Ng 的《李劼人失落的地理诗学：中国革命时代的成都危机书写》关注到"大河三部曲"中浓烈的地方主义色彩与地理诗学特性，以及李劼人如何以一种全新的想象方式来书写现代转型时期的成都地方志。廖海杰（重庆师范大学）则考察了颜歌小说《平乐县志》中的地方性书写与对改革、体制等社会现实问题的表现。王方（西华大学）分析了四川作家钟正林反思工业题材小说对地方与空间关系的反思性书写、民间立场及其历史现实意义。这些研究把地域文化、时代背景与文学创作结合起来考察，以地域视角管窥"全豹"，可以说是李怡教授"从地方通达中国"的地方路径的具体实践。

在研究中，学者们表现出对史料的重视。谭光辉教授（四川师范大学）谈论了《四川新文学大系》（小说卷）的收集与编纂情况，其中涉及作家收录情况、小说版本选择、作品原貌保持等问题，表现出编纂者对史实史料的尊重，该大系也为四川文学研究提供了坚实的材料基础。邓伟（重庆工商大学）借助对《浙江潮》《四川》等晚清留日学生创办的以省命名的刊物的爬梳，追溯了现代地方性观念的形成过程及其与近代民族国家建构之间的关系。李俊杰（四川师范大学）从地方路径入手，以扎实而又令人信服的史料，考察了戏剧艺术对王余杞文学创作与文艺活动的深刻影响，展现了王余杞跨地域的文化经验与戏剧实践型的文化情怀。李立（浙江传媒学院）对 1980 年代四川大学校园刊物《锦江》中的小说进行考证与细读，所要回答的是地方路径"在中国确认四川"的问题。邓凯月（中山大学）从发生学的角度，通过对史料的考察，揭示了战时重庆的寒冷感知与战争经验对巴金《寒夜》创作的影响。

三、大西南作家作品的个案研究

本次会议还有大量微观层面的大西南地区作家作品研究，这些研究展现了大西南文学所独有的丰富多彩的个人魅力，正如李怡教授所说，任何一种改变都首先是作家自我的一种改变。所以，挖掘作家丰富鲜活的个性，是研究的意义所在。这一部分的研究主要从以下几个方面展开。

首先是经典作家作品研究。在中国现当代文学中，大西南地区涌现出一批如李劼人、沙汀、阿来等极具影响力的作家，许多研究正是围绕他们而展开的。这些成果中，既有作家作品的重读研究，如孔刘辉（滁州学院）《陈铨小说论》以题材、风格、技巧等要素为着眼点，全面研究了现代川籍作家陈铨的小说创作。也有传播与影响研究，如杨毅（天津大学）从传播学的角度对周克芹《许茂和他的女儿们》经典化过程的考察。叶珣（四川师范大学）则提出李劼人的写实主义手法不完全源自法国巴尔扎克、福楼拜等人领衔的现实主义、自然主义流派，同样也承袭自我国古典小说《金瓶梅》。蔡益彦（海南师范大学）的论文则从原始史料出发，既从影响学的角度考察艾芜文学观念的嬗变，又从发生学、传播学的角度考察《南行记》的生成与评价。在诗歌方面，陈辉博士（四川师范大学）探讨了流沙河在 1980 年代的细读解诗实践。上述成果大都从全新的视角对经典作家及作品做出令人信服的再阐释。

本次会议中，阿来与罗伟章的研究成为重点。陈思广教授（四川师范大学）的发言聚焦于阿来研究的域值与峰值问题，他提出应以辩证的态度看待二者关系，并认为应以"编年史"与"藏地叙事"两个关键词为抓手，整体探讨、深入剖析、对标国际相结合，推动阿来及族别文学研究迈向新高度。朱鹏杰（苏州科技大学）从身体感知、地方呈现、生态反思等方面探讨阿来生态散文的书写。刘永丽教授（四川师范大学）从声音、空间、时代的角度分析罗伟章"尘世三部曲"，探讨其中所蕴含的乡村价值体系败落与重建的问题。另外还有来自澳门大学、四川师范大学、云南民族大学的多位硕士、博士生从文本细读的角度对阿来、罗伟章的《尘埃落定》《云中记》《声音史》《谁在敲门》等经典作品进行了探讨，分析细腻，视野独到，展现出欣欣向荣的学术活力。

其次是少数民族作家作品研究。作为多民族聚居地，大西南地区的民族文学一直以其独特的艺术创造力而成为大西南文学不可忽视的一部分，当代以来更是涌现出阿来、吉狄马加及诸多少数民族作家群。诗歌方面，徐希平教授（西南民族大学）从传播学的角度梳理从古至今西南少数民族诗人对李杜诗歌的接受史，印证中华各民族间文化的交往、交流与交融。吴雪丽（西南民族大学）探究自然、文化空间的流转对彝族诗人阿库乌雾思想与诗学实践的重塑。小说方面，黄群英（西南科技大学）探讨了冯良《西南边》所呈现出的西南边地的人生书写与精神写照问题。李艳（西北师范大学）分析了藏族作家达真《康巴》的人物、结构等问题。

最后是对潜力作家的研究与作家新著的评述。何希凡老师（西华师范大学）认为杜阳林的创作存在对生命本事的两度文学重构，生命经历的书写一方面丰满扩充杜阳林小说的叙事主题，使其小说得以打动读者，另一方面又对小说虚构关系与文学价值产生负面影响。杨光祖教授（西北师范大学）整体回顾了四川新锐女作家七堇年长篇小说创作，并看到其小说非地域写作与宽容的女性书写等特征。郝婷（兰州大学）探析儒家文化、"诗化"传统等传统文化对当代贵州作家何士光小说创作的影响。王博（四川师范大学）从成长叙事与创伤经历两方面评述杜阳林代表作《惊蛰》。王学东（西华大学）从系谱学与思想的多向性透视蒋蓝的《成都传》独具匠心的城市传记新视域。任淑媛（宁夏大学）探讨了贺享雍的新著《小镇灯塔》中关于文化传承问题的书写。谢天开（成都锦城学院）对《大河无声：李劼人评传》的书写特点进行了评议。

四、民间文化研究

关于民俗、民间文化的研究是本次会议的主题之一，关于这一主题的研究成果也十分瞩目。

在这些研究中，有对民间文艺的研究。李光荣教授（西南民族大学）《论〈西南采风录〉的文学意味》考察西南联大湘黔滇旅行团成员刘兆吉采编的《西南采风录》，肯定了这部民间歌谣集对民间口头文学的保存与流传意义，并分析了这些民间歌谣的文学价值。邓永江（四川师范大学）对少数民族口头文学尤其是文艺起源传说中所蕴含的文论观点进行阐发，从而在西方文论、古代文论等书面文论之外进行了有力的补充。丁媛（黑龙江社会科学院）对赫哲族说唱文学"伊玛堪"中的信仰观念及其对工业化时代下人们的启示做了探讨。王威（黑龙江社科院）谈互联网新媒体场域下口头文学发展新趋势。令狐雅琪（西南民族大学）通过挖掘云南武定彝族婚姻礼俗诗中的生态文化信息，考察彝族人民的生态思想，力图实现彝汉文化间进一步的交流沟通。徐欢（上海交通大学）从"标出性"的角度分析川剧，重点考察古典川剧追求好耍的"可笑性"。黄静、杨若愚（安徽师范大学）介绍了新世纪以来川北大木偶在剧本、偶头等方面的创新。

此外，还有对民间文艺与政治间互动关系的研究。向吉发（湖南大学）从史料出发，详细梳理作为官方刊物的《民间文学》在十七年时期对少数民族民间文学的刊发、整理与报道情况，考察其集方针政策宣传与学术整理、抢救、研究于一身的功能。罗莹钰（广西民族大学）考察了 1950 年代新颁法律《中华人民共和国婚姻法》是怎样通过民间文艺在广西地区达成宣传的。

最后是民间文化对作家作品影响研究。民间文化以其丰富性、奇幻性而向来是众多作家的精神营养库。秦林芳教授（南京晓庄学院）从题材与形式两方面分析了民间文化、民间伦理对解放区歌剧《王秀鸾》的影响，正是对民间元素的吸纳，使得《王秀鸾》受到群众的热烈欢迎，这也启示作家在创作时要贴近群众，顾及群众的生活实际与审美喜好。李琴（四川师范大学）的发言以老舍十七年时期的儿童剧创作为中心考察了民间故事在儿童文学中的现代转化与实践。付华桥（重庆对外经贸学院）论巴金童话创作对民间故事的改写。韦礼诺硕士（四川师范大学）从古代文学的角度，介绍了清代著名文学家王士禛《蜀道驿程记》《秦蜀驿程后记》《陇蜀馀闻》所记录的蜀中民俗风物风情。

五、其他相关话题

本次会议研究成果中还有对其他相关问题的研究，这些研究涉及社会学、人类学、教育学、文化传播学等诸方面，对现代文学与文化史上诸多经典问题进行了再审视、再阐发，呈现出跨学科、多领域、多视角的特征。在 20 世纪 40 年代"民族形式"的问题上，袁昊（四川师范大学）的发言围绕茅盾"民族形式"理论的生成逻辑、构成体系与当代价值展开，认为茅盾关于"民族形式"的讨论背后所蕴含的仍然是"五四"以降文学的现代化、大众化与民族化的问题；杨婷婷（浙江大学）分析了鲁迅的《关于中国木刻的七封信》，认为《七封信》在一定程度上激发了"民族形式问题论争"与"鲁迅遗志"的问题。此外，李宗刚教授（山东师范大学）的研究聚焦于语言这一核心问题，以民国时期的"国文入门读物"《由国语到国文》为切入点，对当时的国文国语教育体制、教育思想以及"国语的文学和文学的国语"的建构过程都作了详细的考察。庞弘（四川师范大学）对艺术起源问题的探讨。冯超（陕西师范大学）通过陕甘宁边区的"上山入伍"运动分析了政治政策对文学的影响。马聪丹（四川师范大学）透过《良友》画报的性别叙事，讨论了国家意识与女性境况的问题。

在新见史料发掘方面，高强（西南交通大学）通过挖掘《江西民国日报·文学》副刊，重新发现了文坛上的一批"失踪"诗人与袁水拍等著名诗人的佚诗。刘世浩（浙江师范大学）发掘出萧军佚文《刑》，他认为《刑》体现出萧军在流亡过程中对东北与民族国家书写方式的变异。邬冬梅（绵阳师范学院）则发现了狂飙剧团时期李广田与学生的信件。这些史料的发现有助于补充文学史，更进一步还原历史现场，为后续研究奠定材料基础。

总体来说，本次会议质量高、规模大，与会代表态度认真、讨论热烈，在多个学术问题上形成争鸣，正如大西南地貌及人文形态的丰富多彩一样，本次会议也呈现出杂糅的、丰富多彩的研究特色。另外，青年学者所崭露出的表现令人欣喜，来自中国人民大学、浙江大学、澳门大学、兰州大学、中山大学、四川师范大学、云南民族大学等高校的一批硕博研究生都进行了发言，他们的研究路径多样，见解亦有独到之处，表现出极强的学术潜力。

应该说，经过三届"大西南文学论坛"的开办，"大西南文学"作为学术概念日益被学界所接受、所重视，本次会议中这一概念也得到了学者们的再次阐发。朱寿桐教授对大西南文化"神秘幽深"性的讨论，白浩老师的"大地块文学"视角，李怡老师对"地方路径"的再阐释等更是侧面展现了"大西南文学"光明广阔的前景。更可喜的是，本次会议不再局限于"大西南"一地一区之文学，而是由此概念生发吸引到西北文学、中原文学、江南文学等领域参与，展现出其不凡的学术魅力。

（作者单位：四川师范大学文学院）

《大西南文学论坛》 征稿启事

　　《大西南文学论坛》是四川师范大学大西南文学研究中心于 2016 年创办的学术辑刊。《大西南文学论坛》的办刊宗旨是：学术性、现实感与综合性。学术性是学术刊物的生命与灵魂，对存在物及其规律的学科化论证是学术研究最核心的理念，本刊秉持这一理念，并希望尽自己所能创造一个自由、原创、争鸣的学术空间。我们倡导现实感，就是要让学术研究具有现实基础，学术研究紧贴大地与人间，不临空蹈虚，亦不自我空转。我们秉承学术研究的多元性与包容性，不仅关注大西南文学与文化诸多学术命题，也关注与此相关的衍生话题，史实与理论，中土与西方，地方性与国际视野，追求有价值与意义的学术研究。

　　本刊常设大西南文学与区域文化、大西南多民族文学与文化、大西南学人、空间理论、符号与传媒、文学前沿、作家作品研究等栏目。欢迎惠赐稿件。

稿件要求：

一、文章形式与结构

1. 稿件形式为学术专论。

2. 文章必须未曾在其他正式刊物上发表，每篇字数为 8000—15000 字左右，重要选题可不受字数限制。

3. 标题。

文章标题层级：一，（一），1，（1），①。尽量控制在 4 级以内。标题整饬、简洁、有学术味，控制在 25 字以内。

4. 提供论文中文摘要和关键词等。摘要一般在 200—300 字之间。关键词一般 3—5 个，中间用"；"隔开。

5. 作者简介：姓名、性别、出生年月、籍贯、所在单位（具体到院系或研究所）、职务或职称、研究方向、单位所在省市、邮编、联系电话、电子邮箱等。

6. 来稿若为科研立项成果，请提供具体信息。首页注明基金项目。

例：基金项目：本文系国家社科基金重大委托/重点/一般/青年项目"项目名称"（12345678）阶段性成果。

7. 正文字体为宋体五号，每段首行空 2 个字符。正文中出现的独立引文用楷体五号。独立引文第 1 行首空 2 个字符。独立引文前后各空一行，首尾不加引号。

二、注释体例与技术规范

1. 采用页下注。本刊不另列参考文献，相关参考与引用文献皆在注释中说明。页下注每页重新编号，使用带圆圈的阿拉伯数字序号，如①、②。注释用宋体小五号。

正文中的注释序号一律置于标点符号之后。

2. 中文注释。中文参考文献，请按照《信息与文献参考文献著录规则》（GB/T 7714-2015）执行。

（1）期刊：作者，文题，刊名及年卷（期）。

例：杨联芬：《李劼人长篇小说艺术批评》，《文学评论》1990 年第 3 期。

（2）报纸：作者，文章名，报纸名称及出版日期。

例：万光治：《彼〈诗〉三百 我"歌"三千》，《成都日报》2021 年 7 月 19 日。

（3）专著：作者，书名及卷册，出版社，出版年，页码。同一部专著第二次出现则只需注明书名、丛书名及页码。

例：朱光潜：《诗论》，生活·读书·新知三联书店，1984 年，第 80 页。

陈世骧：《论中国抒情传统》，陈国球、王德威编：《抒情之现代性："抒情传统"论述与中国文学研究》，生活·读书·新知三联书店，2014 年，第 48 页。

〔捷〕雅罗斯拉夫·普实克：《普实克中国现代文学论文集》，李燕乔等译，湖南文艺出版社，1987 年，第 20 页。

（4）电子资源：作者/主要责任者：题名，（发布日期）〔引用日期〕，获取和访问途径。

例：中国互联网络信息中心：《第 29 次中国互联网络发展现状及发展趋势统计报告》（2012-01-16）〔2012-02-24〕，http：//www. cnnic. cn/gywm/2012nrd/201207/W02012010651. pdf。

3. 外文注释。标注方法与中文文献相同，书名、刊名用斜体，除介词、冠词外首字母大写论文，名加引号。格式为：作者，书名或篇名，出版社，出版年，页码。

例：Christopher Dyer, *An Age of Transition？Economy and Society in England in the Later Middle Ages*, Oxford：Oxford University Press, 2005, pp. 3—5.

T. H. Breen, "An Empire of Goods：The Anglicization of Colonial America, 1690—1776", *Journal of British Studies*, vol. 25. no. 4, 1986, pp. 467—499.

4. 其他说明

（1）非引用原文者，注释前加"参见"，"参见"后不加"："；英文文献用"see to"表示参见。

（2）引用资料非引自原始出处者，注释中注明"转引自"。

（3）公历世纪、年代、年月日、时刻、图表序号均用阿拉伯数字。年份不能简写。

三、本刊目前只接受邮箱投稿，投稿邮箱：dxnwxlt@ 126. com。请在邮件主题中注明"《大西南文学论坛》投稿+作者单位+姓名+文章名"。为保证投稿文章内容无误，投稿时请提供 Word 和 PDF 两种格式的电子文档。来稿请在文末注明作者简介、作者单位、电子邮箱、联系电话、通信地址等信息。

四、作者须确保投稿文章内容无任何违法、违纪内容，无知识产权争议。遵守学术规范，引文、注释应核对无误。本刊现已被中国知网（CNKI）全文收录，严禁剽窃、抄袭，切勿一稿多投。

五、本刊不收取任何形式的版面费。

六、本刊已许可中国知网以数字化方式复制、汇编、发行、信息网络传播本刊全文。所有署名作者向本刊提交文章发表之行为视为同意中国知网拥有对该论文的著作使用权。如有异议，请在投稿时说明，本刊将按作者说明处理。

七、本刊实行匿名审稿制，审稿期限为三个月。稿件一经采用，寄送样刊两册。未用稿件，恕不退稿，三个月内未收到用稿通知，可自行处理。

《大西南文学论坛》编辑部

图书在版编目（CIP）数据

大西南文学论坛. 第七辑／刘敏，谭光辉主编.

成都：巴蜀书社，2024. 6. -- ISBN 978-7-5531-2259-5

Ⅰ. I209.97-53

中国国家版本馆 CIP 数据核字第 2024BT6537 号

DA XI' NAN WENXUE LUNTAN（DI-QI JI）

大西南文学论坛（第七辑）　　　　刘　敏　谭光辉　主编

责任编辑	易欣韡
封面题字	流沙河
封面设计	成都编悦文化传播有限公司
责任印制	田东洋　谷雨婷
出　版	巴蜀书社
	四川省成都市锦江区三色路 238 号新华之星 A 座 36 楼
	邮编：610023　　总编室电话：（028）86361843
网　址	www. Bsbook. com
发　行	巴蜀书社
	发行科电话：（028）86361856
经　销	新华书店
照　排	成都编悦文化传播有限公司
印　刷	四川宏丰印务有限公司（028）61002807　13689082673
版　次	2024 年 6 月第 1 版
印　次	2024 年 6 月第 1 次印刷
成品尺寸	170mm×240mm
印　张	23. 25
字　数	320 千字
书　号	ISBN 978-7-5531-2259-5
定　价	98. 00 元